BASTEI
LÜBBE

MARION ZIMMER BRADLEY IM TASCHENBUCH-PROGRAMM:

13 009 Geschichten aus dem Haus der Träume
13 103 Das Licht von Atlantis
13 019 Der lange Weg der Sternenfahrer
13 131 Das Schwert der Amazonen
13 046 Die Matriarchen von Isis
13 149 Das Haus zwischen den Welten
13 989 Glenraven (mit Holey Lisle)
24 249 Die Farben des Alls
24 267 In dunklen Tiefen
28 313 Im Schatten der Burg
(mit Holly Lisle)

MARION ZIMMER BRADLEY

IN DUNKLEN TIEFEN

Zwei Romane

Ins Deutsche übertragen
von Uwe Anton
und Ronald M. Hahn

BASTEI
LÜBBE

BASTEI LÜBBE TASCHENBUCH
Band 24 267

Erste Auflage: Januar 2000

Originaltitel: The Door Through Space / Seven From the Stars

Lektorat: Stefan Bauer
Titelbild: Slawomir Wojtowicz / Agentur Schlück
Umschlaggestaltung: QuadroGrafik, Bensberg
Satz: Fotosatz Steckstor, Rösrath
Druck und Verarbeitung: 49012
Groupe Hérissey, Évreux, Frankreich
Printed in France
ISBN 3-404-24267-X

Sie finden uns im Internet unter
http://www.luebbe.de

Der Preis dieses Bandes versteht sich einschließlich der gesetzlichen Mehrwertsteuer

Eine Bemerkung der Autorin

Ich habe schon immer schreiben wollen. Aber erst als ich im Alter von sechzehn Jahren die alten Pulp-Science-Fantasy-Magazine entdeckte, wurde aus diesem allgemeinen Verlangen das spezielle Bedürfnis, SF-Abenteuer zu verfassen. Nach einer Reihe von Umwegen entdeckte ich die SF des ›Goldenen Zeitalters‹: die Ära von Henry Kuttner, C. L. Moore, Leigh Brackett, Edmond Hamilton und Jack Vance. Und während ich noch Ablehnungsbescheide für meine frühen Schreibversuche bekam, änderte sich der Zeitgeist. Abenteuer auf fernen Welten und fremde Dimensionen kamen aus der Mode – in der Science Fiction legte man plötzlich größeren Wert auf die Wissenschaft. Deswegen waren meine ersten Erzählungen geradlinige Science Fiction-Stories, und ich habe auch nicht vor, davon abzuweichen. Es gibt Platz dafür. Pauschal betrachtet hat jene Art von SF, die uns die morgigen Schlagzeilen so nahe heranholt wie den heutigen Frühstückskaffee, das Massenbewußtsein der modernen, wunderbaren Welt der Wissenschaft, in der wir leben, verbreitert. Sie hat Generationen junger Menschen dabei geholfen, sich in einer rasch verändernden Welt zurechtzufinden.

Aber Moden ändern sich, alte Liebschaften erblühen neu, und jetzt, wo sich Satelliten am Himmel tummeln und zu seltsamen, neuen Monden geworden sind, sind auch die SF-Leser bereit, auf morgen zu warten, um die kommenden Schlagzeilen zu lesen. Ich glaube, es ist wieder einmal der rechte Ort und die rechte Zeit für den Wunsch und das Bedürfnis, die Wunder und Buntheit der fernen Welten zu schildern, die hinter den Sternen liegen. Welten, die so weit entfernt sind, daß *wir* sie niemals sehen werden. Deswegen habe ich DAS WELTRAUMTOR geschrieben.

Marion Zimmer Bradley

Das Weltraumtor

1. Kapitel

Hinter den Toren des Raumhafens jagten die Männer der Kharsa einen Dieb. Ich hörte ihre schrillen Schreie und ihr Fußgetrappel, aber die Schritte die sie machten, waren ein wenig zu lang und klangen zu schleifend, als daß sie hätten menschlich sein können: Sie erzeugten in den dunklen und staubigen Straßen, die auf den Hauptplatz zuliefen, zunehmend stärker werdende Echos.

Aber der Platz selbst lag leer im blutigroten Schein von Wolfs mittäglicher Sonne. Das am Himmel hängende, mattrote Auge von Phi Coronis, des alten, sterbenden Sterns, gab nur noch bleiches und hitzeloses Licht ab. Die beiden Raumgardisten, die die schwarzen Lederuniformen des Terranischen Imperiums trugen – und an deren Gurten Schocker baumelten –, dösten unter dem Torbogen, an dem das Stern-und-Raketen-Emblem darauf hinwies, daß hier die terranische Domäne anfing. Einer von ihnen, ein stumpfnasiger, junger Bursche, der erst vor ein paar Wochen von der Erde gekommen war, lauschte neugierig den Schreien und den eiligen Schritten, ehe er mir das Gesicht zuwandte.

»He, Cargill. Sie können das Kauderwelsch doch verstehen. Was ist denn da draußen los?«

Ich ließ den Torbogen hinter mir und lauschte. Auf dem Platz war immer noch niemand zu sehen. Weiß und dem Wind ausgeliefert lag er da; eine Barriere aus Leere. Auf der einen Seite lagen der Raumhafen und die weißen Wolkenkratzer des terranischen Hauptquartiers; auf der anderen befanden sich eine Ansammlung niedriger Gebäude, der Straßenschrein, das kleine Raumhafencafé, in dem es nach Kaffee und *Jaco* roch, und die finsteren, offenen Mäuler der in die Kharsa einmündenden Straßen – die Altstadt, das Eingeborenenviertel. Doch ich war allein auf dem Platz – allein mit den schrillen Schreien, die jetzt näher kamen und von den mich umgebenden Mauern zurückgeworfen wurden. Allein mit dem Klang zahlreicher Füße, der aus einer der schmutzigen Straßen auf mich zukam.

Dann sah ich ihn rennen und Haken schlagen, während ihm ein Steinhagel um die Ohren flog; jemanden oder etwas Kleines, das einen Umhang trug und sehr gelenkig war. Dahinter kam der immer noch gesichtslose Mob, der heulte und Steine warf. Noch konnte ich keinen der Schreie verstehen, aber daß die Menge blutdurstig war, stand außer Zweifel.

Ich sagte kurz »Das wird Ärger geben«, dann ergoß sich der Mob auch schon über den Platz. Der fliehende Gnom sah sich einen Moment lang wild um, wobei sich sein Kopf dermaßen schnell bewegte, daß es unmöglich war, auch nur einen flüchtigen Eindruck seines Gesichts zu gewinnen – ob es menschlich oder nicht menschlich, alltäglich oder bizarr war. Und dann raste er wie ein von einer Schleuder abgeschossener Kieselstein geradewegs auf den Sicherheit symbolisierenden Torbogen zu.

Der hinter ihm herrennende Mob brüllte und schrie und überquerte die Hälfte des Platzes. Nur die Hälfte. Dann – aufgrund jener plötzlichen Intuition, die selbst der aufgedrehtesten Menge etwas Vernunft zurückgibt – hielten die Verfolger unsicher an und sahen sich um.

Ich stellte mich auf die unterste Treppenstufe des HQ-Gebäudes und sah sie mir an.

Die meisten von ihnen waren Chaks; bepelzte, mannshohe Nichtmenschliche aus der Kharsa, aber Angehörige der Unterschicht. Ihr Fell war ungekämmt, und Schmutz und Krankheiten hatten ihre Schwänze räudig werden lassen. Ihre Lederschürze bestanden nur noch aus Fetzen. Einer oder zwei aus der Menge waren menschlich; sie gehörten zum Bodensatz der Kharsa. Aber das Stern-und-Raketen-Emblem, das über den Toren des Raumhafens leuchtete, ernüchterte auch die Blutdurstigsten unter ihnen, und so traten sie auf ihrer Hälfte des Platzes unentschlossen von einem Bein auf das andere.

Eine Zeitlang konnte ich nicht erkennen, wohin sich das Opfer der Meute geflüchtet hatte. Dann sah ich den Gnom wieder: Kaum einen Meter von mir entfernt duckte er sich in den Schatten. Der Mob gewahrte ihn im gleichen Augenblick. Als der Menge bewußt wurde, daß sich der Gnom in die Sicherheit des Torbogens zurückgezogen hatte, fing sie frustriert und wütend an zu heulen. Jemand warf einen Stein. Er flog an meinem Kopf vorbei und hätte mich fast getroffen. Als er vor den Füßen eines schwarzgekleideten Gardisten landete, zuckte der Kopf des Mannes hoch. Dann hatte er plötzlich einen Schocker in der Hand und machte eine drohende Gebärde.

Diese Geste hätte an sich reichen müssen, denn man hatte das terranische Gesetz auf Wolf mit Blut, Feuer und explodierenden Atomen geschrieben. Jedermann kennt seine Grenzen. Die Männer der Raumflotte mischen sich weder in die Angelegenheiten der Altstadt noch in die der anderen Eingeborenensiedlungen ein, aber wenn es auf ihrer eigenen Schwelle zu Gewalttaten kommt und diese sich auf das hinter dem Stern-und-Raketen-Emblem liegende Gebiet erstrecken, folgt die Strafe nicht nur auf dem Fuße, sondern wird auch mit Härte durchgesetzt. Die Drohung hätte also an sich genügen müssen.

Stattdessen stieß die Menge heulende Schmähungen aus.

»Terraner!«

»Sohn eines Affen!«

Die beiden Gardisten standen nun Schulter an Schulter hinter mir. Der Junge mit der stumpfen Nase, der nun ein bißchen blaß aussah, rief: »Gehen Sie rein, Cargill! Wenn ich schießen muß . . .«

Sein älterer Begleiter brachte ihn mit einer Geste zum Schweigen. »Warte.« Dann rief er: »Cargill!«

Ich nickte, um zu zeigen, daß ich ihn gehört hatte.

»Sie sprechen doch ihr Kauderwelsch. Sagen Sie ihnen, sie sollen abschieben. Ich will hier keine Schießerei, verdammt noch mal!«

Ich ging hinunter, begab mich auf den offenen Platz und ging über die bröckeligen weißen Steine auf den unruhig hin- und herwogenden Mob zu. Obwohl ich wußte, daß die beiden Gardisten hinter mir standen, bekam ich eine Gänsehaut. Dann hob ich die Hand, um ein Zeichen des Friedens zu machen.

»Die Menge soll den Platz räumen«, rief ich im Dialekt der Kharsa. »Dieses Territorium ist dem Frieden verpflichtet. Tragt eure Streitigkeiten anderswo aus!«

Die Menge geriet in Bewegung. Es war ein Schock für sie, statt in Terra-Standard, jener Sprache, die das Imperium Wolf aufgezwungen hat, in ihrem eigenen Dialekt angesprochen zu werden. Ein Augenblick lang herrschte Schweigen. Ich hatte schon vor langer Zeit erfahren, daß es von Vorteil war, die Sprachen Wolfs zu beherrschen.

Aber das Schweigen währte nur eine Minute. Dann rief jemand mit lauter Stimme: »Wir gehen erst dann, wenn ihr ihn herausgebt! Er hat keinen Anspruch auf terranischen Schutz!«

Ich näherte mich dem hingekauerten Gnom, der alles tat, um sich vor dem Hintergrund der Mauer noch kleiner zu machen, und stieß ihn mit dem Fuß an.

»Steh auf. Wer bist du?«

Als er sich aufrappelte, glitt die Kapuze von seinem Gesicht. Er zitterte stark. Im Schatten seiner Kapuze sah ich ein bepelztes Gesicht, eine bebende, samtweiche Schnauze und sanfte, große, goldfarbene Augen, die gleichermaßen Intelligenz und Entsetzen ausstrahlten.

»Was hast du getan? Kannst du nicht sprechen?«

Er hielt mir eine Art Bauchladen entgegen, den er bis dahin unter seinem Umhang verborgen hatte. An ihm war nichts Besonderes. »Spielzeug. Verkaufe Spielzeug. Für Kinder. Haben Sie welche?«

Ich schüttelte den Kopf und schob das Geschöpf weg von mir. Dabei schenkte ich der Anordnung zierlicher, handgefertigter Püppchen, kleiner Tiere, Prismen und Kristallklappern kaum mehr als einen raschen Blick. »Du verschwindest besser von hier. Hau ab. Dort hinunter.« Ich deutete auf die Straße.

Wieder fing jemand aus den Reihen des Mobs an zu brüllen. Die Stimme hatte einen äußerst häßlichen Klang. »Er ist einer von Nebrans Spionen!«

»Nebran ...« Der gnomenhafte Nichtmensch brabbelte etwas vor sich hin und geriet dann hinter mir in Bewegung. Ich sah, wie er seinen Körper spannte und so tat, als wolle er in Richtung der Tore verschwinden. Und dann, als die Menge sich darauf eingestellt hatte, lief er quer über den Platz auf den Straßenschrein zu, wobei er in jeder Mauernische Deckung suchte. Ein Steinhagel folgte seinem Fluchtweg. Der kleine Spielzeugverkäufer tauchte im Straßenschrein unter.

Dann hörte ich die Menge entsetzt »Ah, aaah!« rufen. Sie wich zurück, drängte nach hinten. Eine Minute später fing sie an, sich aufzulösen. Aus der Gesamtheit wurden wieder einzelne Wesen, die in den Seitengassen und dunklen Straßen verschwanden, die auf den Platz mündeten.

Drei Minuten später lag der Platz wieder leer im Schein der blassen, blutigroten Mittagssonne.

Der Bursche in der schwarzen Lederuniform stieß den angehaltenen Atem aus, fluchte und steckte seine Waffe wieder ein. Mit einem neugierigen Blick fragte er naiv: »Wo ist der kleine Kerl hin ?«

»Wer weiß?« Der andere zuckte die Achseln. »Wahrscheinlich hat er sich in einer der Gassen verkrochen. Haben Sie gesehen, wo er hingegangen ist, Cargill?«

Ich ging langsam zum Torbogen zurück. Für mich hatte es so ausgesehen, als sei er in den Straßenschrein gelaufen und habe sich dort in Luft aufgelöst. Aber ich habe lange genug auf Wolf gelebt, um zu wissen, daß man seinen Augen hier nicht trauen kann. Das sagte ich den Männern, und der junge Bursche fluchte erneut. Er war erstaunter, als er zugeben wollte. »Kommt so was hier öfter vor?«

»Ununterbrochen«, versicherte ihm sein Kollege nüchtern und zwinkerte mir heimlich zu. Ich erwiderte sein Blinzeln jedoch nicht.

Der junge Bursche ließ das Thema nicht fallen. »Wo haben Sie ihre Sprache gelernt, Mr. Cargill?«

»Ich bin sehr lange auf Wolf gewesen«, sagte ich, drehte mich auf dem Absatz um und ging auf das Hauptquartier zu. Ich gab mir Mühe, ihnen nicht zuzuhören, aber die Stimmen der Männer folgten mir nach. Sie sprachen zwar leiser, aber nicht leise genug.

»Mensch, weißt du denn nicht, wer das ist? Das ist Cargill vom Geheimdienst! Vor sechs Jahren war er der beste Mann in der ganzen Abteilung. Das war, bevor …« Die Stimme wurde um eine weiteres Dezibel leiser, und dann hörte ich den jungen Burschen mit zitternder Stimme fragen: »Aber was, zum Teufel, ist mit seinem Gesicht passiert?«

Ich hätte inzwischen daran gewöhnt sein sollen, denn mit dieser Frage, die man mehr oder weniger regelmäßig hinter meinem Rücken stellte, war ich seit sechs Jahren vertraut. Nun, wenn mein Glück anhielt, würde ich sie niemals wieder hören. Ich ging die weißen Stufen des Wolkenkratzers hinauf, um den Rest jener Dinge zu arrangieren, die mich für immer von Wolf wegbringen würden. Ans andere Ende des Imperiums, ans andere Ende der Galaxis – egal wohin. Hauptsache ich brauchte meine Vergangenheit nicht mehr wie ein Medaillon um den Hals zu tragen – oder eingebrannt in das, was von meinem ruinierten Gesicht übriggeblieben war.

2. Kapitel

Das Terranische Imperium hat sein Banner auf vierhundert Planeten, die mehr als dreihundert Sonnen umkreisen, aufgepflanzt. Aber egal, welche Farbe die Sonne hat oder wie viele Monde am Himmel stehen; egal, wie die Geographie des Planeten aussieht – wenn man ein HQ-Gebäude betritt, ist man auf der Erde. Und vielen, die sich Erdenmenschen nennen, muß die Erde fremd erscheinen, gemessen an der Fremdartigkeit, die ich immer dann verspürte, wenn ich die aus Marmor und Glas bestehende Innenwelt eines solchen Wolkenkratzers betrat. Ich hörte den Klang meiner Schritte, die leise Resonanzen auf dem marmornen Korridor erzeugten, und kniff die Augen zusammen, um sie an das schmerzhafte, kalte Licht der gelben Lampen zu gewöhnen.

Die Verkehrsabteilung mit ihrem Glas, Chrom und poliertem Stahl, ihren Spiegeln, Fenstern und elektronischen Schreibgeräten strahlte Leistungsstärke und Überheblichkeit aus. Der Hauptteil einer Wand wurde von einem Bildschirmüberwachungsgerät eingenommen, der einen Ausblick auf den Raumhafen ermöglichte – eine weiträumige, offene Fläche, die von blauweißen Quecksilberdampflampen erhellt wurde und den angeketteten Turm eines Sternenschiffs zeigte, der von wimmelnden Ameisen umgeben schien. Das Bodenpersonal bereitete das große Schiff auf den morgigen Start vor. Ich schenkte der Szene einen zweiten und einen dritten Blick. Wenn das Schiff abhob, würde ich an Bord sein.

Ich wandte mich vom Monitorbild des Raumhafens ab und beobachtete mich beim Weitergehen in den überall befestigten Spiegeln: Ich sah einen großen, mageren

Mann, den die langen Jahre unter den Strahlen einer roten Sonne hatten blaß werden lassen. Um den Mund herum und auf beiden Wangen sah ich tiefe Narben. Obwohl ich sechs Jahre hinter einem Schreibtisch gesessen hatte, wollte mir der saubere und für eben diese Tätigkeit maßgeschneiderte Anzug noch nicht passen. Und ich erhob mich unbewußt noch immer auf den Fußballen, wenn ich die seltsam gebückte Gangart eines Trockenstädters aus den Coronis-Ebenen imitierte.

Der Angestellte hinter dem Schild BEFÖRDERUNG war ein kleiner, kaninchenhafter Mensch mit Höhensonnenbräune. Er hockte hinter seinem Schreibtisch, der wie ein Miniaturraumhafen wirkte, wie hinter einer Barrikade, als würde es ihm gefallen dort eingesperrt zu sein. Diensteifrig sah er zu mir auf.

»Kann ich etwas für Sie tun?«

»Mein Name ist Cargill. Haben Sie einen Paß für mich?«

Der Mann starrte. Ein Freipaß zum Betreten eines Sternenschiffs wird einem nur selten ausgehändigt, wenn man kein professioneller Raumfahrer ist, und daß ich nicht in diese Kategorie einzureihen war, schien für ihn offensichtlich zu sein. »Ich sehe mal in meinen Unterlagen nach«, erwiderte er unverbindlich und betätigte mehrere in die Glasbeschichtung seines Schreibtisches eingelassene Knöpfe. Schatten kamen und gingen; ich sah mich halb widergespiegelt, ein verdrehter Schatten in einem Gewirr sich rasch verändernder Farben. Schließlich stabilisierte sich das Muster. Der Angestellte las einige Namen vor.

»Brill, Cameron ... Ah, ja. Cargill, Race Andrew, Abteilung achtunddreißig, Transferbeförderung. Sind Sie das?«

Ich bestätigte es, und als der Klang meines Namens in dem, was Angestellte für gewöhnlich als Gehirn verwenden, eine Verbindung herstellte, fing er an, eine Reihe weiterer Knöpfe zu drücken. Dann, auf halbem Wege zum nächsten Knopfdruck, hielt er inne.

»Sind Sie Race Cargill vom Geheimdienst, Sir? *Der* Race Cargill?«

»Das steht alles da drin«, sagte ich und deutete mit einer müden Handbewegung auf das Leuchtmuster, das unter der Glasplatte sichtbar wurde.

»Na ja, ich dachte ... Ich meine, jeder hat es für eine Tatsache gehalten, daß ... Ich meine, ich habe gehört ...«

»Sie dachten, jemand müsse Cargill bereits vor langer Zeit umgebracht haben, weil sein Name nicht mehr in den Nachrichten erwähnt wird?« Ich grinste bitter und sah, wie mein Abbild sich in verwaschene Schatten auflöste. Ich spürte, wie die längst verheilte Narbe an meinem Mund sich hochzog, um mein Grinsen noch schrecklicher zu machen. »Ich bin *der* Cargill, in Ordnung. Ich habe mich sechs Jahre lang im 38. Stock aufgehalten und Schreibtischarbeit getan, die jeder andere auch hätte erledigen können. Sie, zum Beispiel.«

Der Mann gaffte mich an.

Er war ein Kaninchen, ein Mensch, der die sicheren und bekannten Grenzen der terranischen Handelsstadt niemals verlassen hatte.

»Heißt das, daß *Sie* der Mann sind, der in Verkleidung nach Charin ging und den Liss nachspürte? Der Mann, der die Schwarzen Berge und Shainsa erkundete? Und Sie haben in all diesen Jahren oben an einem Schreibtisch gearbeitet? Das ... ist schwer zu glauben, Sir.«

Ich zog eine Grimasse. Sogar ich hatte es nur schwer glauben können – selbst während meiner Schreibtischtätigkeit.

»Was ist mit meinem Paß?«

»Gleich fertig, Sir.« Er drückte einige Knöpfe, dann fiel

ein bedruckter Plastikchip aus einem Schlitz in der Schreibtischoberfläche. »Ihren Fingerabdruck, bitte.« Er drückte meinen Finger auf die noch weiche Oberfläche des Plastikchips. Mein Abdruck wurde unlöschbar aufgenommen. Der Mann wartete einen Augenblick, damit sich das Material erhärtete, dann legte er den Chip in den Schlitz eines Preßluftrohrs. Ich hörte, wie er weggesaugt wurde.

»Wenn Sie an Bord gehen, wird Ihr Fingerabdruck damit verglichen. Der Abflug findet erst im Morgengrauen statt, aber Sie können an Bord gehen, sobald das Bodenpersonal mit den Startvorbereitungen fertig ist.« Er warf einen Blick auf die Monitorwand. Das Bodenpersonal war immer noch damit beschäftigt, letzte Hand an das unbewegliche Sternenschiff zu legen. »Ein bis zwei Stunden wird's schon noch dauern. Wohin geht denn die Reise, Mr. Cargill?«

»Zu irgendeinem Planeten in der Hyadenwolke. Ich glaube, er heißt Vainwal oder so ähnlich.«

»Und wie ist es dort?«

»Woher soll ich das wissen?« Ich war selbst noch nie dort gewesen. Ich wußte nur, daß Vainwal eine rote Sonne hatte und der amtierende terranische Gesandte einen gutausgebildeten Nachrichtendienstmann brauchen konnte. Und er hatte nicht vor, ihn an einem Schreibtisch festzunageln.

In der Stimme des kleinen Mannes klang nun Respekt – sogar ein bißchen Neid – mit. »Dürfte ich Sie … zu einem Drink einladen, bevor Sie an Bord gehen, Mr. Cargill?«

»Danke, aber ich muß noch ein paar unerledigte Dinge klären.« Das stimmte natürlich nicht, aber bevor ich meine letzten paar Stunden auf Wolf in der Gesellschaft eines Schreibtischkaninchens verbringen wollte, das es vorzog, seine Abenteuer aus der Sicherheit der zweiten Hand zu erleben, wollte ich lieber zur Hölle fahren.

Aber nachdem ich das Büro und das Gebäude verlassen hatte, wünschte ich mir fast, ich hätte sein Angebot angenommen. Es würde mindestens noch eine Stunde dauern, bis ich an Bord gehen konnte – und in dieser Zeit konnte ich nichts anderes tun, als alten Erinnerungen nachzuhängen; Erinnerungen, die ich lieber vergessen wollte.

Die Sonne stand nun tiefer. Phi Coronis ist ein kraftloser, sterbender Stern, der, sobald er den blutigroten Mittagszenit überschritten hat, seine Helligkeit zu einem blaß-rötlichen Zwielicht werden läßt. Vier der fünf Monde Wolfs drängten sich auf dem bleichen Himmel und mischten ihr dünnes, violettes Licht mit dem blutroten Sonnenschein.

Die Schatten waren blau und purpurn auf dem leeren Platz, als ich über die Steinplatten ging und auf eine der Seitenstraßen hinabschaute.

Ein paar Schritte weiter – und ich befand mich in einem heruntergekommenen Slum, der sich dermaßen stark von der westlich des Raumhafens erhebenden Sauberkeit und Pracht der Handelsstadt unterschied, daß man glauben konnte, auf einem anderen Planeten zu sein. Die Kharsa war erfüllt von den Geräuschen und Gerüchen menschlichen und nichtmenschlichen Lebens. Ein kleines, nacktes Kind mit einem goldenen Fell jagte zwischen zwei eng beieinander stehenden Kieselhäusern dahin und verschwand wobei es ein Gelächter ausstieß, das sich nach zerbrechendem Glas anhörte.

Ein kleines Tier – halb Schlange, halb Katze – kroch über ein Dach, breitete lederartige Schwingen aus und ließ sich zu Boden gleiten. Der bittere, scharfe Weihrauchgestank aus dem offenen Straßenschrein ließ mich die Nase rümpfen. Als ich daran vorbei ging, warf mir aus dem Inneren eine klobige, nichtmenschliche Gestalt mit grünen Augen einen mürrischen Blick zu.

Ich wandte mich um und ging zurück. Dermaßen nah an der Handelsstadt gab es natürlich keinerlei Gefahren. Selbst auf Welten wie Wolf werden die terranischen Gesetze respektiert, wenn man nur einen Steinwurf von den Toren entfernt ist. Aber im vergangenen Monat war es hier und in Charin zu Krawallen gekommen. Nachdem der Mob heute gezeigt hatte, wie gewalttätig er sein konnte, konnte es passieren, daß ein einzelner und unbewaffneter Terraner plötzlich als Leiche auf den Treppenstufen des HQ-Gebäudes wieder auftauchte.

Es hatte Zeiten gegeben, in denen ich allein von Shainsa zur Polarkolonie gegangen war. Ich hatte gewußt, wie man mit Nächten dieser Art verschmolz. Schäbig und unverdächtig gekleidet, mit einem abgewetzten Umhang um die Schultern, und bis auf den rasiermesserscharfen Skean in der Umhangspange waffenlos, war ich wie ein auf den Fußballen gehender Trockenstädter durch die Nacht geeilt. Ich hatte dabei weder wie ein Terraner geklungen noch so gerochen.

Das Kaninchen im Verkehrsbüro hatte Dinge in mir aufgerührt, die ich viel lieber vergessen hätte. Jetzt waren sechs Jahre vergangen; sechs Jahre, in denen ich hinter einem Schreibtisch einen langsamen Tod gestorben war. Seit dem Tag, an dem Rakhal Sensar mich gezeichnet und mit Narben in mein Gesicht geschrieben hatte, daß ich ein toter Mann war, sobald ich das Gebiet verließ, in dem terranische Gesetze herrschten.

Rakhal Sensar. Ich ballte in ohnmächtiger Wut die Fäuste. *Hätte ich ihn doch nur zwischen die Finger bekommen können!*

Es war Rakhal gewesen, der mir die Schleichwege der

Kharsa gezeigt, mir ein Dutzend Stammesdialekte beigebracht und mich die Zwischenrufe der Ya-Männer, die Kultur der Katzenwesen aus den Regenwäldern, das Rotwelsch der Diebesgilde und die Gangart der Trockenstädter aus Shainsa, Daillon und Adcarran – den ausgedörrten Orten aus staubigem Salzgestein, die sich auf dem Grund der verschwundenen Ozeane Wolfs befinden – gelehrt hatte. Rakhal stammte aus Shainsa. Er war ein Mensch, so groß wie jemand von der Erde, wind- und wettergegerbt, und er hatte, seit wir Jungen gewesen waren, für den terranischen Nachrichtendienst gearbeitet. Wir hatten zusammen unsere gesamte Welt bereist und unseren Spaß dabei gehabt.

Und dann, aus einem Grund, der mir noch immer nicht völlig klar war, war alles zu Ende gewesen. Selbst jetzt wußte ich noch nicht ganz genau, was an jenem Tag für seinen Zornesausbruch verantwortlich gewesen war, der in Gewalttätigkeiten und seiner schlußendlichen Explosion geendet hatte. Dann war er verschwunden und hatte mich als Gezeichneten zurückgelassen. Und als einsamen Menschen, denn Juli war mit ihm gegangen.

Ich ging durch die Straßen des Slums, ohne daß meine Augen etwas wahrnahmen. Meine Gedanken kreisten in altvertrauten Bahnen. Ich sah Juli, meine kleine Schwester, die sich an Rakhals Hals klammerte. Ihre grauen Augen, die mich haßerfüllt anstarrten. Ich hatte sie niemals wiedergesehen.

Das war vor sechs Jahren gewesen. Ein weiteres Abenteuer hatte mir gezeigt, daß es mit meiner Nützlichkeit für den Nachrichtendienst aus war. Rakhal war zwar untergetaucht, aber er hatte mir etwas zurückgelassen: Mein Name stand auf allen Todeslisten außerhalb der sicheren Grenzen der terranischen Rechtsprechung. Als Gezeichneter war ich in die langsame Stagnation einer

Schreibtischtätigkeit zurückgekehrt. Ich hatte es so lange ausgehalten, wie ich es konnte.

Als es schließlich zu schlimm geworden war, hatte sich Magnusson meiner erbarmt. Er war der Chef des terranischen Nachrichtendienstes auf Wolf, und obwohl ich dazu bestimmt war, sein Nachfolger zu werden, hatte er Verständnis für meine Kündigung gezeigt. Magnusson hatte mir den Transfer und den Paß besorgt, und heute abend würde ich gehen.

Inzwischen hatte ich den Raumhafen fast wieder erreicht. Ich war in der Nähe des Straßenschreins, der am Rande des Platzes stand. Hier war der kleine Spielzeugverkäufer verschwunden, aber der Schrein unterschied sich in nichts von den Tausenden und Abertausenden anderer Straßenschreine auf Wolf. Vor dem Standbild von Ebran, dem Krötengott, dessen Gesicht und Standbild man überall auf Wolf begegnen kann, qualmte ein ätzend riechender Weihrauchklumpen. Ich musterte den häßlichen Götzen eine Weile, dann ging ich langsam weiter.

Die erhellten Vorhänge des Raumhafencafés zogen meine Aufmerksamkeit auf sich. Ich ging hinein. An der Theke standen ein paar Angehörige des Bodenpersonals und tranken Kaffee. Zwei bepelzte Chaks lungerten am anderen Ende des Raums unter den Spiegeln herum, und ein Trockenstädter-Trio – hagere, wettergegerbte Männer in blutroten und blauen Umhängen – stand an einem Wandbrett und verzehrte mit zurückhaltender Würde ein irdisches Mahl.

In meiner Bürokleidung kam ich mir auffälliger vor als die Chaks. Was hatte ein Zivilist hier zwischen den Uniformen der Raumfahrer und dem farbenfrohen Glanz der Trockenstädter überhaupt verloren?

Ein Mädchen mit Stupsnase und alabasterfarbenem Haar kam und nahm meine Bestellung entgegen. Ich bestellte *Jaco* und Bunlet und trug mein Essen zu dem Wandbrett in der Nähe der Trockenstädter. Ihr Dialekt klang in meinen Ohren weich und vertraut. Ohne auch nur im geringsten den Gesichtsausdruck zu ändern oder seiner Stimme einen anderen Tonfall zu geben, fing einer von ihnen plötzlich an, ausführliche Kommentare über mein Hereinkommen, mein Äußeres, meine Vorfahren und meine persönlichen Ansichten abzugeben – und zwar ausnahmslos im farbenfrohen, obszönen Dialekt von Shainsa.

Das war mir schon vorher passiert. Was man auf Wolf für Humor hält, ist nur bedingt menschlich zu nennen. Der größte Spaß, den man sich erlauben kann, besteht darin, einen Fremden, vorzugsweise jemanden von der Erde, offen zu kritisieren und zu beleidigen: In einer Sprache, die er nicht versteht, und ohne dabei die Miene zu verziehen. So wie ich angezogen war, konnten sie annehmen, mit mir ein leichtes Spiel zu haben.

Hätte ich den Redner angesehen oder eine beleidigte Bemerkung gemacht – ich hätte auf immer mein Gesicht, beziehungsweise das, was die Trockenstädter *Kikar* nennen, verloren. Also beugte ich mich zu ihnen hinüber und erwiderte in ihrem eigenen Dialekt, daß ich irgendwann in der Zukunft, zu einer unbestimmten Zeit, die Gelegenheit beim Schopfe ergreifen und sie ihrerseits mit Komplimenten bedenken würde.

Unter normalen Umständen hätten die drei jetzt lachen, irgendeine lustige Bemerkung über meinen Sprachgebrauch machen und die Hände kreuzen müssen, um anzuzeigen, daß sie nur auf einen Scherz ausgewesen seien. Dann hätten wir uns gegenseitig einen Drink spendiert und die Sache auf sich beruhen lassen.

Aber es kam anders. Ganz anders. Der größte der drei Trockenstädter wirbelte herum und stieß dabei seinen

Drink um. Ich hörte ein dünnes Klirren; dann, als ein Stuhl umkippte, vernahm ich den Schrei des Mädchens mit dem alabasterfarbenen Haar. Die drei Trockenstädter standen nun nebeneinander, und einer von ihnen nestelte an der Spange seines Umhangs.

Ich wich zurück und griff mit der Hand nach dem Skean, den ich schon seit sechs Jahren nicht mehr trug. Dann nahm ich Kampfstellung ein und hoffte darauf, daß aus dieser Sache nichts Schlimmeres als eine Prügelei werden würde. Töten würden sie mich nicht, dazu befanden wir uns zu nahe am HQ, aber trotzdem steckte ich in einer unerfreulichen Lage. Mit drei Männern konnte ich kaum fertig werden, und so wie die Stimmung in der Kharsa momentan war, war es nicht unmöglich, daß ich ein Messer zwischen die Rippen bekam. Rein zufällig natürlich.

Die Chaks stöhnten auf und plapperten durcheinander. Die Trockenstädter sahen mich finster an. Ich wartete darauf, daß ihr intensives Starren einer gewalttätigen Explosion wich.

Dann stellte ich fest, daß sie nicht mich, sondern jemanden musterten, der irgendwo hinter mir stand. Blitzschnell ließen sie ihre Skeans unter den Umhängen verschwinden.

Schließlich gaben sie auf, wandten sich um und ergriffen die Flucht. Sie *flüchteten* tatsächlich, stießen Tische, Bänke und Stühle um: alles, was sich ihnen in den Weg stellte. Einer der Männer fiel gegen den Tresen, fluchte und rannte humpelnd hinaus. Ich stieß den Atem aus. Irgend etwas hatte den drei Schlägern Respekt eingeflößt – und das war sicherlich nicht mein häßliches Aussehen gewesen. Ich drehte mich um und sah das Mädchen.

Sie war von schmächtiger Statur und hatte gewelltes

Haar, das wie gesponnenes, schwarzes Glas aussah. Ihr Kopf schien von einem matten Hauch von Sternenlicht umgeben zu sein. Ein schwarzer, gläserner Gurt umspannte ihre schlanken Hüften wie zwei sie umfangende Hände, und ihr hellweiß leuchtendes Gewand war auf der Brust mit einer abstoßenden Stickerei versehen: dem Abbild des allgegenwärtigen Krötengottes Nebran. Ihre Gesichtszüge waren zierlich, blaß und wirkten wie gemeißelt. Sie hatte ein Trockenstädtergesicht, das zwar absolut menschlich und feminin aussah, aber von einer fremdartigen, unirdischen Ruhe erfüllt war. Sie hatte große, albinoartige Augen, die sich nicht bewegten und auch kaum etwas zu sehen schienen, aber ihre dunkelroten Lippen verzogen sich zu einem boshaften, unmenschlichen Lächeln.

Sie stand da, ohne sich zu bewegen, und sah mich an, als frage sie sich, warum ich nicht zusammen mit den anderen geflohen war. Eine halbe Sekunde später erstarb ihr Lächeln und wurde durch einen erstaunten Blick ersetzt, in dem ich so etwas wie Erkenntnis zu sehen glaubte.

Wer oder was sie auch war, sie hatte mich aus einer heiklen Lage gerettet. Als ich mich anschickte, ihr ein formelles Wort des Dankes zu sagen, erkannte ich, daß sich das Café geleert hatte und wir völlig allein waren. Ich brach ab. Sogar die Chaks hatten durch das offene Fenster das Weite gesucht. Ich sah nur noch das Ende eines verschwindenden Schwanzes.

Wir standen wie angewurzelt da und sahen einander an, während die Gestalt des Krötengottes auf ihrer Brust sich bei jedem Atemzug hob und senkte.

Ich ging einen Schritt auf sie zu, aber sie wich im gleichen Moment einen Schritt zurück. Mit einer äußerst raschen Bewegung war sie wieder auf der dunklen

Straße verschwunden. Es kostete mich zwar nur eine Sekunde, ihr ins Freie hinaus zu folgen, aber als ich die Tür passierte, lag plötzlich eine unmerkliche Bewegung in der Luft. Es war, als würden mittags über den Salzebenen Hitzewellen aufsteigen. Dann war der Straßenschrein leer, und von dem Mädchen war kein Anzeichen mehr zu erblicken. Es war verschwunden. Es war einfach nicht mehr da.

Ich starrte fassungslos auf den leeren Schrein. Sie war hineingegangen und verschwunden, wie eine Rauchsäule, wie ...

Wie der kleine Spielzeugverkäufer, den man aus der Kharsa verjagt hatte.

Ich merkte, daß ich beobachtet wurde, und als mir zu Bewußtsein kam, wo ich mich befand, ging ich weiter. Man kann die Schreine Nebrans auf Wolf an jeder Ecke finden, aber dies ist ein Beispiel dafür, daß Vertrautheit keine Mißachtung hervorruft. Die Straße war dunkel und schien leer zu sein, aber überall konnte man Anzeichen von Leben feststellen. Ich war nicht unbeobachtet, und wer sich allzusehr an einem Straßenschrein zu schaffen machte, mußte wissen, daß dies ebenso gefährlich war, wie drei mit Skeans ausgerüsteten, frechen Trockenstädtern gegenüberzustehen.

Ich drehte mich um und überquerte zum letzten Mal den Platz. Dann wandte ich mich dem finster vor mir aufragenden Leib des Sternenschiffs zu und stufte das Mädchen als eines jener Rätsel ein, die ich niemals lösen würde.

Wie ich mich irrte!

3. Kapitel

Am Raumhafentor tauschte ich einen kurzen Gruß mit den Posten aus und warf einen letzten Blick auf die Kharsa. Eine Minute lang spielte ich mit dem Gedanken, einfach in einer der Straßen zu verschwinden. Es ist nicht schwer, hier unterzutauchen, wenn man weiß, wie man es anstellen muß. Und ich wußte es – oder hatte es einmal gewußt. Loyalitätsgefühle gegenüber Terra? Was hatte mir Terra denn gegeben – außer einem Vorgeschmack auf Buntheit und Abenteuer in den Trockenstädten, den man mir später wieder weggenommen hatte?

Wenn ein Mann von der Erde viel Glück hat und sehr sorgfältig zu Werke geht, kann er vielleicht zehn Jahre beim Nachrichtendienst überdauern. Ich hatte zwei Jahre mehr als mir zustand, und ich wußte immer noch genug, um meine irdische Identität wie einen abgetragenen Mantel hinter mir zurücklassen zu können. Ich hätte nach Rakhal suchen, Rache nehmen und Juli wiedersehen können ...

Aber wie hätte ich ihr gegenübertreten sollen? Als Mörder ihres Gatten? Auf Wolf sind Blutfehden ein schreckliches und reglementiertes Ritual und unterliegen einem bestimmten Kodex. Wenn ich die Grenzen des irdischen Strafrechts verließ, würde ich früher oder später auf Rakhal stoßen. Und dann würde einer von uns sterben.

Ich warf noch einmal einen kurzen Blick zurück und musterte die dunklen, bevölkerten Straßen, die vom Hauptplatz wegführten. Dann wandte ich mich den blauweißen Lichtern zu, die meinen Augen weh taten – und ging auf das riesige, finster vor mir aufragende Sternenschiff zu. Ein weißgekleideter Steward überprüfte meinen Fingerabdruck und führte mich in eine Kammer von der Größe eines Sarges. Er brachte mir Kaffee und Sandwiches – schließlich war ich ja im Raumhafencafé nicht zum Essen gekommen –, hob mich in den Skyhook, schnallte mich fachmännisch und schnell in die Beschleunigungspolster und zog die Garensen-Gurte dermaßen fest, daß mein ganzer Körper schmerzte. Dann drang eine lange Nadel in meinen Arm – das Narkotikum, das mich während der gesamten Reise vor dem schrecklichen Druck der interstellaren Beschleunigung bewahren würde.

Türen schlugen, ein vibrierendes Summen erfüllte die untere Schiffshälfte, Männer eilten durch die Korridore und riefen einander Anweisungen in der Sprache der Raumhäfen zu. Ich verstand nur jedes vierte und schloß unbekümmert die Augen. Am Ende der Reise würde ein anderer Stern auf mich warten. Eine andere Welt, eine andere Sprache. Ein neues Leben.

Seit ich erwachsen war, hatte ich auf Wolf gelebt. Juli war unter der roten Sonne ein Kind gewesen. Aber es waren ein Paar großer, roter Augen und schwarzes, in geringelte Locken gelegtes, glasähnliches Haar, die mit mir zusammen in die bodenlose Tiefe des Schlafes hinabgingen...

Jemand schüttelte mich.

»Na, kommen Sie schon, Cargill. Wachen Sie auf, Mann. Schwingen Sie die Hufe!«

Meine Lippen versuchten die Umrisse einiger Wörter zu ertasten. Ich hatte einen faulen Geschmack im Mund und meine Stimme nicht unter Kontrolle. »Wa' is' paffiert? Waf wollen Sie?« Meine Augenlider flatterten. Als ich endlich sehen konnte, erkannte ich, daß sich zwei in schwarzes Leder gekleidete Männer über mich beugten. Wir hatten das Schwerefeld noch nicht verlassen.

»Kommen Sie aus dem Skyhook raus. Sie kommen mit uns.«

»Wa . . .« Trotz des mich betäubenden Beruhigungsmittels verstand ich sie. Nur ein Krimineller kann laut interstellarem Gesetz von einem Passagierschiff geholt werden, nachdem er ordnungsgemäß an Bord gegangen ist. In diesem Augenblick war ich – gesetzlich gesehen – auf meinem Zielplaneten.

»Ich stehe nicht unter Anklage . . .«

»Habe ich etwa das Gegenteil behauptet?« schnappte einer der Männer.

»Halt den Rand, er ist doch betäubt«, sagte der andere Mann eilig. »Hören Sie«, fuhr er fort, wobei er jedes einzelne Wort laut und deutlich betonte, »Sie stehen jetzt auf und kommen mit. Der Koordinator wird den Start verschieben müssen, wenn wir nicht in drei Minuten von Bord sind – und dann wird es ein großes Geschrei geben. Kommen Sie jetzt, bitte.«

Dann stolperte ich durch einen erhellten, leeren Korridor, wurde von den beiden Männern gestützt und machte mir irgendwie klar, daß die Mannschaft mich nun für einen Gesuchten halten mußte, der irgendwie versucht hatte, den Planeten zu verlassen.

Die Schleusentür teilte sich. Ein uniformierter Raumfahrer beobachtete uns und deutete ärgerlich auf eine Uhr. Mit nörgelnder Stimme sagte er: »Das Abfertigungsbüro . . .«

»Wir tun ja schon, was wir können«, sagte einer meiner Begleiter. »Können Sie gehen, Cargill?«

Ich konnte gehen, obwohl meine Beine auf den Leitern immer noch zitterten. Das violette Mondlicht hatte sich zu malvenfarbenem vertieft. Kleine Windböen wehten mir Sandkörner ins Gesicht. Die beiden Uniformierten behüteten mich wie ihren Augapfel und führten mich zwischen sich zum Tor.

»Was, zum Teufel, hat das alles zu bedeuten? Ist etwas mit meinem Paß nicht in Ordnung?«

Einer der Uniformierten sagte kopfschüttelnd: »Woher soll ich das wissen? Magnusson hat uns einen Befehl gegeben. Das tragen Sie besser mit ihm persönlich aus.«

»Das werde ich auch«, murmelte ich. »Darauf können Sie Gift nehmen.«

Die beiden sahen sich an. »Zum Teufel«, sagte dann einer von ihnen. »Er steht nicht unter Arrest. Also brauchen wir ihn auch nicht wie einen ertappten Verbrecher herumzuschleifen. Können Sie jetzt alleine gehen, Cargill? Sie wissen doch, wo das Geheimdienstbüro ist, nicht wahr? Im 38. Stock. Der Chef will Sie sehen, also beeilen Sie sich.«

Ich wußte, daß es keinen Zweck hatte, Fragen zu stellen, denn die beiden Männer wußten offensichtlich auch nicht mehr als ich. Ich fragte trotzdem.

»Wird das Schiff auf mich warten? Ich wollte eigentlich heute abfliegen.«

»Aber nicht mit diesem Schiff«, erwiderte der Uniformierte und deutete mit dem Kopf auf den Raumhafen. Ich schaute zurück und sah gerade noch, wie das Sternenschiff in einer Staubwolke abhob. Es wurde kurz von den Scheinwerfern des Landefeldes erhellt, dann verschwand es spurlos in den über uns hängenden Wolken.

Ich bekam allmählich wieder einen klaren Kopf. Mein Ärger beschleunigte den Prozeß noch. Das HQ-Gebäude lag in der stillen Kühle des Morgengrauens und war leer. Ich mußte einen vor sich hin dösenden Lift-Operator wecken, und als der Aufzug nach oben schoß, nahm meine Wut noch zu. Ich arbeitete nicht mehr für Magnusson. Mit welchem Recht konnte er – oder irgendein anderer – mich wie einen Verbrecher aus einem Sternenschiff holen lassen, das kurz vor dem Start stand? Als ich in sein Büro stürmte, war ich kampfbereit.

Das Geheimdienstbüro lag im Schein gelber Lampen, aber es hatte auch noch etwas von dem grau-orangenen Licht der sich zu Ende neigenden Nacht. Magnusson saß hinter seinem Schreibtisch. Er wirkte, als hätte er die ganze Nacht in seiner zerknitterten Uniform geschlafen. Er war ein Stier von einem Mann. Sein überladener Schreibtisch sah aus wie immer – als wäre ein Taifun aus den Salzebenen über ihn hinweggefahren.

Da und dort wurde das Wirrwarr von Bildwürfeln der fünf Magnusson-Sprößlinge niedergehalten, und wie üblich spielte Magnusson mit einem der Würfel herum. Ohne aufzuschauen sagte er: »Tut mir leid, daß ich dich in letzter Minute rausholen lassen mußte, Race. Ich hatte leider keine Zeit für lange Erklärungen. Ich konnte nur noch den Befehl geben, dich vorzuführen.«

Ich sah ihn wütend an. »Es sieht ganz so aus, als könnte ich den Planeten nicht mal verlassen, ohne Ärger zu kriegen! Die ganze Zeit, in der ich hier war, hat man mir die Hölle heiß gemacht, aber wenn ich versuche wegzugehen ... Was hat das überhaupt zu bedeuten? Ich bin es satt, immer nur herumgestoßen zu werden!«

Magnusson machte eine beschwichtigende Geste. »Warte ab, bis du gehört hast ...«, fing er an, aber dann unterbrach er sich und musterte jemanden, der vor seinem Schreibtisch auf einem Stuhl saß und mir den Rücken zuwandte. Die Gestalt fuhr herum – und ich blieb stehen, blinzelte und fragte mich, ob ich möglicherweise Halluzinationen hatte und gleich weit draußen im Weltraum in meinem Skyhook aufwachen würde.

Dann rief die Frau: »Race! *Race!* Kennst du mich denn nicht mehr?«

Wie betäubt machte ich einen Schritt nach vorn, dann noch einen. Dann flog sie durch den uns noch trennenden Raum auf mich zu, schlang die dünnen Arme um meinen Hals, und ich fing sie – immer noch ungläubig – auf.

»*Juli.*«

»Oh, Race, ich wäre beinahe zugrundegegangen, als Mack mir sagte, du würdest heute abend abfliegen. Das einzige, was mich am Leben gehalten hat, war das Wissen, daß ich dich bald wiedersehen würde.« Sie weinte und lachte gleichzeitig und drückte ihr Gesicht gegen meine Schulter.

Ich ließ sie eine Zeitlang gewähren, dann schob ich meine Schwester eine Armeslänge von mir. Für einen Moment hatte ich ganz vergessen, daß inzwischen sechs Jahre vergangen waren. Nun sah ich es, jedes Jahr einzeln, eingeprägt in ihrem Gesicht. Juli war ein hübsches Mädchen gewesen.

Die vergangenen sechs Jahre hatten sie zu einer Schönheit werden lassen – aber die Stellung ihrer Schultern zeigte an, daß sie unter Spannungen litt. Und ihre grauen Augen hatten Entsetzliches gesehen.

Unter den knappen Falten ihres Trockenstädter Pelzgewandes sah sie winzig, dünn und unerträglich zerbrechlich aus. Ihre Handgelenke waren gefesselt, die juwelenbesetzten, engen Armbänder waren zusammengebunden mit den Gliedern einer langen, feinen Kette aus vergoldetem Silber. Sie klirrten leise, als Juli die Arme sinken ließ.

»Was ist los, Juli? Wo ist Rakhal?«

Nun zitterte sie. Ich sah, daß sie sich in einem Schockzustand befand.

»Weg. Er ist weg, mehr weiß ich nicht. Und – oh, Race, Race, er hat Rindy mitgenommen!«

Die Tonlage, in der sie das sagte, ließ mich glauben, daß sie schluchzte. Jetzt bemerkte ich, daß ihre Augen nicht feucht waren. Sie hatte längst keine Tränen mehr. Ich löste sanft ihre verkrampften Finger und drückte sie auf den Stuhl zurück. Sie saß da wie eine Marionette, und als sie die Arme hängen ließ, klirrten leise ihre Ketten. Als ich sie nahm und in ihren Schoß legte, blieben sie bewegungslos. Ich baute mich neben ihr auf und sagte: »Wer ist Rindy?«

Sie rührte sich nicht.

»Meine Tochter, Race. Unsere Kleine.«

Mit rauher Stimme warf Magnusson ein: »Nun, Cargill, hätte ich dich abfliegen lassen sollen?«

»Red keinen Blödsinn!«

»Ich hatte schon befürchtet, du würdest dem armen Kind sagen, es solle mit seinen Irrtümern selber fertig werden«, brummte Magnusson. »Fähig dazu wärst du wohl.«

Zum ersten Mal zeigte Juli eine Regung. »Ich hatte Angst, hierherzukommen, Mack. Auch du hast nie gewollt, daß ich Rakhal heirate.«

»Was geht mich mein Geschwätz von gestern an«, grunzte Magnusson. »Außerdem habe ich selber Kinder, mein Fräulein ... äh, Frau ...« Er hielt inne, war etwas durcheinander, denn nun fiel ihm ein, daß eine unpassende Anrede in den Trockenstädten einer tödlichen Beleidigung gleichkommen konnte.

Juli schätzte seine Verwirrung richtig ein.

»Du hast mich immer Juli genannt, Mack. Das reicht auch heute noch.«

»Du hast dich verändert«, sagte er leise. »Na schön, Juli. Aber nun erzählst du Race das, was du mir erzählt hast. Von vorne bis hinten.«

Juli wandte sich mir zu. »Wäre es nur um mich gegangen, wäre ich nie gekommen ...«

Das war mir klar. Juli war stolz; sie war stets stark genug gewesen, sich ihren eigenen Irrtümern zu stellen. Als ich den ersten Blick auf sie geworfen hatte, war mir klar gewesen, daß es hier nicht um eine einfache Sache wie das Genörgel einer verstoßenen oder verlassenen Ehefrau und Mutter ging. Ich nahm Platz, sah sie an und hörte ihr zu.

»Du hast einen Fehler gemacht, als du Rakhal aus dem Geheimdienst warfst, Mack«, fing sie an. »Auf seine Art war er der loyalste Mitarbeiter, den ihr auf Wolf hattet.«

Magnusson hatte offenbar nicht erwartet, daß sie auf dieses Thema zu sprechen kam. Etwas aus der Fassung gebracht, runzelte er die Stirn und rutschte unruhig auf seinem großen Sessel hin und her. Da Juli nicht weitersprach, sondern allem Anschein nach auf eine Antwort wartete, sagte er: »Juli, er hat mir keine andere Wahl gelassen. Ich habe nie verstanden, wie sein Geist arbeitete. Und das letzte Ding, das er anleierte – hast du irgendeine Vorstellung davon, wie teuer diese Sache den Geheimdienst kam? Hast du dir eigentlich schon mal das Gesicht deines Bruders genau angesehen, Juli-Mädchen?«

Juli hob langsam den Blick. Sie zuckte zusammen. Ich wußte, wie sie sich fühlte. Ich hatte drei Jahre lang meinen Spiegel verhängt und mir einen wilden Bart stehen lassen, weil er die Narben verdeckte und mir den Schmerz ersparte, mich beim Rasieren ansehen zu müssen.

Juli sagte leise: »Rakhal sieht nicht besser aus. Im Gegenteil.«

»Das befriedigt mich etwas«, sagte ich. Mack starrte uns verwundert an. »Ich weiß heute noch nicht, um was es damals überhaupt ging.«

»Das wirst du auch nie erfahren«, sagte ich zum hundertsten Male. »Darüber haben wir schon früher gesprochen. Niemand würde es verstehen – es sei denn, er hätte irgendwann einmal in den Trockenstädten gelebt. Reden wir nicht mehr davon. Sprich weiter, Juli. Was hat dich hierhergeführt? Was ist mit dem Kind?«

»Ich weiß nicht, wie ich dir das Ende erzählen soll, ohne am Anfang zu beginnen«, sagte sie ruhig. »Anfangs hat Rakhal als Händler in Shainsa gearbeitet.«

Das überraschte mich nicht.

Die Trockenstädte waren der Kern des terranischen Handels auf Wolf, und es lag an ihrer Kooperationsbereitschaft, daß die Erde auf dieser Welt, die – wenn überhaupt – nur zur Hälfte menschlich war, in Frieden existieren konnte.

Die Männer der Trockenstädte nahmen zwischen den beiden Welten eine Art Sonderstellung ein. Da sie schon mit den ersten terranischen Schiffen Handel betrieben hatten, war es ihnen zu verdanken, daß die Erde einen Fuß in die Tür Wolfs bekommen hatte. Dennoch waren sie stolz und blieben unter sich. Allein die Trockenstädter hatten sich erfolgreich gegen die Terranisierung behauptet, die früher oder später jeden Planeten des Imperiums erfaßte.

In den Trockenstädten gab es keine Handelsstationen – ein Erdenmensch, der sich ohne Schutz dorthin begab, sah Tausenden von Toten ins Angesicht, und jeder war schlimmer als der andere. Es gab Leute, die behaupteten, daß die Männer von Shainsa, Daillon und Adcarran, den Rest des Planeten Wolf an die Terraner verschachert hatten, um sie von ihrer eigenen Tür fernzuhalten.

Sogar Rakhal, der seit seiner Jugend für die terranischen Autoritäten gearbeitet hatte, war schließlich an einen Punkt gekommen, an dem er sich hatte entscheiden müssen. Er war seiner eigenen Wege gegangen – und die hatten mit der Erde nichts zu tun.

Genau das sagte uns auch Juli.

»Es gefiel ihm nicht, was Terra mit Wolf anstellt. Und ich bin mir nicht mal sicher, ob es mir gefällt . .«

Magnusson unterbrach sie erneut. »Weißt du, wie es auf Wolf aussah, bevor wir hierherkamen? Hast du die Sklavenkolonie gesehen? Das Idiotendorf? Dein eigener Bruder ist nach Shainsa gegangen, um . . .«

»Und Rakhal hat ihm dabei geholfen!« warf Juli ein. »Sogar nach seinem Weggang hat er noch versucht, sich aus diesen Dingen herauszuhalten. Er hätte eine Menge erzählen können, nachdem er zehn Jahre beim Nachrichtendienst war; Dinge, die euch eine Menge Kopfschmerzen bereitet hätten.«

Das war mir klar. Das war auch der Grund, aus dem ich mein Bestes getan hatte, um ihn während seines schrecklichen Wutausbruchs, den ein normales terranisches Bewußtsein kaum begreifen konnte, umzubringen. Was ich Juli natürlich niemals hätte erzählen können. Danach hatten wir beide gewußt, daß der Planet nur einen von uns würde ertragen können. Wir konnten nur weiterleben, indem wir uns voneinander trennten. Mir war der langsame Tod in der terranischen Enklave beschieden. Und Rakhal der Rest der Welt.

»Aber er hat niemandem etwas erzählt! Ich versichere euch, er war einer der loyalsten . . .«

»Er ist ein Engel«, grunzte Mack. »Aber sprich ruhig weiter.«

Sie tat es nicht. Jedenfalls nicht sofort. Stattdessen stellte sie eine Frage, die auf den ersten Blick völlig irrelevant klang. »Stimmt es, was er mir erzählt hat? Daß das Imperium demjenigen eine Belohnung verspricht, der einen funktionsfähigen Materietransmitter vorführen kann?«

»Dieses Angebot gilt seit dreihundert Jahren terranischer Zeitrechnung. Eine Million Kredite bar auf die Hand. Du willst mir doch wohl nicht erzählen, daß er im Begriff war, einen zu erfinden?«

»Ich glaube nicht. Aber ich nehme an, er hat Gerüchte darüber gehört. Er sagte, daß man mit diesem Geld die Terraner sofort aus Shainsa heraushandeln könne. Damit hat es angefangen. Kurz darauf fing er an, zu den unmöglichsten Zeiten zu kommen und zu gehen. Er hat nie wieder ein Wort darüber verloren. Er hat überhaupt nicht mehr mit mir geredet.«

»Wann war das?«

»Vor etwa vier Monaten.«

»Mit anderen Worten – ungefähr zu dem Zeitpunkt, als es in Charin zu Krawallen kam.«

Sie nickte. »Ja. Als der Geisterwind wehte, hielt er sich in Charin auf, und als er zurückkam, war er von Messerstichen am Schenkel verletzt. Ich fragte ihn, ob er irgendwie in die antiterranischen Ausschreitungen hineingeraten sei, aber er wollte mir nichts sagen. Race, ich verstehe wirklich nichts von Politik; sie ist mir auch egal. Aber um diesen Zeitpunkt herum wechselte das Große Haus von Shainsa in andere Hände über. Ich bin sicher, daß Rakhal etwas damit zu tun gehabt hat. Und dann ...« – Juli verschränkte die Hände auf ihrem Schoß –, »... dann versuchte er, Rindy in diese Angelegenheit hineinzuziehen. Es war furchtbar und abscheulich. Er brachte ihr irgendein nichtmenschliches Spielzeug mit, das aus einer der Tieflandstädte – möglicherweise aus Charin – stammte. Es war ein schreckliches Ding, das mir Furcht einflößte. Aber er setzte Rindy in die Sonne, ließ sie in das Ding hineinschauen und allerhand Unsinn über kleine Menschen, Vögel und einen Spielzeugmacher plappern.«

Als Juli die Handflächen aufeinanderlegte, klirrten die

an ihren Gelenken befestigten Ketten. Ich musterte die Fesseln mit einem finsteren Blick. Die Kette war lang genug, um ihre Bewegungsfreiheit nicht allzusehr einzuschränken. Sie bildeten eine symbolische Verzierung. Die meisten Frauen aus den Trockenstädten liefen ihr ganzes Leben lang mit Handfesseln herum. Aber selbst nach all den Jahren, die ich in den Trockenstädten verbracht hatte, erzeugte der Anblick in meiner Kehle ein unbehagliches Gefühl. Ich nahm es mit vagem Widerwillen zur Kenntnis.

»Wir hatten deswegen einen schrecklichen Streit«, fuhr Juli fort. »Ich hatte Angst; Angst vor dem, was er mit Rindy machte. Ich warf das Ding hinaus, aber dann wurde Rindy wach und fing an zu schreien...« Juli riß sich zusammen und versuchte ihre schwindende Selbstkontrolle zu bewahren.

»Aber das interessiert euch sicher gar nicht. Schließlich drohte ich ihm an, ihn zu verlassen und Rindy mitzunehmen. Am nächsten Tag ...« Die Hysterie, die sie die ganze Zeit über erfolgreich hatte unterdrücken können, brach nun aus ihr hervor. Sie schwankte auf ihrem Stuhl hin und her und zitterte. Sie schüttelte sich unter einem würgenden Schluchzen. »Er hat Rindy mitgenommen! Oh, Race, er ist irre! Irre! Ich glaube, daß er Rindy haßt... Er ... er ... Race, er hat alle Spielsachen zerschlagen, die das Kind hatte, eins nach dem anderen. Er hat sie in tausend Stücke zerschlagen, alles, was das Kind besaß ...«

»Bitte, Juli, bitte«, sagte Magnusson bewegt, »wenn wir es mit einem Irren zu tun haben ...«

»Ich wage nicht, daran zu denken, daß er ihr etwas antun könnte! Er hat mich davor gewarnt, euch aufzusuchen – aber ich mußte einfach kommen, selbst wenn es Krieg gegen die Erde bedeutet hätte. Aber bitte, Mack, unternimm nichts gegen ihn, bitte, bitte. Er hat mein

Kind, meine kleine Tochter ...« Ihre Stimme versagte. Sie verbarg das Gesicht in den Händen.

Mack griff nach dem Bildwürfel, der seinen fünfjährigen Sohn zeigte, drehte ihn zwischen den plumpen Fingern und sagte mit unglücklich klingender Stimme: »Juli, wir werden jede mögliche Vorsichtsmaßnahme treffen. Kannst du nicht einsehen daß wir ihn dingfest machen müssen? Wenn man von der Möglichkeit ausgeht, daß sich so etwas Ähnliches wie ein Materietransmitter in den Händen der Feinde Terras befindet ...«

Auch das sah ich ein, aber das schmerzgequälte Gesicht Julis schob sich zwischen mich und das Abbild des Desasters. Ich umklammerte die Lehnen meines Stuhls und stellte mit Überraschung fest, daß der Kunststoff unter der Härte meines Griffs weder splitterte noch brach. *Wäre es doch nur Rakhals Hals gewesen ...*

»Mack, laß mich das machen. Juli, soll ich für dich nach Rindy suchen?«

Während ich sie ansah, entstand in ihrem verwüsteten Gesicht eine Hoffnung, die gleich darauf wieder erstarb.

»Race, er wird dich umbringen. Oder dich umbringen lassen.«

»Er wird's zumindest versuchen«, gab ich zu. Sobald Rakhal erfuhr, daß ich die terranische Zone verlassen hatte, würde der Tod neben mir herschreiten. Aber das war auch während meiner Jahre in Shainsa nicht anders gewesen. Aber nun war ich wieder ein Erdenmensch, der sich um dergleichen nicht mehr scherte.

»Verstehst du nicht? Wenn er erst einmal erfährt, daß ich wieder mitspiele, wird ihn sein Selbstverständnis förmlich dazu zwingen, sich auf mich zu stürzen. Und das bedingt, daß er die Intrige, an der er gerade spinnt – oder die Verschwörung; du kannst es nennen, wie du willst –, erst einmal beiseite schiebt. Auf diese Art erreichen wir zweierlei: Er verläßt sein Versteck – und wir entziehen ihn dem Kreis der Verschwörer. Vorausgesetzt natürlich, es gibt sie überhaupt.«

Ich warf einen Blick auf die zitternde Juli, dann rastete etwas in mir ein. Ich beugte mich über sie, zog sie unsanft hoch und umklammerte fest ihre Schultern. »Und ich werde ihn nicht umbringen, hörst du? Wenn ich mit ihm fertig bin, wird er sich vielleicht wünschen, ich hätte ihn getötet, denn ich werde ihm jeden Knochen im Leibe zerbrechen und jeden Zahn einzeln ausschlagen – aber ich habe vor, es mit ihm auszutragen wie ein Erdenmensch. Ich werde ihn nicht umbringen. *Hörst du,* Juli? Ich werde ihm etwas viel Schlimmeres antun: Ich werde ihn mir greifen und ihn dann weiterleben lassen!«

Magnusson näherte sich und löste meinen harten Griff von Julis Schultern. Juli rieb sich automatisch, ohne einen Gedanken daran zu verschwenden, die schmerzenden Stellen. »Das schaffst du nicht, Cargill«, sagte Mack. »Du würdest nicht mal bis nach Daillon gelangen. Du bist sechs Jahre lang nicht mehr draußen gewesen. Und außerdem ...«

Er sah mich mit einem offenen Blick an. »Ich sage so was nicht gerne, Race, aber verdammt noch mal, Mann, hast du eigentlich schon mal in den Spiegel gesehen? Glaubst du, wir hätten dich völlig ohne Grund aus dem Geheimdienst herausgenommen? Wie, zum Teufel, willst du dich jetzt noch maskieren?«

»In den Trockenstädten gibt es Unmengen von narbigen Männern«, sagte ich. »Rakhal wird sich vielleicht an meine Narben erinnern, aber ich glaube nicht, daß ein anderer mir auch nur einen zweiten Blick schenken würde.«

Magnusson trat ans Fenster. Sein gewaltiger Leib verdeckte das Licht und verdunkelte merklich das Büro. Er sah auf das ferne Panorama und auf die gepflegte, strahlende Handelsstadt hinaus, die sich inmitten der weitgezogenen Wildnis unter uns ausbreitete. Ich konnte die Räder, die sich in seinem Kopf in Bewegung setzten, förmlich hören. Schließlich fuhr er herum.

»Ich habe schon früher von diesen Gerüchten gehört, Race. Aber du bist der einzige Mensch, den ich hätte ausschicken können, um ihren Wahrheitsgehalt zu überprüfen – ich konnte dich doch nicht kaltblütig in den Tod gehen lassen. Ich will es auch jetzt nicht. Soll sich doch die Flotte um ihn kümmern.«

Als ich hörte, wie Juli zischend die Luft einsog, sagte ich: »Verdammt noch mal, nein. Der erste Schritt, den du unternimmst ...« Ich hielt inne. Rindy befand sich in seiner Gewalt, und wenn ich überhaupt etwas von Rakhal wußte, dann dies: Er machte keine leeren Drohungen. Wir wußten alle drei, wessen er fähig war, wenn er den ersten Hinweis bekam, daß sich der lange Arm des terranischen Gesetzes nach ihm ausstreckte.

»Laß um Himmels willen die Raumflotte aus dem Spiel«, sagte ich. »Am besten ist es, wenn es so aussieht, als ginge es hier um eine Privatsache zwischen Rakhal und mir. Der Fall sollte auf dieser Ebene ausgetragen werden, denn wir sollten nicht vergessen, daß er das Kind hat.«

Magnusson stieß einen Seufzer aus. Er griff nach einem anderen Bildwürfel und musterte das transparente Ding. Das Abbild eines neunjährigen Mädchens lächelte ihn unschuldig an. Magnussons Gesicht war nun ebenso durchsichtig wie der Plastikwürfel. Mack mag sich zwar als harter Bursche geben, aber da er selbst fünf Kinder hat, wird er weich wie ein Teller Pudding, wenn Minderjährige im Spiel sind.

»Ich weiß. Ich weiß aber auch noch etwas anderes.

Wenn wir die Raumflotte rufen – und nach den Krawallen hätten wir allen Grund dazu ... Wie viele Terraner leben auf diesem Planeten? Ein paar tausend, das ist alles. Welche Chancen hätten wir, wenn die Krawalle sich zu einem handfesten Aufstand entwickelten? Überhaupt keine; es sei denn, wir lassen es auf ein Massaker ankommen. Gewiß, wir haben Bomben, Geschütze und manches andere – aber würden wir es auch wagen, sie einzusetzen? Wir sind hier, um dafür zu sorgen, daß das Faß nicht überläuft. Wir sollen uns aus planetaren Verwicklungen heraushalten – und sie nicht noch fördern, bis sie einen Punkt erreichen, an dem kein Bluff mehr wirkt. Deswegen müssen wir Rakhal dingfest machen – um zu verhindern, daß die Situation jeglicher Kontrolle entgleitet.«

»Gib mir einen Monat«, sagte ich. »Wenn es dann nicht mehr anders geht, wirf dich dazwischen. Rakhal kann in dieser Zeit nicht viel gegen Terra unternehmen. Und vielleicht gelingt es mir sogar, Rindy aus diesen Dingen herauszuhalten.«

Magnusson musterte mich mit einem harten Blick. »Wenn du gegen meinen Rat handelst, werde ich später nicht mehr in der Lage sein, mich dazwischenzuwerfen und dich herauszuhauen. Wenn du die Maschinerie in Gang setzt, ohne daß ich sie stoppen kann, können wir nur noch beten.«

Das war mir klar. Ein Monat war nicht viel. Wolf hatte einen Durchmesser von sechzigtausend Kilometern und die Hälfte davon war unerforscht.

In den Bergen und Wäldern wimmelte es von Nicht- und Halbmenschenstädten, die noch kein Terraner betreten hatte.

Rakhal – oder einen anderen Menschen – aufzustöbern, war vergleichbar mit der Suche nach einem bestimmten Stern im Andromedanebel. Aber es war nicht unmöglich. Nicht *völlig* unmöglich.

Erneut richteten sich Macks Augen auf das im Inneren des Bildwürfels erkennbare Kindergesicht. Er drehte ihn in den Händen.

»Okay, Cargill«, sagte er bedächtig, »wenn wir schon alle den Verstand verloren haben, will ich keine Ausnahme sein. Versuch es also auf deine Art.«

4. Kapitel

Bei Sonnenuntergang war ich reisefertig. Da ich schon vor dem Start des Sternenschiffes sämtliche mich betreffenden Angelegenheiten in Ordnung gebracht hatte, gab es nicht mehr viel zu tun. Da der größte Teil meiner Habe zu einem fremden Stern unterwegs war, waren die Umstände, unter denen ich mich in die Fremde aufmachte, denkbar günstig.

Mack hatte mir – immer noch mißbilligend – alle Unterlagen zugänglich gemacht, und so verbrachte ich den größten Teil des Tages in den Hinterzimmern des achtunddreißigsten Stocks, durchforstete die nachrichtendienstlichen Akten, machte mich mit alten Erinnerungen neu vertraut und las meine eigenen alten Berichte, die ich Jahre zuvor aus Shainsa und Daillon geschickt hatte. Mack hatte außerdem einen der für uns arbeitenden Nichtmenschen in die Altstadt geschickt, um mir Trockenstädter Kleidung und ein paar andere Dinge zu kaufen, die ich anziehen und mitnehmen sollte.

Das hätte ich am liebsten selbst getan, denn ich spürte, daß ich etwas Übung brauchte. Erst jetzt wurde mir so recht klar, wieviel ich möglicherweise in den Jahren hinter dem Schreibtisch vergessen haben konnte. Aber man durfte erst dann davon erfahren, daß ich den Planeten nicht mit dem Sternenschiff verlassen hatte, wenn ich auf die Konsequenzen vorbereitet war.

Vor allem durfte ich mich erst dann in der Kharsa sehen lassen, wenn ich die Kleidung eines Trockenstädters trug – die Jahre zuvor zu meiner tiefgründigen zweiten Natur geworden waren und mir beinahe eine zweite Persönlichkeit verschafft hatten.

Gegen Sonnenuntergang wanderte ich durch die sauberen kleinen Straßen der terranischen Handelsstadt und begab mich zum Heim der Magnussons, wo Juli auf mich wartete.

Die meisten Männer, die als Beamte des Imperiums von der Erde oder den erdnahen Planeten von Proxima oder Alpha Centauri kommen, sind unverheiratet und bleiben es auch, falls sie nicht Frauen jener Welten ehelichen, auf denen sie Dienst tun.

Aber Joanna Magnusson war eine der seltenen Erdfrauen, die zwanzig Jahre zuvor mit ihren Gatten nach Wolf gekommen waren. Es gibt zweierlei Erdfrauen dieser Art: Entweder machen sie aus ihrer Unterkunft ein kleines Paradies oder eine kleine Hölle. Was Joanna anbetraf, so hatte sie aus ihrem Heim ein Fleckchen gemacht, das ebenso gut auf der Erde hätte existieren können.

Ich wußte nie ganz genau, wie ich den Haushalt der Magnussons einstufen sollte. Für mich war es beinahe absonderlich, unter einer roten Sonne zu leben, und dann – sobald ich einen Raum betrat – von gelbem Licht angestrahlt zu werden. Ebenso unwirklich erschien es mir, auf einer Welt von der wilden Schönheit Wolfs zu sein und mich dann plötzlich in Räumen wiederzufinden, die sich von einem irdischen Heim nicht unterschieden. Ich selbst hatte einen Entwicklungsprozeß durchlaufen, den man verächtlich als ›Anpassung‹ bezeichnete. Wahrscheinlich hatte ich mich wirklich angepaßt. Ich war ganz in der neuen Welt aufgegangen. Und dabei hatte ich die Fähigkeit verloren, die richtige Beziehung zur alten aufrechtzuerhalten.

Joanna, eine rundliche, gemütliche Frau in den Vierzigern, öffnete die Tür und gab mir die Hand. »Komm rein, Race. Juli wartet schon auf dich.«

»Nett, daß du dich um sie kümmerst«, sagte ich. Dann

wußte ich nicht mehr weiter, denn ich war unfähig, meine Dankbarkeit auszudrücken. Als Juli und ich von der Erde gekommen waren, war sie noch ein kleines Kind gewesen. Unser Vater hatte als Offizier auf dem alten Sternenschiff *Landfall gedient.* Kurz vor Procyon war er in einem Wrack ums Leben gekommen, und Mack Magnusson hatte mir eine Stelle beim Geheimdienst verschafft, weil ich vier der Sprachen Wolfs verstand und gemeinsam mit Rakhal in der Kharsa alle Schandtaten beging, denen man straflos entkommen konnte.

Und ebenso hatten sie Juli zu sich genommen, wie eine jüngere Schwester. Sie hatten nicht viel gesagt, als es zum Bruch gekommen war – sie hatten Rakhal gemocht –, aber jene schreckliche Nacht, in der Rakhal und ich uns beinahe umgebracht hatten und er mit blutigem Gesicht gekommen war, um Juli abzuholen, hatte sie schwer getroffen. Trotzdem hatte sich ihr freundliches Verhältnis zu mir nur noch vergrößert.

Joanna sagte offen heraus: »Red keinen Unsinn, Race! Was hätten wir sonst tun sollen?« Sie schob mich durch den Korridor. »Ihr könnt hier drinnen miteinander reden.«

Bevor ich den Raum betrat, auf den sie zeigte, zögerte ich einen Moment. »Wie geht es ihr?«

»Besser, glaube ich. Ich habe sie in Metas Zimmer untergebracht, und sie hat den größten Teil des Tages verschlafen. Sie wird in Ordnung sein. Ich lasse dich jetzt allein.« Sie öffnete die Tür und ging fort.

Juli war wach und angezogen. Das schreckliche Entsetzen war teilweise aus ihrem Gesicht verschwunden. Sie war zwar immer noch angespannt und unkonzentriert, aber in keinster Weise mehr hysterisch.

Das Zimmer – es gehörte einem der Kinder – war nicht groß. Selbst die Spitzenleute des Geheimdienstes verdienen nicht allzu viel, auch wenn sie auf den Gehaltslisten des Imperiums stehen. Auch nicht mit fünf Kindern. Das Schlafzimmer wirkte, als hätte jedes einzelne der Kinder es schon einmal auseinandergenommen.

Ich nahm auf einem für mich zu niedrigen Stuhl Platz und sagte: »Juli, wir haben nicht viel Zeit. Wenn es dunkel wird, muß ich die Stadt verlassen haben. Ich möchte etwas über Rakhal erfahren – was er jetzt tut, wie er aussieht. Vergiß nicht, daß ich ihn seit Jahren nicht mehr gesehen habe. Erzähle mir alles, was du weißt – auch über seine Freunde, und wo er sich amüsieren geht.«

»Ich habe immer geglaubt, du würdest ihn besser kennen als ich.« Die unstete Art, in der sie die Glieder der Kettenfessel um ihre Handgelenke rollte, bereitete mir ein nervöses Unbehagen.

»Reine Routine, Juli. Polizeiarbeit. Normalerweise verlasse ich mich ganz auf meine Nase, aber anfangs sollte man möglichst methodisch vorgehen.«

Sie beantwortete jede Frage, die ich ihr stellte, aber zusammengenommen erbrachte das Resultat nicht sehr viel und würde mir kaum von großem Nutzen sein. Wie ich schon sagte: Auf Wolf kann man sich leicht unsichtbar machen. Juli wußte allerdings daß Rakhal freundschaftliche Beziehungen zum Großen Haus von Shainsa unterhielt – wenngleich ihr die Namen der neuen Machthaber unbekannt waren.

Ich hörte, daß eines der Magnusson-Kinder zur Haustür eilte und dann laut nach seiner Mutter rufend zurückkam. Joanna klopfte an die Zimmertür und trat ein.

»Draußen ist ein Chak, der dich sprechen möchte, Race.«

Ich nickte. »Wahrscheinlich bringt er meine Sachen. Kann ich mich im Hinterzimmer umziehen, Joanna? Und kannst du auf meine Kleider achten, bis ich wieder zurück bin?«

Ich ging an die Haustür, unterhielt mich mit dem bepelzten Nichtmenschen im zwitschernden Jargon der Kharsa, und er gab mir etwas, das wie ein Lumpenbündel aussah. Das Bündel fühlte sich teilweise hart an.

Der Chak sagte mit leiser Stimme: »In der Kharsa geht ein Gerücht um, *Raiss*. Vielleicht hilft es Ihnen. Drei Männer aus Shainsa sind in der Stadt. Sie sind hier, um nach einer verschwundenen Frau und einem Spielzeugmacher zu suchen. Gegen Sonnenaufgang kehren sie zurück. Vielleicht haben Sie eine Möglichkeit, sich ihrer Karawane anzuschließen.«

Ich dankte ihm und trug das Bündel hinein. Im leeren Hinterzimmer zog ich mich nackt aus und rollte das Bündel auseinander. Es enthielt ein paar pludriger, gestreifter Reithosen, einen abgetragenen, schäbigen Hemdkittel mit geräumigen Taschen, einen geflochtenen Gurt, dessen Vergoldung zur Hälfte abgeschabt war und das ursprüngliche Metall durchschimmern ließ, und ein Paar knöchelhoher Stiefel mit Fransenriemen unterschiedlicher Färbung. Dann fand ich noch einen kleinen Stapel von Amuletten und Verschlüssen. Ich nahm die, die am gewöhnlichsten aussahen, und hängte sie mir um den Hals.

Einer der Klumpen, die das Bündel enthielt, war ein kleiner Krug mit gewöhnlichen Gewürzen, die man auf den Märkten kaufen konnte und den Durchschnittstrockenstädtern zum Würzen der Nahrung dienten. Ich zerrieb ein wenig von dem Pulver auf meiner Haut, kippte eine Prise in die erstbeste Hemdkitteltasche und kaute ein paar Körner. Dabei rümpfte ich die Nase, denn an die Schärfe war ich schon seit langem nicht mehr gewöhnt.

Der zweite feste Gegenstand, den das Bündel enthielt, war ein Skean. Aber im Gegensatz zu den schäbigen, abgetragenen Kleidern war er nagelneu und glänzend und seine Klinge scharf wie ein Rasiermesser. Ich schob ihn in den Verschluß meines Umhangs. Das Gewicht war beruhigend. Der Skean war die einzige Waffe, mit der ich mich sehen lassen durfte.

Der letzte feste Gegenstand, den ich dem Bündel entnahm, war ein flacher Holzbehälter, der etwa fünfundzwanzig mal fünfundzwanzig Zentimeter maß. Ich öffnete ihn. Er war sorgfältig in Abschnitte unterteilt, die mit schwammähnlichem Material ausgelegt waren. In den einzelnen Fächern lagen winzig kleine Glasscheiben, die auf Wolf so wertvoll wie Edelsteine waren. Es handelte sich um Linsen: Kameralinsen, Mikroskoplinsen – und sogar um Brillengläser. So eng wie sie gepackt waren, mußten es über hundert sein. Und der Behälter war stoßfest.

Die Linsen lieferten mir das Alibi für meine Reise nach Shainsa. Über den allgemeinen Handel hinaus sind ein paar Artikel terranischer Fertigung auf Wolf im wahrsten Sinne des Wortes ihr Gewicht in Platin wert: Vakuumröhren, Transistoren, Kamera- und Fernrohrlinsen, Spirituosen und Feinmechanikerwerkzeuge.

Selbst in Städten, die die Terraner nie betreten haben, erzielen diese Dinge exorbitante Preise – und der Handel damit ist ein Vorrecht der Trockenstädter. Wie ich von Juli wußte, hatte Rakhal sich als Händler für Mikrodrähte und chirurgische Instrumente betätigt. Wolf ist kein mechanisierter Planet. Er hat nie eine Industrie von Wichtigkeit hervorgebracht. Die Psychologie der Nichtmenschen bringt nur in seltenen Fällen technischen Fortschritt mit sich.

Durch den Korridor kehrte ich wieder in das Zimmer

zurück, in dem Juli auf mich wartete. Als ich einen kurzen Blick in einen zwei Meter hohen Spiegel warf, war ich überrascht. Nichts deutete mehr darauf hin, daß ich noch vor kurzem ein terranischer Beamter gewesen war, der sich in seinem schlecht sitzenden Aufzug völlig fehl am Platze vorkam. Es war ein Trockenstädter, der mich ansah, eine hagere und narbenbedeckte Gestalt – und sein Gesicht zeigte sicher nicht weniger Erstaunen als das meine.

Als ich das Zimmer betrat, wirbelte Joanna herum. Sie erblaßte sichtlich, doch dann fand sie ihre Selbstkontrolle wieder und stieß ein nervöses und abgehacktes Lachen aus.

»Herrje, Race, fast hätte ich dich nicht wiedererkannt!«

»Ja«, sagte Juli leise, »so ... so erinnere ich mich besser an dich. Du siehst ... Du siehst fast aus wie ...«

Die Tür flog auf, und Mickey Magnusson stampfte herein, ein wohlgenährter kleiner Junge mit höhensonnengebräunter Haut und vor Gesundheit strotzend. Er hatte irgendeinen Gegenstand in der Hand, der kleine, bunte Blitze versprühte.

Ich grinste den Jungen an. Erst dann fiel mir ein, daß ich nicht nur maskiert war, sondern auch sonst einen schrecklichen Anblick bieten mußte.

Der Kleine zuckte zurück, aber Joanna legte ihm eine gewichtige Hand auf die Schulter und murmelte ihm etwas Beruhigendes zu.

Mickey tappste auf Juli zu und hielt dabei das glänzende Ding in der Hand, als wolle er ihr etwas zeigen, was ihm äußerst wertvoll und wichtig erschien. Juli beugte sich zu ihm hinunter und breitete die Arme aus. Dann zuckte es in ihrem Gesicht, und sie streckte blitzschnell die Hand nach dem Spielzeug aus.

»Mickey, was ist das?«

Der Junge verbarg das Ding schützend hinter seinem Rücken. »Meins!«

»Mickey, sei nicht ungezogen«, sagte Joanna.

»Bitte, laß es mich sehen«, schmeichelte Juli. Obwohl der Junge immer noch mißtrauisch war, gab er zögernd nach. Es handelte sich um ein gewinkeltes, sternförmiges Prisma aus Kristall, das in einem Rahmen steckte und sich wie ein Solidobild um sich selbst drehen konnte. Aber jedesmal, wenn man es in Bewegung setzte, zeigte es ein anderes, komisch wirkendes Gesicht.

Mickey drehte es wieder und wieder; offenbar genoß er es, im Zentrum der Aufmerksamkeit zu stehen. Dutzende von Gesichtern wechselten sich mit jeder Drehung des Prismas ab. Sie waren menschlich und nichtmenschlich und ausnahmslos matt und leicht verzerrt. Auf der Kristalloberfläche erschien nicht nur mein Gesicht, sondern auch das von Juli und Joanna. Aber es waren keine Spiegelbilder, sondern Karikaturen.

Ein erstickender Laut Julis ließ mich verschreckt herumfahren. Sie hatte sich zu Boden fallen lassen, saß weiß wie der Tod da und stützte sich mit beiden Händen ab.

»Race! Du mußt herausbekommen, wo er dieses Ding her hat!«

Ich beugte mich über sie und ergriff ihre Schultern.

»Was ist los mit dir?« fragte ich. Sie war wieder in den halb beduselten, schlafwandlerischen Zustand zurückgefallen, in dem ich sie an diesem Morgen angetroffen hatte. »Das ist kein Spielzeug«, flüsterte sie leise. »Rindy hat auch so ein Ding gehabt. Joanna, *wo hat er es her?*« Sie zeigte mit einem solch entsetzten Ausdruck auf das glänzende Ding, daß er lächerlich gewirkt hätte – wäre er weniger real und schreckerfüllt gewesen.

Joanna legte den Kopf zur Seite und runzelte nachdenklich die Stirn. »Wenn ich es mir recht überlege ... Ich weiß es auch nicht. Ich bin davon ausgegangen, daß er es von einem Chak geschenkt bekommen hat. Vielleicht hat er es sich auch im Basar gekauft. Er ist ganz vernarrt in das Ding. Jetzt steh aber bitte vom Boden auf, Juli!«

Juli kam taumelnd wieder auf die Beine. »Rindy hatte auch so ein Ding«, sagte sie. »Es ... es hat mir Angst gemacht. Sie konnte stundenlang dasitzen und es sich ansehen, und ... Ich habe dir davon erzählt, Race. Und als ich es dann hinauswarf, wurde sie wach und schrie. Sie hat stundenlang geschrien, und dann lief sie im Dunkeln hinaus und scharrte es wieder aus dem Abfallhaufen, unter dem ich es begraben hatte. Sie lief im Dunkeln hinaus und brach sich alle Fingernägel ab, aber sie hat es wieder ausgegraben.« Juli verharrte und sah Joanna mit weitaufgerissenen Augen flehend an.

»Aber deswegen«, sagte Joanna mit milder, leicht tadelnder Freundlichkeit, »brauchst du dich doch nicht so aufzuregen. Ich glaube nicht, daß Mickey so sehr daran hängt, und außerdem habe ich nicht vor, es wegzuwerfen.« Sie klopfte Juli beruhigend auf die Schulter, schob Mickey sanft zur Tür und drehte sich um, um ihm zu folgen. »Ihr wollt sicher noch unter vier Augen miteinander reden, bevor Race geht. Viel Glück bei deinem Unternehmen, Race.« Sie schüttelte mir die Hand. »Und mach dir keine Sorgen um Juli«, fügte sie etwas leiser hinzu. »Wir werden uns schon um sie kümmern.«

Als ich mich zu Juli umwandte, stand sie am Fenster und schaute durch die seltsam gefilterte Scheibe, die aus der roten eine orangene Sonne machte.

»Joanna hält mich für verrückt, Race.«

»Sie hält dich für etwas aufgedreht.«

»Rindy ist ein eigenartiges Kind. Sie ist eine echte

Trockenstädterin. Aber es liegt nicht an meiner Phantasie, Race, ganz und gar nicht. Da ist etwas, daß ...« Plötzlich fing sie wieder laut an zu schluchzen.

»Heimweh, Juli?«

»In den ersten Jahren hatte ich es – ein bißchen. Aber ich war glücklich, glaub mir.« Sie wandte mir das Gesicht zu. Es war feucht von Tränen. »Du mußt mir glauben, daß ich nie auch nur eine Minute bedauert habe.«

»Das freut mich«, sagte ich dumpf. *Das paßte ja wunderbar.*

»Nur dieses Spielzeug ...«

»Wer weiß? Vielleicht kann es uns irgendeinen Hinweis liefern.« Auch mich hatte das Spielzeug an etwas erinnert, und ich versuchte mir darüber klarzuwerden, an was. Ich hatte in der Kharsa schon nichtmenschliches Spielzeug gesehen, einiges davon sogar für Macks Kinder gekauft. Wenn ein alleinstehender Mann regelmäßig zu Leuten eingeladen wird, die fünf Kinder haben, besteht die einzige Möglichkeit, ihre Gastfreundschaft zu vergelten, darin, daß man den Kindern irgendwelche Kleinigkeiten mitbringt. Aber ein Spielzeug wie dieses hatte ich bis gestern nie gesehen. Der Spielzeughändler, den man aus der Kharsa vertrieben hatte, der in Nebrans Schrein geflohen und dann verschwunden war ... Er hatte ein halbes Dutzend dieser funkensprühenden Sternenprismen bei sich gehabt.

Ich versuchte mir das Bild des kleinen Spielzeugverkäufers in Erinnerung zurückzurufen. Mein Versuch brachte nicht viel Erfolg. Ich hatte ihn nur kurz gesehen, und dann hatte er auch noch eine Kapuze getragen.

»Juli, kennst du einen kleinen Mann, der wie ein Chak aussieht? Er ist nur kleiner, geht gebückt und hat einen Buckel. Er verkauft Spielzeug ...«

Sie sah bestürzt auf. »Ich glaube nicht, aber in den

Polarstädten gibt es solche kleinen Chaks. Aber ich bin mir sicher, daß ich noch nie einen gesehen habe.«

»Es war nur eine Idee.« Aber eine Idee, die das Nachdenken lohnte. Ein Spielzeughändler war verschwunden. Bevor Rakhal untergetaucht war, hatte er Rindys gesamtes Spielzeug zerschlagen. Und der Anblick eines kristallenen, geschnitzten Glitzerdings hatte Juli einen hysterischen Anfall beschert.

»Ich gehe besser, bevor es zu dunkel wird«, sagte ich, schloß den letzten Verschluß meines Hemdkittels, steckte den Skean ein und zählte das Geld, das Mack mir vorgeschossen hatte. »Ich werde in die Kharsa gehen und nach der Karawane suchen, die nach Shainsa geht.«

»Dort willst du zuerst hin?«

»Wohin sonst?«

Juli drehte sich um und stützte sich mit einer Hand an der Wand ab. Sie sah krank und zerbrechlich aus – und Jahre älter als sie wirklich war. Plötzlich umschlang sie mich mit ihren dünnen Armen. Eines der Kettenglieder streifte mich und tat mir weh. Sie weinte laut und rief: »Race, Race! Er wird dich umbringen! Wie soll ich weiterleben, wenn ich auch das noch auf dem Gewissen habe?«

»Man kann eine ganze Menge auf dem Gewissen haben und trotzdem weiterleben.« Entschlossen löste ich mich aus ihrem Griff. Ein Kettenglied verfing sich in der Spange meines Umhangs, und wieder rastete in mir etwas ein. Ich packte die Kette mit beiden Händen, stützte mich mit dem Fuß an der Wand ab und zog. Die Glieder bogen sich auseinander. Als die Kette riß traf eines ihrer Enden Juli unterhalb des Auges. Ich zerrte an den Verschlüssen ihrer juwelenbesetzten Handschellen, riß sie ihr von den Gelenken und warf das ganze Zeug in eine Ecke, wo es mit einem Rasseln zu Boden fiel.

»Verdammt noch mal«, brüllte ich, »damit ist es aus! Du wirst diese Dinger *nie wieder* tragen!« Nach sechs Jahren in den Trockenstädten konnte sie jetzt vielleicht verstehen, was sechs Jahre Schreibtischarbeit aus mir gemacht hatten.

»Juli, ich werde Rindy finden. Und ich werde auch Rakhal mitbringen – und zwar lebend. Aber verlange nicht mehr von mir. Er wird noch am Leben sein. Aber frag nicht, in welchem Zustand.«

Wenn ich mit ihm fertig war, würde er noch lebendig sein. Sicher würde er noch lebendig sein. Noch.

5. Kapitel

Als ich – schäbig und unverdächtig gekleidet – durch das Seitentor schlüpfte und mich dem Raumhafenplatz näherte, fing es an dunkel zu werden. Jenseits der gelben Lampen, das wußte ich, begann sich mit dem Einbruch der Nacht die Altstadt mit Leben zu füllen. Männer und Frauen, Menschen und Nichtmenschen verließen dann die eng beieinanderstehenden Kieselhäuser und gingen auf die mondhellen Straßen hinaus.

Wenn mich überhaupt jemand beim Überqueren des Platzes bemerkte, dann mußte er mich für irgendeinen Vagabunden aus den Trockenstädten halten, der neugierig auf die Stadt der Fremden war, die von den Sternen kamen, und der, nachdem er seine Neugier befriedigt hatte, dorthin zurückkehrte, woher er gekommen war. Ich bog in eine der finsteren Gassen ein, die vom Hauptplatz wegführten, und wanderte bald darauf durch die Dunkelheit.

Als Terraner war mir die Kharsa nicht unbekannt, aber während der letzten sechs Jahre hatte ich sie nur bei Tage gesehen. Ich zweifelte daran, daß sich in dieser Nacht auch nur ein Dutzend Erdenmänner in der Altstadt aufhielten. Einen sah ich im Basar, aber er war schmutzig und stockbetrunken, einer jener heimatlosen Abtrünnigen, die zwischen den Welten stehen und doch keiner angehören. Aus mir wäre beinahe dasselbe geworden.

Mit den ansteigenden Straßen ging ich weiter den Hügel hinauf. Einmal blickte ich mich um und sah unter mir den hellerleuchteten Raumhafen und den schwarzen, mit zahllosen Fenstern ausgestatteten Wolkenkratzer, der wie ein fremdartiger Schatten im rotvioletten Mondlicht stand. Ich wandte beidem den Rücken zu und ging weiter.

Am Rande des Diebesmarktes legte ich vor einer Weinstube, in der Trockenstädter willkommen waren, eine Pause ein. Ein goldfarbenes, nichtmenschliches Kind murmelte etwas, als es neben mir über die Straße tapste, und ich hielt an und hatte plötzlich ein Gefühl des Lampenfiebers. Beherrschte ich den Dialekt der Shainsa überhaupt noch? Mit Spitzeln wurde auf Wolf meist nicht zimperlich verfahren – und obwohl ich kaum zwei Kilometer vom Raumhafen entfernt war, war ich hier ebenso ungeschützt wie auf einem der planetaren Monde. Diesmal standen keine Wachtposten mit Schockern hinter mir. Und vielleicht erinnerte sich sogar jemand an die Geschichte des Erdenmenschen mit dem Narbengesicht, der verkleidet in die Shainsa eingedrungen war ...

Ich zog mir den Umhang um die Schultern, öffnete die Tür und trat ein. Mir war wieder eingefallen, daß Rakhal auf mich wartete – zwar nicht hinter dieser Tür, aber am Ende meiner Reise. Hinter einer anderen Tür. Irgendwo. Und es gibt ein Sprichwort in der Shainsa: *Eine Reise ohne Anfang hat kein Ende.*

An dieser Stelle hörte ich auf, mir Gedanken über Juli, Rindy und das Terranische Imperium zu machen – oder das, was Rakhal, der zu viele terranische Geheimnisse kannte, unternehmen würde, wenn er sich auf die andere Seite geschlagen hatte. Meine Finger fuhren hoch und glitten unbewußt über die zackige Narbe, die meinen Mund verunstaltete. In diesem Augenblick dachte ich nur noch an Rakhal, an unsere noch nicht beendete Fehde und meine Rache.

Im Inneren der Weinstube brannten rote Lampen. Männer lagen ausgestreckt auf abgewetzten Sofas. Ich stolperte über jemanden, suchte mir einen freien Platz, ließ mich darauf niedersinken und ahmte automatisch das lässige Gebahren eines Trockenstädters nach, der unter seinesgleichen ist. In der Öffentlichkeit verhielten sie sich steif und förmlich, selbst beim Essen und Trinken, aber wenn sie unter sich waren, bedeutete alles, was einer gelassenen Körperhaltung widersprach, Wachsamkeit. Und das war beleidigend. Denn nur wer Angst davor hatte, heimtückisch ermordet zu werden, blieb stets auf der Hut.

Ein Mädchen mit einem verfilzten Zopf, der ihr bis auf den Rücken reichte, kam auf mich zu. Ihre Hände waren ungefesselt was bedeutete, daß sie eine Frau aus der niedrigsten Klasse war und nicht bewacht zu werden brauchte. Ihr Fellkittel war abgetragen und verschmutzt. Ich bestellte Wein. Als er kam, war er überraschend gut; ein süßer und hinterlistiger Tropfen aus Adcarran. Ich sah mich um. Hin und wieder nahm ich einen kleinen Schluck.

Wenn die Karawane nach Shainsa morgen aufbrechen wollte, mußte man hier etwas davon wissen. Ich hätte nur ein Wort fallenzulassen brauchen – wenn man erfuhr, daß ich mich auf der Rückreise befand, erforderte es die eiserne Sitte, daß man mich einlud, in Gesellschaft zu reisen.

Nachdem ich das Mädchen zum zweitenmal nach Wein geschickt hatte, stand jemand von einer naheliegenden Couch auf und kam auf mich zu.

Der Mann war sogar für einen Trockenstädter ziemlich groß, und irgendwie kam er mir sogar schwach bekannt vor. Zu den üblichen Halsabschneidern der Kharsa gehörte er jedoch nicht, denn sein Gewand war mit silbernen Fäden durchwirkt und aus kostbarer, bestickter Seide. Der Handgriff seines Skeans war aus einem grünen Edelstein geschnitzt.

Bevor er mich ansprach, blieb er eine Weile vor mir stehen und musterte mich eingehend. »Ich vergesse niemals eine Stimme, aber ich kann mich einfach nicht an Ihr Gesicht erinnern. Bin ich Ihnen irgendwie verpflichtet?«

Obwohl ich mich mit dem Mädchen in einem Jargon verständigt hatte, sprach er mich in dem musikalischen Singsang an, dessen man sich in Shainsa bedient. Statt einer Antwort bedeutete ich ihm, Platz zu nehmen. Es ist Sitte auf Wolf, Freundlichkeit dadurch zu erkennen zu geben, indem man sich unverbindlich gibt. Direkte Fragen grenzen an Grobheit, und wer eine direkte Antwort gibt, wird sofort als Simpel eingestuft.

»Etwas Trinkbares?«

»Ich habe mich ungebeten zu Ihnen gesetzt«, gab der Fremde zurück und gab dem bezopften Mädchen einen Wink. »Bring uns besseren Wein als dieses Spülwasser!«

An seinen Worten und Bewegungen erkannte ich ihn, und meine Zähne schlugen hart aufeinander. Mein Gast war niemand anders als das Großmaul, das im Raumhafencafé mit mir hatte kämpfen wollen – und dann beim Anblick des dunkelhaarigen Mädchens mit dem Zeichen Nebrans auf der Brust davongelaufen war.

Aber im Schein des armseligen Lichts hatte er mich nicht wiedererkannt. Ich schob mich absichtlich in das satte, rote Glühen. Wenn er in mir nicht den Terraner erkannte, mit dem er sich letzte Nacht angelegt hatte, war es ziemlich unwahrscheinlich, daß mir ein anderer auf die Schliche kam. Er musterte mich ein paar Minuten lang, aber schlußendlich zuckte er die Achseln und genoß den bestellten Wein.

Drei Gläser später wußte ich, daß er Kyral hieß, mit Drähten und Feinmechanikerwerkzeugen handelte und die Orte der Nichtmenschen abklapperte. Ich sagte ihm, daß ich Rascar hieße.

»Haben Sie vor, nach Shainsa zurückzukehren?« fragte er mich.

Da ich nicht in eine Falle laufen wollte, zögerte ich zunächst. Aber da mir die Frage dann doch harmlos erschien, konterte ich mit einer Gegenfrage: »Sind Sie lange in der Kharsa gewesen?«

»Mehrere Wochen.«

»Geschäfte gemacht?«

»Nein.« Er beschäftigte sich wieder mit seinem Wein. »Ich habe ein Mitglied meiner Familie gesucht.«

»Haben Sie ihn gefunden?«

»Sie«, sagte Kyral und spuckte zeremoniell aus. »Nein, ich habe sie nicht gefunden. Welche Geschäfte betreiben Sie in Shainsa?«

Ich lachte kurz. »Offengestanden – ich suche *auch* nach einem Mitglied meiner Familie.«

Kyrals Augen wurden zu kleinen Schlitzen. Vermutlich dachte er, ich wolle ihn verspotten. Da aber die Privatsphäre in den Trockenstädten den allerstrengsten Regeln unterlag und Spott dieser Art bedeutete, daß man nicht gewillt war, weitere Informationen abzugeben, stellte er keine weiteren Fragen.

»Ich könnte noch jemanden brauchen, der sich um die Fracht kümmert. Können Sie mit Packtieren umgehen? Wenn ja, würde ich Sie unter dem Schutz meiner Karawane willkommen heißen.«

Ich willigte ein. Und dann, als ich darüber nachdachte, daß Juli und Rakhal in Shainsa ziemlich bekannt sein mußten, fragte ich: »Kennen Sie einen Händler, der sich Sensar nennt?«

Kyral zeigte eine unmerkliche Regung. Ich sah, wie der Blick seiner Augen über meine Narben wanderte. Dann wurde er merklich reservierter. Ein Vorhang schien sich vor sein Gesicht zu senken. Dahinter gewahrte ich ein kaum merkliches, zufriedenes Aufleuchten. »Nein«, log er und stand auf.

»Sobald es Tag wird, brechen wir auf. Sehen Sie zu, daß Sie dann alles beieinander haben.« Er warf mir etwas zu, das ich in der Luft auffing. Es war ein Stein, der in der shainsaischen Krakelschrift Kyrals Namen trug. »Wenn Sie wollen, können Sie bei der Karawane schlafen. Geben Sie Cuinn dieses Kennzeichen.«

Kyrals Karawane hatte ihr Lager auf einem öden Feld jenseits der fernsten Tore der Kharsa aufgeschlagen. Etwa ein Dutzend Männer war damit beschäftigt, die Packtiere zu beladen. Es waren Pferde, die hauptsächlich von Darkover stammten. Den ersten Mann, den ich traf, fragte ich nach Cuinn. Er deutete auf einen kräftigen Burschen mit leuchtendrotem Umhang. Er las gerade einem jungen Mann die Leviten, der sein Packtier falsch beladen hatte.

Shainsaisch ist eine Sprache, die sich besonders gut zum Fluchen eignet, und was Cuinn anging, so war er darin besonders talentiert. Während ich darauf wartete, daß ich ihm Kyrals Kennzeichen überreichen konnte, hörte ich ihm bewundernd und etwas fassungslos zu.

Im Schein des Feuers sah ich, was ich zur Hälfte schon erwartet hatte: Auch er gehörte zu den Trockenstädtern, die versucht hatten, mich im Raumhafencafé auseinanderzunehmen. Cuinn schenkte dem bearbeiteten Stein kaum einen Blick. Er warf ihn mir zurück und deutete auf eines der Packtiere. »Packen Sie die Sachen, die Ihnen gehören, auf das da. Und dann bringen Sie diesem hohlköpfigen Sandalenträger bei, wie man einen Gepäckgurt festmacht.« Das Wort Sandalenträger galt in Shainsa als besonders böse Beleidigung.

Cuinn holte tief Luft und fing dann erneut an, auf den glücklosen jungen Burschen einzuschimpfen. Ich entspannte mich. Auch er hatte mich allem Anschein nach nicht erkannt. Ich nahm den Gurt in die Hand und zog ihn durch die Sattelschlaufe. »Siehst du, es geht so«, erklärte ich dem Jungen. Cuinn unterbrach seine Schimpfkanonade gerade lange genug, um mir anerkennend zuzunicken. Dann zeigte er auf einen ineinander verschachtelten Kistenstapel.

»Helfen Sie ihm beim Aufladen. Bei Tagesanbruch wollen wir aus der Stadt sein«, ordnete er an. Dann ging er und stürzte sich mit Gefluche auf den nächsten Mann.

Kyral kam gegen Morgengrauen. Ein paar Minuten später waren von unserem Lager nur noch ein paar verstreut herumliegende Abfallhaufen übriggeblieben.

Trotz der ewigen Herumflucherei Cuinns hielt die Karawane ausgezeichnet Disziplin und wurde von sachverständiger Hand geleitet. Die Männer waren Trockenstädter, insgesamt elf. Sie waren schweigsam, geschickt und größtenteils noch ziemlich jung. Wenn wir während der Tagesstunden unterwegs waren, gaben sie sich ausgelassen und behandelten die Packtiere mit kompetenter Hand. Den größten Teil der Abendstunden verbrachten sie rings um das Feuer, wo sie ruhig mit den geschnitzten Kristallprismen spielten, die sie anstelle von Würfeln benutzten.

Drei Tage nachdem wir die Kharsa hinter uns gelassen hatten, fing ich an, mir wegen Cuinn Sorgen zu machen. Es war natürlich eine besondere Art von Pech, in Kyrals Karawane auf die drei Männer aus dem Raumhafencafé zu stoßen. Kyral hatte mich ganz offensichtlich nicht erkannt, und er schenkte mir nicht einmal tagsüber mehr Aufmerksamkeit, als zum Erteilen irgendeines Befehls nötig war. Der zweite von den dreien war ein unscheinbarer Junge, der mir nie wieder groß in die Quere gekommen war – aber Cuinn war ein spezieller Fall.

Er war in meinem Alter, und der Blick seiner wilden Augen hatte etwas Verschlagenes an sich, dem ich nicht trauen konnte. Mehr als einmal fiel mir auf, daß er mich beobachtete, und bei zwei oder drei Gelegenheiten, als er mir ein Gespräch aufzwang, fand ich seine Fragen direkter, als es das gute Benehmen der Trockenstädter erlaubte. Nach und nach machte ich mich mit dem Gedanken vertraut, daß ich ihn vielleicht töten mußte, bevor wir Shainsa erreichten.

Wir überquerten das Vorgebirge und fingen an, uns in die Berge hinaufzuarbeiten. Während der ersten Tage stellte ich fest, daß ich, je höher wir kamen, zunehmend kurzatmiger wurde, aber dann gewöhnte ich mich daran und paßte mich an die Tage und Nächte der Reise an. Die Handelsstadt war noch immer ein Funkfeuer in der Nacht, aber mit jedem weiteren Tag nahm ihr Leuchten am Horizont ab und wurde matter.

Wir stiegen höher und bewegten uns über dermaßen gefährliche Pfade dahin, daß wir absteigen und die Packtiere sich schrittweise selbst den Weg suchen mußten. In diesen Höhen flammte die Sonne in den Mittagsstunden heller und roter, und die Trockenstädter, die aus einer Gegend stammen, die einst Meerboden war, litten bald an Sonnenbrand und Hautbläschen. Da ich unter der flammenden Sonne Terras aufgewachsen war und ein roter Stern mir nicht einmal zur heißesten Stunde etwas anhaben kann, ging es mir ganz gut. Schon das hätte mich verdächtig machen müssen. Und wieder stellte ich fest, daß Cuinn mich mit einem wilden Blick musterte.

Als wir über die Pässe kamen und den langen Abstieg begannen, der durch die dichten Wälder führte, kamen wir ins Land der Nichtmenschen. Um dem Geisterwind aus dem Weg zu gehen, mieden wir das Gebiet von Charin und die Wälder der Ya-Männer, die sich während dieser Zeit kannibalistisch betätigen.

Später führte uns der Weg durch noch dichtere Wälder aus Indigobäumen und gräulich-purpurnen Farnkräutern. In den Nächten vernahmen wir das Geheul der Katzenmenschen, die in diesen Breitengraden heimisch sind. Nachts stellten wir Wachtposten auf, denn die Dunkelheit war erfüllt von finsteren Schatten, geheimnisvollen Geräuschen, seltsamen Gerüchen und rätselhaftem Geraschel.

Dennoch – unsere Tagesmärsche und Nachtwachen verliefen ereignislos, bis jene Nacht kam, in der ich mit Cuinn zusammen Wache schob. Ich hatte meinen Posten am Lagerrand bezogen, das Feuer im Rücken. Die Männer schliefen schnarchend und hatten sich um die Feuerstelle gelegt. Die Tiere, die doppelt angebunden waren, bewegten sich unruhig und schnaubend.

Ich hörte Cuinns Schritte hinter mir. Dann hörte ich am Waldrand ein Rascheln. Ich sah eine Bewegung und glaubte hinter den Bäumen jemanden flüstern zu hören, deswegen drehte ich mich um, um ihn darauf aufmerksam zu machen. Und dann sah ich, wie er auf den Lichtungsrand zuglitt.

Im ersten Augenblick dachte ich mir nichts dabei, sondern nahm an, er wolle lediglich etwas näher an die Lücke zwischen den Bäumen herangehen, zwischen denen er verschwand. Ich nehme an, daß ich dachte, er wolle lediglich die Ursache irgendeines Geräusches erkunden, das er gehört hatte. Vielleicht hatte er auch einen Schatten gesehen und rechnete damit, daß ich mich bereithielt.

Dann sah ich hinter den Bäumen Lichtgeflacker. Das Licht der Laterne, die Cuinn in der Hand hielt! Er gab jemandem ein Zeichen! Ich öffnete die Sicherung der Spange, in der mein Skean steckte, und eilte hinter ihm her. In der matter werdenden Feuerglut glaubte ich mehrere glitzernde Augen zu erkennen, die mich beobachteten. Ich duckte mich und sprang. In einem Gewirr von wirbelnden Armen und Beinen stürzten wir beide zu Boden. In weniger als einer Sekunde hatte er seinen Skean in der Hand. Ich packte sein Gelenk und versuchte verzweifelt, die Klinge von meiner Kehle wegzudrücken.

»Sei kein Narr!« keuchte ich. »Ein Schrei – dann ist das ganze Lager auf den Beinen! Wem hast du ein Zeichen gegeben?«

Im Lichtschein der heruntergefallenen Laterne sah er mit seinen höhnisch gefletschten Zähnen beinahe wie ein Nichtmensch aus. Einen Augenblick lang packte er die Klinge fester, dann ließ er sie sinken. »Laß mich aufstehen«, sagte er.

Ich ließ ihn los und stieß den heruntergefallenen Skean mit dem Fuß auf ihn zu. »Steck das weg. Was, zum Teufel, hattest du vor? Wolltest du uns die Katzenmenschen auf den Hals hetzen?«

Einen Moment lang machte er einen verwunderten Eindruck, dann setzte er wieder seine altbekannte Miene auf und sagte mit zornerfüllter Stimme: »Kann man sich nicht einmal ein Stück vom Lager entfernen, ohne dabei halb erwürgt zu werden?«

Ich musterte ihn mit einem finsteren Blick. Schließlich wurde mir klar, daß ich im Grunde überhaupt nichts gegen ihn in der Hand hatte. Er konnte einem menschlichen Bedürfnis gefolgt sein und die Laterne nur versehentlich mitgenommen haben. Und wenn mich jemand von hinten angefallen hätte, hätte ich möglicherweise ebenso das Messer gezogen. Deswegen sagte ich nur: »Mach das nicht noch mal. Wir sind alle übernervös.«

In dieser Nacht gab es keine weiteren Zwischenfälle. Auch in der nächsten nicht. In der übernächsten sah ich, als ich eingehüllt in meinen Umhang am Feuer auf einer Decke lag, wie Cuinn aus seinem Schlafsack glitt und sich erneut davonstahl. Kurz darauf leuchtete es in der Dunkelheit auf, aber bevor ich mich zum Aufstehen entschließen konnte, um ihm gegenüberzutreten, kam er zurück, warf den schnarchenden Männern einen sorgfältigen Blick zu und nahm seinen Schlafplatz wieder ein.

Als wir das nächste Lager aufbauten, hielt Kyral neben mir an und fragte: »Ist Ihnen während der letzten Tage etwas Ungewöhnliches aufgefallen? Ich werde den Verdacht nicht los, daß wir verfolgt werden. Morgen werden wir aus diesem Waldgebiet heraus sein, und danach geht die Straße nach Shainsa nur noch durch offenes Gelände. Wenn irgend etwas passieren sollte, dann müßte es heute nacht sein.«

Ich fragte mich, ob ich ihm von Cuinns Signalen erzählen sollte. Nein, ich war aus privaten Gründen nach Shainsa unterwegs. Warum sollte ich mich in irgendeine Intrige einmischen, die mich nichts anging?

»Sie und Cuinn werden wieder die Wache übernehmen«, sagte Kyral. »Die älteren Männer dösen mir zu oft ein, und was die jungen angeht, so haben die entweder nur Dummheiten im Kopf oder geben sich Tagträumereien hin. Meist ist das ja nicht weiter schlimm, aber heute nacht hätte ich gerne jemanden, der die Augen offenhält. Kannten Sie Cuinn eigentlich schon, bevor Sie zu uns stießen?«

»Hab ihn noch nie gesehen.«

»Komisch, ich hatte den Eindruck ...« Er zuckte die Achseln und drehte sich um. Dann hielt er in der Bewegung inne.

»Wenn irgend etwas nicht in Ordnung sein sollte ...

zögert nicht, das Lager aufzuwecken. Besser ein falscher Alarm, als von einem Angriff aus dem Hinterhalt aufgeweckt zu werden. Wenn es zu einem Kampf käme, würde es nicht gut für uns aussehen. Wir haben zwar alle einen Skean, aber ich glaube nicht, daß jemand einen Schocker bei sich hat – von einem Schießeisen ganz zu schweigen. Sie haben nicht zufällig eins bei sich?«

Nachdem die Männer sich zusammengrollt hatten, hielt Cuinn, der das Lager umschritt, einen Augenblick bei mir an und deutete mit dem Kopf auf das raschelnde Walddickicht.

»Was ist denn da los?«

»Wer weiß? Vielleicht schleichen die Katzenmenschen da herum und stellen sich vor, welch gute Mahlzeit die Pferde abgeben würden. Oder vielleicht auch wir.«

»Meinst du, es kommt zu einem Kampf?«

»Keine Ahnung.«

Eine Weile lang studierte er mich wortlos. »Und wenn es dazu käme?«

»Dann würden wir kämpfen.« Und dann schnappte ich nach Luft, denn Cuinn hatte Terra-Standard gesprochen, und ich hatte ihm gedankenlos in der gleichen Sprache geantwortet. Er grinste und zeigte mir seine weißen, spitzgefeilten Zähne.

»Dachte ich mir's doch!«

Ich packte seine Schulter und sagte mit harter Stimme: »Und was willst du jetzt tun?«

»Das kommt ganz auf dich an«, antwortete er, »und auf das, was du in Shainsa willst. Ich will die Wahrheit wissen. Was hast du in der terranischen Enklave gemacht?« Er gab mir keine Möglichkeit zu einer Antwort. »Du weißt, wer Kyral ist, nicht wahr?«

»Ein Händler«, sagte ich, »der mir einen Lohn zahlt und sich ansonsten um seine eigenen Dinge kümmert.«

Ich ging etwas zurück, legte die Hand auf meinen Skean und bereitete mich auf einen plötzlichen Angriff vor. Cuinn machte jedoch keinerlei aggressive Bewegungen.

»Kyral sagte, du hättest nach Rakhal Sensar gefragt«, sagte er. »Raffiniert. Ich allerdings hätte dir sagen können, daß er Rakhal niemals zu Gesicht bekommen hat. Ich ...«

Er hielt inne. Der Wald gab ein Geräusch von sich – ein unheimliches Heulen. »Wenn du sie uns auf den Hals gehetzt hast ...« sagte ich.

Cuinn schüttelte hastig den Kopf. »Ich mußte die Möglichkeit nutzen, um den anderen Bescheid zu geben. Es wird nicht funktionieren. Wo ist das Mädchen?«

Ich hörte kaum, was er sagte. Stattdessen hörte ich das Schnappen von Zweigen und leise dahinschleichende Füße. Ich wollte mich gerade umdrehen, um das Lager mit einem Schrei zu warnen, als Cuinn mich feste packte und drängend sagte: »Schnell! Wo ist das Mädchen? Kehr um und sage ihr, daß es nicht gelingen wird. Wenn Kyral geahnt hätte ...«

Er beendete diesen Satz niemals. Direkt hinter uns ertönte das nächste unheimliche Heulen. Ich schubste Cuinn beiseite, und plötzlich war die Nacht von geduckten Gestalten erfüllt, die wie ein Wirbelwind über uns herfielen.

Ich brüllte wie ein Wahnsinniger, um das Lager aufzuwecken. Die Männer sprangen auf, rollten sich aus ihren Decken und kämpften um ihr Leben. Immer noch laute Schreie ausstoßend, rannte ich mit aller Kraft auf das Gehege zu, in dem wir die Pferde angebunden hatten. Ein schlanker, schwarzbehaarter Katzenmensch hockte auf dem Boden und zerschnitt gerade die Fußfesseln des ihm am nächsten stehenden Tieres. Ich warf mich auf ihn. Er fuhr herum, ließ seine Klauen durch die

Luft wirbeln und zerkratzte mir die Schulter mit Nägeln, die mein Hemd wie Papier zerrissen. Ich riß den Skean hoch und stieß zu. Seine Krallen verkrampften sich in meiner Schulter. Ich stöhnte vor Schmerz. Dann heulte das Wesen auf und taumelte mit wirbelnden Armen zurück. Es zuckte und lag still.

Auf der Lichtung krachten in kurzen Abständen vier Schüsse. Im Gegensatz zu dem, was Kyral gesagt hatte, schien doch jemand eine Pistole zu haben. Ich hörte einen der Katzenmenschen wimmern, dann ein heiseres, leiser werdendes Rasseln. Etwas Dunkles umklammerte meinen Arm, und ich stieß mit dem Messer zu. Dann ging ich in die Knie, weil sich erneut jemand in meinen Rücken krallte.

Ich schaffte es, die Unterschenkel des Angreifers unter die Armbeuge zu bekommen und setzte ein Knie auf sein Rückgrat. Dann drückte ich zu, bis er hoch und klagend aufschrie.

Ich spürte, wie das Rückgrat des Katzenmenschen brach, und hörte, wie das tote Ding miaute, als die Luft aus seinen Lungen entwich. Es fiel zur Seite. Aufrechtstehend war es kaum einen Meter zwanzig groß gewesen. Im Schein des ersterbenden Feuers konnte man es für einen toten Luchs halten.

»Rascar ...« Ich hörte jemanden nach Luft ringen und aufstöhnen. Als ich herumfuhr, sah ich, wie Kyral unter dem Ansturm von sechs oder sieben rasenden Halbmenschen zu Boden ging. Ich warf mich in das Körpergewimmel hinein, riß einen der Körper hoch und versetzte ihm einen Schlag gegen die Kehle.

Sie waren leicht zu töten.

Ich hörte einen hohen, eindringlichen Schrei in der Katzensprache. Dann schienen die fellbewehrten, schwarzen Gestalten wieder mit dem Wald zu verschmelzen. So lautlos, wie sie gekommen waren, verschwanden sie wieder. Kyral, der aus einer Stirnwunde blutete, saß halbbetäubt auf dem Boden. Einer seiner Arme war bis auf den Knochen aufgeschlitzt. Er war wie gelähmt.

Jemand mußte das Kommando übernehmen. »Licht!« schrie ich. »Macht Licht an! Wenn es hell genug ist, kommen sie nicht zurück! Sie sehen nur dann gut, wenn es dunkel ist!«

Jemand schürte das Feuer. Als trockene Zweige in die Glut flogen, flammte es wieder auf, und ich befahl den jungen Burschen, alle Laternen aufzufüllen, die sie finden konnten, und auch sie anzuzünden. Vier der toten Angreifer lagen mitten auf der Lichtung. Der junge Bursche, dem ich am ersten Tag beim Beladen seines Pferdes geholfen hatte, sah sich einen der Katzenmenschen an, den jemand mit einem Skean halb ausgeweidet hatte. Plötzlich jagte er auf die Büsche zu, und ich hörte, daß er sich würgend übergab.

Diejenigen, die einen stärkeren Magen hatten, setzte ich dazu ein, die Leichen von der Lichtung zu entfernen. Dann ging ich zurück, um nachzusehen, ob Kyral sehr schwer verletzt war. Er hatte einen Riß im Arm, und sein Gesicht war blutverschmiert, da ihm jemand eine leichte Kopfwunde beigebracht hatte, aber er bestand darauf, sich erst um die Wunden der anderen zu kümmern.

Obwohl keiner unter uns war, der nicht an den Beinen, den Schultern oder auf dem Rücken Kratzwunden aufwies, war doch niemand ernsthaft verletzt worden, und so waren wir eigentlich ganz guter Dinge – bis jemand fragte: »Wo ist Cuinn?«

Er schien nicht bei uns zu sein. Kyral, der leicht humpelte, bestand darauf, daß wir nach ihm suchten, aber ich hatte das Gefühl, daß wir ihn nicht finden würden. »Wahrscheinlich ist er mit seinen Freunden auf und davon«, sagte ich verächtlich und berichtete von seinen Heimlichkeiten. Kyral machte ein ernstes Gesicht.

»Davon hätte ich wissen sollen«, sagte er, aber dann lenkten uns heftige Schreie vom anderen Ende der Lichtung von diesem Thema ab. Wir rannten los und stolperten fast über eine einzelne, leblose Gestalt, die ausgestreckt auf dem Boden lag und mit blinden, toten Augen die Monde anstarrte.

Es war Cuinn. Und man hatte ihm die Gurgel völlig herausgerissen.

6. Kapitel

Als wir den Wald hinter uns gelassen hatten, lag die Straße, die zu den Trockenstädten führte, direkt vor uns. Hier lauerten keine versteckten Gefahren mehr. Einige Männer hinkten noch ein, zwei Tage und mußten sich schonen, da die Katzenmenschen ihnen Arm- oder Beinverletzungen beigebracht hatten, aber mir war klar, daß Kyrals Worte der Wahrheit entsprachen: Eine Karawane, die sich nur eines einzigen Angriffs zu erwehren hatte, konnte von Glück reden.

Cuinn bescherte mir Alpträume. Nachdem ich mich ein, zwei Nächte lang mit seinen zweideutigen Worten beschäftigt hatte, war ich davon überzeugt, daß seine Zeichen nicht den Katzenmenschen, sondern anderen Leuten gegolten hatten. Und seine drängende Frage »Wo ist das Mädchen?« ließ mich einfach nicht los, obwohl sie mir auch später nicht klarer wurde. Mit wem hatte er mich verwechselt? In welche Angelegenheit, glaubte er, war ich verwickelt? Und vor allem: Wer waren die ›anderen‹, denen er signalisiert hatte? Warum war er das Risiko eingegangen, von den Katzenmenschen angegriffen zu werden und den eigenen Tod nicht auszuschließen?

Da Cuinn tot und Kyral der Meinung war, ich hätte ihm das Leben gerettet, lag ein nun großer Teil der Verpflichtung für die Karawane auf meinen Schultern. Seltsamerweise erfreute ich mich daran und schätzte mich glücklich, so oft wie möglich meine Rachegedanken, das Bedürfnis, etwas auszuspionieren, und meine drohende Enttarnung zu vergessen. Während der Tage und Nächte der Reise wurde ich langsam wieder zu dem Trockenstädter, der ich einst gewesen war. Ich wußte, daß ich es bedauern würde, wenn die Mauern von Shainsa am Horizont auftauchten und mich unweigerlich an meinen Auftrag erinnerten.

Wir bogen vom geraden Weg nach Shainsa ab und machten einen weiten Bogen, bis Kyral bekanntgab, daß er beabsichtigte, einen halben oder ganzen Tag in Canarsa, der ummauerten Nichtmenschenstadt, zu verbringen. Sie lag ein gutes Stück abseits unseres Weges. Als ich ihm offen meine Überraschung zeigte, erwiderte er, er verfüge dort über Handelsbeziehungen.

»Wir können alle einen Ruhetag gebrauchen. Die Schweigenden werden bei mir einkaufen, auch wenn sie sonst wenig mit Menschen handeln. Hören Sie, ich bin Ihnen noch etwas schuldig. Sie haben doch Linsen? In Canarsa können Sie dafür bessere Preise erzielen als in Adcarran oder Shainsa. Kommen Sie, ich werde für Sie bürgen.«

Seit der Nacht, in der ich ihn unter den Katzenmenschen hervorgezogen hatte, war Kyral äußerst freundlich zu mir gewesen, und ich wußte nicht, wie ich mich ihm nun widersetzen sollte, ohne zu verraten, daß ich nur vorgab, ein Händler zu sein. Aber in mir machte sich eine tödliche Unruhe breit. Nicht einmal zusammen mit Rakhal war ich in eine Nichtmenschenstadt eingedrungen.

Die Menschen und Nichtmenschen leben auf Wolf seit Jahrhunderten Seite an Seite. Und der Mensch ist nicht immer das überlegenere Wesen. Unter den Trockenstädtern und den vergleichsweise dummen Chaks konnte ich als das, was ich zu sein vorgab, durchkommen, aber Rakhal hatte mich stets gewarnt, den Versuch zu wagen, den Nichtmenschen zu erzählen, ich sei ein Eingeborener.

Trotzdem schloß ich mich Kyral an und nahm den Kasten mit, der in der terranischen Enklave einen

Wochenlohn, in den Trockenstädten aber ein kleines Vermögen wert war.

Hinter den Stadttoren sah Canarsa aus wie jede andere Ortschaft. Die Häuser waren rund und ähnelten Bienenstöcken. Die Straßen waren völlig leer. Hinter dem Tor wurden wir von einer vermummten Gestalt begrüßt, die uns mit Zeichen zu verstehen gab, daß wir ihr folgen sollten. Das Wesen war von Kopf bis Fuß in ein rauhes, glänzendes Gewand aus Fasern gehüllt. Es wirkte wie ein Sack.

Aber unter der dichten Vermummung war das Grauen. Die Gestalt ging nicht, sondern glitt dahin. Sie hatte weder menschliche Form noch widerspiegelte sich Menschliches in ihrer Art der Fortbewegung. Der urzeitliche Affenmensch in mir zog sich in eine Ecke meines Bewußtseins zurück. Er zitterte und schnatterte vor Angst. Nahe an meinem Ohr murmelte Kyral: »Außenstehende dürfen die Schweigenden in ihrer wahren Gestalt nicht sehen. Ich glaube zwar, daß sie taubstumm sind, aber Vorsicht ist in jedem Fall geboten.«

»Keine Sorge«, flüsterte ich, froh darüber, daß die Straßen leer waren. Ich ging weiter und versuchte dabei, an den gleitenden Bewegungen, die das vermummte Ding vor uns machte, vorbeizusehen.

Das Geschäft wurde in einer offenen Reethütte abgewickelt, die aussah, als hätte man sie in aller Eile gebaut. Sie war weder viereckig noch rund und wies weder ein Sechseck noch sonst irgendeine erkennbare geometrische Form auf. Möglicherweise folgte sie einem völlig eigenständigen Muster, aber meine Menschenaugen waren nicht fähig, es zu erkennen.

Kyral flüsterte kaum hörbar: »Sie reißen sie ab und brennen sie nieder, wenn wir gegangen sind. Nach Ansicht der Schweigenden verschmutzen wir sie zu sehr, als daß sie je wieder betretbar wäre. Meine Familie handelt seit Jahrhunderten mit ihnen; wir sind fast die einzigen, die die Stadt je betreten haben.«

Dann glitten zwei der Schweigenden von Canarsa zu uns in die Hütte. Auch sie trugen grobe, glänzende Gewänder. Kyral brach so schnell ab, daß er den Rest seiner Worte förmlich verschluckte.

Es war das seltsamste Geschäft, daß ich je abgewickelt habe. Kyral breitete die kleinen, aus Stahl geschmiedeten Werkzeuge und feinen Drahtrollen vor sich aus. Ich nahm meine Linsen und ordnete sie zu übersichtlichen Reihen.

Die Schweigenden sagten nichts. Sie bewegten sich auch nicht – aber hinter der dünnen Stelle eines grauen Gewandes sah ich einen Fleck, der aussah wie ein phosphoreszierendes Auge. Es bewegte sich hin und her, als würde es die vor ihm ausgebreiteten Waren mit fachmännischem Blick begutachten.

Und dann unterdrückte ich ein Keuchen, denn plötzlich waren zwischen den Warenreihen Lücken. Bestimmte kleine Werkzeuge – Drahtschneider, Kaliperen und Skalpelle – waren verschwunden, und das gleiche galt für die Feindrahtrollen. Ebenso gab es zwischen den Linsen freie Stellen; meine gesamten starken Mikroskoplinsen waren nicht mehr da. Ich sah Kyral kurz an, aber ihn schien dies nicht zu überraschen. Ich erinnerte mich an vage Gerüchte, die ich über die Schweigenden gehört hatte. Schließlich kam ich zu dem Schluß, daß dies – so unheimlich es auch war – nichts anderes war als ihre Art, Geschäfte zu machen.

Kyral zeigte auf eines der Werkzeuge, ein außergewöhnlich gutes Paar Fernrohrlinsen und die letzte Drahtrolle. Die Vermummten bewegten sich noch immer nicht, aber die Linsen und der Draht verschwanden. Das kleine Werkzeug blieb zurück. Einen Augenblick später ließ Kyral die Hand sinken.

Ich benahm mich wie Kyral und blieb bewegungslos, denn ich wartete darauf, was als nächstes passierte. Halbwegs konnte ich es mir schon denken. Dort, wo die leeren Flächen entstanden waren, fingen nun winzige Lichtpunkte an zu glimmen, und eine Weile später verwandelten sie sich in rote, blaue und grüne Edelsteine. Obwohl ich ihren wahren Wert natürlich nicht zu schätzen wußte, schien mir der Handel durchaus fair zu sein.

Kyral jedoch runzelte leicht die Stirn. Er deutete auf einen der grünen Steine, und kurz darauf löste er sich auf und wurde durch einen blauen ersetzt. An einer anderen Stelle, wo sich zuvor chirurgische Instrumente befunden hatten, zeigte er auf den dort liegenden blauen Stein, schüttelte den Kopf und hob drei Finger. Es dauerte nicht lange, dann lag neben dem blauen Stein ein zweiter.

Kyral bewegte sich nicht, aber er hielt immer noch drei Finger hoch. Es gab einen leisen Luftzug. Die beiden Steine lösten sich auf und wurden wieder gegen das chirurgische Instrument ausgetauscht.

Kyral, der sich immer noch nicht bewegte, hielt die drei Finger eine volle Minute erhoben. Schließlich ließ er die Hand wieder sinken und beugte sich vor, um den Rest der Ware wieder einzupacken. Wieder war der Luftzug spürbar – das Chirurgenbesteck verschwand. An seiner Stelle lagen drei blaue Edelsteine. Zum ersten Mal, seit wir an diesen sinistren Ort gekommen waren, verzog sich mein Mund zu einem amüsierten Lächeln. Dem Anschein nach ging der Handel mit den Schweigenden nicht anders vor sich als mit anderen Lebewesen. Trotzdem hatte ich unter den Blicken der zwar vermummten, aber schreckenerregenden Gestalten keine Lust gegen das, was sie mir als Bezahlung offerierten, Einwände zu erheben. Vorausgesetzt sie hatten überhaupt Augen, woran ich zweifelte.

Ich schob die Linsen, die sie nicht interessierten, zusammen packte sie ordentlich wieder ein und half Kyral, jene Waren zu verstauen, die die Schweigenden nicht hatten gebrauchen können. Ich bemerkte, daß sie außer den Mikroskoplinsen und chirurgischen Bestecken den gesamten Draht genommen hatten. Ich konnte mir absolut nicht vorstellen – und ich wollte es auch gar nicht –, was sie damit vorhatten.

Als wir über die Straße unseren Weg zurückgingen – und zwar diesmal ohne Führer –, war Kyral plötzlich viel gesprächiger. Wahrscheinlich hatte die Spannung ihn an übermäßigem Reden gehindert. »Sie sind Psychokinetiker«, erzählte er. »Das findet man bei nichtmenschlichen Rassen öfters. Ich nehme an, daß sie so sein müssen, wenn sie schon nicht sehen können und keine Hände haben. Aber manchmal frage ich mich, ob wir Trockenstädter überhaupt mit ihnen Handel treiben sollten.«

»Was meinen Sie damit?« fragte ich, obwohl meine Gedanken anderswo waren und mich die Frage beschäftigte, wie es ihnen gelungen war, die Gegenstände einfach verschwinden und wieder auftauchen zu lassen. Was ich gesehen hatte, hatte in mir irgendeine unerklärliche Erinnerung ausgelöst und mich irgendwie an Gefahr denken lassen. Mir war zwar noch nicht ganz klar, warum ich mich vor diesem Phänomen fürchtete, aber ich hatte ein unterschwelliges Gefühl zu bekämpfen, das mich nicht losließ: Ich fühlte mich an einen Zahn erinnert, von dem man weiß, daß er bald zu schmerzen anfangen wird.

»Wir Leute aus Shainsa«, sagte Kyral, »leben zwischen dem Feuer und der Überschwemmung. Auf der einen Seite steht Terra, und auf der anderen ... vielleicht etwas noch Schlimmeres. Wer weiß? Wir wissen sehr wenig über die Schweigenden und die, die ihnen ähnlich sind. Wer weiß, vielleicht geben wir ihnen sogar die Waffen, um uns zu vernichten ...« Er hielt inne, stieß ein Keuchen aus und starrte in eine der Straßen.

Sie lag offen und verlassen zwischen zwei Rundhausreihen. Kyral stierte wie gebannt auf einen Torweg, der sich gerade geöffnet hatte. Ich folgte seinem paralysierten Blick und sah das Mädchen.

Haare, die gesponnenem schwarzen Glas ähnlich sahen, fielen in strengen Wellen über ihre Schultern. Rote Augen, die mich mit fremdartiger Boshaftigkeit anlächelten. All das unter einer finsteren Krone kleiner Sterne. Und der Krötengott breitete seine schrecklichen Gliedmaßen auf den weißen Falten ihres Hemdes aus.

Kyral schluckte vernehmlich. Seine Hand zuckte hoch, als er die an seinem Hals hängenden Amulette berührte. Mechanisch tat ich es ihm gleich, sah ihn dabei an und fragte mich, ob er nun erneut die Flucht ergreifen würde. Aber er stand einen Augenblick da wie angewachsen. Dann löste sich der Bann. Er machte einen Schritt auf das Mädchen zu, breitete die Arme aus und schrie: »Miellyn!« Es war etwas Herzzerreißendes in seiner Stimme. Und dann schrie er erneut, und seine Stimme erzeugte auf der leeren Straße verzerrte Echos.

»Miellyn! *Miellyn!*«

Diesmal war es das Mädchen, das sich umdrehte und floh. Ihr weißes Gewand flatterte, und ich sah das Aufleuchten ihrer rennenden Füße, als sie in dem freien Raum zwischen Häusern untertauchte und verschwand.

Kyral machte einen blinden Schritt die Straße hinunter, dann noch einen. Aber bevor er loslaufen konnte, packte ich seinen Arm und brachte ihn, indem ich ihn schüttelte, wieder zur Vernunft.

»Sind Sie verrückt geworden, Mann? Wollen Sie in einer Nichtmenschenstadt hinter jemandem herlaufen?«

Er widersetzte sich ein wenig, aber dann, nachdem er einen gequälten Seufzer ausgestoßen hatte, sagte er: »Schon gut. Ich bleibe hier . . .« Er schüttelte meinen Arm ab.

Er fing erst wieder an zu reden, als wir das Stadttor von Canarsa erreichten, das sich leise, ohne von einer Hand berührt zu werden, hinter uns schloß. Ich hatte den Ort schon wieder vergessen. Ich konnte nur noch an das Mädchen denken, dessen Gesicht ich seit dem Tag, an dem es mich gerettet hatte, nicht mehr vergessen konnte. Nun war sie wieder aufgetaucht. Sie war Kyral erschienen. Was hatte das alles zu bedeuten?

Als wir auf das Lager zugingen, fragte ich: »Sie kennen das Mädchen?« Ich wußte, daß meine Frage vergeblich war. Kyrals Gesicht war verschlossen und nichtssagend. Seine Freundlichkeit war gänzlich geschwunden.

»Ich weiß jetzt, wer Sie sind«, sagte er. »Sie haben mich vor den Katzenmenschen gerettet und mich in Canarsa vor einer Dummheit bewahrt – deswegen kann ich Ihnen nichts antun. Aber es ist nicht gut, sich mit denen abzugeben, die der Krötengott berührt hat.« Er spuckte geräuschvoll auf den Boden, sah mich mit Abscheu an und fügte hinzu: »Wir werden Shainsa in drei Tagen erreichen. Bleiben Sie mir vom Leibe.«

7. Kapitel

Shainsa, das erste Glied in der Kette der Trockenstädte, die auf dem Grund eines längst ausgetrockneten Ozeans liegen, befindet sich im Zentrum einer großen Alkaliebene. Die Stadt ist staubig, verdorrt und von einer Million Jahre Sonnenbestrahlung ausgebleicht. Die Häuser sind hoch und geräumig und haben viele Zimmer und große Fenster. Die ärmlicheren Gebäude wurden aus sonnengetrockneten Ziegeln errichtet, die imposanteren aus dem gebleichten Salzgestein der Klippen, die sich hinter der Stadt erstrecken.

Nachrichten verbreiten sich in den Trockenstädten sehr schnell. Wenn Rakhal sich in der Stadt aufhielt, würde er bald erfahren, daß ich da war. Und er würde vermuten, aus welchem Grund ich gekommen war. Ich hätte mich zwar so maskieren können, daß mich weder meine Schwester noch meine eigene Mutter hätten erkennen können, aber der Illusion, geschickt genug zu sein, um Rakhal hinters Licht führen zu können, gab ich mich nicht hin. Die Maskerade, die mich erst zum Trockenstädter machte, hatte er selber erfunden.

Als die Sonne zum zweitenmal blutigrot hinter den Salzklippen unterging, wußte ich, daß er sich nicht in Shainsa aufhielt. Aber ich blieb und wartete darauf, daß etwas passierte. Die Nächte verbrachte ich in einem kleinen Kämmerchen, das zu einer Weinstube gehörte, und man knöpfte mir für dieses fragwürdige Privileg einen unerhörten Preis ab. Tagsüber, wenn die einschläfernde Stille des blutroten Mittags sich ausbreitete, wanderte ich über die öffentlichen Plätze der Stadt.

So ging es vier Tage lang. Niemand schenkte mir auch

nur die geringste Aufmerksamkeit, denn ich war nur einer von vielen schäbig gekleideten Männern, die namenlos waren und irgendwelchen ernsthaften Geschäften nachgingen. Abgesehen von schmutzigen Kindern mit hellem, wolligem Haar, die in aller Seelenruhe auf den windigen Plätzen spielten, war niemand da, der mich auch nur ansah. Die Kinder musterten mein Narbengesicht entweder mit Neugier oder Furcht. Ich kam auf den Gedanken, daß Rindy ihnen möglicherweise sehr ähnlich war.

Hätte ich noch wie ein Erdenmensch gedacht, hätte ich möglicherweise versucht, eines der Kinder auszufragen oder sein Vertrauen zu gewinnen. Aber ich hatte andere und bessere Pläne.

Am fünften Tag gehörte ich bereits dermaßen zum Erscheinungsbild, daß ich nicht einmal mehr den Kindern auffiel.

Auf den Steinbänken im grauen Moos dösten ein paar ausgetrocknet wirkende alte Männer, deren Gesichter ebenso verblichen waren wie ihre Kleidungsstücke. Die Messernarben zahlreicher vergangener Kämpfe zierten ihre Gesichter. Und dann kam unerwartet wie ein Herbststurm in den Salzebenen eine Frau über den gepflasterten Gehweg am Rande des Platzes.

Sie war groß, hatte einen stolzen, schwingenden Gang, und ihre Bewegungen wurden von einem metallischen Klirren begleitet. Ihre Arme waren gefesselt, ihre Handgelenke waren mit Juwelen bestückten Armbändern verziert, die wiederum durch eine lange, silberne Kette miteinander verbunden und durch eine Silberschlaufe an ihrer Hüfte gezogen waren. An der Schlaufe hing ein winziges, goldenes Vorhängeschloß, in dem ein noch kleinerer Schlüssel steckte. Dies besagte, daß die Frau einer höheren Kaste angehörte als ihr Gatte oder

Gefährte. Sie war freiwillig gefesselt, nicht weil es ihr jemand befohlen hatte.

Sie blieb direkt vor mir stehen und hob den Arm zu einem formellen Gruß, wie ein Mann. Die Kette erzeugte ein klirrendes Geräusch, denn auf dem Platz war es sehr still. Die andere Hand der Frau wurde an die Schlaufe gezogen, die an ihrer Hüfte befestigt war. Sie studierte mich einen Augenblick eingehend, und schließlich hob ich den Kopf und erwiderte ihren Blick. Ich weiß nicht, wieso ich erwartet hatte, sie müsse Haare wie gesponnenes Glas und Augen, die mit dem roten Licht eines sterbenden Sterns brannten, haben.

Die Augen dieser Frau waren dunkler als die Giftbeeren der Salzklippen, und ihr Mund sah aus wie eine gefährliche, rote Frucht. Sie war jung. Wie jung sie war, sagten mir ihre schmächtigen Schultern und die schmalen, von stählernen Armreifen gezierten Handgelenke. Aber ihre Gesichtszüge hatten Wind und Wetter erlebt, und ihre dunklen Augen manchem gefährlichen geistigen Sturm getrotzt. Beim Anblick meiner Narben zuckte sie nicht einmal zusammen. Sie begegnete meinem Blick, ohne den Kopf zu senken.

»Sie sind fremd hier. Welchen Geschäften gehen Sie in Shainsa nach?«

Ich begegnete dieser direkten Frage mit der Unverschämtheit, nach der sie verlangte. Ohne groß die Lippen zu bewegen, sagte ich: »Ich bin hier, um für die Bordelle von Adcarran Frauen zu kaufen. Gewaschen wären Sie vielleicht geeignet. Wer könnte Ihren Verkauf in die Wege leiten?«

Ohne sich etwas anmerken zu lassen, steckte sie den Tadel ein, aber ihr roter Mund verzog sich unmerklich. Entweder war sie wütend oder führte etwas im Schilde. Sonst gab sie nichts zu erkennen. Der Kampf zwischen uns beiden war eröffnet, und ich wußte schon jetzt, daß ich ihn bis zu seinem Ende würde durchstehen müssen.

Von irgendwoher aus ihren Kleidfalten fiel etwas mit einem leisen Klirren zu Boden. Aber ich kannte den Trick, deswegen rührte ich mich nicht. Schließlich verschwand sie, ohne sich zu bücken und den Gegenstand aufzuheben, und als ich mich umsah, stellte ich fest, daß die kraushaarigen Kinder sich ausnahmslos davongestohlen hatten, ohne ihr Spielzeug mitzunehmen. Aber ein, zwei Gaffer auf den Steinbänken, die alt genug waren, um Neugier zeigen zu dürfen, ohne das Gesicht zu verlieren, schauten mich mit durchdringenden Blicken an.

Nun hätte ich nach dem Namen der Frau fragen können, aber ich hielt mich zurück, denn ich wußte, daß dies meinem eben gewonnenen Prestige abträglich sein würde. Als ich unbemerkt nach unten sah, bemerkte ich den winzigen Spiegel, der aus den Falten ihres Pelzgewandes gefallen war. Vielleicht stand ihr Name auf der Rückseite.

Aber ich ließ ihn liegen, damit die Kinder ihn an sich nahmen. Dann kehrte ich in die Weinstube zurück. Mein erstes Ziel hatte ich erreicht: Wenn man schon nicht unauffällig bleiben kann, muß man sich eben so auffällig verhalten, daß niemand einen übersieht. Wie viele Menschen sind schon dazu in der Lage, einen Straßenkrawall akkurat zu beschreiben?

Ich beendete gerade eine schlechte Mahlzeit mit einer Steinflasche schlechten Weines, als der Chak hereinkam, den Inhaber völlig ignorierte und geradewegs auf mich zusteuerte. Er hatte einen schneeweißen Pelz, und seine weiche Schnauze zog sich zusammen, als könne er die ihn umgebenden Gerüche nicht ertragen. Um nicht aus Zufall mit den Tischen, der Theke und den Wandteppichen in Berührung zu kommen, streckte er eine haarige

Pranke aus. Sein Fell war parfümiert, und er trug einen Kragen aus bestickter Seide. Der verweichlichte Höfling musterte mich mit der unschuldigen Boshaftigkeit eines Nichtmenschen, der an lediglich Menschen betreffenden Intrigen kein Interesse hat und sagte: »Im Grofen Hauf von Shainfa wüncht man Fie fu fehen, Narbiger.« Er sprach den Shainsa-Dialekt mit einem affektierten Lispeln aus. »Würde ef Ihnen etwaf aufmachen, mit mir fu kommen?«

Obwohl ich milden Protest erhob, folgte ich ihm. Ich war überrascht, denn ich hatte nicht damit gerechnet, dem Großen Haus so schnell zu begegnen. Seit ich das letztemal in der Stadt gewesen war, hatte das Große Haus von Shainsa viermal den Besitzer gewechselt. Ich war nicht über Gebühr darauf aus, dort zu erscheinen.

Der weiße Chak, der in dieser rauhen Trockenstadt ebenso fehl am Platze war wie ein Juwel im Straßenschmutz oder ein Regentropfen in der Wüste, führte mich über einen sich dahinziehenden Boulevard in einen entlegenen Stadtteil. Er unternahm nicht einmal den Versuch, mich in ein Gespräch zu verwickeln, und bald wurde mir klar, daß dieser hochnäsige Bursche mich seiner Aufmerksamkeit nicht für wert erachtete. Der Wind, der in den Straßen wehte, schien ihn viel mehr zu beschäftigen, denn der zerzauste und verschmutzte sein sorgfältig gekämmtes Fell.

Das Große Haus bestand aus groben, rosafarbenen Basaltblöcken, und sein Eingang wurde von zwei riesigen Säulenfiguren bewacht. Sie waren in Kettenhemden aus Metall gekleidet, die man dem Basalt irgendwie übergezogen hatte, aber das Obermaterial der Ketten war abgetragen. Wenn es hier nach Gold glänzte, konnte man dort den verschmutzten Grundstoff erkennen. Die Säulenfiguren waren geduldig und blind, und ihre Juwelenaugen schon unter einer Sonne verschwunden, die heißer gewesen war als die jetzige.

Die Eingangshalle war gigantisch. Ein terranisches Sternenschiff hätte aufrecht darin stehen können, das war mein erster Eindruck. Aber ich wischte den Gedanken schnell beiseite: Jede Art irdischen Denkens konnte mich nur zu falschen Schlüssen kommen lassen. Aber die Haupthalle war nach einem noch größeren Maßstab gebaut – und außerdem war es hier noch kälter als in der legendären Hölle der Chaks. Und sie war weitaus zu groß für die Menschen, die sich in ihr aufhielten.

An der Decke befand sich eine kleine Solarzelle, aber das machte auch keinen großen Unterschied. Ein mattes Glühen kam aus einem metallenen Kohlenbecken, aber auch das verringerte den Unterschied nicht. Der Chak verschmolz mit den Schatten, und so ging ich die Treppenstufen allein hinab, die in die Halle führten. Ich gab mich so gelassen wie möglich und tastete dennoch bei jedem Schritt nach den Stufen. Die verhältnismäßige Nachtblindheit, an der ich leide, ist das einzige Handikap, das mich von einem echten Eingeborenen Wolfs unterscheidet.

In der Halle hielten sich drei Männer, zwei Frauen und ein Kind auf. Es waren ausnahmslos Trockenstädter, und sie waren einander so ähnlich, daß ich zu dem Schluß kam, daß sie eine Familie waren. Sie trugen kostbare Pelzkleidung, die in unterschiedlichen Farben leuchtete. Einer der Männer – er war alt, ging gebeugt und wies zahlreiche Runzeln auf – machte sich an dem Kohlebecken zu schaffen. Ein schlanker Junge von etwa vierzehn Jahren hockte im Schneidersitz auf einem Kissenstapel in der Ecke. Mit seinen Beinen schien irgend etwas nicht in Ordnung zu sein.

Ein zehnjähriges Mädchen mit einem zu kurzen Rock,

der oberhalb ihrer Lederstiefel spindeldürre Beine sehen ließ, spielte mit irgendwelchen glänzenden Kristallen, die es auf den unebenen Bodenplatten zu Mustern anordnete. Eine der Frauen war eine dicke, faltige Schlampe, deren Juwelen und gefärbte Pelze nicht darüber hinwegtäuschen konnten, daß sie von Reinlichkeit nicht viel hielt.

Ihre Hände waren nicht aneinandergekettet, und sie biß gerade in eine Frucht, deren roter Saft geradewegs auf den Pelz ihres blauen Gewandes tröpfelte. Der alte Mann musterte sie mit einem mordlustigen Blick, als ich hereinkam. Die fette Frau richtete sich etwas auf, legte die Frucht aber nicht beiseite. Der ganze Raum erweckte in mir den Eindruck rechtschaffener Armut. Die fette Frau war der einzige Mißklang, den ich hier entdecken konnte.

Aber es waren der letzte Mann und die letzte Frau, die meine Aufmerksamkeit auf sich zogen, und so nahm ich die anderen nur am Rande wahr. Der Mann war Kyral. Er stand am Fuße der Treppe und sah mich finster an.

Bei der Frau handelte es sich um jene, die ich vor wenigen Stunden beleidigt hatte.

»Sie sind es also«, sagte Kyral. Seine Stimme war völlig neutral. Sie drückte weder Ärger noch Zorn aus. Nicht einmal Haß.

Gar nichts.

Es gab nur eine Möglichkeit, dem zu begegnen. Ich sah das Mädchen an, das auf einem thronähnlichen Sessel neben der fetten Frau saß und aussah wie ein Reh neben einem Schwein, und sagte frech: »Dann kann ich wohl davon ausgehen, daß Sie Ihre Verwandtschaft von meinem Angebot unterrichtet haben.«

Sie errötete. Das war mir Triumph genug. Um nicht zu überheblich zu erscheinen, hielt ich mich zurück. Der

Gevatter gackerte mit seiner hohen Greisenstimme los, aber Kyral warf ein scharfes einsilbiges Wort dazwischen, das mir sofort klarmachte, daß das Mädchen mein Angebot tatsächlich zum besten gegeben hatte. Ich hatte also mit meiner erneuten Bemerkung nichts verspielt. Ich erkannte lediglich an Kyrals Kinn, daß er verärgert war, als er kühl sagte: »Sei still, Dallisa! Wo hast du dich wieder herumgetrieben?«

Ich sagte dreist: »Seit ich das letzte Mal die Salzklippen roch, hat das Große Haus den Herrscher gewechselt. Neuankömmlinge kennen deswegen nicht meinen Namen – und der Ihre ist mir unbekannt.«

Der alte Gevatter sagte mit dünner Stimme zu Kyral: »Unser Name hat sein *Kihar* verloren. Eine Tochter lockt der Spielzeugmacher hinweg, und die andere spricht Fremde auf der Straße an. Und dann noch einen heimatlosen Nichtsnutz, der nicht einmal unseren Namen kennt.«

Meine Augen, die sich allmählich an das dunkle Glühen des Kohlebeckens gewöhnten, sahen, daß Kyral sich mit einem Stirnrunzeln auf die Unterlippe biß. Dann deutete er auf einen Tisch, auf dem mehrere Gläser standen. Auf seine Geste hin erschien der weiße Chak mit lautlosen Schritten und füllte sie mit Wein.

»Wenn Sie keine Blutfehde mit meiner Familie haben – werden Sie dann etwas mit mir trinken?«

»Das werde ich«, sagte ich und entspannte mich. Selbst wenn er den narbenbedeckten Erdenmenschen vom Raumhafen mit mir in Verbindung gebracht hatte – das Thema schien ihn im Moment nicht zu interessieren. Er schien zwar überrascht zu sein, aber er wartete, bis ich mein Glas gehoben und einen Schluck getrunken hatte. Dann sprang er mit einer blitzschnellen Bewegung von seinem Sitz und schlug mir das Glas aus der Hand.

Ich taumelte zurück, wischte mir den Mund ab und überdachte im Bruchteil einer Sekunde meine Möglichkeiten. Was er getan hatte, war eine tödliche Beleidigung gewesen. Ich hatte jetzt keine andere Wahl mehr, als zu kämpfen. In Shainsa hatte man Menschen schon aus geringeren Gründen umgebracht. Ich war hierhergekommen, um eine Fehde zu beenden, nicht, um mich in eine neue verwickeln zu lassen, aber im gleichen Moment, als ich dies dachte, hatte ich auch schon meinen Skean hervorgerissen. Meine Stimme klang so schrill, daß ich selbst überrascht war.

»Sie erniedrigen mich unter Ihrem eigenen Dach . . .«

»Spitzel! Renegat!« donnerte Kyral. Er rührte seinen Skean nicht an. Er ergriff eine vierschwänzige Peitsche, die auf dem Tisch lag, und ließ sie durch die Luft zischen. Das langbeinige Mädchen wich zurück. Ich ging einen Schritt nach hinten und tat alles, um meine verzweifelte Verwirrtheit zu verbergen. Ich hatte nicht die geringste Ahnung, was Kyrals unerwarteten Angriff provoziert hatte, aber wo auch immer die Gründe lagen – ich hatte einen schlimmen Fehler gemacht und konnte mich glücklich schätzen, wenn ich lebend hier herauskam.

Kyrals Stimme erbebte vor deutlich wahrnehmbarer Wut. »Sie wagen es, in mein eigenes Haus zu kommen, nachdem ich Ihnen, blind wie ich war, zur Kharsa und zurück gefolgt bin? Dafür werden Sie jetzt bezahlen.«

Die Peitsche durchschnitt singend die Luft und zischte an meiner Schulter vorbei. Ich sprang zur Seite und zog mich Schritt um Schritt zurück, während Kyral die mächtigen Riemen schwang. Dann klatschte es, und ein Schmerz, der mich an heißglühendes Eisen erinnerte, zuckte durch meinen Oberarm. Mit tauben Fingern ließ ich den Skean fallen.

Die Peitsche klatschte gegen den Boden.

»Heben Sie den Skean auf«, sagte Kyral. »Nehmen Sie ihn an sich, wenn Sie es wagen.« Erneut hob er die Peitsche.

Die dicke Frau kreischte.

Ich blieb steif stehen und berechnete die Chance, ihn mit einem plötzlichen Sprung zu entwaffnen. Plötzlich sprang das Mädchen Dallisa von seinem Sessel auf. Ihre Ketten klirrten, es hörte sich an wie Musik.

»Nein, Kyral! Nein, Kyral!«

Er machte eine leise Bewegung, ließ mich jedoch nicht aus den Augen.

»Geh zurück, Dallisa.«

»Nein! Warte!« Sie lief auf ihn zu, packte den Arm, mit dem er die Peitsche hielt, riß ihn nach unten und redete eilig und drängend auf Kyral ein. Sein Gesicht veränderte sich, während sie zu ihm sprach. Er holte tief Luft. Dann warf er die Peitsche neben meinen Skean auf den Boden.

»Antworten Sie – ohne Ausflüchte, und bei Ihrem Leben! Was suchen Sie in Shainsa?«

Ich konnte es einen Augenblick lang kaum fassen, daß ich dem Tod nicht mehr ins Auge sah und nicht mehr zu fürchten brauchte, als blutiggeschlagene Masse zu Kyrals Füßen zu enden. Das Mädchen ging zu seinem thronähnlichen Sessel zurück. Jetzt mußte ich entweder die Wahrheit oder eine überzeugend klingende Lüge erzählen. Aber wenn man die Regeln eines Spiels nicht kennt, kann man es nur schlecht gewinnen. Die Erklärung, von der ich annahm, daß sie mich zu retten vermochte, konnte ebenso meinen sofortigen und peinvollen Tod zur Folge haben. Plötzlich, mit beinahe schmerzhafter Eindringlichkeit, wünschte ich mir, Rakhal hätte neben mir gestanden.

Aber ich mußte mich allein herausbluffen.

Wenn sie in mir Race Cargill erkannten – den terranischen Spion, der sich oft in Shainsa aufgehalten hatte –, dachte ich, würden sie mich vielleicht freilassen. Es war möglich, nahm ich an, daß sie Sympathisanten der Terraner waren.

Andererseits konnten Kyrals Ausrufe »Spitzel! Renegat!« genau das Gegenteil bedeuten.

Ich stand da und versuchte, den stechenden Schmerz in meinem Arm zu vergessen, aber ich wußte, daß das Blut an meiner Schulter herunterlief. Schließlich sagte ich: »Ich bin gekommen, um eine Blutfehde auszutragen.«

Kyrals Lippen wurden dünner. Offensichtlich sollte seine Grimasse ein Lächeln darstellen. »Das werden Sie, zweifellos. Aber mit wem, das wird sich erst noch zeigen.«

Da ich wußte, daß ich nichts mehr zu verlieren hatte, sagte ich: »Mit einem Renegaten namens Rakhal Sensar.«

Der alte Mann war der einzige, der mit Worten auf meine Äußerung reagierte. Er sagte dumpf: »Rakhal Sensar?«

Ich fühlte mich nun stärker; immerhin war ich noch nicht tot.

»Ich habe geschworen, ihn umzubringen.«

Kyral klatschte plötzlich in die Hände und rief dem weißen Chak zu, er solle die Glasscherben vom Boden entfernen. Dann sagte er mit belegter Stimme: »Sie sind nicht selbst Rakhal Sensar?«

»Ich habe dir doch gesagt, daß er es nicht ist«, warf Dallisa mit einem hohen, fast hysterischen Tonfall ein. »Ich habe es doch gleich gesagt.«

»Aber seine Narben ... und seine Körpergröße! Was sollte ich anderes denken?« Kyral klang verunsichert. Er füllte ein Glas mit Wein, reichte es mir und fügte heiser hinzu: »Ich hätte nicht geglaubt, daß selbst der Renegat Rakhal soweit gehen würde, mit mir zu trinken.«

»Das hätte er auch nicht getan.« Dessen war ich mir sicher. Der terranische Ehrenkodex hatte Rakhal zwar über Gebühr beeindruckt, aber in seinem tiefsten Inneren hielt er immer noch an den Regeln seiner eigenen Welt fest. Wenn diese Leute eine Blutfehde mit ihm auszutragen hatten und Rakhal meine Stelle eingenommen hätte, hätte er sich lieber blutig schlagen lassen, statt ihren Wein zu trinken.

Ich nahm das Glas, hob es hoch und leerte es. Dann hielt ich es von mir und sagte: »Rakhals Leben gehört mir. Aber ich schwöre bei der roten Sonne und den unbeweglichen Bergen, beim schwarzen Schnee und dem Geisterwind, daß ich mit niemandem, der unter diesem Dach lebt, im Streit liege.« Dann warf ich das Glas zu Boden, wo es auf den Steinen zerschellte.

Kyral zögerte, aber der flammende Blick des Mädchens führte dazu, daß er sich schnell ein Glas Wein einschenkte, ein paar hastige Schlucke trank und dann meinem Beispiel folgte. Dann kam er einen Schritt auf mich zu und legte seine Hände auf meine Schultern. Ich zuckte zusammen, als er die Wunde berührte, die seine Peitsche gerissen hatte, deswegen konnte ich meinen Arm nicht heben, um die Zeremonie zur vollen Gültigkeit zu führen.

Kyral trat zurück und zuckte die Achseln. »Soll eine der Frauen nach Ihrer Wunde sehen?« Er sah Dallisa an, aber sie verzog den Mund und sagte: »Tu es doch selbst.«

»Es ist nichts«, sagte ich, nicht ganz der Wahrheit entsprechend. »Aber ich verlange als Vergütung für mein unter Ihrem Dach vergossenes Blut, daß Sie mir alles sagen, was Sie über den Spitzel und Renegaten Rakhal wissen.«

Kyral sagte wild: »Wenn ich etwas wüßte, wäre ich dann noch hier?«

Der alte Gevatter, der sich hingesetzt hatte, stieß ein schrilles, meckerndes Gelächter aus. »Du hast mit ihm getrunken, Kyral – jetzt hat er dich dazu verpflichtet, ihm nichts anzutun! Ich kenne Rakhals Geschichte! Er hat zwölf Jahre lang für Terra spioniert. Zwölf Jahre – und dann kämpfte er gegen sie, warf ihnen ihr dreckiges Geld ins Gesicht und verließ sie. Aber sein Partner war irgendein Halbblut aus den Trockenstädten oder ein terranischer Agent, und sie fielen mit Klauenhandschuhen übereinander her und hätten sich beinahe umgebracht, wenn die ehrlosen Terraner nicht eingeschritten wären. Du solltest die *Kifirgh*-Zeichen in seinem Gesicht nicht übersehen!«

»Bei den goldenen Ketten Sharras«, sagte Kyral und musterte mich mit einem Ausdruck, der ein Grinsen sein sollte. »Wenn ich schon nicht weiß, wer Sie sind, so scheinen Sie doch ein sehr kluger Mann zu sein. Was sind Sie? Ein Spion oder der Abkömmling einer adcarranischen Hure?«

»Was ich bin, soll Sie nicht interessieren«, erwiderte ich. »Sie haben eine Blutfehde mit Rakhal, aber da die meine älter ist, gehört sein Leben mir. So wie die Ehre es verlangt, ihn zu töten« – die formellen Phrasen kamen ohne Schwierigkeiten über meine Lippen; den Erdenmenschen hatte ich völlig abgelegt –, »so sind Sie durch die Ehre daran gebunden, mir zu helfen, ihn umzubringen. Wenn jemand, der unter diesem Dach lebt, etwas von Rakhal weiß ...«

Kyral entblößte lächelnd die Zähne.

»Rakhal arbeitet gegen den Sohn des Affen«, sagte er und benutzte den beleidigenden Ausdruck der Bewohner Wolfs für die Terraner. »Wenn wir Ihnen helfen würden, ihn umzubringen, zögen wir einen Dorn aus ihrer Flanke. Ich würde es bevorzugen, wenn die dreckigen Terraner ihre eigene Kraft damit vergeudeten sich dieses Dorns zu entledigen. Und außerdem halte ich Sie selbst für einen Erdenmenschen. Sie haben keinen Anspruch auf die Höflichkeit, die ich unseresgleichen, dem Himmelsvolk, erweisen würde. Aber Sie haben mit mir Wein getrunken, und ich habe keinen Streit mit Ihnen.« Er hob die Hand. Damit war ich entlassen und stand außerhalb. »Verlassen Sie unbesorgt mein Haus – und meine Stadt in allen Ehren.«

Ich konnte weder protestieren noch bitten. Das *Kihar,* die persönliche Ehre eines Mannes, ist eine kostbare Angelegenheit in Shainsa. Kyral hatte mir eine goldene Brücke gebaut; mehr konnte ich nicht verlangen. Andererseits war ich mein *Kihar* aber auch los, wenn ich mich wie eine niedrige Kreatur aus dem Hause weisen ließ.

Eine verzweifelte Möglichkeit blieb mir noch.

»Auf ein Wort«, sagte ich und hob die Hand. Und während Kyral sich halb umdrehte, sein Erstaunen zeigte und glaubte, ich wolle meine Ehre durch eine zusätzliche Bitte belasten, warf ich ihm entgegen: »Ich werde eine *Shegri*-Wette mit Ihnen eingehen.«

Seine eiserne Beherrschung schien erschüttert zu sein. Ich hatte seiner Überzeugung, ein Erdenmensch zu sein, einen Schlag versetzt, denn wahrscheinlich haben nicht mehr als ein halbes Dutzend Terraner je von einer *Shegri*-Wette gehört. Es ist das gefährlichste Spiel, das die Trockenstädter kennen.

Es ist deswegen kein gewöhnliches Spiel, weil es den Einsatz des Lebens erfordert und einen möglicherweise den Verstand kosten kann. Tatsächlich geht man eine *Shegri*-Wette nur sehr selten ein – dann nämlich, wenn man nichts anderes mehr zu verlieren hat.

Es ist ein grausames und sicher auch dekadentes Spiel, das im uns zugänglichen Teil des Universums seinesgleichen sucht.

Aber ich hatte keine andere Wahl. Die Spur, der ich gefolgt war, war in Shainsa erkaltet. Rakhal konnte sich überall auf dem Planeten befinden, und die Hälfte des Monats, den Magnusson mir zugestanden hatte, war bereits verstrichen. Wenn ich es nicht schaffte, das aus Kyral herauszupressen, was er wußte, konnte ich ebensogut gleich aufgeben.

Deswegen wiederholte ich: »Ich werde eine *Shegri*-Wette mit Ihnen eingehen.«

Kyral stand unbeweglich da.

Denn das, was ein Shegrine verwettet, ist seine Courage und seine Ausdauer angesichts der Folter und eines ungewissen Schicksals. Auf seiner Seite steht der Einsatz schon vor dem Spielbeginn fest, aber wenn er verliert, ist seine Strafe oder Buße demjenigen überlassen, den er gefordert hat. Und der Sieger kann dem Verlierer antun, was ihm gerade in den Sinn kommt.

Die Regeln sind folgende:

Der Shegrine läßt sich von Sonnenaufgang bis Sonnenuntergang foltern. Hält er der Folter stand, hat er gewonnen. So einfach ist das. Er kann die Folter jederzeit mit einem Wort beenden, aber wenn er dies tut, gesteht er seine Niederlage ein.

So gefährlich, wie die Sache auf den ersten Blick zu sein scheint, ist sie nicht. Da der Opponent durch den eisernen Kodex Wolfs daran gebunden ist, dem Delinquenten keine bleibenden körperlichen Schäden zuzufügen, darf er ihm keine Verletzungen beibringen, die nicht innerhalb von drei Tagen wieder heilen. Aber von Sonnenaufgang bis Sonnenuntergang muß der Shegrine jede schmerzhafte Gemeinheit über sich ergehen lassen, die man laut der halbmenschlichen Mentalität des Planeten Wolf ertragen können muß. Wer es schafft, die Folter zu überstehen, und seinen Geist auf das Ziel konzentrieren kann, das ihm allein wichtig erscheint, kann den Preis seines Sieges selbst festsetzen. Er kann dann alles verlangen, was die Traditionen zugestehen.

Das Schweigen in der Halle dehnte sich aus. Dallisa hatte sich aufgerichtet und sah mich eingehend an. Sie öffnete den Mund ein kleines Stück, und zwischen ihren Lippen wurde eine kleine rosa Zunge sichtbar. Das einzige Geräusch kam von der dicken Frau, die leise irgendwelche Nüsse knabberte und deren Schalen in das Kohlebecken warf. Selbst das Mädchen auf den Stufen hatte das Spiel mit den Kristallscheiben eingestellt. Es saß da und starrte mich mit offenem Mund an. Schließlich sagte Kyral: »Um welchen Preis soll es gehen?«

»Sie sagen mir alles, was Sie über Rakhal Sensar wissen und lassen in Shainsa nichts über mich verlauten.«

»Beim roten Schatten«, stieß Kyral hervor. »Sie haben wirklich Mut, Rascar!«

»Sagen Sie nicht mehr als ja oder nein!« gab ich zurück.

Mein Tadel sorgte dafür, daß er in Schweigen verfiel. Dallisa beugte sich vor, und ohne einen bestimmten Grund fühlte ich mich erneut an ein Mädchen erinnert, dessen Haar gesponnenem Glas ähnlich sah.

Kyral hob die Hand. »Ich sage nein. Ich habe eine Blutfehde mit Rakhal und bin nicht bereit, sein Leben einem anderen zu überlassen. Außerdem glaube ich, daß Sie ein Terraner sind. Ich werde nicht mit Ihnen handeln. Und schließlich haben Sie mir zweimal das Leben gerettet, deswegen würde ich kein Vergnügen dabei empfinden, Sie zu foltern. Ich sage nein. Trinken Sie noch einen Schluck mit mir, dann wollen wir uns ohne Streit voneinander trennen.«

Geschlagen wandte ich mich ab.

»Moment«, sagte Dallisa.

Sie stand auf, erhob sich aus ihrem Sessel. Langsam kam sie auf mich zu. Ihre Bewegungen waren voller Würde, und die Ketten ihrer Handfesseln klirrten rhythmisch. »Ich habe etwas mit diesem Mann auszutragen.«

Ich wollte zuerst erwidern, daß ich keine Lust hatte, mich mit einer Frau auseinanderzusetzen, aber dann hielt ich inne. Die terranische Sitte, sich Frauen gegenüber ritterlich zu verhalten, existiert auf Wolf nicht.

Sie sah mich mit ihren dunklen Giftbeerenaugen an, maß mich von oben herab mit einem eisigen und amüsierten Blick und sagte: »Wenn Sie keine Angst vor mir haben, Rascar, gehe ich eine *Shegri*-Wette mit Ihnen ein.«

Und plötzlich war mir klar: Wenn ich verlor, würde ich mir nichts sehnlicher wünschen, als mich Kyral und seiner Peitsche oder den wilden Bestien der Berge anvertraut zu haben.

8. Kapitel

Ich schlief in dieser Nacht nur wenig.

In Daillon erzählte man sich von einer *Shegri*-Wette, bei der man den Herausforderer mit verbundenen Augen allein in einen Raum brachte und ihm sagte, er solle dort den Beginn der Folter abwarten.

Irgendwann während der dunklen Stunden des Wartens – zwischen dem Unbekannten und dem Unerwarteten, den Stunden, in denen alle Schrecken vergangener *Shegri* an ihm vorbeizogen –, wurde allein die Qual der Erwartung für ihn unerträglich. Kurz nach Mittag brach er mit grauenhaftem Geschrei zusammen und starb wie ein schäumender Irrer – unverletzt, ohne angerührt worden zu sein ...

Langsam wurde es Tag, und mit den ersten Lichtstrahlen kam Dallisa mit dem weißen Chak, der mit boshaft-unbeteiligtem Gesicht schnüffelnd die ärmliche Halle durchquerte. Sie brachten mich in eine tieferliegende Zelle, wo der Sonnenaufgang kaum wahrnehmbar war. »Die Sonne ist aufgegangen«, sagte Dallisa.

Ich sagte nichts, denn jedes Wort konnte als Eingeständnis der Niederlage gewertet werden. Ich war entschlossen, ihr keinen Vorwand zu liefern. Aber ich fröstelte und hatte das unbestimmte Gefühl, daß sich die Haare auf meinen Unterarmen vor Spannung und Angst steil aufrichteten.

»Er ist noch nicht untersucht worden«, sagte Dallisa zu dem Chak. »Schau nach, ob er keine anästhetische Droge genommen hat.«

Obwohl ich mich in diesem Moment fragte, warum ich nicht selbst auf diese Idee gekommen war, mußte ich ihr die Gründlichkeit, mit der sie zu Werke ging, anrechnen. Drogen hätten mein Bewußtsein ausschalten oder mich zumindest gegen die Realität abkapseln können. Der weiße Nichtmensch machte einen Satz vorwärts und band meine Arme mit eisenharten Händen. Dann riß er mir den Mund auf. Ich spürte, wie seine Finger meinen Gaumen abtasteten. Ich würgte, setzte mich instinktiv zur Wehr und war nahe daran, mich zu übergeben.

Dallisas Giftbeerenaugen sahen mich, als ich mich aufzurichten versuchte und alles tat, um meinen Ekel zu überwinden, von oben herab an. Irgend etwas in ihrem unbeteiligt wirkenden Gesicht führte dazu, daß ich mich beherrschte. Ich hatte einen Moment lang aus Wut über meine verletzten Gefühle gerast. Jetzt wurde mir klar, daß es eine vorausberechnete, sorgfältig geplante Geste gewesen war, damit ich die Selbstkontrolle verlor und meine eigene Widerstandskraft schwächte.

Wenn sie mich dazu bringen konnte, in Wut zu geraten und meine Kraft in einem Zornesausbruch zu vergeuden, kämpfte meine eigene Vorstellungskraft auf ihrer Seite und würde dafür sorgen, daß ich schon vor dem Ende keine Kontrolle mehr über mich besaß. Im Blick ihrer Augen schwimmend wurde mir klar, daß sie nicht einen Moment lang geglaubt hatte, ich hätte Drogen zu mir genommen. Und da sie Kyrals Hinweis – daß ich ein Terraner sei – folgte, hatte sie sich des Wissensvorteils um die terranische Abneigung gegenüber Nichtmenschen bedient.

»Verbinde ihm die Augen«, befahl Dallisa. Dann gab sie plötzlich eine Gegenanweisung: »Nein, fessele ihn zuerst zu Ende.«

Der Chak riß mir Hemd, Schuhe und Hosen vom Leib. Meinen ersten Triumph hatte ich, als die striemigen Klauenverletzungen offenlagen, die meine Schultern zierten, denn sie waren, falls das überhaupt möglich war, noch schlimmer anzusehen als meine Gesichtsnarben. Der Chak riß in verschrecktem Entsetzen seine Schnauze hoch. Dallisa zuckte zusammen.

Ich konnte beinahe ihre Gedanken lesen: *Wenn er das ausgehalten hat – wie kann ich dann noch hoffen, ihn um Gnade winseln zu sehen?*

Ich erinnerte mich kurz an die Monate, in denen ich halbtot im Fieber dagelegen und darauf gewartet hatte, daß die von Rakhal hervorgerufenen Wunden heilten. Ich war monatelang der Ansicht gewesen, daß mich von nun an nichts mehr würde schmerzen können – daß ich die schlimmsten Leiden hinter mir hatte, die es gab. Aber damals war ich jünger gewesen.

Dallisa ergriff zwei kleine, scharfe Messer, wog sie kurz in den Händen und gab dem Chak einen Wink. Ohne zu zögern ließ ich mich auf den Rücken legen und wie ein gefangener Adler gegen die Wand lehnen.

»Nagle seine Hände gegen die Wand«, befahl Dallisa.

Meine Hände zuckten unkontrolliert und erwarteten das Zustechen des Eisens. Meine Kehle verengte sich in panischer Angst. Was sie vorhatte, war gegen die Regeln, denn es war Vorschrift, dem Herausforderer keine bleibenden Schäden zuzufügen. Ich öffnete den Mund, um gegen den Bruch des Kodex zu protestieren, aber dann sah ich ihren flammenden, starrenden Blick. Auf meiner Stirn bildeten sich plötzlich Schweißperlen. Ich hatte mich diesen Leuten völlig ausgeliefert – und wie Kyral gesagt hatte, waren sie in keiner Weise dazu verpflichtet, die Ehre eines Terraners zu respektieren.

Dann, als meine Hände sich zu Fäusten ballten, zwang ich mich dazu, mich zu entspannen. Ihr Verhalten war ein Bluff, ein ausgeklügelter Trick, um mich dazu zu bringen, den Pakt zu brechen und um Gnade zu flehen. Ich preßte die Lippen aufeinander, preßte die Handrücken ausgebreitet gegen die Wand und wartete bewegungslos ab.

Mit singender Stimme sagte Dallisa: »Paß auf, daß du seine Sehnen nicht triffst. Wenn seine Hände gelähmt bleiben, könnte er behaupten, wir hätten den Kodex verletzt.«

Die rasiermesserscharfen Klingenspitzen berührten meine Handflächen. Bevor der Schmerz zu mir durchdrang, spürte ich, wie mein Blut floß. Mit einer Anstrengung, die alle Farbe aus meinem Gesicht weichen ließ, blieb ich bewegungslos sitzen. Die Klingen bohrten sich tiefer.

Dallisa gab dem Chak einen Wink. Er ließ die Messer sinken. Die Stichwunden, die er mir beigebracht hatte, mochten drei Millimeter tief sein. Ich hatte sie bluffen können. Hatte ich das wirklich?

Wenn ich erwartet hatte – und das hatte ich –, sie würde ihren Unmut verbergen, sah ich mich getäuscht. Mit einer abrupten Geste, als sei sie des Spiels schon jetzt überdrüssig, gab sie dem Chak eine Anweisung. Ich konnte ein Keuchen gerade noch unterdrücken, als mir die Arme über den Kopf gerissen, mit Gewalt zusammengedrückt und mit einer dünnen, tief ins Fleisch schneidenden Kordel zusammengebunden wurden. Als ich dann brutal hochgezogen wurde, glaubte ich, meine Arme müßten sich von den Schultern lösen. Der gigantische Chak grunzte vor Anstrengung, als er mich hochriß, bis meine Zehen kaum noch den Boden berührten.

»Verbinde ihm die Augen«, sagte Dallisa interesselos, »damit er nicht sehen kann, wann die Sonne auf- oder untergeht und was auf ihn zukommt.«

Etwas Weiches legte sich auf meine Augen. Es wurde dunkel. Kurz darauf hörte ich, wie ihre Schritte sich von mir entfernten. Die Arme, die über meinem Kopf zusammengebunden waren, fingen nun höllisch an zu schmerzen. Aber allzu schlimm war es noch nicht. Gewiß war dies nicht alles, was sie mit mir vorhatte …

In allem Ernst überprüfte ich meine Vorstellungskraft und konzentrierte mich ganz auf meine Gedanken. Es gab nur einen Weg, mit dem, was mir drohte, fertig zu werden. Ich hing blind und gefesselt an einer Wand, und meine Füße berührten kaum den Boden. Ich konnte mich nur auf die jeweilige Lage einstellen, das war alles. Was danach kam, durfte mich in diesem Augenblick nicht interessieren. Zuallererst versuchte ich wieder Boden unter die Füße zu bekommen. Als ich mich so groß wie möglich machte, stellte ich fest, daß es mir gelang, mein Gewicht zu tragen, wenn ich mich auf die Zehenspitzen stellte. Nun allerdings taten mir die Arme weh, denn das mich haltende Seil war zu kurz.

Eine Weile später spürte ich, wie sich in meinen Fußgelenken ein Krampf bildete, der es mir unmöglich machte, weiterhin auf den Zehenspitzen zu stehen. Ich ließ mich an den Handgelenken hängen, aber dann wurde der Schmerz so stark, daß ich beinahe aufschrie. Dann gewann ich den Eindruck, als sei jemand neben mir, der leise atmete.

Kurz darauf wurde das Schmerzgefühl stärker. Dann nahm es ab. Dann verdichtete es sich wieder zu einem gewaltigen Krampf und mir blieb nichts anderes übrig, als wieder nach Boden zu suchen. Mir wurde klar, daß diese Art der Fesselung, die mir immer wieder die Hoffnung gab, wenigstens von Zeit zu Zeit Schmerzlinderung zu erfahren, eine besondere Gemeinheit darstellte.

Ich weiß nicht im geringsten – nicht einmal heute –, wie lange ich diesen schmerzhaften Zyklus über mich ergehen ließ: Einmal suchte ich auf dem Steinboden mit den Zehen nach einem Halt, dann zog ich mich mit aller

Kraft an den Seilen nach oben, was wieder meine Hände unmenschlich belastete. Die momentane Erleichterung, die ich verspürte, war nur eine Illusion, da die Schmerzen sich auf andere Körperteile verlagerten.

Dann fing ich an zu beben. Es tat weh, wurde zu einem körperlichen Schmerz und breitete sich von den Händen bis zu den Füßen aus. Schließlich – ich versuchte es so lange wie möglich hinauszuzögern –, kam die endliche, schreckliche Qual über mich, als ich mich einfach niedersacken ließ und mein gesamtes Körpergewicht an den Händen hing. Ich glaubte meine Knochen knirschen zu hören.

Einmal versuchte ich zu berechnen, wieviel Zeit inzwischen vergangen war, wie viele Stunden schon herum waren. Dann mahnte ich mich zur Ruhe, denn ein solches Vorgehen war schierer Wahnsinn. Aber da ich den Prozeß einmal in Gang gesetzt hatte, war mein Bewußtsein auf diese Rechenaufgabe fixiert, und so stellte ich schließlich fest, daß ich mich rastlos mit dem Zählen von Sekunden und Minuten beschäftigte, bis der Zyklus wieder von neuem begann. Ich machte mich größer, verlagerte den Druck auf die Arme; dann fing der Schmerz wieder in den Schenkeln, Fußgelenken und Zehen an. Er kroch über meine Rippen zu den Schultern hinauf. Dann ließ ich mich wieder fallen.

Meine Kehle war wie ausgetrocknet. Unter anderen Umständen hätte ich anhand von Hunger und Durst die Zeit berechnen können, aber die harte Behandlung, die ich erfahren hatte, machte dies unmöglich. Ich litt an anderen, unaussprechlichen, erniedrigenden Schmerzen.

Nach einer Zeit stellte ich mir alle möglichen noch schlimmeren Foltermethoden vor, um mir selbst den Rücken zu stärken. So hatte ich von einem Mann gehört, den man giftigen Insektenbissen ausgesetzt hatte. Sie hatten zwar nicht tödlich gewirkt, waren aber schmerzhaft genug gewesen. Insekten konnte man ebenso dazu abrichten, daß sie einen nicht nur bissen, sondern enthäuteten. Man hätte mich auch mit Feuer behandeln können …

Mit äußerster Willensstärke schob ich diese Erinnerungen beiseite. In Daillon hatte ein Mann angesichts der Erwartung einer ihm unbekannten Folter den Verstand verloren. Es gab nur eine Möglichkeit, so etwas für sich selbst zu verhindern: Man mußte so tun, als existiere für einen nichts als die Gegenwart. Man durfte nicht vergessen, daß die Regeln ernsthafte Verletzungen verboten – und daß diese Tortur bei Sonnenuntergang beendet war.

Allmählich aber verblaßten all diese rationalen Gedanken in einem Halbdelirium aus Durst und Schmerzen. Sie verengten sich zu einer rotglühenden Agonie zwischen meinen Schulterblättern. Wieder stellte ich mich auf die Zehenspitzen.

Meine Füße brannten in weißglühender Pein. Das rauhe Gestein, auf dem meine Zehen ruhten, war plötzlich mit Metall bedeckt. Ich roch versengendes Fleisch, riß die Füße wortlos wieder hoch, knirschte zornig mit den Zähnen und ließ den Schmerz, den ich spürte, allein von meinen Schultern tragen.

Und dann verlor ich die Besinnung – jedenfalls für einige Zeit, denn als ich wieder zu mir kam und den mich umgebenden Alptraum aus Schmerzen durchdrang, ruhten meine Zehen leicht und sicher auf kaltem Gestein. Der Geruch des versengten Fleisches war jedoch geblieben, ebenso das peinigende Zerren in meinen Zehen. Der Geruch wurde von einem Parfümhauch aus nächster Nähe überlagert.

»Ich habe nicht vor, unsere Abmachung dadurch ungültig werden zu lassen, daß Ihre Füße Schaden nehmen«, murmelte Dallisa. »Das Feuer sollte lediglich dazu dienen, Ihnen klarzumachen, daß es nicht allzu sicher ist, sich auf den Zehenspitzen auszuruhen.«

Ich spürte, daß sich in meinem Mund Blutgeschmack mit dem sauren Geschmack von Erbrochenem mischte. Ich kam mir vor wie im Delirium, mein Kopf fühlte sich leicht an. Nach einer weiteren Ewigkeit fragte ich mich, ob ich wirklich Dallisas Stimme vernommen hatte – oder ob es ein fiebergeborener Alptraum gewesen war.

Du brauchst nur zu bitten. Ein Wort, ein einziges Wort genügt, dann lasse ich dich frei, starker, narbenbedeckter Mann. Dafür verlange ich vielleicht nicht mehr, als etwas Platz zwischen deinen Armen. Wäre ein solcher Untergang nicht das Paradies für dich? Vielleicht lasse ich dich frei, damit du Rakhal suchen kannst. Vielleicht will ich damit nur Kyral eins auswischen. Ein Wort, sage nur ein Wort. Ein Wort, du brauchst nur ein Wort zu sagen …

Es erstarb in einem endlose Echos werfenden Flüstern. Mitgerissen und geblendet fragte ich mich, warum ich weiterhin durchhielt. Als ich mir mit der trockenen Zunge über die Lippen fuhr, schmeckte ich Salz und Blut. Noch halb dem Alptraum verhaftet, spann ich den Plan, Dallisa nachzugeben, sie auf irgendeine Weise zu überrumpeln, sie plötzlich niederzuschlagen und zu entfliehen. Schließlich war ich ebensowenig an den Ehrenkodex Wolfs gebunden. Unkonzentriert versuchte ich die richtigen Worte zu finden.

Ein Atemzug rettete mich. Ein verhaltener, erleichterter Atemzug, der zeigte, daß sie etwas erwartete. Schon wieder ein Trick. Ich schwankte, war nicht ganz bei Sinnen. In diesem Augenblick war ich nicht mehr Race Cargill. Ich war ein toter Mann in Ketten, der hin und her schwang, während zerzauste Geier an seinen baumelnden Füßen pickten. Ich war …

Das Geräusch von Stiefeln erklang auf dem Steinfußboden. Dann vernahm ich Kyrals Stimme, die zu jemandem in meiner Nähe sagte: »Was hast du mit ihm angestellt?«

Sie antwortete zwar nicht, aber ich konnte das Klirren ihrer Kette hören, deswegen wußte ich, welche Handbewegung sie gemacht hatte. Kyral sagte leise und bitter: »Frauen sind nun einmal keine Foltergenies, es sei denn ...« Seine Stimme verblaßte, als sei er weit von mir entfernt. Ihre Worte kamen zu mir herüber wie ein Klirren im Wind, wie das Heulen eines verlorenen Haufens, der auf den schneebedeckten Bergpässen seinem Ende entgegensah.

»Sprich schon, du Narr, er kann dich jetzt nicht mehr hören.«

»Wenn er dabei das Bewußtsein verliert, bist du zu plump vorgegangen!«

»Ausgerechnet *du* redest von Plumpheit?« Dallisas Stimme war voller Wut und überlagerte sogar das schreckliche Klingeln in meinem Kopf. »Vielleicht lasse ich ihn frei, damit er Rakhal aufspürt, wenn du es schon nicht kannst. Die Terraner haben ebenfalls einen Preis auf Rakhals Kopf ausgesetzt. Und dieser Mann wird sich zumindest nicht mit seinem eigenen Opfer verwechseln!«

»Wenn du glaubst, ich würde zulassen, daß du mit einem Terraner einen Handel eingehst ...«

Dallisa schrie leidenschaftlich: »Du handelst doch selber mit ihnen! Wie willst du mich unter diesen Umständen davon abhalten ?«

»Ich handle mit ihnen, weil ich muß. Aber wenn es um eine Sache geht, die die Ehre des Großen Hauses betrifft ...«

»Du hättest die Stufen des Großen Hauses ohne Rakhal niemals betreten!« Dallisa klang, als würde sie jedes einzelne Wort in kleine Fetzen zerbeißen und Kyral ins Gesicht spucken. »Oh, es war klug von dir, uns beide zu deinen Gefährtinnen zu machen! Du wußtest nicht, daß Rakhal dahintersteckte, wie? Dann hasse die Terraner doch!« Sie spie ihm eine Obszönität entgegen. »Genieße deinen Haß, wate darin – bis die ganze Stadt dem Spielzeugmacher zum Opfer fällt, wie Miellyn.«

»Wenn du diesen Namen noch einmal aussprichst«, sagte Kyral gefährlich leise, »bringe ich dich um.«

»Wie Miellyn, Miellyn, Miellyn«, wiederholte Dallisa furchtlos. »Rakhal hat nichts von ihr gewußt, du Narr.«

»Man hat gesehen, wie ...«

»Mit *mir* hat man ihn gesehen, mit *mir*! Kannst du einen Zwilling nicht vom anderen unterscheiden? Rakhal kam zu mir, um nach Nachrichten zu fragen, die sie betrafen!«

Wie jemand, der große Qualen auszustehen hat, schrie Kyral heiser auf. »Warum hast du mir das nicht erzählt?«

»Diese Frage brauche ich dir doch wohl nicht zu beantworten, Kyral, oder?«

»Du Dreckstück!« sagte Kyral. »Du dreckiges Weib!« Ich hörte das Geräusch eines Schlages. Im nächsten Moment riß mir Kyral die Augenbinde vom Gesicht. Ich blickte in eine flammende Helligkeit hinein. Meine Arme waren nun zwar gänzlich taub, aber seine Berührung verschaffte mir einen neuen Schmerz. Kyrals Gesicht schien von wahrem Höllenfeuer umgeben zu sein. »Wenn das stimmt, ist dies hier eine verdammte Farce, Dallisa. Dann hast du unsere Chance, zu erfahren, was er über Miellyn weiß, verspielt.«

»Was *er* weiß?« Dallisa nahm die Hand von ihrem Gesicht. Dort, wo Kyral sie geschlagen hatte, bildete sich ein blauer Fleck.

»Miellyn hat sich zweimal gezeigt, während ich mit

ihm zusammen war. Binde ihn los, Dallisa, dann mach dein Geschäft mit ihm. Das, was wir über Rakhal wissen, gegen das, was er von Miellyn weiß.«

»Wenn du glaubst, ich würde zulassen, daß du mit einem Terraner Geschäfte machst«, äffte sie ihn nach. »Ich bestimme hier, du Schwächling! Wenn du mir nichts sagst, werden es die Männer deiner Karawane tun, du Narr! *Wo steckt Cuinn?*«

Kyral lachte. Er war eine Million Kilometer entfernt. »Du hast dich auf den Falschen verlassen, Dallisa. Die Katzenmenschen haben ihn umgebracht.« Er zückte seinen Skean und kletterte auf eine Bank. Er war nun nicht mehr weit von meinen Handfesseln entfernt. »Wollen Sie mit mir einen Handel abschließen, Rascar?«

Da ich unfähig war, auch nur ein Wort zu sprechen, hustete ich nur. Kyral wiederholte: »Wollen Sie mit mir einen Handel abschließen? Wollen Sie die Farce dieses verdammten Weibes beenden, die jedem Shegrin nur wie ein Hohn erscheinen muß?«

Die Sonnenstrahlen sagten mir, daß der Tag noch nicht zu Ende war.

Schließlich fand ich einen Teil meiner Stimme wieder aber was ich gesagt hatte, wußte ich erst, als die Worte aus mir heraus waren: »Diese Sache geht nur Dallisa und mich etwas an.«

Mit aufsteigender Wut sah Kyral mich an. Mit vier langen Schritten war er aus dem Raum, schrie uns mit wilder und heiserer Stimme »Ich hoffe, ihr bringt euch gegenseitig um!« zu und warf krachend die Tür ins Schloß.

Dallisas Gesicht war in rote Farben getaucht, und wie am Anfang wußte ich, daß die Schlacht zwischen uns eröffnet war und ich sie bis zum bitteren Ende würde durchstehen müssen. Sie berührte zaghaft meine Brust, aber die Berührung genügte schon um unerträgliche Schmerzen durch meine Schulterpartie zu jagen.

»Haben Sie Cuinn umgebracht?«

Müde fragte ich mich, was dies zu bedeuten hatte.

»Haben Sie ihn umgebracht?« Dann schrie sie leidenschaftlich: »Antworten Sie! Haben Sie ihn umgebracht?« Sie schlug hart auf mich ein. War ihre Berührung schon schmerzhaft gewesen, so war dieser Schlag brennende Agonie. Ich wurde ohnmächtig.

»Antworten Sie!« Erneut schlug sie zu. Ein weißer Blitz ließ mich wieder erwachen. »Antworten Sie! Antworten Sie!« Jeder ihrer Aufschreie wurde von einem Schlag begleitet, und schließlich keuchte ich: »Er gab ... Zeichen ... Hetzte uns die Katzenmenschen ... auf den Hals ...«

»Nein!« Sie stand da und starrte mich an, und ihr weißes Gesicht war wie eine Totenmaske, in der nur noch die Augen lebten. Sie stieß einen wilden Schrei aus, der sofort den weißen Chak auf den Plan rief.

»Schneide ihn ab! Schneide ihn ab! Schneide ihn ab!«

Eine Messerklinge zerfetzte das Seil, und ich sackte zusammen und knallte hart zu Boden. Die Hände waren noch immer über meinem Kopf zusammengebunden. Der Chak durchtrennte die mich haltenden Kordeln, legte meine Arme dorthin, wo sie hingehörten, und ich stöhnte vor Schmerzen, als das Blut in meinen geschwollenen Handgelenken wieder zu zirkulieren begann.

Und dann verlor ich das Bewußtsein. Diesmal mehr oder weniger permanent.

8. Kapitel

Als ich wieder zu mir kam, lag ich mit dem Kopf auf Dallisas Schoß. Die rötliche Farbe der Dämmerung erfüllte das Zimmer. Ich spürte die weichen Formen ihrer Schenkel unter mir und fragte mich, ob ich mich ihr im Delirium ergeben hatte. »Die Sonne ...« murmelte ich. »Noch nicht untergegangen ...«

Sie beugte ihr Gesicht über mich und flüsterte: »Ruhig, ruhig.«

Ich war im Himmel und schwebte wieder davon. Eine Weile später spürte ich, wie jemand einen Becher an meine Lippen drückte.

»Können Sie das schlucken?«

Ich konnte es. Ich tat es. Ich konnte den Geschmack zwar noch nicht definieren, aber das Getränk war kalt und feucht, und es fühlte sich himmlisch an, wie es durch meine Kehle lief. Sie beugte sich über mich, sah mir in die Augen, und ich kam mir vor, als fiele ich in die rötlichen, stürmischen Tiefen hinein. Sie legte sanft einen Finger auf meinen vernarbten Mund. Plötzlich klärte sich mein Kopf. Ich richtete mich auf.

»Ist das ein Trick, der mich zwingen soll, meine Niederlage zuzugeben?«

Sie zuckte zusammen, als hätte ich sie geschlagen, dann huschte der Anflug eines Lächelns über ihren roten Mund. Ja, es herrschte Kampf zwischen uns. »Möglicherweise haben Sie wirklich das Recht, mißtrauisch zu sein«, sagte sie. »Aber wenn ich Ihnen erzähle, was ich über Rakhal weiß – werden Sie mir dann vertrauen ?«

Ich sah sie offen an und sagte: »Nein.«

Überraschenderweise warf sie den Kopf zurück und

lachte. Ich bewegte vorsichtig meine Handgelenke. Die Haut war abgescheuert und wund, und meine Arme schmerzten bis zum Knochen. Wenn ich mich bewegte, schienen mich schmerzhafte Lanzen zu durchbohren.

»Nun – bis Sonnenuntergang habe ich kein Recht, Sie um Vertrauen zu bitten«, sagte Dallisa, nachdem ihr Gelächter geendet hatte. »Und da Sie meinem Befehl unterstehen, bis der letzte Strahl erloschen ist, befehle ich, daß Sie den Kopf wieder auf meinen Schoß legen.«

»Ich kann mich auch selber auf den Arm nehmen«, sagte ich in einem Anfall von Ärger.

»Ist das nicht mein Vorrecht? Sie lehnen ab?«

»Ob ich ablehne?« Die Sonne war noch nicht untergegangen. Sah ich nun einer Marter entgegen, die noch schlimmer war als die, die ich bereits über mich hatte ergehen lassen? Das rote Glitzern ihrer Augen erweckte in mir das Gefühl, daß sie mit mir spielte – wie ein Katzenwesen aus den Bergen mit seinem hilflosen Opfer. Ich verzog den Mund zu einer unwilligen Grimasse, dann senkte ich gehorsam den Kopf und ließ ihn auf ihre pelzbekleideten Knie fallen.

Mit einem Lächeln murmelte sie: »Ist es denn so unerträglich?«

Ich schwieg. Niemals – nicht einen Augenblick lang – konnte ich vergessen, daß Dallisas Rasse schon alt und im Abstieg begriffen gewesen war, als sich das Terranische Imperium über sein Heimatsystem hinaus ausbreitete. Auch wenn Dallisa einen menschlichen – und femininen – Eindruck machte: der auf Wolf herrschende Geist hatte sich schon vor Anbeginn der Zeitrechnung mit dem Bewußtsein der Nichtmenschlichen vermischt. Außenstehende wie ich konnten diesen Geist nicht erfassen. Ich war zwar besser ausgerüstet als die meisten Erdenmenschen, denn ich konnte wenigstens oberflächlich mit ihm Schritt halten, aber seine tiefgründigen Motivationen blieben selbst mir verborgen.

Der Geist eines Wolf-Bewohners folgt einer komplexen und irrationalen Logik. Ein integraler Bestandteil dieses Geistes ist die Boshaftigkeit. Selbst die tödliche Blutfehde mit Rakhal hatte mit einem sorgfältig ausgeklügelten, handgreiflichen Scherz begonnen, der den Geheimdienst mehrere tausend Kredite an Raumschiffswert gekostet hatte.

Deswegen konnte ich Dallisa nicht einen Augenblick lang trauen. Aber andererseits war es herrlich, so dazuliegen und meinen Kopf auf ihrem parfümierten, weichen Körper auszuruhen.

Und dann umschlangen mich plötzlich wild und hungrig ihre Arme. Was ihre Stimme bis jetzt unterdrückt hatte, kam hervor. Ihre Augen flammten heiß und begierig. Sie preßte ihren Leib, ihre Brüste, Hüften und langen Beine an mich und sagte mit heiserer Stimme: »Siehst du das auch als Folter an?«

Unter ihrem Pelzgewand war sie anschmiegsam und weiß, und der zarte Duft ihres Haars schien mir eine größere Verführung zu sein als jede andere. So zerbrechlich sie auch wirkte, ihre Arme waren stärker als Eisen. In meinen verstauchten Schultern flammte ein Schmerz auf, der sich bis in die Handgelenke fortsetzte. Dann vergaß ich die Pein.

Als ich irgendwann über ihre Schulter sah, hauchte die rote Sonne ihr Leben aus und überschüttete den Raum mit orchideenfarbenem Zwielicht.

Ich packte ihre Handgelenke, zwang sie zurück, zog ihr die Arme über den Kopf und sagte mit belegter Stimme: »Die Sonne ist untergegangen.« Dann verschloß ich ihren wilden Mund mit dem meinen.

Und ich wußte, daß die Schlacht zwischen uns gleichzeitig ihren Höhepunkt erreicht und mit einem Sieg geendet hatte – und daß jede Frage nach dem Gewinner nur noch rein intellektueller Natur sein konnte.

Irgendwann während der Nacht, als ihr dunkler Kopf reglos auf meiner Schulter lag, war ich wieder wach und starrte in die Dunkelheit. Das Pochen meiner Verletzungen hatte wenig mit meiner Schlaflosigkeit zu tun: Ich erinnerte mich an jene gefesselten Mädchen, denen ich in früheren Tagen in den Trockenstädten begegnet war. Ihre gesamte Süße und Verderbtheit schien sich in Dallisas Küssen wiederzufinden. Ihr Kopf lag sehr leicht auf meiner Schulter, und sie fühlte sich äußerst leicht an, als sei sie aus Federn gemacht.

Durch die Fensterschlitze wurde einer der winzigen Monde sichtbar. Ich dachte an meine Wohnung in der terranischen Handelsstadt. Sie war sauber, aufgeräumt und gemütlich, aber in den Nächten war ich in den Korridoren auf und ab gegangen, hatte mich gehaßt, hatte vor Verbitterung mit den Zähnen geknirscht und mich nach den windigen, im Sternenlicht liegenden Trockenstädten mit ihrem Salzgeruch und dem rhythmischen Geklimper der Ketten gesehnt, das stets ertönte, wenn sich irgendwo eine Frau bewegte.

Plötzlich wurde mir schmerzhaft bewußt, daß ich Juli, das ihr gegebene Versprechen und das Mißgeschick, das mich wieder der Freiheit ausgesetzt hatte, beinahe vergaß.

Trotzdem – ich hatte gesiegt, und was die Herren des Großen Hauses über Rakhal wußten, verringerte meine planetenweite Suche auf einen Stecknadelkopf. Rakhal hielt sich in Charin auf.

Ich war nicht völlig überrascht. Abgesehen von der

Kharsa ist Charin die einzige Stadt auf Wolf, wo das Terranische Imperium tiefe Wurzeln in den Planeten geschlagen hat. Dort gibt es ebenfalls eine Handelsstadt – und einen kleinen Raumhafen. Und wie in der Kharsa gilt auch in Charin – trotz der weiten Entfernung von der Erde – terranisches Gesetz.

Als nichtmenschliche Stadt, bewohnt hauptsächlich von Chaks, bildete Charin den Kern und das Zentrum der Widerstandsbewegung. In Charin gärte es unablässig. Es war nur logisch, daß ein Abtrünniger sich dort aufhielt.

Ich brachte mich in eine Position, in der meine Schultern am wenigsten schmerzten, und murmelte: »Aber warum ist er in Charin?«

So leise meine Bewegung auch gewesen war, sie hatte Dallisa aufgeweckt. Sie rollte sich auf den Bauch, stützte sich auf die Ellbogen und zitierte schläfrig: »Der sicherste Platz für ein Beutetier ist an des Jägers Tür.«

Ich starrte das Viereck aus violettem Mondlicht an und versuchte, die einzelnen Stücke des Puzzles zusammenzukriegen. Halblaut fragte ich: »Um welche Beute geht es? Und wer sind die Jäger?«

Dallisa antwortete nicht. Ich hatte es auch nicht erwartet. Dann stellte ich die Frage, die meinen Geist am meisten beschäftigte: »Wieso haßt Kyral Rakhal Sensar, wenn er ihn noch nie zu Gesicht bekommen hat?«

»Er hat seine Gründe«, sagte Dallisa ernst. »Einer davon betrifft Miellyn, meine Zwillingsschwester. Kyral überwand die Stufen des Großen Hauses, indem er uns beide als Gefährtinnen beanspruchte. Er ist der Sohn unseres Vaters, hat aber eine andere Mutter.«

Das erklärte vieles. Eheschließungen zwischen Geschwistern, die in den Trockenstädten nicht ungewöhnlich sind, basieren auf Zweckmäßigkeit und Mißtrauen.

Meistens, aber nicht immer, kommt es ohne Liebe zu derlei Verbindungen. Es erklärte Dallisas Häme, und teilweise – aber wirklich nur teilweise – auch den Grund, aus dem sie in meinen Armen gelegen hatte. Was es nicht erklärte, war Rakhals Anteil an dieser rätselhaften Intrige, und es machte auch nicht plausibel, warum Kyral mich für Rakhal gehalten hatte – und das erst, nachdem ihm eingefallen war, wie ich in terranischer Kleidung aussah.

Ich fragte mich, warum ich nicht früher auf den Gedanken gekommen war, man könne mich mit Rakhal verwechseln. Wir glichen uns zwar nicht sonderlich, aber eine ungenaue Beschreibung konnte ebenso auf ihn wie auf mich passen. Meine Größe ist für terranische Verhältnisse ungewöhnlich, und ich war kaum zwei Zentimeter kleiner als Rakhal, aber wir hatten ungefähr die gleiche Gestalt und Hautfarbe. Und seit wir als Jungen zusammengewesen waren, hatte ich seinen Gang und seine Gesten nachgeahmt.

Was allerdings unsere individuellen Gesichtszüge vereinheitlichte, waren die *Kifirgh*-Narben an Mund, Wangen und Schultern. Jeder, der uns nicht persönlich kannte, jeder, der in den Tagen, als wir noch zusammengearbeitet hatten, lediglich von uns gehört hatte, konnte uns leicht miteinander verwechseln. Sogar Juli hatte ausgerufen »Du bist fast wie . . .«, bevor sie wieder einen klaren Kopf bekam.

Weitere Puzzleteile bauten sich vor meinem inneren Auge auf, aber sie weigerten sich hartnäckig, sich in ein Muster einpassen zu lassen: Das Verschwinden des Spielzeughändlers, Julis hysterisches Gerede; die Art und Weise, in der das Mädchen – Miellyn? – in Nebrans Schrein verschwunden war. Dazu kamen noch die Andeutungen des alten Mannes und Dallisas über den geheimnisvollen ›Spielzeugmacher‹. Und noch etwas, woran ich mich nur am Rande erinnerte: Der unheimliche Handel in der Stadt der Schweigenden. Ich wußte, irgendwie mußten all diese Dinge zusammenpassen, aber ich konnte mir kaum vorstellen, daß Dallisa in der Lage war, das Muster für mich zu komplettieren.

Mit einer Vehemenz, die mich überraschte, sagte sie: »Miellyn stellt nur ein Alibi dar! Kyral haßt Rakhal, weil Rakhal Kompromisse schließt, er jedoch kämpfen will!«

Sie rollte zu mir herüber und drückte sich in der Dunkelheit an mich. Ihre Stimme zitterte

»Race, unsere Welt liegt im Sterben. Wir können Terra nicht die Stirn bieten. Aber da sind noch andere Dinge, schlimmere Dinge.«

Ich setzte mich hin und mußte überrascht feststellen, daß ich die Erde gegenüber diesem Mädchen verteidigte. Da war ich nun nach langen Jahren wieder in meine eigene Welt zurückgekehrt, und trotzdem hörte ich mich mit leiser Stimme sagen: »Die Terraner beuten Wolf nicht aus. Wir haben das Gesetz von Shainsa nicht verletzt. Wir haben nicht einmal etwas verändert.«

Und es stimmte. Terra war durch Wolf mit Verträgen verbunden – nicht durch Eroberung. Das Imperium zahlte – und es zahlte großzügig – für das gepachtete Land, auf dem die Handelsstädte entstanden waren. Und man überschritt die Grenzen nur dort, wo man dazu aufgefordert wurde.

»Wir gestehen allen Städten und Staaten, die ihre Unabhängigkeit bewahren wollen, zu, sich bis zu ihrem Zusammenbruch selbst zu regieren, Dallisa. Und nach ungefähr einer Generation kommt es dann zum Zusammenbruch. Nur wenige rückständige Planeten können gegen uns standhalten. Die Menschen selbst werden es leid, unter feudalen oder theokratischen Systemen zu leben. Sie bitten darum, in das Imperium aufgenommen zu werden. Das ist alles.«

»Aber das ist es ja gerade«, konterte Dallisa. »Ihr gebt den Menschen alles, was sie früher von uns bekommen haben; aber ihr macht es besser. Allein durch euer Hiersein bringt ihr die Trockenstädte um. Die Menschen wenden sich von uns ab und laufen zu euch über. Und ihr laßt das zu.«

Ich schüttelte den Kopf. »Wir haben seit Jahrhunderten keinen Krieg mehr geführt. Was erwartet ihr? Daß wir euch Schießeisen, Flugzeuge und Bomben geben, damit ihr euch eurer Sklaven erwehren könnt?«

»Ja!« Ihre Augen sprühten Blitze »Die Trockenstädte haben Wolf beherrscht, seit ... seit ... Du kannst dir nicht einmal vorstellen, wie lange! Wir haben mit euch einen Vertrag geschlossen, der euch den Handel erlaubt ...«

»Während wir euch damit belohnen, daß wir euch ungeschoren lassen«, sagte ich ruhig. »Aber wir haben den Trockenstädten nicht untersagt, sich dem Imperium anzuschließen und mit Terra zusammenzuarbeiten.«

»Männer wie Kyral würden lieber sterben«, sagte sie verbittert und drückte hilflos das Gesicht an meine Brust. »Und ich werde mit ihnen zusammen sterben. Miellyn hat sich von uns losgesagt, aber ich kann es nicht. Dazu fehlt mir der Mut. Unsere Welt ist morsch, Race, durch und durch morsch, und in dieser Beziehung gleiche ich ihr. Ich hätte dich heute umbringen können, aber jetzt bin ich hier, in deinen Armen. Unsere Welt ist morsch, und ich bin nicht davon überzeugt, daß die neue besser werden wird!«

Ich legte ihr meine Hand unters Kinn und schaute ihr ernst in die Augen. Ihr Gesicht war nur ein blasses Oval in der Finsternis. Es gab nichts, was ich hätte sagen können, denn sie hatte schon alles gesagt, und es war die

Wahrheit. Ich hatte mich in Selbsthaß nach diesem Leben verzehrt, und jetzt, wo ich es wieder lebte, wurde es auf meinen Lippen zu Salz und Blut, wie Dallisas hungrige Küsse. Sie berührte mein narbiges Gesicht sanft mit den Fingern. Dann packten ihre kleinen, dünnen Hände meine Gelenke mit einer solchen Wildheit, daß ich protestierend aufstöhnte.

»Du wirst mich nicht vergessen«, sagte sie mit ihrer seltsam singenden Stimme. »Auch wenn du siegreich warst – du wirst mich nicht vergessen.« Sie drehte sich auf den Rücken und schaute zu mir auf. Ihre Augen glühten schwach in der Dunkelheit. Ich wußte, sie konnte mich so deutlich sehen, als sei es Tag. »Ich glaube, daß ich gewonnen habe – nicht du, Race Cargill.«

Sanft – einem Impuls folgend, den ich nicht zu erklären vermochte – nahm ich eines ihrer zierlichen Handgelenke, und dann das andere. Als ich ihre mit schweren Juwelen verzierten Armreifen öffnete, stieß sie einen erschreckten Schrei aus.

Dann schleuderte ich die Ketten in eine Ecke, riß sie wild in meine Arme und zwang ihren Kopf mit meinen Lippen nach hinten.

Auf dem weiträumigen, vom Wind umspielten Platz vor dem Großen Haus verabschiedete ich mich von ihr. Wir waren allein. Dallisa preßte den Kopf gegen meine Schulter und flüsterte: »Nimm mich mit, Race.«

Anstelle einer Antwort nahm ich ihre schlanken Hände in die meinen. Die juwelengespickten Armreifen umschlossen nun wieder ihre dünnen Gelenke. Irgendwie hatte sie die Kette verkürzt, so daß sie jetzt nicht einmal mehr die Arme um meinen Hals legen konnte. Ich hob ihre Gelenke an meine Lippen und küßte sie sanft.

»In Wirklichkeit willst du doch gar nicht von hier fort, Dallisa.«

Sie tat mir unendlich leid. Sie würde mit ihrer sterbenden Welt untergehen – stolz und kalt, denn in der neuen Welt gab es keinen Platz für sie. Sie küßte mich, und ich schmeckte Blut. Ihr schlanker, gefesselter Leib drückte sich wild an mich. Sie wurde von Tränen geschüttelt und schluchzte haltlos. Dann drehte sie sich um und floh in den Schatten des großen, dunklen Hauses zurück.

Ich sah sie nie wieder.

10. Kapitel

Ein paar Tage später näherte ich mich dem Ende meiner Reise.

In Charin herrschte Zwielicht. Die Stadt war heiß und stank nach der ätzenden Glut der Feuer, die am Ende der Straße der sechs Schäfer vor sich hin qualmten. Ich verkroch mich in den Schatten einer Mauer und wartete ab.

Da ich tagelang nicht dazu gekommen war, mein schmutziges Hemd zu wechseln, kribbelte meine Haut überall. Aber Schäbigkeit hat in nichtmenschlichen Gegenden manchmal etwas für sich, und was die Trockenstädter angeht, so ist Wasser für sie eh zu kostbar, um es zum Zwecke der Körperpflege zu vergeuden. Ich kratzte mich ausgiebig und beobachtete vorsichtig die Straße.

Abgesehen von ein paar verwahrlost aussehenden Trunkenbolden, die in den Torwegen herumlungerten, schien sie leer zu sein. Die Straße der sechs Schäfer ist ein schmutziger Slum, deswegen achtete ich darauf, daß mein Skean locker saß. Charin ist eine Stadt, in der keine allzu große Sicherheit herrscht, nicht einmal für Trockenstädter – und von Erdenmenschen ganz zu schweigen.

Selbst nach dem, was ich von Dallisa erfahren hatte, erwies sich die Suche nicht als einfach. Charin ist nicht mit Shainsa zu vergleichen. In Charin, wo Menschen und Nichtmenschen enger zusammenleben als anderswo auf Wolf, kann man zwar Informationen über Leute wie Rakhal käuflich erwerben, aber dennoch hat man sich als Käufer tunlichst vorsichtig zu bewegen. Und das ist auch in Ordnung so, da das Leben des Verkäufers nach Abschluß eines Handels ebenfalls keinen sehr hohen

Wert mehr hat. Ein schmutziger Wind voller Staubteilchen wehte durch die Straße und brachte allerlei schwere und seltsame Gerüche mit sich. Ich konnte das ätzende Aroma von geweihtem Wasser aus dem nächsten Straßenschrein riechen, was dazu führte, daß ich eine Gänsehaut bekam. In den sich hinter Charin erhebenden Hügeln kam der Geisterwind auf.

Von diesem Wind getragen, würden die Ya-Männer aus dem Gebirge herabfluten und alles Menschliche und Halbmenschliche, das sich ihnen in den Weg stellte, auseinandertreiben. Sie würden während der Nacht durch das Viertel toben und sich am nächsten Morgen auflösen – bis der Geisterwind wieder an zu blasen fing. Unter normalen Umständen hätte ich mir schon eine Bleibe gesucht. Nun stellte ich mir vor, daß ich sie hören konnte, wie sie vom Wind getragen in der Ferne kläfften und dann durch die Straßen jagten – gefiederte, klauenbewehrte Gestalten.

In diesem Moment zerriß die über der Straße liegende Stille.

Von irgendwoher drang der Schrei eines Mädchens an mein Ohr, das entweder schreckliche Schmerzen litt oder in Panik geraten war. Dann sah ich es. Es duckte sich zwischen zwei glänzenden Kieselhäusern. Ein Kind, mager und barfüßig. Sein langes, schwarzes Haar wirbelte, als es rennend vor einem heruntergekommenen Burschen floh, der sich an seine Fersen geheftet hatte. Er streckte eine Pranke aus und versuchte ihr mageres Handgelenk zu packen.

Das Mädchen schrie auf, riß sich los, kam geradewegs auf mich zu und schlang mit der Heftigkeit eines Sturmwindes beide Arme um meinen Hals. Plötzlich hatte ich Haare im Mund. Kleine Hände zerrten wie die Krallen einer Katze an meinem Nacken.

»Bitte, hilf mir«, keuchte sie zwischen zwei Schluchzern. »Er darf mich nicht kriegen! Er darf nicht!« Aber selbst diese wenigen Worte genügten, um mich erkennen zu lassen, daß die kleine Göre nicht den Slumjargon, sondern die reine Sprache von Shainsa sprach.

Was ich dann tat, geschah rein automatisch, als ginge es um Juli. Ich löste das Kind von mir, schob es hinter mich und musterte den auf uns zukommenden Strolch mit einem finsteren Blick. »Mach dich dünn« riet ich ihm. »Dort, wo ich herkomme, belästigt man keine kleinen Mädchen. Sieh zu, daß du verschwindest.«

Der Mann schwankte. Als er eine haarige Pranke nach dem Mädchen ausstreckte, roch ich den Gestank seiner Lumpen. Ich bin nie ein Held gewesen, aber jetzt hatte ich etwas angefangen, das ich auch bis zum Ende durchstehen mußte. Ich warf mich zwischen ihn und das Mädchen und legte eine Hand auf meinen Skean.

»Du ... du ... Trockenstädter.« Die Stimme des Mannes war ein betrunkenes Heulen, und ich hielt die Luft an. Jetzt steckte ich drin. Wenn es mir nicht verdammt schnell gelang, hier wegzukommen, würde ich alles verlieren, was ich in Charin zu finden hoffte.

Ich dachte daran, dem Strolch das Kind auszuliefern. Es war nicht auszuschließen, daß er der Vater des Mädchens war und sie eine Tracht Prügel verdient hatte. Ich hatte mich in Dinge gemischt, die mich nichts angingen. Was mich wirklich anging, lag am Ende der Straße, wo Rakhal an den Feuern wartete. Er würde nicht lange dort bleiben. Schon jetzt war der Geruch des Geisterwindes unverkennbar. Kleine Sandböen jagten über die Straße und brachten die Fensterläden zum Klappern.

Aber ich war einer solchen Tat nicht fähig. Der große Kerl versuchte das Mädchen erneut zu packen. Ich riß meinen Skean heraus und hielt ihn ihm entgegen.

»Hau ab!«

»Trockenstädter!« Er spuckte das Wort wie ein Stück Dreck aus. Seine Schweinsäuglein wurden zu kleinen Schlitzen. »Sohn eines Affen! *Erdenmensch!*«

»*Terraner!*« Irgend jemand nahm seinen Ruf auf. Überall begann sich Leben zu rühren. Es raschelte. Die Straße, die mir zuvor leer erschienen war, wimmelte plötzlich von schattenhaften Umrissen, die aus dem Nichts zu kommen schienen. Menschliche und nichtmenschliche Gestalten.

»Greif ihn dir, Spilkar! Jage ihn aus der Stadt!«

»Erdenmensch!«

Ich spürte, daß sich meine Bauchmuskeln zu einem eisigen Band verknoteten. Ich konnte mir nicht vorstellen, daß ich mich irgendwie als Erdenmensch zu erkennen gegeben hatte. Der Strolch bediente sich lediglich der zeitsparenden Taktik, in aller Schnelle einen Menschenauflauf zu inszenieren. Und da ich ihn durchschaute, sah ich mich schnell um und suchte nach einem Fluchtweg.

»Steck ihm deinen Skean zwischen die Rippen, Spilkar! Pack ihn dir!«

»Hai-ai! Erdenmensch! *Hai-ai!*«

Der letzte Schrei brachte mich in Panik. Durch das feurige Glühen am Ende der Straße konnte ich die gefiederten und mit Klauen versehenen Gestalten der Ya-Männer erkennen, die gerade die Rauchsäulen durchstießen. Die Menge zerstreute sich.

Ich hielt mich nicht mehr damit auf, über die plötzlich ganz offen vor mir liegende Tatsache nachzudenken, daß Rakhal sich gar nicht bei den Feuern aufgehalten haben konnte und mein Informant mich in eine Falle gelockt hatte – in ein Ya-Männer-Nest, das sich mitten in der Stadt befand. Die Menge wich zurück und redete durcheinander. Unerwartet traf ich meine Wahl: Ich wirbelte herum, riß das Mädchen in meine Arme und rannte geradewegs auf die näher kommenden Gestalten der Ya-Männer zu. Niemand folgte mir. Ich hörte sogar einen erstickten Schrei, der nach einer Warnung klang. Das kläffende Gebell der Ya-Männer wurde zu einem wilden Heulen, und buchstäblich in letzter Sekunde, als ihre hart raschelnden Federkleider nur noch wenige Meter von mir entfernt waren, tauchte ich seitlich in einer Gasse unter, stolperte über irgendwelchen Unrat und setzte das Mädchen ab.

»Lauf, Kind!«

Sie schüttelte sich wie eine kleine Katze, die man ins Wasser geworfen hat, dann schlossen sich kleine Finger wie eine eiserne Spange um mein Handgelenk. »Hier entlang«, drängte sie mit einem hastigen Flüstern. Und dann bemerkte ich, daß wir uns am anderen Gassenende im Inneren eines Straßenschreins befanden. Der saure Geruch des geweihten Wassers reizte meine Schleimhäute. Ich hörte, wie die Ya-Männer kläffend draußen herumjagten und die Gasse durchkämmten. Ihre kalten, gemeinen Augen suchten nach der Nische, in der ich mich mit dem Mädchen verkrochen hatte.

»Hier«, sagte sie keuchend, »stell dich ganz dicht neben mich. Auf den Stein ...« Ich wich erschreckt zurück.

»Wir haben jetzt keine Zeit«, flehte das Mädchen. »Keine Zeit zum Reden. Bitte, *komm her!*«

»*Hai-ai!* Erdenmensch! Da ist er!«

Wieder umschlangen mich die Arme des Mädchens. Ich spürte, wie ihr schmaler, knochiger Leib sich an mich drückte, und dann riß sie mich im wahrsten Sinne des Wortes zu dem Steinmuster im Mittelpunkt des Schreins hin. Ich wäre kein Mensch gewesen, hätte ich jetzt noch etwas verstanden.

Die Welt drehte sich. Die Straße löste sich in einem Reigen wirbelnder Lichter auf. Die Sterne tanzten, als seien sie aus ihren Bahnen geraten, ich fiel durch ein sich weitendes Loch aus leerem Raum, während das Mädchen mich in den Armen hielt. Ich fiel, drehte mich um die eigene Achse und stürzte Hals über Kopf durch kippende Lichter und Schatten, die uns durch Ewigkeiten des freien Falls warfen. Das Gekläff der Ya-Männer verlor sich in unermeßlichen Fernen, und einen Moment lang verspürte ich den gnadenlosen Blackout einer mächtigen Antriebskraft. Das Blut schoß mir nicht nur aus der Nase, sondern füllte auch meinen Mund.

11. Kapitel

Meine Augen wurden von Lichtern geblendet.

Ich stand mit beiden Beinen auf dem festen Boden des Straßenschreins, aber die Straße war verschwunden. Weihrauchfäden hingen immer noch in der Luft. Der Gott hockte krötengleich in seiner Nische. Das Mädchen war in meinen Armen erschlafft. Als ich mir des Bodens unter meinen Füßen bewußt wurde, fing ich an zu taumeln und verlor das Gleichgewicht. Das Gewicht des Mädchens, das ich einige Zeit nicht gespürt hatte, ließ mich blind nach einem Halt tasten.

»Gib sie mir«, sagte eine Stimme. Und dann nahm man mir den zusammensackenden Körper aus den Armen. Eine kräftige Hand packte meinen Ellbogen. Dann ertasteten meine Kniegelenke eine Sitzgelegenheit, auf die ich mich dankbar niedersinken ließ.

»Transmissionen zwischen zwei derart weit voneinander entfernten Stationen gehen nicht so einfach vonstatten«, bemerkte die Stimme. »Wie ich sehe, ist Miellyn schon wieder ohnmächtig geworden. Ein schwächliches Mädchen, aber sehr nützlich.«

Ich spuckte Blut und versuchte den Brennpunkt des Raumes zu erkennen. Denn im Inneren eines Raumes hielt ich mich auf, auch wenn er aus einer lichtdurchlässigen Substanz zu bestehen schien und fensterlos war. Hoch über mir befand sich ein Oberlicht, durch das rosafarbene Lichtstrahlen fielen. Tageslicht – und in Charin war es Mitternacht gewesen! Ich hatte mich in wenigen Sekunden um den halben Planeten herumbewegt!

Von irgendwoher kam ein hämmerndes Geräusch. Es war kaum zu hören und klang wie Glockengeläut – oder ein Amboß in einem Märchen. Ich schaute auf und sah einen Mann, der mich beobachtete. Einen Mann?

Auf Wolf kann man allen möglichen Arten menschlichen, halbmenschlichen und nichtmenschlichen Lebens begegnen, und ich glaube von mir sagen zu können, daß ich in jeder dieser Disziplinen ein Experte bin. Aber noch nie zuvor war mir jemand begegnet, der eine solche Menschenähnlichkeit aufwies, ohne ein Mensch zu sein. Er – oder es – war hochgewachsen und hager, hatte menschliche Form und unmenschliche Muskeln. So wie er in seiner Hagerkeit dastand, erinnerte er mich schwach an ein Wesen, das irgendwie mit einem Menschen verwandt war.

Und wie ein Mensch war er mit grünen, enganliegenden Hosen und einem gleichfarbigen Pelzhemd bekleidet, das einen gewölbten Bizeps aufwies, wo sich keiner befinden durfte. Dort, wo man schwellende Muskeln erwartet hätte, war er glatt. Seine Schultern waren hoch, sein Nacken gekrümmt, und sein Gesicht, das ein wenig schmaler war als das eines Menschen, wirkte anziehend und überheblich. Auf irgendeine Weise verkörperte es eine jederzeit bereite Form der Boshaftigkeit – und das war das Unmenschlichste an ihm.

Er bückte sich, legte das Mädchen auf eine Art Diwan, wandte ihm den Rücken zu und hob mit einer ungeduldigen Geste, die in mir nicht nur Unbehagen erzeugte, die Hand.

Das Geklapper der kleinen Hämmer verstummte, als hätte sie jemand abgeschaltet.

»Jetzt«, sagte der Nichtmensch, »können wir reden.«

Wie das herumstreunende Kind bediente er sich der Sprache von Shainsa, und er sprach sie mit einer besseren Betonung als jeder Nichtmensch, der mir je über den Weg gelaufen war. Er beherrschte diese Sprache so gut, daß ich daran zweifelte, richtig gehört zu haben. Ich war zwar nicht zu betäubt, um in der gleichen Zunge antworten zu können, aber die Fragen, dir mir auf der Seele brannten, konnte ich einfach nicht zurückhalten.

»Was ist passiert? Wer bist du? Wo bin ich hier?«

Der Nichtmensch wartete, verschränkte die Arme vor der Brust und beugte sich flüchtig nach vorne. Seine Hände waren ganz in Ordnung, wenn man nicht zu genau auf das achtete, was seine Fingernägel sein sollten.

»Sie dürfen es Miellyn nicht übelnehmen. Sie hat nur ihre Befehle ausgeführt. Es war unerläßlich, Sie heute nacht hierherzubringen, und wir hatten guten Grund anzunehmen, daß Sie einer gewöhnlichen Aufforderung nicht nachgekommen wären. Sie sind ziemlich schlau zu Werke gegangen, indem Sie sich unserer Beobachtung eine gewisse Zeit entzogen. Aber heute abend waren sicher keine zwei Trockenstädter in Charin, die es gewagt hätten, sich dem Geisterwind auszusetzen. Der Ruf, der Ihnen anhaftet, Rakhal Sensar, ist nicht übertrieben.«

Rakhal Sensar! Schon wieder Rakhal!

Erschüttert zog ich ein Taschentuch hervor und wischte mir das Blut vom Mund. In Shainsa war ich darauf gekommen, was diesen Irrtum logisch machte. Und in Charin hatte ich in Rakhals alten Schlupfwinkeln herumgelungert und war seinen alten Spuren nachgegangen. Wieder einmal hatte man mich logischerweise für ihn gehalten.

Ob es nun mit rechten Dingen zuging oder nicht – ich hatte nicht vor, denen, die sich irrten, reinen Wein einzuschenken. Wenn ich hier unter Rakhals Feinden war, mußte ich meine wahre Identität als letzten Trumpf im Ärmel behalten. Unter Umständen konnte sie mir nützlich sein, noch einmal lebend davonzukommen. Wenn ich hier unter seinen Genossen war ... Nun, dann konnte ich nur hoffen, daß niemand, der ihn näher kannte, mir auf den Pelz rückte.

»Wir wußten«, fuhr der Nichtmensch fort, »daß der Terraner Cargill Sie aufgehalten hätte, wenn Sie dort geblieben wären. Wir wissen von ihrem Streit mit Cargill – unter anderem –, aber wir hielten es zum gegenwärtigen Zeitpunkt für unnötig, Sie in seine Hände fallen zu lassen.«

Das verwirrte mich. »Ich verstehe immer noch nicht. Wo bin ich genau?«

»Dies ist der Hohe Schrein Nebrans.«

Nebran!

Die einzelnen Stücke des Puzzles paßten plötzlich ohne Schwierigkeiten zusammen. Kyral hatte mich gewarnt, ohne es selbst zu wissen. Eilig ahmte ich die Geste nach, die er gemacht hatte und murmelte seinen archaischen Spruch.

Wie jeder Erdenmensch, der sich über einen reinen Urlaubsaufenthalt hinaus auf Wolf aufgehalten hat, hatte ich miterlebt, wie manches Gesicht bei der Erwähnung des Namens der Krötengottheit leer und ausdruckslos geworden war. Gerüchten zufolge waren seine Spitzel überall, seine Priester allwissend und sein Zorn allmächtig. Ich hatte zehn Prozent oder weniger von dem geglaubt, was man mir bisher zugetragen hatte, denn das terranische Imperium kümmert sich so gut wie nicht um planetare Religionen. Der Nebran-Kult ist darüber hinaus von einer bemerkenswerten Obskuranz, trotz der an jeder Ecke stehenden Straßenschreine. Und jetzt befand ich mich im Hohen Schrein Nebrans – und die Vorrichtung, die mich hierhergebracht hatte, war ohne Zweifel der funktionsfähige Prototyp eines Materietransmitters.

Ein Materietransmitter – und er funktionierte. Dieser

Gedanke brachte mich auf eine Spur. Auch Rakhal war hinter ihm her.

»Und mit wem«, fragte ich langsam, »habe ich die Ehre?«

Das grüngekleidete Geschöpf zog in einer zeremoniellen Geste die Schultern hoch. »Man nennt mich Evarin. Ich bin ein demütiger Diener Nebrans.« Dann fügte er hinzu: »Ich bin auch Ihr Diener. Man nennt mich auch den Spielzeugmacher.« Mir fiel auf, daß sein Verhalten keinerlei Untertänigkeit erkennen ließ.

Evarin. Schon wieder ein Name, der von Gerüchten umgeben war. Auf dem Diebesmarkt sprach man ihn nur hinter vorgehaltener Hand aus. Man fand ihn hingekritzelt auf schmutzigem Papier. Und auf einem leeren Aktendeckel des terranischen Geheimdienstes. Und wieder fand ein Stück des Puzzles seinen richtigen Platz: *Der Spielzeugmacher!*

Das Mädchen auf dem Diwan setzte sich plötzlich aufrecht hin und fuhr sich mit seinen kleinen Händen durch das zerzauste Haar. »Bin ich ohnmächtig geworden, Evarin? Ich mußte mich zu sehr anstrengen, um ihn auf den Stein zu ziehen, und die Muster standen noch nicht in der richtigen Reihenfolge. Du mußt einen von den Kleinen schicken, damit er sich darum kümmert. Spielzeugmacher, du hörst mir gar nicht zu.«

»Hör auf zu schwätzen, Miellyn«, sagte Evarin, ohne sich aufzuregen. »Du hast ihn hergebracht, und das ist alles, was zählt. Hast du dir weh getan?«

Miellyn schmollte, warf einen kläglichen Blick auf ihre nackten, zerkratzten Füße und richtete mit fachmännischen Fingern die Falten ihres zerfetzten Kleides. »Meine armen Füße«, sagte sie dann klagend, »sie sind ganz blau und grün von den Pflastersteinen. Und mein Haar ist ganz voll Sand und verschmutzt! Spielzeugmacher, wie hast du mich so gehen lassen können? Er wäre sicher schneller gekommen, wenn ich hübscher ausgesehen hätte, aber du hast mich in Lumpen laufen lassen!«

Sie stampfte mit einem kleinen, nackten Fuß auf. Sie war nicht annähernd so jung, wie sie auf der Straße in Charin gewirkt hatte. Obwohl sie noch nicht volljährig und nach terranischem Standard körperlich etwas zurückgeblieben war, hatte sie doch die hübsche Figur einer Trockenstädterfrau. Die Lumpen, die sie trug, fielen nun in anmutigen Falten. Ihr Haar war wie gesponnenes, schwarzes Glas, und ich sah nun, was ich aufgrund ihrer Kleidung und der Verwirrung auf der schmutzigen Straße nicht bemerkt hatte. Es war das Mädchen aus dem Raumhafencafé, das Mädchen, das in den unheimlichen Straßen von Canarsa aufgetaucht und wieder verschwunden war.

Evarin begegnete ihr mit einem Verhalten, das man vom Gesichtspunkt eines Menschen her mit reuiger Ungeduld hätte bezeichnen können. »Du weißt doch selbst, daß du deinen Spaß gehabt hast, Miellyn – wie immer. Jetzt lauf und mach dich wieder hübsch, kleiner Störenfried.«

Das Mädchen tanzte hinaus. Ich verspürte ein Gefühl des Glücks. Der Spielzeugmacher winkte mir.

»Hierher«, wies er mich an und führte mich durch eine andere Tür. Als die Tür sich öffnete, erklang wieder das Gehämmer, das ich schon zuvor gehört hatte: leise Glockenschläge wie von einem Märchenxylophon. Wir kamen in eine Werkstatt, deren Anblick in mir Erinnerungen an halbvergessene Gutenachtgeschichten von der Erde wachrief: Diejenigen, die hier arbeiteten, waren winzige, gnomenhafte Trolle.

Es waren Chaks. Chaks aus dem Polargebirge. Sie waren von zwergenhaftem Wuchs, hatten runzlige, halbmenschliche Gesichter und große, goldene Augen. Ich hatte das eigenartige Gefühl, daß ich mich nur umzusehen brauchte, um den kleinen Spielzeugverkäufer zu sehen, den man in der Kharsa gejagt hatte. Ich tat es jedoch nicht, denn ich war der Meinung, bereits tief genug in Schwierigkeiten zu stecken.

Kleine Hämmerchen schlugen auf Miniaturambosse ein und erzeugten einen klingelnden Chor rhythmisch-musikalischer Töne. Goldene Augen konzentrierten sich wie Linsen auf glitzernde Juwelen und protzigen Tand. Sie waren schwer beschäftigt. Sie stellten Spielzeuge her!

Evarin reckte mit einer befehlenden Geste die Schultern. Ich folgte ihm durch den märchenhaften Arbeitsraum, aber ich konnte mich nicht zurückhalten, einen neugierigen Blick auf die Werkbänke zu werfen. Ein runzliger Kobold versah gerade den Kopf eines Miniaturhundes mit einem Paar Augen. Bepelzte Finger schufen aus Edelmetallen eine filigrane Halskrause für eine tanzende Puppe. Metallische Federn wurden mit der Präzision eines Uhrwerks an den Schwingen eines Skelettvogels befestigt, der nicht größer war als mein Fingernagel. Die Nase des Hundes schnüffelte zitternd, die Vogelschwingen zuckten, die Augen der kleinen Tänzerin folgten meinen Schritten.

War es wirklich Spielzeug?

»Hier entlang«, tadelte Evarin. Hinter uns schloß sich eine Tür. Das dünne Gehämmer wurde zwar leiser und leiser – aber ganz verstummte es nie.

Da Evarin lächelte, mußte mein Gesicht wohl seinen unbeteiligten Gleichmut verloren haben.

»Jetzt wissen Sie, warum man mich den Spielzeugmacher nennt, Rakhal. Ist es nicht seltsam, daß der Hohepriester Nebrans Spielzeug herstellt und sich der Schrein des Krötengottes als Werkstatt für Kinderspielzeug entpuppt?«

Evarin machte eine Pause, die wohl für sich selbst sprechen sollte. Daß es sich bei dem, was hier produziert wurde, kaum um Kinderspielzeug handelte, lag mir auf der Zunge, aber ich wich der Falle aus. Evarin schob einen Teil der Wandtäfelung beiseite und nahm eine Puppe heraus.

Sie war vielleicht so groß wie mein Mittelfinger, wies die exakten Proportionen einer Frau auf und trug das bizarre Kostüm eines Tanzmädchens aus Adcarran. Obwohl Evarin keinen Knopf betätigte, den ich hätte sehen können, fing die Puppe mit wirbelnden Armbewegungen an zu tanzen, als er sie absetzte.

»In einer gewissen Weise bin ich ein wohltätiger Charakter«, murmelte Evarin. Er schnippte mit den Fingern, und die Puppe ging in die Knie und verharrte bewegungslos. »Des weiteren habe ich die Mittel und – sagen wir – die Fähigkeit, meinen kleinen Phantasien nachzugeben. – Die kleine Tochter des Föderationspräsidenten der Handelsstädte auf Samarra hat vor kurzem eine solche Puppe bekommen. Wie ist es doch schade, daß Paolo Arimengo so plötzlich abgewählt und ins Exil geschickt wurde!« Der Spielzeugmacher schnalzte bedauernd mit der Zunge. »Aber vielleicht kann diese kleine Gefährtin der kleinen Carmela dabei helfen, sich an ihre ... neue Lage zu gewöhnen.«

Evarin stellte die Puppe zurück und griff nach etwas, das wie ein Kreisel aussah. »Dies interessiert Sie vielleicht«, sagte er ein wenig geistesabwesend und setzte ihn in Bewegung. Ich starrte auf die kommenden und gehenden Lichtmuster, die mit den sichtbaren Schatten verschmolzen. Plötzlich erkannte ich, was das Ding tat. Es kostete mich einige Anstrengung, den Blick von dem

Kreisel zu lösen. Waren inzwischen Sekunden oder Minuten vergangen? Hatte Evarin etwas gesagt?

Evarin brachte das Ding mit einem Finger zum Stehen. »Eine ganze Reihe dieser hübschen Spielzeuge stehen den Kindern wichtiger Persönlichkeiten zur Verfügung«, sagte er abwesend. »Sie sind eine wichtige Handelsware für unsere ausgebeutete und ausgelaugte Welt. Leider sind sie ... äh, möglicherweise ein bißchen schnell zu durchschauen. Das Zustandekommen von Nervenzusammenbrüchen stört ein wenig ihren ... äh ... Verkauf. Den Kindern geschieht dabei natürlich nichts. Sie lieben dieses Spielzeug.« Evarin versetzte den hypnotischen Kreisel erneut in Bewegung. Dann warf er mir von der Seite her einen Blick zu und stellte ihn vorsichtig wieder zurück.

»Aber nun«, sagte seine Stimme mit der Sanftheit einer schnurrenden Katze, »wollen wir über Geschäfte reden.«

Ich wandte mich ab, um mich nicht durch meine Mimik zu verraten. Evarin hatte etwas in der Hand, das ich nicht erkennen konnte. Ich hielt es nicht für eine Waffe. Und hätte ich es gewußt, hätte ich es ebenso ignorieren müssen.

»Möglicherweise fragen Sie sich, wieso wir Sie erkannt und aufgespürt haben.« Ein Teil der Wandverkleidung erhellte sich und wurde durchsichtig. Ein wirres Liniengeflimmer wurde sichtbar, nahm an Schärfe zu und machte mir klar, daß ich auf einen gewöhnlichen TV-Schirm blickte, auf dem nun das mir wohlbekannte Innere des Cafés zu den drei Regenbogen in der Handelsstadt von Charin Formen annahm.

Meine Neugier war zu diesem Zeitpunkt nicht mehr sehr groß, und ich fragte mich erst später, wie man Direktübertragungen von der anderen Seite eines Planeten vornehmen konnte, ohne Satelliten einzusetzen. Evarin stellte das Bild noch schärfer ein. Eine Theke, nach irdischem Muster gebaut, kam ins Blickfeld. Ich sah einen hochgewachsenen Mann in terranischer Kleidung, der mit einem hellhaarigen Mädchen sprach. »Im Moment ist Race Cargill zweifellos davon überzeugt, daß Sie in seine Falle gegangen und den Ya-Männern zum Opfer gefallen sind. Um ihn brauchen wir uns jetzt nicht mehr zu kümmern.«

Plötzlich erschien mir die ganze Sache von einer dermaßen komischen, kaum noch erträglichen Unlogik, daß ich an mich halten mußte, um vor Lachen nicht laut loszuplatzen. Seit meiner Ankunft in Charin hatte ich die größte Unbill auf mich genommen, um die Handelsstadt und jeden, der mich mit ihr in Verbindung hätte bringen können, zu meiden. Und Rakhal, dem das irgendwie bewußt geworden war, hatte die Chance genutzt, um die von mir hinterlassene Lücke zu füllen. Er gab sich als Race Cargill aus.

Es war nicht einmal annähernd so schwierig, wie es klang. Ich hatte es in Shainsa erfahren. Charin ist sehr, sehr weit von der großen Handelsstadt bei der Kharsa entfernt. Ich hatte weder in Charin noch im Umkreis von mehreren hundert Kilometern einen Bekannten, der ihn als Hochstapler entlarven konnte. Im allerhöchsten Fall hätte er einem halben Dutzend Menschen aus der Enklave begegnen können. Aber denen war ich höchstens einmal bei einem Drink begegnet, und das war acht oder zehn Jahre her.

Wenn Rakhal wollte, sprach er Terra-Standard perfekt, und wenn er aus Versehen in das Idiom der Trockenstädter verfiel – na schön; es war bekannt, daß ich auch diese Sprache beherrschte. Ich zweifelte nicht daran, daß er eine großartige Vorstellung gab. Möglicherweise imitierte er mich viel besser, als ich ihn nachahmen konnte.

»Cargill hatte vor, den Planeten zu verlassen«, sagte Evarin rauh. »Was hat ihn davon abgehalten? Sie könnten uns von großem Nutzen sein, Rakhal – aber nicht, solange Sie mit ihm in einer Fehde leben.«

Das bedurfte keiner näheren Erläuterung. Niemand auf Wolf, der seine Sinne beieinander hat, würde sich mit einem Trockenstädter belasten, der eine unbeendete Blutfehde mit sich herumschleppt. Es war gesetzlich und traditionell verankert, daß erklärte Blutfehden absolute Priorität genossen. Blutfehden sind wichtiger als öffentliche oder private Geschäfte; sie gelten als hinreichende Entschuldigung für nicht eingehaltene Versprechen, vernachlässigte Pflichten, Diebstahl – und sogar Mord.

»Wir möchten, daß Sie diese Angelegenheit endgültig aus der Welt schaffen«, sagte Evarin ruhig und ohne Eile, »und sind durchaus nicht abgeneigt, eine der Waagschalen zu beschweren. Dieser Cargill ist fähig, als Trockenstädter zu posieren. Er hat es bewiesen. Aber wir mögen keine Leute von der Erde, die diese Fähigkeit haben. Wenn Sie Ihre Fehde zu einem Ende führen, befreien Sie uns von einer Gefahr. Wir würden uns dafür ... dankbar zeigen.«

Er öffnete seine bis dahin geschlossene Hand und zeigte mir einen kleinen, krausen, reglosen Gegenstand.

»Jedes Lebewesen strahlt individuelle elektrische Nervenimpulse aus. Wir haben Möglichkeiten, diese Impulse aufzuzeichnen – und wir haben Cargill und Sie lange Zeit unter Beobachtung gehalten. Wir hatten ausreichend Gelegenheit, dieses Spielzeug auf Cargills Impulse abzustimmen.«

Das krause Ding auf seiner Handfläche regte sich und breitete Schwingen aus. Ich sah einen gefiederten Vogel, dessen kleiner und weicher Körper leicht pulsierte. Halbversteckt unter einem Schwall metallener Federn erhaschte ich einen Blick auf seinen gefährlich langen Schnabel.

Die Schwingen wiesen Federn von äußerster Zierlichkeit auf und waren kaum vier Millimeter lang, aber sie trommelten mit Beharrlichkeit gegen die den Vogel umschließenden Finger.

»Für Sie ist es ungefährlich. Drücken Sie diese Stelle ein« – er zeigte mir, wo –, »und wenn Race Cargill sich in einer bestimmten Entfernung aufhält, wird dieser Vogel ihn finden und töten. *Ob* Sie nahe genug an ihn herankommen, ist Ihr Problem. Der Vogel begeht keine Fehler, er wird unausweichlich zuschlagen, ohne Spuren zu hinterlassen. Die kritische Distanz erfahren Sie nicht. Aber wir gestehen Ihnen drei Tage zu.«

Er begegnete meinem überraschten Ausruf mit einer Handbewegung. »Natürlich handelt es sich hier um eine Prüfung. Cargill wird noch in dieser Stunde eine Warnung erhalten. Wir haben kein Interesse an Leuten, deren Inkompetenz ständiger Unterstützung bedarf. Ebensowenig wollen wir Feiglinge! Wenn Sie versagen, den Vogel zu früh loslassen oder sich der Prüfung entziehen« – die in seinen nichtmenschlichen Augen leuchtende Boshaftigkeit verschaffte mir einen Schweißausbruch –, »... für diese Möglichkeiten haben wir einen zweiten Vogel hergestellt.«

Obwohl in meinem Kopf alles durcheinander war, glaubte ich die komplexe, unmenschliche Logik seiner Worte doch verstanden zu haben. »Der zweite Vogel ist auf mich abgestimmt?«

Evarin schüttelte langsam und verächtlich den Kopf. »Auf Sie? Sie sind doch an Gefahren gewöhnt und geradezu vernarrt ins Spiel. Nicht so etwas Einfaches! Wir haben Ihnen drei Tage zugestanden. Wenn der Vogel, den Sie bei sich haben, dann noch nicht getötet hat, wird der zweite losfliegen. Und er wird töten. Sie haben doch eine Frau, Rakhal.«

Ja, Rakhal hatte eine Frau. Sie konnten sich an seine Frau heranmachen. An meine Schwester Juli.

Alles, was danach kam, war nur noch ein Antiklimax. Natürlich mußte ich mit Evarin anstoßen, um des formellen Ritus' willen, ohne den auf Wolf kein Handel bekräftigt wird. Er unterhielt mich mit blutigen und technischen Beschreibungen der Vorgehensweise der Vögel. Er erzählte mir auch, wie andere seiner teuflischen Spielzeuge beim Töten vorgingen. Und noch schlimmere Dinge.

Miellyn kam in den Raum hineingewirbelt und störte das exquisite Weinritual, indem sie sich auf mein Knie setzte, an meinem Becher nippte und schmollte, als ich ihr weniger Aufmerksamkeit zollte, als ihr ihrer Meinung nach zustand. Ich wagte nicht, mich eingehender mit ihr zu beschäftigen – selbst dann nicht, als sie mir leise und mit der Selbstsicherheit und Geilheit einer aus höheren Kreisen stammenden Trockenstädterin, die sich ihrer Ketten entledigt hat, etwas von einem Treffen im Café der drei Regenbogen zuflüsterte.

Aber schließlich kamen wir zum Ende, und ich trat durch eine Tür, die sich schwindelerregend verzerrte. Dann fand ich mich in Charin an einer kahlen, fensterlosen Mauer wieder. Der Himmel war schwarz, und es war kalt. Der ätzende Geruch des Geisterwindes war im Begriff sich aufzulösen, aber ich hatte keine andere Wahl, als mich in einer Mauerritze zu verstecken, als der letzte Ya-Männer-Schwarm raschelnd die Straße hinabflutete. Ich nahm den Weg zu meiner in einem schmutzigen Chak-Wohnheim liegenden Unterkunft auf und warf mich auf das verlauste Bett.

Es ist kaum zu glauben aber ich schlief ein.

12. Kapitel

Eine Stunde vor Morgengrauen ertönte in meinem Zimmer ein Geräusch. Ich fuhr hoch und legte die Hand auf meinen Skean. Unter der Matratze, wo Evarins Vogel versteckt lag, machte sich jemand zu schaffen. Ich schlug zu, berührte etwas Warmes und Atmendes und rang damit in der Dunkelheit. Irgend etwas Übelriechendes preßte sich auf meinen Mund. Ich riß es weg und schlug noch einmal fest mit dem Skean zu. Ein heller, schriller Schrei erklang. Das schmutzige Ding löste sich von mir, fiel zu Boden und starb.

Ich zündete ein Licht an und bekämpfte meine Übelkeit. Es war kein Mensch gewesen. Ein Mensch besaß nicht so viel Blut. Und auch kein Blut von dieser Farbe.

Der Chak, dem das Wohnheim gehörte, kam herein und redete plappernd auf mich ein. Chaks ekeln sich schrecklich vor Blut, und so gab er mir zu verstehen, daß mein Mietvertrag abgelaufen sei und ich zu verschwinden hätte. Er wollte weder mit mir diskutieren noch auf dem Geld, das ich ihm noch schuldete, beharren. Er ließ nicht einmal zu, daß ich in sein Badehaus ging, um mir den Schmutz vom Hemd zu waschen. Schließlich gab ich auf und suchte unter der Matratze nach Evarins Spielzeug.

Der Chak warf einen Blick auf die Seidenstickerei, in die das Ding eingeschlagen war, dann trat er mit erstauntem Gesicht und klaffendem Maul zurück. Ich packte meine Siebensachen und ging hinaus. Da er die Münzen, die ich ihm anbot, nicht anrühren wollte, legte ich sie auf eine Truhe. Als ich in den rötlichen Morgen hinaustrat, flogen sie hinter mir her, bis auf die Straße hinaus.

Ich nahm das Spielzeug aus seiner Seidenhülle und versuchte mir über das klarzuwerden, was ich jetzt tun sollte. Das kleine Ding lag unschuldig und schweigsam in meiner Hand. Ich hatte nicht die geringste Ahnung, ob es auf mich – den echten Cargill der Vergangenheit – oder auf Rakhal abgestimmt war, der sich mit meinem Namen und meiner Reputation in der terranischen Kolonie von Charin herumtrieb.

Wenn ich das Ding aktivierte, brachte es diese Komödie der Irrungen vielleicht dadurch zu einem Ende, indem es sich auf Rakhal stürzte. Dann waren alle meine Probleme aus der Welt geschafft. Zumindest für eine Weile – bis Evarin herausgefunden hatte, was geschehen war. So selbstbewußt, daß ich glaubte, ihn bei einem zweiten Treffen noch einmal täuschen zu können, war ich nicht.

Andererseits: Wenn ich den Vogel aktivierte, konnte er sich ebensogut gegen mich wenden. Dann waren wirklich meine gesamten Probleme aus der Welt geschafft.

Wenn ich Evarins Termin überschritt und nichts tat, würde sich der andere in seinem Besitz befindliche Vogel auf Juli stürzen und ihr einen raschen – wenn auch nicht gerade schmerzlosen – Tod bescheren.

Den größten Teil des Tages verbrachte ich in einer von Chaks bevölkerten Spelunke und tüftelte Pläne aus. Spielzeuge, die unschuldig und doch sinister waren. Spione, Kundschafter. Spielzeuge, die auf schreckliche Weise töten konnten. Spielzeuge, die man kontrollieren konnte – möglicherweise sogar Kinder. Und es gibt kein Kind, das seine Eltern nicht irgendwann einmal haßt.

Wer konnte da selbst in der terranischen Kolonie noch sicher sein? Sogar in Macks Wohnung schwirrte ein kleiner Junge herum, der mit einem glänzenden Ding spielte, das möglicherweise Evarins Werkstatt entstammte. Fing ich etwa an, allmählich wie ein abergläubischer Trockenstädter zu denken?

Verdammt noch mal – Evarin konnte nicht unfehlbar sein. Er hatte in mir nicht einmal Race Cargill erkannt! Oder – *etwa doch?* Mir brach plötzlich der Schweiß aus. War meine Begegnung mit ihm nichts anderes gewesen als einer jener finsteren, tödlichen und undurchschaubaren nichtmenschlichen Scherze?

In mir verdichtete sich immer wieder der gleiche Schluß. Juli befand sich in Gefahr, aber sie war eine halbe Welt von mir entfernt. Rakhal hielt sich hier in Charin auf. Dann ging es noch um ein Kind. Das Kind Julis. Mein erster Schritt mußte darin bestehen, die terranische Kolonie aufzusuchen und die Lage zu peilen.

Charin ist eine Stadt, die halbmondförmig angelegt ist und die terranische Enklave umschließt. Letztere besteht aus einem Miniaturraumhafen, einem in einem Miniaturwolkenkratzer untergebrachten Hauptquartier und den verstreut herumliegenden Behausungen der dort arbeitenden Terraner und ihrer Hilfstruppen: Jenen, die mit ihnen zusammenleben und sie mit Notwendigem, Dienstleistungen und Bequemlichkeiten, versorgen.

Will man die Enklave betreten, begibt man sich durch einen bewachten Torbogen, denn die Umgebung ist feindselig, und Charin pfeift auf das terranische Gesetz. Aber das Tor stand weit offen, und die Wachtposten wirkten lax und gelangweilt. Obwohl sie Schocker trugen, sahen sie nicht so aus, als hätten sie sie schon einmal eingesetzt.

Als ich mich ihnen näherte, zwinkerte einer der Wächter seinem Kollegen zu. Ich konnte mir gut vorstellen, welchen Eindruck ich auf sie machte, denn ich war schmutzig, ungekämmt und voller nichtmenschlicher Blutflecken. Ich bat um die Erlaubnis, die terranische

Zone betreten zu dürfen. Man fragte mich nach meinem Namen und nach den Geschäften, die ich zu erledigen gedachte, und ich spielte mit dem Gedanken, mich als derjenige auszugeben, den ich im Moment verkörperte. Doch als mir einfiel, daß Rakhal sich als Race Cargill ausgab, kam ich zu dem Schluß, daß er dies sicher erwarten würde. Und er war absolut fähig, hier einen Meisterstreich zu landen – und mich, der ich seinen Namen verwendete, verhaften zu lassen!

Also nannte ich den Namen, mit dem ich nach Shainsa und Charin gekommen war, und hängte eine Geheimdienstparole an. Die beiden Wächter warfen sich erneut einen Blick zu. Dann sagte einer von ihnen: »Rascar, eh? Das ist der Bursche, in Ordnung.« Er führte mich in ein kleines, neben dem Tor liegendes Wachlokal, während der andere ein Sprechgerät einschaltete. Bald darauf brachten sie mich zum HQ-Gebäude, in ein Büro, auf dessen Tür ›Der Gesandte‹ stand.

Ich versuchte, ruhig zu bleiben, aber das war nicht einfach! Dem Anschein nach war ich geradewegs in eine neue Falle gegangen. Einer der Wächter fragte mich: »In Ordnung – jetzt sagen Sie uns, was Sie genau in der Handelsstadt wollen.«

Ich hatte gehofft, zuerst Rakhal zu lokalisieren. Nun wußte ich, daß ich keine Chance hatte. Ich mußte den Fall meiner Identität klären, und zwar so schnell wie möglich, ehe es zu spät war.

»Verbinden Sie mich sofort mit Magnussons Büro im 38. Stock des Zentralhauptquartiers«, sagte ich und fragte mich, ob Mack überhaupt den Namen kannte, unter dem ich mich in der Vergangenheit herumgetrieben hatte. Aber das Risiko konnte ich nicht eingehen. »Es geht um Race Cargill.«

Der Wächter grinste unbeweglich. Dann sagte er zu

seinem Kollegen: »Das ist er, na schön.« Er legte mir eine Hand auf die Schulter und zerrte mich herum.

»Schieb ab, Mann. Schwing die Hufe!«

Sie waren zu zweit, und die Leute, die die Raumflotte für den Wachdienst einsetzt, werden nicht aufgrund ihres guten Aussehens engagiert. Aber ich war auch nicht übel, denn ich ließ meine Fäuste für mich sprechen, bis sich die Korridortür öffnete und ein Mann herausgestürmt kam.

»Was, zum Teufel, geht hier vor?«

Einer der Wächter drehte mir den Arm auf den Rücken. »Dieser verlauste Trockenstädter wollte, daß wir eine Verbindung mit Magnusson, dem Chef der Zentrale, herstellen. Er kannte ein paar Geheimdienstparolen, mit denen er durch das Tor kam. Wir haben aber nicht vergessen, daß Cargill uns mitteilte, jemand würde unter Vorspiegelung falscher Tatsachen hier einzudringen versuchen.«

»Ich erinnere mich.« Die Augen des mir unbekannten Mannes waren wachsam und kalt.

»Ihr verdammten Idioten«, fauchte ich. »Magnusson kann mich identifizieren! Habt ihr nicht gemerkt, daß ihr einem Schwindler auf den Leim gegangen seid?«

Einer der Wächter sagte leise zu dem Gesandten: »Wir sollten ihn vielleicht als verdächtige Person festhalten.«

Der Gesandte schüttelte den Kopf. »Das ist der Mühe nicht wert. Cargill hat gesagt, daß es sich um eine Privatsache handelt. Sie können ihn ja durchsuchen, um sicherzustellen, daß er keine gefährliche Konterbande bei sich trägt.« Während die Wachtposten meine Kleider und Taschen abtasteten, unterhielt er sich leise mit einem ängstlich im Hintergrund stehenden Angestellten.

Als die Männer anfingen, das in ein Seidentuch gewickelte Spielzeug auszupacken, stieß ich einen Schrei aus, denn wenn sich das Ding versehentlich aktivierte, mußte es Ärger geben. Der Gesandte wandte sich um und sagte mit tadelnder Stimme: »Sehen Sie denn nicht, daß es mit dem Symbol des Krötengottes bestickt ist? Es ist ein religiöses Amulett oder so was; lassen Sie die Finger davon.«

Die Wächter murrten zwar, gaben es mir aber zurück. »Laßt ihn jetzt in Frieden«, befahl der Gesandte. »Gebt ihm sein Messer zurück und bringt ihn zum Tor. Aber sorgt dafür, daß er nicht wieder zurückkommt.«

Ich wurde gepackt und zum Tor gebracht. Einer der Wächter schob mir den Skean in den Verschluß zurück. Der andere gab mir einen festen Schubs, und ich stolperte und fiel geradewegs auf die staubige Pflasterstraße. Man hatte mir damit deutlich gemacht, was auf mich wartete, wenn ich noch einmal zurückkehrte. Eine ganze Horde von Chakkindern und mehrere verschleierte Frauen brachen in wilden Jubel aus, als sie mich am Boden liegen sahen.

Ich rappelte mich auf, warf den kichernden Gaffern einen dermaßen finsteren Blick zu, daß ihr Gelächter auf der Stelle erstarb, und ballte die Hände zu Fäusten. Ich spielte ernsthaft mit dem Gedanken, mich umzudrehen und mir den Weg nach innen freizuprügeln. Doch dann nahm ich Vernunft an. Die erste Runde ging an Rakhal. Er hatte mich äußerst gewitzt auflaufen lassen.

Die Straße war schmal und gewunden und zog sich zwischen den Doppelreihen der Kieselhäuser dahin. Sogar während der blutroten Mittagssonne war sie voller dunkler Schatten. Ich schritt ziellos aus und achtete darauf, den Arm, den man mir verdreht hatte, nicht zu belasten. Noch immer war ich Rakhal so fern wie zuvor – nur hatte ich diesmal zumindest eine Tür hinter mir zugeschlagen.

Warum verlangte ich nicht einfach, Race Cargill

gegenübergestellt zu werden? Warum hatte ich nicht auf einem Fingerabdrucktest bestanden? Ich konnte meine Identität beweisen – Rakhal, der hinter meinem Rücken meinen Namen benutzte und alle hinters Licht führte, die mir noch nie begegnet waren, konnte dies nicht. Ich konnte zumindest auf einem Versuch bestehen. Aber er hatte mich sehr clever ausmanövriert, und jetzt hatte ich keine Chance mehr, ihn an die Wand zu drücken.

Ich wandte mich einer Weinstube zu und bestellte einen Krug grünen Gebirgsbeerenweins, an dem ich langsam nippte, während ich nach den paar Geldscheinen und Münzen in meiner Tasche fingerte. Den Plan, Juli zu warnen, konnte ich gleich vergessen. Von Charin aus gab es keine Visiverbindung zu ihr – dazu hätte ich die terranische Enklave betreten müssen. Und selbst wenn ich es geschafft hätte, eine Passage auf der täglichen Verbindungsmaschine zu bekommen: Ich hätte es mir aus Geld- und Zeitgründen nicht leisten können.

Miellyn. Sie hatte – wie Dallisa – mit mir geflirtet. Ob sie ebenso verletzlich war? Vielleicht war auch das wieder nur eine Falle – aber das Risiko mußte ich eingehen. Zumindest konnte ich so etwas über Evarin herausbekommen. Und ich brauchte Informationen. Ich war nicht mehr an dieses Intrigantentum gewöhnt. Der Geruch der Gefahr war mir fremd geworden – und das verschaffte mir Unbehagen.

Der Vogelkörper in meiner Tasche quälte mich. Ich nahm ihn wieder heraus. Es war verführerisch, ihn zu aktivieren und abzuwarten, was dann geschah; die Dinge in Gang zu setzen, jetzt und hier.

Eine Weile später bemerkte ich, daß die Inhaber des Lokals auf die Verpackung des Vogels starrten und sich ängstlich von mir fernhielten. Als ich ihnen eine Münze entgegenhielt, lehnten sie kopfschüttelnd ab. »Sie waren uns ein willkommener Gast«, sagte einer der beiden. »Alles was uns gehört, gehört auch Ihnen. Nur gehen Sie bitte. Gehen Sie schnell.«

Die Münzen, die ich ihnen anbot, rührten sie nicht an. Ich stopfte den Vogel in die Tasche, fluchte und ging. Zum zweitenmal hatte ich die Erfahrung gemacht, auf irgendeine Weise tabu zu sein und das gefiel mir gar nicht.

Es dämmerte bereits, als mir auffiel, daß mir jemand folgte.

Zuerst nahm ich es nur aus den Augenwinkeln wahr: Ein Gesicht, das zu oft auftauchte, um von Zufall zu sprechen. Und die Schritte der Gestalt waren zu unrhythmisch und beharrlich.

Tap-*tap*-tap. Tap-*tap*-tap.

Obwohl ich den Skean bereithielt, hatte ich das unsichere Gefühl, es hier mit etwas zu tun zu haben, wofür eine Klinge nicht ausreichte. Ich tauchte in eine Seitenstraße ein und wartete.

Es tat sich nichts.

Ich ging weiter und lachte innerlich über meine eingebildeten Ängste.

Und dann, eine Zeit darauf, war das leise, beharrliche Geräusch der unregelmäßigen Schritte wieder hinter mir.

Ich überquerte einen Diebesmarkt, hetzte von Verkaufsstand zu Verkaufsstand und ließ mich von alten Weibern anpöbeln, die heißen, gebratenen Goldfisch verkauften. Frauen in gestreifter Vermummung zeterten hinter mir her, als ich, eilig wie ich war, ihre aufgerollten Teppiche umwarf. Weit hinter mir erklang das bekannte und schneller werdende Geräusch der Schritte: Tap-*tap*-tap, tap-*tap*-tap.

Ich floh in eine Straße, auf der Frauen auf blumengeschmückten Balkonen saßen und in der laternengeschmückte Springbrunnen goldene und orangene Farborgien versprühten. Ich rannte durch stille Straßen, wo bepelzte Kinder in Haustüren verschwanden und mich mit großen, goldenen Augen, die in der Dunkelheit leuchteten, vorbeihasten sahen.

Schließlich bog ich in eine Gasse ein und ließ mich nach Luft ringend fallen. Jemand, der keine fünf Zentimeter von mir entfernt war, sagte: »Gehörst du zu uns, Bruder?«

Ich murmelte etwas Unverständliches in seinem Dialekt, dann schloß sich eine beruhigend menschliche Hand um meinen Ellbogen. »Hier entlang.«

Von der langen Lauferei völlig außer Atem, ließ ich mich von ihm führen. Ich hatte vor, nach ein paar Schritten auszureißen, mich für die Verwechslung zu entschuldigen und unterzutauchen. Aber dann führte ein vom Ende der Straße kommendes Geräusch dazu, daß ich zusammenzuckte und lauschte.

Tap-*tap*-tap. Tap-*tap*-tap.

Ich beließ meinen Arm entspannt in der mich geleitenden Hand, zog mir eine Umhangfalte vor das Gesicht und ging mit meinem unbekannten Führer weiter.

13. Kapitel

Ich stolperte über Stufen, rutschte rasend schnell nach unten und fand mich in einem matt erleuchteten Raum wieder, in dem es von dunklen Gestalten nur so wimmelte. Es waren sowohl Menschen als auch Nichtmenschen. Die Gestalten bewegten sich kreisend in der Finsternis und sangen in einem Dialekt, der mir zumindest nicht gänzlich unbekannt war. Der Gesang war monoton und klagend, und er enthielt nur eine einzige, ständig wiederkehrende Phrase: »Kamaina! Kamaina!« Er begann mit einem hohen Ton, der in die tiefsten Tiefen hinabsank und dabei einen Klang annahm, den das menschliche Ohr gerade noch zu hören vermochte.

Der Klang dieses Gesanges ließ mich zurückweichen. Sogar die Trockenstädter wichen den orgiastischen Ritualen des Kamaina aus. Erdenmenschen haftet der Ruf an, daß sie sich auf allen Planeten, auf denen sie ansässig sind, die eher fragwürdigen – nach menschlichen Standards gemessen – Gebräuche vom Halse schaffen. Religionen hingegen lassen sie unangetastet. Und Kamaina war eine Religion – jedenfalls oberflächlich betrachtet.

Ich wollte mich gerade umdrehen und gehen, als sei ich unabsichtlich in ein falsches Zimmer eingedrungen, als mein Begleiter mich am Arm packte. Und dann war ich auch schon in der Menge eingekeilt. Ich konnte mich nicht mehr wehren. Hätte ich jetzt noch versucht, mich zum Ausgang durchzuschlagen, wäre mir eine zu große Aufmerksamkeit zuteil geworden, und die erste Maxime des Geheimdienstes lautet: Wenn du gar nicht mehr weißt, wo es lang geht, dann passe dich an, halte den Mund und tue das, was dein Nebenmann auch tut.

Nachdem sich meine Augen an das matte Licht gewöhnt hatten, sah ich, daß der größte Teil der Menge aus Chaks und den Bewohnern der Ebenen von Charin bestand. Ich sah einen oder zwei Trockenstädter-Umhänge und glaubte sogar irgendwo einen Erdenmenschen zu erkennen, obwohl ich einen Beweis dafür niemals fand. Die Leute hockten an kleinen, sichelförmigen Tischen und stierten auf einen flackernden Lichtpunkt an der Frontseite des Kellerraumes. An einem der Tische entdeckte ich einen freien Platz. Dort ließ ich mich auf den Boden nieder. Er war weich, wie mit Kissen bedeckt.

Auf jedem Tisch brannten qualmende Räucherkerzen, die den dunstigen, nebelhaften Rauch erzeugten, der die Finsternis mit eigenartigen Farben erfüllte. Neben mir kniete ein jugendliches Chakmädchen. Sie ließ die gefesselten Hände herunterbaumeln, und ihre nackten Brustwarzen waren von juwelenbesetzten Ringen durchbohrt.

Unter dem bleichen Pelz, der ihre spitzen Ohren umgab, wirkte ihr zierliches Tiergesicht stark erregt. Sie flüsterte mir etwas zu, aber ihr Dialekt war so breit, daß ich nur ein paar Worte verstehen konnte. Und die wenigen Worte, die ich verstand, bekam ich nur aus Zufall mit. Ein älterer Chak verlangte grunzend nach Ruhe. Das Mädchen gehorchte. Es schwankte und summte vor sich hin. Auf allen Tischen standen Becher und Karaffen. Eine Frau schüttete eine blasse, phosphoreszierende Flüssigkeit in eine Schale und bot sie mir an. Ich nahm einen kleinen Schluck, dann noch einen. Die Flüssigkeit war kalt und schmeckte erfreulich herb. Erst als der zweite Schluck auf meiner Zunge süß wurde, wußte ich, was ich gekostet hatte. Da die Augen der Frau auf mich gerichtet waren, tat ich so, als würde ich schlucken. Es gelang mir schließlich, das Dreckszeug irgendwie auf mein Hemd zu spucken.

Obwohl ich wußte, daß man sich sogar vor dem Duft in acht nehmen sollte, gab es nichts, was ich hätte tun können. Das Zeug hieß *Shallavan.* Es war auf jedem Planeten des Terranischen Imperiums und auf jeder halbwegs zivilisierten Welt im näheren Umkreis verboten.

Immer mehr Gestalten – Menschen und andere Geschöpfe – drängten sich in dem Kellerraum zusammen. Und er war nicht sonderlich groß. Die Umgebung wirkte auf mich wie der Horrortrip eines Drogensüchtigen. Farbfetzen hingen in der Luft; die Menge wiegte sich mit monotonen Schreien. Urplötzlich flammte irgendwo purpurnes Licht auf, und jemand kreischte in schäumender Extase: *»Na ki na Nebran n'hai Kamaina!«*

»Kamaiiiiiiiiina!« schrillte der in Trance versetzte Mob. Ein alter Mann sprang auf und fing an, der Menge ins Gewissen zu reden. Ich konnte seinem Dialekt kaum folgen. Er sprach über Terra. Er redete über die Krawalle. Er bediente sich eines mystisch klingenden Kauderwelschs, das ich weder verstehen konnte noch wollte, und redete gegen die Erde, was ich nur allzu gut verstand.

Wieder kam ein Lichtblitz, dann schrien die Stimmen im Chor: »Kamaiiiiiiiiina!«

Inmitten der bunten Lichtkaskade tauchte Evarin auf.

Das Gewaber der karmesinroten Helligkeit bewirkte, daß er etwas kleiner aussah, als ich ihn in Erinnerung hatte. In meinem Gedächtnis war er eine katzenhafte, fremdartige Gestalt.

Ich wartete, bis die schmerzhafte Helligkeit abnahm. Dann, als ich mich anstrengte, um auf das zu sehen, was hinter ihm war, bekam ich den furchtbarsten Schock.

Da stand eine Frau, nackt bis zu den Hüften. Ihre Hände waren mit kleinen, rituellen Ketten aneinandergefesselt, die melodiös klingelten, sobald sie sich bewegte. Ihre Beine waren steif, als sei sie in einem Traum eingefroren. Ihr Haar, das wie gesponnenes Glas wirkte, floß über nackte Schultern. Ihre Augen waren rot.

Nur die Augen lebten in diesem ernst träumenden Gesicht. Sie lebten, und obwohl ihre Lippen zu einem sanften, träumerischen Lächeln verzogen waren, ließen sie ein irrsinniges Grauen erkennen.

Miellyn.

Evarin äußerte sich in dem Dialekt, den ich kaum verstand. Er warf die Arme in die Luft und schleuderte seinen Umhang fort, der wirbelnd beiseite flog, als sei er ein lebendiges Wesen. Die zusammengedrängten Menschen und Nichtmenschen wiegten sich und sangen, und Evarin tat es über ihnen gleich, wie ein schillernder Käfer, der die Arme hochriß und niedersinken ließ, wieder und wieder ... Ich konzentrierte mich, um seine Worte zu verstehen.

»Unsere Welt ... eine alte Welt ...«

»Kamaiiiiiiiina«, jaulte der schrille Chor.

»Menschen, Menschen, alle Menschen würden Sklaven aus uns machen ... außer aus den Kindern des Affen ...«

Einen Augenblick lang verlor ich den Faden. Das stimmte. Das Terranische Imperium hatte in seiner ansonsten vernünftigen Politik einen Schwachpunkt: Es ignorierte, daß Nichtmenschen und Menschen seit Jahrtausenden hier friedlich miteinander ausgekommen waren; es ging blindlings davon aus, daß die Menschen – wie auf der Erde – auch auf allen anderen Welten die dominierende Rasse waren.

Wieder wirbelten die Arme des Spielzeugmachers. Ich rieb meine Augen, um trotz Weihrauch und Shallavan klar zu sehen. Ich hoffte, daß das, was ich sah, eine Drogenhalluzination war – denn über dem Mädchen schwebte etwas Großes und Dunkles. Miellyn rührte sich nicht. Sie stand mit gefesselten Händen da, aber ihr Blick strafte die gefrorene Kälte ihrer Gesichtszüge Lügen. Und dann erfaßte ich irgendwie – wie durch einen sechsten Sinn –, daß *jemand* draußen vor der Tür stand. Von Evarin abgesehen war ich möglicherweise der einzige Anwesende, der nicht unter Drogen stand – vielleicht war das die Erklärung. Aber während meiner Zeit im Geheimdienst hatte ich einfach eine Art sechsten Sinn entwickeln müssen, weil fünf zum Überleben nicht ausreichen.

So *wußte* ich, daß sich in diesem Moment jemand darauf vorbereitete, die Tür einzuschlagen. Und ich konnte mir auch vorstellen, warum. Man hatte mich auf den Befehl des Gesandten hin beschattet und war mir bis hierher gefolgt. Jetzt schien Verstärkung eingetroffen zu sein.

Jemand donnerte laut gegen die Tür. Dann brüllte eine kräftige Stimme: »Im Namen des Imperiums: Öffnen Sie!«

Der Gesang brach mit einem Mißton ab. Evarin verstummte. Irgendwo schrie eine Frau auf. Die Lichter erloschen abrupt, dann gerieten die Anwesenden in Panik. Frauen schlugen um sich und trafen mich mit ihren Ketten. Männer traten aus. Geschrei und Geheul wurde laut. Ich warf mich nach vorn und bahnte mir mit Hilfe meiner Ellbogen, Schultern und Knie eine Gasse.

Eine dämmerige Leere tat sich vor mir auf. Ich sah das kurze Aufblitzen von Sonnenlicht, dann wußte ich, daß Evarin mit einem Schritt durch etwas *hindurchgetreten* und verschwunden war. Das Gepolter an der Tür klang nach einem ganzen Regiment der Raumflotte. Ich näherte mich geduckt dem Sternenschimmer, der Miellyns Standort in der Finsternis markierte, näherte mich furchtlos dem über ihr schwebenden Grauen und berührte ihren Mädchenkörper, der so kalt war wie der Tod.

Ich packte sie und riß sie beiseite. Diesmal war es keine

Intuition; in neun von zehn Fällen ist Intuition nichts anderes als ein mentaler Kurzschluß, der alles zusammenfaßt, was das Unterbewußtsein registriert, während man selbst damit beschäftigt ist, über andere Dinge nachzudenken. Jedes Eingeborenenhaus auf Wolf hat irgendwelche versteckten Ausgänge, und ich wußte, wo ich sie suchen mußte. Der Ausgang, den ich fand, lag genau dort, wo ich ihn erwartet hatte. Ich warf mich gegen die Tür und fand mich in einem langen, schwach beleuchteten Korridor wieder.

In einer offenen Tür erschien der Kopf einer Frau. Als sie Miellyn sah, die mit steifen Beinen und auf meinen Arm gestützt neben mir herhinkte, öffnete sich ihr Mund zu einem stummen Schrei. Sie zuckte zurück, warf die Tür ins Schloß. Ich hörte, wie sie einen Riegel vorlegte. Mit dem Mädchen im Arm rannte ich auf das Korridorende zu, glaubte den Weg zu erkennen, durch den ich in den Keller gelangt war, und fragte mich, wieso ich mich um Miellyn kümmerte.

Die Tür führte auf eine dunkle, friedlich daliegende Straße hinaus. Hinter den Häuserdächern verschwand gerade ein einsamer Mond. Ich ließ Miellyn frei, aber sie stöhnte und fiel gegen mich. Ich legte ihr meinen Umhang um die nackten Schultern. Wenn ich von dem Lärm und dem Geschrei ausging, waren wir buchstäblich in letzter Sekunde entkommen. Niemand verließ das Gebäude durch den Ausgang, den wir genommen hatten. Entweder hatten die Männer der Raumflotte ihn unter ihre Kontrolle gebracht – oder die Sektierer waren dermaßen drogenbenebelt, daß sie nicht mehr merkten, was überhaupt los war.

Aber mir war klar, daß es nur ein paar Minuten dauern konnte, bis die Eindringlinge das gesamte Gebäude nach versteckten Fluchtwegen absuchten. Plötzlich – völlig unmotiviert – erinnerte ich mich an einen nicht sehr weit in der Vergangenheit liegenden Tag, an dem ich vor einer Ausbildungseinheit der Raumflotte gestanden hatte. Man hatte mich als Geheimdienstexperte für Eingeborenenstädte vorgestellt und die Leute in aller Ernsthaftigkeit vor versteckten Ein- und Ausgängen gewarnt. Ein paar Sekunden lang fragte ich mich, ob es nicht besser wäre, hier zu warten und mich einfach festnehmen zu lassen.

Dann warf ich mir Miellyn über die Schulter. Sie war jedoch schwerer als sie aussah, und eine Minute später fing sie an zu stöhnen und bewegte sich. Offenbar wurde sie nun wieder wach. Ein Stück die Straße hinunter lag ein Chak-Restaurant; ein Laden, den ich einstmals gut gekannt hatte. Er hatte einen üblen Ruf, und das dort servierte Essen war schlecht, aber er war die ganze Nacht über geöffnet und ziemlich ruhig. Ich bückte mich und trat ein.

Der Laden war verräuchert und strömte einen verfaulenden Geruch aus. Ich ließ Miellyn auf einen Diwan sinken und schickte den heruntergekommen aussehenden Kellner nach zwei Schalen Nudeln und Kaffee. Dann gab ich ihm ein kleines Trinkgeld und bat ihn, uns alleine zu lassen. Ich bin sicher, daß er von uns das Schlimmste erwartete, denn als er den Shallavangeruch witterte, rümpfte er die Nase. Aber das, was er befürchtete, spielte sich hier öfters ab. Er zog die Rolläden herunter und trollte sich.

Ich starrte das bewußtlose Mädchen an, dann machte ich mich mit einem Achselzucken über die Nudeln her. Ich war immer noch benebelt von den Gerüchen des Weihrauchs und der Droge. Ich mußte unbedingt wieder einen klaren Kopf bekommen. Obwohl ich noch immer nicht genau wußte, wie ich weiter vorgehen wollte, war ich fest entschlossen, Evarins rechte Hand irgendwie für mich zu nutzen.

Die Nudeln sahen abscheulich aus und hatten einen eigenartigen Geschmack, aber sie waren heiß. Ich leerte eine ganze Schale, bevor Miellyn sich rührte, einen stöhnenden Laut von sich gab und kettenklirrend an ihren Kopf faßte. Die Geste erinnerte mich sofort an Dallisa, und zum ersten Mal wurde mir bewußt, wie sehr die beiden sich doch glichen. Die Bewegung machte mich gleichzeitig vorsichtig und neugierig.

Als sie bemerkte, daß sie sich nicht frei bewegen konnte, fuhr sie herum, setzte sich aufrecht hin und sah sich mit wachsender Bestürzung und Schockiertheit um.

»Es ist zu einer Art Krawall gekommen«, sagte ich. »Ich habe dich hinausgebracht. Evarin hat dich im Stich gelassen. Und das, was du jetzt denkst, kannst du gleich wieder vergessen: Ich habe dich in meinen Umhang gehüllt, weil du bis zu den Hüften nackt warst. Ich fand, daß das keinen guten Eindruck macht.« Ich dachte nach und fügte hinzu: »Ich will damit sagen, daß ich dich in diesem Aufzug schwerlich durch die Straßen schleppen konnte. Nicht etwa, daß dein Aussehen mir nicht gefallen hätte.«

Zu meiner Überraschung fing sie leise und etwas zittrig an zu kichern. Dann hielt sie mir die Hände hin. »Kannst du ...?«

Ich zerriß die Glieder und befreite sie. Miellyn massierte ihre Gelenke, als würden sie schmerzen. Dann zog sie ihr Faltengewand hoch, befestigte es so, daß ihr Körper bedeckt war, und gab mir meinen Umhang zurück. Im Licht des flackernden Kerzenstummels sahen ihre Augen groß und sanft aus.

»Oh, Rakhal«, seufzte sie, »als ich dich dort sah ...« Sie richtete sich auf und faltete fest die Hände. Als sie weitersprach, war ihre Stimme für jemanden ihres Alters von einer eigenartigen Kälte und Kontrolliertheit. Sie war beinahe so kalt wie die Dallisas.

»Wenn Kyral dich geschickt hat ... Ich komme nicht zurück. Ich werde niemals zurückkehren, das kannst auch du wissen.«

»Kyral hat mich nicht geschickt. Und es ist mir völlig egal, wohin du gehst. Es ist mir auch egal, was du tust.« Ich stellte plötzlich fest, daß meine letzte Behauptung der Wahrheit ganz und gar nicht entsprach, und um meine Verwirrung zu überspielen, schob ich ihr die zweite Nudelschale hin.

»Iß.«

Sie rümpfte mit unverhohlenem Abscheu die Nase. »Ich habe keinen Hunger.«

»Iß es trotzdem. Du bist immer noch halb im Rausch. Das Essen wird dir den Kopf freimachen.« Ich nahm meine Kaffeeschale und leerte sie in einem Zug. »Was hast du in diesem widerwärtigen Stall getrieben?«

Ohne Vorwarnung stürzte sie sich über den Tisch hinweg auf mich und schlang die Arme um meinen Hals. Ich war so überrascht, daß ich sie zuerst gewähren ließ, dann hob ich die Hände und löste ihren Griff.

»Dafür ist jetzt keine Zeit. Ich bin einmal darauf hereingefallen; mit dem Ergebnis, daß ich hinterher der Dumme war.«

Aber ihre Finger gruben sich in meine Schultern.

»Rakhal, Rakhal, ich wollte weglaufen und dich finden. Hast du den Vogel noch immer? Du hast ihn doch noch nicht aktiviert? Oh, tue es nicht, Rakhal, tue es nicht; du weißt ja nicht, was Evarin ist; du hast ja keine Ahnung, was er macht.« Die Worte strömten wie eine Flut aus ihr heraus. »Er hat so viele von euch auf seine Seite gebracht; dich soll er nicht auch noch bekommen

Rakhal. Es heißt, du seist ein ehrlicher Mensch, daß du einmal für Terra gearbeitet hast ... Die Terraner würden dir glauben, wenn du zu ihnen gehen und ihnen erzählen würdest, was er ... Rakhal, bring mich zur terranischen Enklave, bring mich hier weg, damit sie mich vor Evarin beschützen können.«

Am Anfang versuchte ich sie zu stoppen, um ihr Fragen zu stellen, dann wartete ich und ließ die Flut ihrer Worte über mich ergehen. Schließlich lehnte sie sich still, erschöpft und außer Atem gegen meine Schulter und ließ sich hängen. Der muffige Geruch von Shallavan mischte sich mit dem Blumenduft ihres Haars.

»Du und dein Spielzeugmacher«, sagte ich endlich schwer, »habt euch in mir geirrt. Ich bin nicht Rakhal Sensar.«

»Du bist es nicht?« Sie zuckte zurück und sah mich bestürzt an. Ihre Augen untersuchten jeden Quadratzentimeter meines Gesichts, von der grauen Strähne, die mir in die Stirn hing, bis zu meinem Kragen. »Aber wer bist du dann?«

»Race Cargill. Terranischer Geheimdienst.«

Sie starrte mich an, mit offenem Mund, wie ein Kind.

Dann lachte sie. Sie *lachte!* Zuerst glaubte ich an einen hysterischen Anfall. Ich schenkte ihr einen konsternierten Blick. Dann, als sich unsere Blicke trafen und ich sah, daß in ihren Augen aller Schalk versammelt war, dessen der menschliche, mit nichtmenschlichen Einflüssen angereicherte Humor fähig ist, fing ich auch an zu lachen.

Ich warf den Kopf zurück und brüllte, bis wir einander in die Arme sanken und röchelnd – wie zwei von einem Anfall geschüttelte Narren – nach Luft schnappten.

Der Chak-Kellner erschien in der Tür und gaffte uns an, und ich schrie zwischen zwei schweren Lachanfällen: »Raus hier, aber schnell!«

Miellyn trocknete ihr Gesicht; noch immer liefen Lachtränen über ihre Wangen. Ich blickte finster in meine leere Schale.

»Cargill«, sagte sie dann zögernd, »kannst du mich zu den Terranern bringen, wo Rakhal ...«

»Zum Henker!« explodierte ich. »Ich kann dich nirgendwo hinbringen, Mädchen! Ich muß Rakhal finden ...« Ich brach mitten im Satz ab und sah sie mir zum erstenmal genauer an.

»Soweit es in meiner Macht steht, sorge ich für deinen Schutz, Kind. Aber ich fürchte, du bist vom Regen in die Traufe geraten. Es gibt nicht ein Haus in Charin, das mich haben will. Ich bin heute zweimal an die Luft gesetzt worden.«

Miellyn nickte. »Ich weiß auch nicht, woran das liegt. Aber in nichtmenschlichen Gegenden scheint man das Unheil förmlich zu riechen. Vielleicht liegt es auch in der Luft.« Sie schwieg, stützte den Kopf schläfrig auf beide Hände, und das Haar fiel ihr ins Gesicht. Ich nahm ihre Hand und drehte sie um. Es war eine zierliche Hand, mit vogelgleichen Knochen und rötlich gefärbten Nägeln, aber die Linien und die Hornhaut, die ihre Knöchel umgab, machte mir bewußt, daß auch sie der strengen Einfachheit der salzigen Trockenstädte entstammte. Nach einer Weile errötete sie und zog die Hand zurück.

»An was denkst du, Cargill?« fragte sie. Zum ersten Mal hörte ich ihre Stimme in einem ernüchterten Zustand, ohne die Koketterie, die offenbar nur ein Teil ihres Charakters war.

»Ich denke an Dallisa«, sagte ich einfach und wahrheitsgemäß. »Ich habe geglaubt, ihr beide wärt sehr verschieden, aber jetzt sehe ich, daß ihr euch stark gleicht.«

Ich dachte, sie würde nun hinterfragen, was ich von ihrer Schwester wußte, aber das tat sie nicht. Eine Weile später meinte sie: »Ja, wir sind Zwillinge.« Und noch etwas später fügte sie hinzu: »Aber sie war immer die ältere von uns beiden.«

Und das war alles, was ich je über die rätselhaften Zwänge erfuhr, die aus Dallisa eine strenge und tragische Clytemnestra und aus Miellyn eine elfenhafte Ausreißerin gemacht hatten.

Draußen, hinter den heruntergezogenen Rolläden, fing es an zu tagen. Miellyn fröstelte und zog den Faltenüberwurf enger um ihren Hals. Ich musterte die in ihrem Haar glitzernden Edelsteine. »Du nimmst sie besser ab und versteckst sie. Wer so in dieser Gegend herumläuft, bittet geradezu darum, in eine dunkle Gasse gezerrt und erwürgt zu werden.« Ich nahm den Spielzeugvogel aus der Tasche und legte ihn – immer noch verpackt – auf den schmierigen Tisch. »Du weißt wohl nicht zufällig, auf wen von uns beiden dieses Ding abgestimmt ist?«

»Ich weiß nichts über das Spielzeug.«

»Du scheinst aber eine Menge über den Spielzeugmacher zu wissen.«

»Das dachte ich auch – bis gestern abend.« Ich sah ihre aufeinandergepreßten, sich verhärtenden Lippen, und mir kam der Gedanke, daß sie eigentlich hätte weinen müssen, wenn sie wirklich so sanft und zierlich war, wie sie ausschaute. Dann schlug sie mit einer kleinen Hand auf den Tisch und stieß hervor: »Es ist keine Religion! Es handelt sich dabei nicht einmal um eine ehrliche Freiheitsbewegung! Alles ist nur ein Vorwand für ... für Schmuggel und Drogen – und alle anderen schmutzigen Dinge! – Es ist schwer zu glauben, aber als ich Shainsa verließ, hielt ich Nebran für die richtige Antwort auf die Vorgehensweise der uns strangulierenden Terraner! Ich weiß jetzt, daß es auf Wolf schlimmere Dinge als das Terranische Imperium gibt! Ich habe von Rakhal Sensar gehört – und was immer du von ihm hältst, er ist zu anständig, um in eine solche Sache verwickelt zu sein!«

»Ich schlage vor, du erzählst mir, was wirklich hier vor sich geht«, sagte ich. Sie konnte zu dem, was ich bereits wußte, zwar nicht mehr viel beitragen, aber allmählich fanden die letzten Bruchstücke des Puzzles ihren Platz. Rakhal, der hinter dem Materietransmitter und einigen anderen Schlüsseln der nichtmenschlichen Wissenschaften Wolfs her war – und nun wußte ich, woran mich die Stadt der Schweigenden erinnert hatte –, hatte irgendwie den Weg des Spielzeugmachers gekreuzt.

Evarins Worte ergaben nun einen Sinn: *»Sie sind ziemlich schlau zu Werke gegangen, indem Sie sich unserer Beobachtung eine gewisse Zeit entzogen.«* Möglicherweise – und obwohl ich es nie mit Sicherheit herausfinden würde – hatte Cuinn als Doppelagent gearbeitet: für Kyral und Evarin. Der Spielzeugmacher, der von Rakhals antiterranischen Aktivitäten wußte, hatte geglaubt, einen wertvollen Mitarbeiter in ihm zu finden. Deswegen hatte er Schritte unternommen, um sich Rakhals Hilfe zu versichern.

Juli selbst hatte mir den Hinweis geliefert: *»Er hat Rindys Spielzeug zerschlagen.«*

Aus dem Zusammenhang gerissen, klang es wie das Werk eines Wahnsinnigen. Aber jetzt, nachdem ich Evarins Werkstatt von innen gesehen hatte, war alles ganz klar.

Und ich glaube, ich habe auch die ganze Zeit über gewußt, daß Rakhal Evarins Spiel nicht mitspielte. Er hätte sich möglicherweise gegen die Erde gewandt – obwohl ich nun sogar das anzuzweifeln begann –, und gewiß hätte er mich auch getötet, wären wir einander begegnet. Aber er hätte es dann selbst getan, ohne Bösartigkeit. *Ohne Bösartigkeit getötet zu werden* – dies ergibt in keiner terranischen Sprache einen Sinn. Aber mir war es verständlich.

Miellyn hatte ihren Bericht beendet und döste mit auf dem Tisch ruhendem Kopf vor sich hin. Das rötliche Licht wurde heller, und mir wurde klar, daß ich hier auf das Morgengrauen wartete, wie ich Tage zuvor in Shainsa auf den Sonnenuntergang gewartet hatte: mit jeder Faser meines Herzens. Der Morgen, der nun angebrochen war, war der dritte, seit ich mich in Charin aufhielt. Vor mir auf dem Tisch lag der Vogel, der bald würde abfliegen müssen, wenn ich verhindern wollte, daß sich in der fernen Kharsa ein anderer auf Juli stürzte.

»Man hat mir zu verstehen gegeben«, sagte ich, »daß der Vogel einer Entfernungsbeschränkung unterliegt. Ich muß meinem Opfer nahe sein. Wenn ich ihn in eine Eisenkiste werfe und in der Wüste verliere, wird er sicher niemandem etwas zuleide tun. Ich kann wohl nicht davon ausgehen, daß du bereit bist, den anderen für mich zu stehlen?«

Miellyn hob mit blitzenden Augen den Kopf. »Warum solltest du dir Gedanken um Rakhals Gattin machen?« funkelte sie mich grundlos an. War sie etwa eifersüchtig? »Ich hätte mir denken können, daß Evarin nicht ins Dunkle zielt! Rakhals Frau, dieses Erdenmädchen – was geht sie dich an?«

Es erschien mir wichtig, ihr reinen Wein einzuschenken. Ich sagte ihr, daß Juli meine Schwester sei, daraufhin entspannte sie sich etwas, aber nicht völlig. Angesichts meines Wissens um die Gebräuche der Trockenstädter war ich ganz und gar nicht überrascht, als sie mit einem Anflug von Eifersucht hinzufügte: »Als ich von eurer Fehde hörte, dachte ich, es ginge um diese Frau!«

»Aber nicht so, wie du denkst«, sagte ich. Gewiß, Juli war ein Teil dieser Fehde gewesen. Selbst damals hatte ich es bedauert, als sie unserer Welt den Rücken gekehrt hatte. Aber wäre Rakhal auf seiten Terras geblieben – ich hätte seine Heirat mit Juli akzeptiert. Akzeptiert? Ich wäre in Jubel ausgebrochen. Gott weiß, daß wir uns während der Jahre in den Trockenstädten nähergestanden hatten als Brüder. Und dann, vor Miellyns blitzenden Augen, sah ich meinem heimlichen Haß und meinen geheimen Ängsten ins Angesicht. Nein, an unserer Auseinandersetzung war Rakhal nicht alleine Schuld gewesen.

Er hatte sich nicht ohne Erklärung von Terra abgewandt. Ich hatte unbewußt mein Bestes getan, um ihn fortzutreiben. Und als er gegangen war, hatte ich einen Teil meines Ichs ebenso ins Exil geschickt. Ich hatte mir eingeredet, ich könne den Kampf beenden, indem ich vorgab, er existiere nicht. Und jetzt, als mir bewußt wurde, was ich uns allen angetan hatte, wußte ich, daß ich meiner lange und sehnlich herbeigewünschten Rache entsagen mußte.

»Das Thema Vogel ist immer noch nicht erledigt«, sagte ich. »Es ist wie bei einem Kartenspiel, dessen Regeln man nicht kennt.« Ich hätte das Ding auseinandernehmen können – aber ob mir so viel Glück beschieden war, daß es keinen Reflektormechanismus enthielt? Es schien mir das Risiko nicht wert zu sein.

»Zuerst muß ich Rakhal *finden.* Wenn ich den Vogel freilasse, damit er Rakhal tötet, wäre damit nichts erreicht.« Denn ich konnte Rakhal nicht umbringen. Ich konnte es deswegen nicht, weil ich wußte, daß mein anschließendes Weiterleben eine schlimmere Strafe sein würde als der Tod. Und wenn Rakhal starb – das wußte ich jetzt auch –, würde auch Juli sterben. Tötete ich ihn, brachte ich auch den besten Teil meines Ichs um. Irgendwie mußten Rakhal und ich ein Gleichgewicht zwischen unseren Planeten schaffen – und versuchen, aus beiden eine neue Welt zu machen.

»Ich kann nicht hier sitzen und mich noch länger mit dir unterhalten. Ich habe keine Zeit, um dich zur ...« Ich hielt inne. Mir fiel das Raumhafencafé am Rande der Kharsa wieder ein. Dort befand sich ein Straßenschrein – oder ein Materietransmitter. Er lag dem terranischen Hauptquartier genau gegenüber. *All diese Jahre ...*

»Du kennst dich mit Transmittern aus. Du kannst in einer oder zwei Sekunden dort sein.« Sie konnte Juli warnen und Magnusson alles erzählen. Als ich ihr einen dementsprechenden Vorschlag machte und ihr die Parole gab, mit der sie sofort zu den höchsten Stellen vordringen konnte, wurde sie blaß. »Jeder Sprung muß durch den Hohen Schrein gemacht werden.«

Ich verharrte und dachte darüber nach.

»Was glaubst du, wo Evarin sich in diesem Moment aufhält?«

Sie schüttelte sich. »Er ist überall!«

»Unsinn! Er ist doch nicht allwissend. Hör mal, du kleine Närrin, er hat nicht einmal *mich* erkannt. Er hat mich für Rakhal gehalten!« Ich war mir dessen zwar nicht ganz so sicher, aber Miellyn brauchte dringend eine Rückenstärkung. »Dann bring mich in den Hohen Schrein. Mit Hilfe von Evarins Monitorsystem kann ich Rakhal finden.« Als ich sah, wie sich Ablehnung in ihrem Gesicht breitmachte, bohrte ich weiter: »Wenn Evarin da ist, werde ich dir seine Fehlbarkeit beweisen, indem ich ihm meinen Skean durch die Kehle jage.« Ich drückte ihr den Spielzeugvogel in die Hand. »Und achte auf das hier, ja?«

Sie ließ das Ding gelassen zwischen den Falten ihres Gewandes verschwinden. »Ich habe nichts dagegen. Aber zum Schrein ...« Ihre Stimme bebte, und ich stand auf und schob den Tisch beiseite.

»Laß uns verschwinden. Wo ist der nächste Straßenschrein?«

»Nein, nein! Ich wage es nicht!«

»Das mußt du aber.« Ich sah den Chak, dem das Restaurant gehörte, an der Tür vorbeigehen und sagte: »Das ist kein Grund zum Streiten, Miellyn.« Als sie nach ihrem Erwachen ihr Kleid gerichtet hatte, hatte sie es so befestigt, daß über ihrer Brust die Nebran-Stickerei zu sehen war. Ich berührte die gestickte Kröte ohne den geringsten sinnlichen Gedanken mit einem Finger und sagte: »Wenn sie das zu Gesicht bekommen, werfen sie uns sowieso auf die Straße.«

»Wenn du wüßtest, was ich über Nebran weiß, würdest du mich nicht einmal in die *Nähe* des Hohen Schreins gehen lassen!« Da war es wieder: Ihre verhaltene Koketterie und das zur Seite gewandte Lächeln.

Und plötzlich wurde mir klar, daß ich es wirklich nicht wünschte. Aber sie war nicht Dallisa, die in kalter Würde zuschauen konnte, wie die Welt um sie herum in Stücke fiel. Miellyn mußte um die Welt, die sie sich wünschte, kämpfen. Und dann drang etwas von der rohen Feindseligkeit, die jedem Mann zu eigen ist, an meine Oberfläche. Ich packte ihren Arm so fest, daß sie wimmerte. In der Sprache Shainsas, die mir stets dann über die Zunge kommt, wenn ich bewegt oder zornig bin, sagte ich: »Verdammt noch mal, du *wirst* gehen. Hast du vergessen, daß dich diese rasende Bande in Stücke gerissen hätte, wenn ich nicht gewesen wäre?«

Das genügte. Sie machte sich los, und erneut sah ich hinter einer Fassade aus mürrischer Koketterie die wilde und unbezähmbare Dreistigkeit des Trockenstädters. Und in Miellyn war sie noch wilder und anmaßender, denn sie hatte ihre Handfesseln zerrissen und damit die Vergangenheit abgeschüttelt.

Mich überkam das wilde, unangemessene Verlangen sie an mich zu reißen, mit den Armen zu umschlingen und ihre süßroten, verlockenden Lippen zu kosten. Die Anstrengung, diesen Impuls zu unterdrücken, führte dazu, daß ich etwas rauh wurde.

Ich gab ihr einen Schubs und sagte: »Komm! Wir müssen vor Evarin dort sein.«

14. Kapitel

Auf der Straße herrschte heller Tag. Die Farben und das Leben Charins waren wieder gewichen. Der Morgen war grau, still und ganz wie üblich. Nur wenige Menschen lungerten auf den Straßen herum, als hätte die Sonne ihnen sämtliche Energie entzogen. Und wie immer spielten die blassen, wollhaarigen Kinder – Menschen und Nichtmenschen – in der Gosse ihre mysteriösen Spiele. Sie starrten uns an, aber in ihren Blicken war weder Neugier noch Boshaftigkeit. Miellyn zitterte, als ihre Füße über die Steinmuster des Straßenschreins gingen.

»Hast du Angst, Miellyn?«

»Ich kenne Evarin. Du nicht. Aber ...« – ihre Lippen verzogen sich in einem mißlungenen Versuch, zur alten Boshaftigkeit zurückzufinden –, »wenn ich mit einem so großartigen und tapferen Mann von der Erde zusammen bin ...«

»Hör auf«, brummte ich. Sie kicherte. »Du mußt näher an mich heran. Die Transmitter sind nur für eine Person vorgesehen.«

Ich legte die Arme um sie. »So?«

»So«, flüsterte sie und drückte sich an mich. Ein taumelndes Kreisen setzte ein. Nebelhafte Finsternis erfüllte meinen Geist. Die Straße verschwand. Eine Sekunde später festigte sich der Boden unter unseren Füßen, und wir standen im Steuerraum des Hohen Schreins. Das Oberlicht ließ die letzten Strahlen der untergehenden Sonne auf uns fallen. In der Ferne war das feine Gehämmer zu hören.

»Evarin ist zwar nicht hier«, flüsterte Miellyn, »aber er kann in jeder Sekunde auftauchen.« Ich hörte nicht zu.

»Wo sind wir hier, Miellyn? An welcher Stelle des Planeten?«

»Ich glaube, das weiß niemand – außer Evarin. Es gibt hier keine Türen. Jeder, der hereinkommt oder hinausgeht, benutzt den Transmitter.« Sie streckte einen Arm aus. »Die Monitoranlage ist dort, wir müssen durch die Werkstatt.«

Sie zupfte an ihrem Gewand und richtete mit fachmännischen Griffen ihr Haar. »Du hast wohl nicht gerade einen Kamm bei dir? Ich habe keine Zeit, um nach meinem eigenen zu sehen ...«

Daß sie ein eitler und verwöhnter Fratz war, hatte ich gewußt, aber diese Bemerkung schlug dem Faß den Boden aus, und das sagte ich ihr auch – mit einer kleinen Explosion. Sie sah mich an, als sei ich nicht recht bei Trost. »Die Kleinen, mein Freund, sind sehr aufmerksam. Du kannst natürlich wie ein Vagabund herumlaufen, aber wenn ich – eine Priesterin Nebrans – ihre Werkstatt betrete und dabei aussehe, als käme ich gerade von einer Orgie in Adcarran ...«

Ich durchwühlte mit betretenem Gesicht meine Taschen und reichte ihr einen etwas unansehnlich wirkenden Kamm. Der Blick, den sie ihm schenkte, war voller Abscheu, aber dann benutzte sie ihn doch, um ihr Haar in Ordnung zu bringen. Schließlich richtete sie ihr Gewand, bedeckte die auffälligsten Flecken mit Stoff und ließ mich dabei einen Teil ihrer recht ansehnlichen Kurven bewundern. Sie befestigte die Edelsteine wieder in ihrem Haar, öffnete die Werkstattür und trat ein.

Ich hatte dieses Gefühl seit Jahren nicht mehr verspürt: Tausend Augen, die mir folgten; Blicke, die sich in meinen Rücken bohrten. Denn ihre Augen waren überall: Runde, nichtmenschliche Pupillen. Die Chak-Gnome. Ihre Facettenaugen glichen den Prismenaugen der Spielzeugpuppen. Die Werkstatt war etwa dreißig Meter lang, aber ich hatte den Eindruck, als müßte ich mehrere Kilometer hinter mich bringen. Vereinzelte Zwerge begrüßten Miellyn mit einem unterwürfig gemurmelten Gruß. Sie erhielten eine huldvolle Antwort.

Miellyn hatte mich darauf hingewiesen, daß ich mich so benehmen mußte, als hätte ich jedes Recht, mich hier aufzuhalten, und so ging ich hinter ihr her, als fände im nächsten Zimmer eine anberaumte Konferenz statt. Als sich die Tür endlich hinter mir schloß, war ich in kalten Schweiß gebadet. Aber wir hatten es geschafft und waren für den Augenblick sicher. Auch Miellyn bebte vor Angst. Ich legte beruhigend eine Hand auf ihren Arm.

»Immer ruhig, Kind. Wo ist der Monitor?«

Sie berührte die Wandtäfelung, die ich bereits kannte. »Ich weiß nicht, ob ich das Ding richtig einstellen kann. Evarin hat es mich niemals anfassen lassen.«

Und das erzählte sie mir erst jetzt! »Wie funktioniert es?«

»Es handelt sich um eine Adaption des Transmitterprinzips. Du kannst damit sehen, wohin du willst, ohne zu springen. Es verwendet einen Aufspürmechanismus, ähnlich wie die Spielzeuge. Wenn Rakhals Impulsmuster gespeichert ist ... Einen Moment.« Sie zog den Spielzeugvogel heraus und packte ihn aus. »Jetzt können wir herausfinden, auf wen er abgestimmt ist.«

Ich sah mir das gefiederte Ding an. Es lag unschuldig auf Miellyns Handfläche. Sie schob die Federn beiseite und legte einen winzigen Kristall frei. »Wenn er auf dich abgestimmt ist, wirst du dich in diesem Kristall selbst sehen können, als wäre der Bildschirm ein Spiegel. Und wenn er auf Rakhal abgestimmt ist ...«

Sie preßte den Kristall gegen den Monitorschirm. Kleine Schneeflocken fingen an zu tanzen. Und dann blickten wir abrupt von einer Höhe aus auf den hageren Rücken eines Mannes. Er trug eine Lederjacke. Langsam wandte er sich um. Ich erkannte ihn an der Stellung seiner Schultern. Sein Hinterkopf verwandelte sich in ein adlernasiges Profil. Dann sah ich sein ganzes Gesicht: eine narbige, verunstaltete Maske, die noch schrecklicher entstellt war als mein eigenes.

»Rakhal«, murmelte ich. »Versuch den Blickwinkel zu verändern, Miellyn, damit wir einen Blick aus dem Fenster werfen können. Charin ist eine große Stadt. Wenn wir einen prägnanten Punkt ausmachen könnten ...«

Rakhal sprach mit jemandem, der sich außerhalb des Aufnahmebereichs befand. Seine Lippen bewegten sich, aber man konnte nichts hören. Miellyn sagte plötzlich: »Da!« Sie hatte ein Fenster ausgemacht. Ich sah eine hohe Säule und zwei oder drei Pfosten, die zu einer Brücke zu gehören schienen. »Es ist die Sommerschneebrücke«, sagte ich. »Jetzt weiß ich, wo er steckt. Schalt ab, Miellyn, jetzt können wir ihn finden ...« Als ich mich umdrehte, schrie Miellyn auf.

»Sieh dir das an!«

Rakhal hatte dem Monitorbild den Rücken zugewandt. Zum ersten Mal sah ich, mit wem er redete. Ich sah die Bewegung einer katzenhaften Schulter, einen gekrümmten Hals und einen hocherhobenen Kopf, der nicht hundertprozentig menschlich war.

»Evarin!« Ich stieß einen Fluch aus. »Das genügt. Jetzt weiß er, daß ich nicht Rakhal bin – wenn er es nicht schon die ganze Zeit über gewußt hat! Komm, Mädchen, wir müssen von hier verschwinden!«

Diesmal gaben wir nicht vor, völlig gelassen zu sein, als wir durch die Werkstatt hasteten. Die Gnome ließen ihre Hämmer sinken, als sie hinter uns herstarrten. *Spielzeuge!* Am liebsten wäre ich stehengeblieben und hätte sie alle zerschmettert. Aber wenn wir uns beeilten, konnten wir Rakhal vielleicht aufspüren. Und wenn uns das Glück hold war, trafen wir Evarin auch noch bei ihm an.

Ich würde ihre Köpfe gegeneinanderschlagen. Inzwischen war ich an einem Punkt angelangt, der mir jedes Abenteurertum vergällte. Was ich haben wollte, hatte ich. Mir fiel ein, daß ich während der Nacht kein Auge zugemacht hatte. Ich war erschöpft. Ich wollte um mich schlagen, jemanden umbringen, mich irgendwo hinhauen und einschlafen – am liebsten alles gleichzeitig. Wir warfen die Tür der Werkstatt krachend hinter uns ins Schloß, und ich nahm mir noch die Zeit, sie mit einem schweren Diwan zu verrammeln.

Miellyn sah mir dabei zu. »Die Kleinen würden mir bestimmt nichts tun«, fing sie an. »Für sie bin ich unantastbar.«

Ich war mir da nicht so sicher. Ich wurde den Eindruck nicht los, daß sich an ihrem Status etwas verändert hatte – und zwar von dem Augenblick an, als man sie gefesselt und unter Drogen gesetzt einem Publikum vorgeführt hatte. Und das über ihr schwebende Grauen … Ich sagte nichts davon.

»Vielleicht. Aber auf *mich* werden sie ganz gewiß keine Rücksicht nehmen.«

Miellyn stand bereits in der Vertiefung, über der der Krötengott hockte.

»Direkt hinter der Sommerschneebrücke ist ein Straßenschrein. Wir können in einem Sprung dort sein.« Plötzlich versteifte sie sich in meinen Armen. Ein Schauer lief ihren Rücken hinab. »Evarin! – Halt mich fest, er ist nach hier unterwegs! Schnell!«

Der Raum drehte sich um uns, dann …

Läßt sich Unmittelbarkeit in Bruchteile zerlegen? Es ergab keinen Sinn, aber genau das passierte, auch wenn es unglaublich klingt. Und alles, was passierte, geschah in weniger als einer Sekunde. Wir landeten im Straßenschrein. Ich sah die Säule, die Brücke und die über Charin aufgehende Sonne. Dann schien sich etwas in mir zu verzerren, ein eisiger Luftzug umwehte uns – und wir blickten staunend auf das Polargebirge, das von ewigem Schnee bedeckt war.

Miellyn klammerte sich an mich. »Bete! Bete zu deinen terranischen Göttern, wenn es welche gibt!«

Sie klammerte sich mit solcher Kraft an mich, daß ich den Eindruck hatte, sie wolle meinen Körper durchdringen, um auf der anderen Seite wieder hervorzukommen Mir erging es nicht anders. Miellyn wußte, wie man sich in einem Transmitter verhielt; ich war nur ihr Begleiter, und der Gedanke, daß wir uns irgendwo im schwarzen Nichts zwischen den Stationen verloren, gefiel mir ganz und gar nicht.

Wir machten einen erneuten Sprung. Das starke Gefühl der Desorientierung ließ Miellyn aufstöhnen. Die Dunkelheit, die uns umgab, flimmerte. Ich sah auf eine unbekannte Straße. Es war dunkle Nacht, und die Sterne lagen hinter einer Staubwolke verborgen. Miellyn wimmerte. »Evarin weiß, was wir tun. Er läßt uns über den ganzen Planeten springen. Er kann die Anlage mit Geisteskraft bedienen. Psychokinetik ... Ich verstehe nur wenig davon, aber ich habe niemals gewagt ... Oh, halt dich *fest*!«

Dann begann eines der erstaunlichsten Duelle, die je ausgefochten wurden. Miellyn machte eine winzige Bewegung – und dann fielen wir, blind und von einem Schwindel ergriffen, durch die Schwärze. Sobald wir uns inmitten des Nichts befanden, wurden wir in eine andere Richtung geschleudert und blickten auf eine andere Straße.

Einmal roch ich heißen Kaffee. Der Duft kam aus dem Café in der Nähe der Kharsa. Augenblicke später beschien uns grellrotes Mittagslicht, dann fanden wir uns zwischen blutroten Farnen an einem Gewässer wieder. Wir passierten die nach Salz riechende Luft Shainsas, sahen Blumen auf einer Straße Daillons, Mondlicht, Sonnenschein und rotes Zwielicht. Es kam und ging, und wir rasten durch die schwindelerregende Schrecklichkeit des Hyperraums.

Dann fiel mein Blick plötzlich zum zweitenmal auf die Brücke und die Säule; ein unaufmerksamer Moment hatte uns für einen Augenblick nach Charin zurückgebracht. Die Schwärze fing an, sich wieder um uns zu drehen, aber meine Reflexe sind schnell, und ich machte einen raschen, stolpernden Schritt vorwärts. Wie aneinander festgebunden, stürzten wir taumelnd auf den Boden der Sommerschneebrücke. Wir waren wie zerschlagen und hatten allerlei abbekommen – aber wir lebten noch und waren an unserem Ziel.

Ich hob Miellyn hoch. Ihre Augen spiegelten Schmerz wider. Als wir über die Brücke liefen, schien der Boden unter unseren Füßen zu wanken. Als wir auf der anderen Seite waren, sah ich zu der Säule hinauf. Von unserem Standort aus gesehen, konnten wir nicht mehr als dreißig Meter von dem Fenster entfernt sein, das wir auf dem Monitorschirm gesehen hatten. Es gab auf dieser Straße eine Weinstube, eine Seidenhandlung und ein kleines Privathaus. Ich ging auf das Letztere zu und klopfte an die Tür.

Stille. Ich klopfte erneut und überlegte, was ich sagen sollte, wenn wir einem gänzlich Unbeteiligten gegenüberstanden. Dann hörte ich die hohe Stimme eines Kindes und ein tiefes, bekanntes Organ, das es zur Ruhe rief. Die Tür öffnete sich nur um einen Spalt – und offenbarte ein narbiges Gesicht, das sich zu einem abstoßenden Grinsen verzog, bevor es sich entspannte.

»Ich dachte mir schon, daß du es bist, Cargill. Du hast mindestens drei Tage länger gebraucht, als ich gedacht habe,« sagte Rakhal Sensar. »Na, dann komm mal rein.«

15. Kapitel

Er hatte sich in den sechs Jahren nicht sehr verändert. Sein Gesicht sah tatsächlich schlimmer aus als meins, denn die Plastikchirurgen des terranischen Geheimdienstes hatten ihm natürlich nicht zur Verfügung gestanden. Mir fiel auf, daß sein Mund höllisch schmerzen mußte, wenn er ihn zu dem Grinsen verzog, das er mir momentan zeigte. Seine Augenbrauen – sie waren buschig und von grauen Fäden durchzogen – hoben sich erstaunt, als er Miellyn sah. Dann wich er zurück, ließ uns hinein und schloß hinter uns die Tür.

Der Raum war kahl und sah nicht so aus, als würde tatsächlich jemand hier leben. Der Boden bestand aus groben Steinplatten, und vor einem Kohlebecken lag ein einsames Fell. Ein kleines Mädchen saß davor und trank aus einem großen Krug mit zwei Henkeln. Als wir eintraten, stand es auf, wich bis an die Wand zurück und musterte uns mit großen Augen.

Das Haar des Mädchens war blaßrot wie das Julis. Es war über seiner Stirn gerade abgeschnitten. Die Kleine trug ein Kleid aus gefärbtem rotem Pelz, der beinahe der Farbe ihres Haars entsprach. Sie hatte offenbar gerade Milch getrunken, denn über ihrer Oberlippe war noch ein weißer Rand zu sehen. Sie war etwa fünf Jahre alt und hatte dunkle Augen, die mich ernst, aber ohne Überraschung oder Furcht musterten. Offenbar wußte sie, wer ich war.

»Rindy«, sagte Rakhal, ohne mich aus den Augen zu lassen, »geh nach nebenan.«

Rindy bewegte sich nicht. Sie starrte mich noch immer an. Dann bewegte sie sich auf Miellyn zu und musterte die auf ihrer Brust leuchtenden Stickereien. Es war ziemlich ruhig in dem Raum, dann sagte Rakhal mit sanfter und erstaunlich gemäßigter Stimme: »Hast du immer noch einen Skean, Race?«

Ich schüttelte den Kopf. »Auf Terra gibt es einen uralten Spruch, Rakhal: Blut ist dicker als Wasser. Das Kind dort ist Julis Tochter. Ich habe nicht vor, ihm seinen Vater zu nehmen, wenn es dabeisteht.« Dann übermannte mich die Wut, und ich schrie: »Zum Teufel mit diesen verdammten Trockenstädter-Fehden, eurem ekligen Krötengott und allem anderen!«

Rakhal sagte rauh: »Rindy, ich habe gesagt, du sollst hinausgehen.«

»Sie kann ruhig hierbleiben.« Ich machte einen Schritt auf das kleine Mädchen zu und hielt ein wachsames Auge auf Rakhal gerichtet. »Ich weiß zwar noch nicht genau, auf was du abzielst, aber es ist bestimmt nichts, in das das Kind verwickelt werden sollte. Du kannst tun, was dir Spaß macht. Ich stehe dir jederzeit zur Verfügung. Aber zuerst wird Rindy von hier weggebracht. Sie gehört zu Juli, und – verdammt noch mal! – dort wird sie auch hingehen.« Ich hielt dem Mädchen die Arme entgegen und sagte: »Es ist vorbei, Rindy, was immer er dir angetan hat. Deine Mutter hat mich geschickt, um dich zu holen. Möchtest du nicht mit mir zu deiner Mutter gehen?«

Rakhal machte eine drohende Geste und sagte warnend: »Wenn du glaubst ...«

Miellyn warf sich zwischen uns und riß das Kind in ihre Arme. Rindy fing an, sich lautlos zu wehren. Sie trat um sich und wimmerte, aber Miellyn machte zwei rasche Schritte und öffnete eine Tür, die in den Nebenraum führte. Rakhal versuchte sie zu packen, aber Miellyn wirbelte herum, tat alles, um das sich sträubende Kind festzuhalten, und sagte keuchend: »Macht es zwischen euch aus – aber ohne daß das Kind dabei zusieht!«

Durch die offene Tür sah ich ein Bett und mehrere Kinderkleider, die an einem Haken hingen. Dann warf Miellyn die Tür ins Schloß und ich hörte, wie sie einen Riegel vorlegte. Hinter der geschlossenen Tür fing Rindy nun lauthals an zu schreien. Ich stellte mich mit dem Rücken gegen die Füllung.

»Sie hat recht. Wir tragen es zwischen uns allein aus. Was hast du dem Kind angetan?«

»Falls du etwa glaubst . . .« Rakhal unterbrach sich mitten im Satz, blieb stehen und sah mich bewegungslos an. Dann lachte er.

»Du hast nicht das geringste dazugelernt, Race. Ja, du Tölpel, ich wußte genau, daß Juli sich sofort an dich wenden würde, wenn ihre Angst erst einmal groß genug geworden war. Ich wußte, daß dich das aus deinem Versteck locken würde. Ja, du verdammter Einfaltspinsel!« Er stand da und verhöhnte mich, aber hinter seinem Gelächter verbarg sich nur mühsam zurückgehaltene Wut.

»Du bist ein dreckiger Feigling, Race! Du hast dich sechs Jahre lang in der terranischen Enklave versteckt gehalten! Sechs Jahre – und ich hatte dir sechs Monate gegeben! Hättest du den Mumm gehabt, mit mir hinauszugehen, nachdem ich das letzte Ding gedreht hatte, um dich abzusichern – wir hätten uns der größten Sache überhaupt annehmen können. Und zusammen hätten wir es geschafft. Dann hätten wir unser Leben nicht mehr mit Spionieren, Untertauchen und Jagen verbringen müssen! Und jetzt, wo du dein Versteck verlassen hast, steht dir der Sinn nach nichts anderem, als so schnell wie möglich wieder in seine Sicherheit zurückzukehren! Ich hätte dir mehr Mumm zugetraut!«

»Aber nicht für die schmutzigen Pläne Evarins!«

Rakhal stieß einen unbändigen Fluch aus. »Evarin! Du glaubst doch nicht etwa ... Ich hätte damit rechnen müssen, daß er dich auch in den Griff bekommt! Das Mädchen ... Du hast es geschafft, alles, was ich getan habe, wieder zu zerstören!« Ganz plötzlich – so schnell, daß meine Augen ihm kaum folgen konnten – riß er seinen Skean heraus und drang auf mich ein. »Weg von der Tür!«

Ich blieb stehen. »Nur über meine Leiche. Ich werde nicht gegen dich kämpfen, Rakhal. Wir bringen die Sache zu Ende. Aber diesmal auf meine Weise. Wie Erdenmenschen.«

»*Du Sohn eines Affen!* Los, zieh, du feiger Hund!«

»Ich werde nicht ziehen, Rakhal.« Ich blieb stur und unbeweglich stehen. Ich hatte schon Trockenstädter bei einer *Shegri*-Wette ausmanövriert. Ich kannte Rakhal, ich wußte, daß er keinen unbewaffneten Menschen töten würde. »Wir haben uns mit den *Kifirgh* geschlagen, ohne daß es zu einem Resultat kam. Diesmal machen wir es auf meine Weise. Ich habe meinen Skean weggeworfen, bevor ich kam. Ich werde nicht mit dir kämpfen.«

Er stieß zu. Obwohl ich deutlich sah, daß der Schlag nur eine Finte war, zuckten in diesem Augenblick die funkelnden, auf meine Handflächen abzielenden Messerklingen Dallisas durch meinen Geist. Trotz des Entschlusses, mich um keinen Preis von der Stelle zu rühren, sorgten meine schieren Reflexe dafür, nach Rakhals Gelenken und dem Skean zu greifen.

Ich spürte, wie er sich krümmte, wie sich die Richtung der Klinge änderte und mein Hemd mit einem Ratsch zerriß. Dann fühlte ich eine Berührung, aber noch keinen Schmerz, als der Stahl durch meine Haut schnitt. Erst dann tat es mir weh. Ich verspürte einen starken Schmerz und das Rinnen heißen Blutes. Ich wollte Rakhal plötzlich umbringen, wollte meine Hände um seinen Hals legen und ihn erwürgen. Und gleichzeitig kämpfte ich wie ein Wilder gegen mich und meine eigenen Gefühle. Ich wollte diesen verdammten Narren *nicht* umbringen, ich war nicht einmal wütend auf ihn …

Miellyn stieß die Tür auf und schrie. Dann raste der freigelassene Spielzeugvogel auf Rakhals Gesicht zu. Er war das summende Entsetzen in Person. Aber ich hatte nicht einmal die Zeit, Rakhal zu warnen. Ich duckte mich und schlug ihm in den Magen. Er grunzte, klappte vor Schmerz zusammen und fiel aus der Bahn des hinabtauchenden Spielzeugvogels. Das Ding schwebte mit einem surrenden Geräusch unentschlossen umher.

Rakhal, der sich vor Schmerz auf dem Boden krümmte, zog die Knie an und krallte die Finger in sein Hemd. Ich wandte mich in blanker Wut Miellyn zu – und hielt inne. Was sie getan hatte, war ein Schritt reiner Verzweiflung gewesen, ein instinktiver Akt, um das Gleichgewicht zwischen einem bewaffneten und unbewaffneten Mann wieder herzustellen. Völlig außer Atem röchelte Rakhal mit heiserer Stimme: »Wollte … es … nicht … anwenden … Wollte … lieber … ehrlich … kämpfen.« Dann öffnete er die geschlossene Faust, und plötzlich befanden sich *zwei* der summenden Schrecken im Raum. Einer der Vögel wandte sich nun mir zu. Ich warf mich der Länge nach zu Boden, und vor meinem inneren Auge schob sich das letzte Stück des Puzzles an seinen Platz: Evarin hatte mit mir und Rakhal den gleichen Handel abgeschlossen!

Ich rollte mich weiter, blieb in ständiger Bewegung. Hinter mir erklang der laute, schrille Schrei eines Kindes. »Papa! Papa!« Die Vögel verhielten abrupt in der Luft und fingen an zu zittern. Dann fielen sie wie Steine zu Boden und blieben dort bebend liegen. Rindy durchquerte mit wehendem Kleid den Raum und nahm jedes der abscheulichen und hinterlistigen Dinger in eine Hand.

»Rindy – nicht!« schrie ich.

Sie stand zitternd da. Tränen liefen über ihre rundlichen Wangen. Sie hielt die beiden Spielzeugvögel fest gepackt. An ihren Schläfen traten die Adern dunkel hervor. »Mach sie kaputt, Papa«, flehte sie mit geschwächter Stimme. »Mach sie kaputt – *schnell.* Ich kann sie nicht mehr lange ha ...«

Rakhal kam taumelnd wie ein Betrunkener auf die Beine, nahm den ersten Vogel an sich und trat mit dem Fuß darauf. Er wollte nach dem zweiten greifen, während er den ersten mit dem Absatz zerquetschte, aber dann schnappte er hörbar nach Luft und preßte die Hände auf seinen Magen. Der Vogel kreischte wie ein Lebewesen.

Ich durchbrach das mich lähmende Entsetzen, sprang auf, eilte durch den Raum und dachte mit keinem Gedanken an den Schmerz in meiner Seite.

Ich riß Rindy den schrill kreischenden Vogel aus der Hand und zerstampfte ihn mit den Füßen. Ich trat so lange auf der sich immer noch bewegenden amorphen Masse herum, bis sie nur noch aus einem Häufchen Pulver bestand.

Schließlich gelang es Rakhal, sich wieder aufzurichten. Sein Gesicht war so blaß, daß seine Narben wie frische Brandwunden leuchteten.

»Das war ein heimtückischer Schlag, Race, aber ich ... ich weiß, warum du es tun mußtest.« Er hielt inne und holte Luft. Dann murmelte er: »Du ... hast mir das Leben gerettet, weißt du? Hast du dir etwas dabei gedacht?«

Immer noch schwer atmend, nickte ich. Da ich es mit Absicht getan hatte, bedeutete das, daß unsere Fehde beendet war. Was immer wir uns gegenseitig angetan hatten, trotz unserer Gelöbnisse. Ich sagte die Worte, die das Ende der Fehde bestätigten, für immer und ewig: »Zwischen uns steht ein Leben. Es soll so bleiben, bis einer von uns stirbt.«

Miellyn stand in der Tür zum Nebenraum. Sie hielt beide Hände vor den Mund gepreßt und starrte uns an. Schließlich sagte sie zitternd: »Du läufst mit einem Messer zwischen den Rippen herum, du Narr!«

Rakhal machte eine blitzschnelle Bewegung und zog den Skean heraus. Er hatte sich lediglich in meinem Hemd, in einer Falte des groben Stoffes, verfangen. Er nahm ihn beiseite, musterte die blutrote Spitze der Klinge und entspannte sich. »Die Wunde kann kaum zwei Zentimeter tief sein«, meinte er. Und dann, etwas wütender, als müsse er sich verteidigen: »Das bist du selbst in Schuld, du Affe. Ich wollte das Messer gerade wegwerfen, als du auf mich zusprangst.«

Aber das wußte ich, und er wußte, daß ich es wußte. Rakhal drehte sich um und nahm Rindy, die laut vor sich hinschluchzte, auf den Arm. Sie preßte ihr Gesicht gegen seine Schulter und sagte mit erstickter Stimme: »Die anderen Spielsachen haben dir wehgetan, als ich wütend auf dich war ...« Sie schluchzte und verrieb die Tränen auf ihren schmutzigen Wangen. »So wütend war ich nie auf dich. Ich war auf keinen so wütend ... nicht einmal auf ihn.«

Rakhal legte seine Hand auf das wollige Haar seiner Tochter und sagte, indem er mich über ihren Kopf hinweg ansah: »Das Spielzeug aktiviert die unbewußten Verstimmungen, die Kinder gegen ihre Eltern haben – soviel habe ich herausgefunden. Das bedeutet ebenso, daß das Kind sie für ein paar Sekunden kontrollieren kann. Erwachsene können dies nicht.« Ein Fremder hätte in seinem Ausdruck keine Veränderung bemerkt, aber ich schon, denn ich kannte ihn.

»Juli dachte, du würdest das Kind einer Gefahr aussetzen.«

Er stellte Rindy lachend wieder auf die Beine.

»Was hätte ich sonst tun sollen, um Juli genügend zu verängstigen, damit sie zu dir lief? Juli ist stolz; sie ist beinahe so stolz wie du, du hochnäsiger Sohn eines Affen.« Die Beleidigung traf mich jetzt nicht mehr.

»Na, komm, setz dich hin, damit wir einen Beschluß über das fassen können, was wir jetzt tun. Die alte Sache ist ja nun erledigt.« Er schenkte Miellyn einen kurzen Blick und sagte: »Du mußt Dallisas Schwester sein. Kann man davon ausgehen, daß deine Talente auch das Aufbrühen von Kaffee mit einschließen?«

Rakhals Annahme war ein Fehlschluß, aber mit der Hilfe Rindys kam Miellyn klar, und während die beiden sich im Nebenraum aufhielten, bekam ich von Rakhal ein paar kurze Erklärungen.

»Rindy hat rudimentäre ESP-Fähigkeiten. Ich habe sie nie gehabt, aber ich konnte ihr ein bißchen beibringen, wie man sie nutzt. Es war nicht viel. Ich klebe schon sehr lange an Evarins Fersen. Ich wäre ihm schon eher auf die Schliche gekommen, wenn du mit mir zusammengearbeitet hättest, aber als terranischer Agent hätte ich gar nichts tun können. Also mußte ich in einer Form den Dienst quittieren, daß niemand mehr auf den Gedanken kam, ich würde heimlich weiter für Terra arbeiten. Lange Zeit bin ich lediglich irgendwelchen Gerüchten nachgejagt, aber als Rindy groß genug war, um in Nebrans Kristalle zu blicken, machte ich die ersten Fortschritte. Ich traute mich nicht, Juli davon zu erzählen. Sie konnte nur dann völlig sicher sein, wenn sie nichts wußte. Sie ist in den Trockenstädten stets eine Außenseiterin geblieben.«

Er hielt inne. Dann sagte er mit ehrlicher Selbsteinschätzung: »Seit ich den Geheimdienst verlassen habe, bin ich dort selbst nur noch ein Fremder.«

»Und was ist mit Dallisa?« fragte ich.

»Zwillinge sind irgendwie durch ESP miteinander verbunden. Ich wußte, daß Miellyn zu dem Spielzeugmacher gegangen war. Ich versuchte, Dallisa dazu zu bewegen, etwas über ihren Aufenthaltsort herauszufinden, weil ich mehr wissen wollte. Dallisa wollte das Risiko nicht eingehen, aber Kyral sah mich mit ihr und hielt sie für Miellyn. Deswegen hängte er sich an meine Spur, und ich mußte aus Shainsa verschwinden. In bezug auf Kyral fürchtete ich das Schlimmste, denn er ist zu allem fähig. Und ohne Rindy konnte ich überhaupt nichts tun. Hätte ich Juli über meine Tätigkeit informiert, hätte sie Rindy genommen und wäre mit ihr in die terranische Enklave gegangen. Dann wäre ich so gut wie tot gewesen.«

Während seiner Worte wurde mir allmählich klar, welch riesiges Netz die Untergrundorganisation Nebrans für uns ausgelegt hatte.

»Evarin war heute hier. Aus welchem Grund?«

Rakhal lachte freudlos. »Er hat versucht, uns dazu zu kriegen, daß wir uns gegenseitig umbringen. Damit wäre er uns beide losgeworden. Er möchte, daß die Macht auf Wolf gänzlich in die Hände der Nichtmenschen übergeht. Er verfolgt diesen Plan ernsthaft, aber ...« – er breitete hilflos die Arme aus – »ich kann nicht einfach stillsitzen und mir die Sache ansehen.«

Ich fragte ihn geradeheraus: »Arbeitest du für Terra? Für die Trockenstädter? Oder für eine der antiterranischen Bewegungen?«

»Ich arbeite für *mich*«, erwiderte Rakhal mit einem Achselzucken. »Ich halte zwar nicht viel vom Terranischen Imperium, aber ein einzelner Planet kann schließlich nicht gegen die ganze Galaxis kämpfen. Ich will nur eins erreichen, Race: Ich möchte, daß die Trockenstädte und die übrigen Teile dieses Planeten in ihrer Regierung eine eigene Stimme haben. Jede Welt, die einen wesentlichen Beitrag zur galaktischen Wissenschaft leistet, erhält laut den Gesetzen des Imperiums den Status eines unabhängigen Gemeinwesens. Wenn jemand aus den Trockenstädten so etwas wie einen Materietransmitter erfindet, erhält Wolf den Status eines Dominions. – Aber Evarin und seine Bande wollen diese Erfindung geheimhalten. Sie wollen sie vor der Erde verstecken und sie in Städten wie Canarsa installieren! Jemand muß dafür sorgen, daß das nicht passiert. Und wenn ich derjenige bin, bekomme ich nicht nur eine ansehnliche Belohnung, sondern auch eine offizielle Position.«

Das glaubte ich ihm, wenngleich ich erwartet hatte, er würde seine Uneigennützigkeit etwas stärker betonen. Rakhal wechselte das Objekt.

»Du hast Miellyn; sie kann dich durch die Transmitterstationen bringen. Du solltest zum Hohen Schrein zurückkehren und Evarin erzählen, daß Race Cargill tot ist. In der Handelsstadt hält man mich für dich – ich kann nach Belieben dort ein- und ausgehen. Es tut mir leid, wenn ich dir Schwierigkeiten bereitet habe, aber irgendwie mußte ich mich ja schützen. Ich kann Magnusson anrufen und ihm sagen, er soll die Garde in Bewegung setzen, um die Straßenschreine abzuriegeln. Vielleicht wird Evarin versuchen, durch einen davon zu entwischen.«

Ich schüttelte den Kopf. »Wir haben auf Wolf nicht genügend Männer. Wir könnten nicht mal alle Straßenschreine von Charin bewachen. Und mit Miellyn kann ich nicht zurückkehren.« Ich erklärte es ihm. Rakhal schürzte die Lippen und stieß einen Pfiff aus, als ich ihm beschrieb, wie wir geflohen waren.

»Du bist ein Glückspilz, Cargill! Ich bin ihnen nicht einmal so nahe gekommen, um herauszufinden, ob sie wirklich funktionieren – und ich wette, daß du ihr Prinzip nicht einmal durchschaut hast. Dann müssen wir es eben auf die harte Tour versuchen. Es wäre ja nicht zum ersten Mal, daß wir uns mit Hilfe unserer Ellbogen eine Gasse bahnen! Wir gehen geradewegs in die Höhle des Löwen hinein. Wenn Rindy bei uns ist, brauchen wir uns keine Sorgen zu machen.«

Ich war zwar grundsätzlich bereit, ihm die Führung zu überlassen, meldete aber dennoch Protest an.

»Du willst das Kind mit in diese . . .diese . . .«

»Was sollen wir sonst tun? Rindy kann die Spielsachen kontrollieren – was du und ich nicht können, wenn Evarin auf den Gedanken kommt, sein ganzes Arsenal gegen uns aufmarschieren zu lassen.« Er rief nach Rindy und redete leise auf sie ein. Sie blickte von ihrem Vater auf mich. Dann sah sie wieder ihren Vater an, lächelte und hielt mir die Hand hin.

Bevor wir uns auf die Straße begaben, musterte Rakhal mit einem finsteren Blick die Stickereien auf Miellyns Gewand. »Damit erzeugst du in Shainsa eine Aufmerksamkeit wie ein Schneesturm. Wenn du so auf die Straße gehst, könnte es einen Auflauf geben. Hättest du dir das nicht besser vom Halse schaffen sollen ?«

»Das geht nicht«, protestierte Miellyn. »Sie sind der Schlüssel zum Transmittersystem!«

Rakhal musterte den gestickten Götzen mit einem neugierigen Blick. Dann sagte er: »Dann achte darauf, daß niemand die Stickereien sieht. Rindy, besorg ihr etwas, was sie sich überziehen kann.«

Als wir den Straßenschrein erreichten, meinte Miellyn:

»Stellt euch eng zusammen auf die Steine. Ich bin mir nicht sicher, ob wir den Sprung alle auf einmal machen können, aber wir werden es eben versuchen.«

Rakhal nahm Rindy auf den Arm und drückte sie an seine Schulter. Miellyn ließ den Umhang fallen, der die Stickereimuster verbarg. Wir klammerten uns aneinander. Die Straße flimmerte und verschwand, und ich spürte das schwindelerregende Zerren der Schwärze, bevor die Welt sich wieder zusammensetzte. Rindy wimmerte leise und fuhr sich mit schmutzigen Händen übers Gesicht. »Papa, meine Nase blutet ...«

Miellyn beugte sich hastig vor und wischte ihr das Blut vom Näschen. Rakhal machte eine ungeduldige Geste.

»Die Werkstatt. Zerstört alles, was ihr seht. Rindy – wenn irgendwas auf uns losgeht, hältst du es an, aber schnell.« Er bückte sich und nahm ihr kleines Gesicht zwischen beide Hände. »Und – *Chiya*- vergiß nicht, daß es keine Spielsachen sind, so hübsch sie auch aussehen mögen.«

Rindys ernste graue Augen blinzelten. Dann nickte sie.

Mit einem Schrei stieß Rakhal die Tür zur Gnomenwerkstatt auf. Das Klingen der Ambosse zerbrach in tausend Mißtöne, als ich eine Werkbank umwarf und die halbfertigen Spielzeuge krachend zu Boden fielen.

Die Gnome zerstreuten sich angesichts unseres vernichtenden Angriffs wie eine Kaninchenherde. Ich zerschmetterte Werkzeuge, Filigrane und Edelsteine, zertrat alles, was mir unter die Stiefel kam. Ich zerbrach Glas, packte einen Hammer und zerschlug Kristalle. Ich wurde immer ausgelassener.

Eine winzige Puppe mit den Proportionen einer Frau kam auf mich zugejagt und stieß einen schrillen Schrei aus. Ich erwischte sie mit dem Fuß und trat das Leben aus ihr heraus, wobei sie aufschrie, als sei sie ein lebendes Wesen. Ihre blauen Augen fielen zu Boden und sahen mich an. Ich zertrat sie mit dem Absatz.

Rakhal wirbelte einen winzigen Hund an seinem Schwanz herum, bis er nur noch ein Abfallhaufen aus kleinen Rädchen und Metallteilen war. Ich packte einen Stuhl und zerschlug damit einen Glasschrank, der bald darauf umkippte. Ich benahm mich wie ein rasender Berserker und konnte mit meinem Vernichtungswerk kaum noch aufhören.

Ich geriet dermaßen in Rage, daß mich erst Miellyns Schrei wieder zur Besinnung brachte. Auf ihre Warnung hin drehte ich mich um und sah Evarin der in der Tür stand. Seine grünen Katzenaugen flammten zornig auf. Dann hob er beide Arme. Es war eine plötzliche, sardonische Geste. Mit einem schlaffen, unmenschlichen Gleiten eilte er auf den Transmitter zu.

»Rindy«, keuchte Rakhal, »kannst du den Transmitter blockieren?«

Statt einer Antwort rief Rindy mit schriller Stimme: »Wir müssen hier raus! Das Dach stürzt ein! Das Haus fällt über uns zusammen! Das Dach, paßt auf das Dach auf!«

Ich sah nach oben, starr vor Schreck. Ich sah, wie ein breiter Riß auseinanderklaffte und durch die brechenden Wände Tageslicht zu uns hereinströmte. Rakhal packte sich Rindy, schützte sie mit dem Kopf und den Schultern vor herabstürzenden Trümmerstücken und rannte los. Ich packte Miellyn an der Hüfte und zerrte sie auf den Spalt zu, der sich in einer der Mauern bildete. Wir hatten uns kaum hindurchgezwängt, als das Dach nach innen kippte und die Wände zusammenkrachten. Wir fanden uns auf einem grasbewachsenen Hügel wieder und starrten bebend in die Tiefe. Fels und nackter Boden schoben sich zusammen, stürzten Schritt für Schritt ein.

Miellyn schrie heiser: »Lauft! Lauft – schnell!«

Ich verstand zwar nichts, rannte aber trotzdem. Ich kämpfte mit Seitenstichen und meiner Wunde, aus der jetzt wieder Blut floß. Ich hatte sie fast vergessen. Miellyn war neben mir. Rakhal stolperte mit Rindy auf dem Arm hinter uns her.

Dann warf mich eine Explosionsdruckwelle zu Boden. Miellyn fiel auf mich. Rakhals Knie knickten ein, und Rindy fing laut an zu weinen. Als ich wieder einigermaßen klar sehen konnte, stand ich auf und sah mich um.

Von Evarins Versteck und Nebrans Hohem Schrein war außer einem riesigen, klaffenden Loch, aus dem noch immer schwarze Rauchwolken quollen, nichts übriggeblieben. Miellyn sagte wie benommen: »Also das hat er vorgehabt!«

»Vernichtet, alles vernichtet!« schäumte Rakhal. »Die Werkstatt, die ganze Spielzeug-Technologie, der Transmitter – kaum daß wir ihn gefunden haben!« Er schlug mit geballter Faust gegen seine Handfläche. »Jetzt haben wir keine Chance mehr ...«

»Wir sollten uns freuen daß wir mit dem Leben davongekommen sind«, warf Miellyn ein. »Aber wo sind wir hier überhaupt?«

Ich sah den Abhang hinunter und blieb erstaunt stehen. Unter uns breitete sich die Kharsa aus – und in ihrer Mitte erhob sich das weiße Gebäude des Hauptquartiers. Ich sah den riesigen Raumhafen.

»Wir sind zu Hause«, rief ich aus. »Rakhal – du kannst nun Frieden mit den Terranern schließen – und mit Juli. Und du, Miellyn ...« Da ich ihr vor den anderen meine Gedanken nicht erzählen konnte, legte ich ihr eine Hand auf die Schulter. Sie lächelte mich an, und in ihrem Lächeln war wieder eine Spur ihrer alten Boshaftigkeit.

»So kann ich mich in der terranischen Enklave nicht

sehen lassen. Hast du deinen Kamm noch? Rakhal – leih mir dein Hemd, mein Gewand ist zerrissen.«

Ich gab ihr den Kamm. Plötzlich fiel mir an der Stickerei auf ihrer Brust etwas auf. Bis jetzt hatte ich in ihr lediglich das stilisierte Abbild des Krötengottes gesehen. Aber jetzt . . .

»Rakhal«, brach es aus mir heraus, »schau dir doch mal die Randsymbole an! Du kannst diese alte Nichtmenschenschrift doch lesen! Miellyn sagte, die Stickerei sei der Schlüssel zur Benutzung des Transmittersystems. Ich möchte wetten, daß die Lösung hier steht – sichtbar für jeden; zumindest aber für den, der sie entschlüsseln kann. Ich kann es leider nicht, aber zweifellos ist die Formel in jeder Abbildung des Krötengottes, die du auf dieser Welt finden kannst, eingestickt oder eingraviert. Rakhal, dahinter steckt eine Methode. Wenn man etwas verbergen will, hat man zwei Möglichkeiten: Entweder versteckt man es vor den Augen der Welt – oder man hält es sämtlichen Blicken feil. Wer macht sich schon die Mühe und sieht sich den Krötengott genauer an? Man kann ihn millionenfach auf diesem Planeten finden.«

Rakhal untersuchte Miellyns Gewand aus der Nähe. Als er den Kopf wieder hob, war sein Gesicht vor Aufregung gerötet. »Bei Sharra«, sagte er laut, »ich glaube, du hast recht. Es kann Jahre dauern, bis die Symbole dechiffriert sind, aber es dürfte nicht unmöglich sein. Ich werde es versuchen, und wenn ich dabei draufgehe!« Im Überschwang seiner Freude sah sein vernarbtes Gesicht beinahe hübsch aus.

Ich lachte. »Vorausgesetzt, Juli läßt noch etwas von dir übrig, nachdem sie weiß, welches Spiel du mit ihr getrieben hast. – Rindy ist schon auf dem Gras eingeschlafen. Die arme Kleine. Wir bringen sie jetzt besser zu ihrer Mutter.«

»Du hast recht.« Rakhal hob sie auf seine Arme. Mit einem unerklärlichen Gefühl beobachtete ich ihn: Entweder hatte sich in ihm oder in mir etwas verändert. Es fiel mir zwar nicht schwer, mir meine Schwester mit einem Kind vorzustellen, aber der Anblick Rakhals, der Rindy sorgsam in die Falten seines Umhanges wickelte, um sie vor der steifen Brise zu schützen, kam mir irgendwie seltsam vor.

Miellyn humpelte auf ihren dünnen Sandalen auf mich zu und zitterte.

»Frierst du?« fragte ich.

»Nein, aber ... ich glaube, daß Evarin nicht tot ist. Ich fürchte, er ist davongekommen.«

Einen Augenblick lang verdüsterte dieser Gedanke den hellen Morgen. Dann sagte ich achselzuckend: »Wahrscheinlich liegt er in dem großen Loch da unten begraben.« Aber mir war klar, daß ich mir dessen niemals sicher sein konnte.

Wir gingen nebeneinander her, und ich legte meinen Arm um die müde vor sich hinstolpernde Frau. Und schließlich sagte Rakhal leise: »Wie in den alten Zeiten.«

Aber ich wußte, daß es nicht mehr so war wie in den alten Zeiten. Rakhal wußte es auch – er würde es wissen, wenn seine Hochstimmung der Ernüchterung Platz machte. Was mich anbetraf, so hatte ich von Ränkespielen genug, und darüber hinaus hatte ich das Gefühl, daß dies auch für Rakhal das letzte Abenteuer gewesen war. Wie er selbst gesagt hatte, würde es ihn Jahre kosten, die Transmittergleichungen zu dechiffrieren. Und ich hatte das Gefühl, daß mein solider Schreibtisch am nächsten Morgen eine ganz andere Wirkung auf mich ausüben würde als bisher.

Aber ich wußte jetzt, daß ich nie wieder einen Versuch unternehmen würde, mich von Wolf abzusetzen. Die

Sonne, die jetzt aufging, war die meine – und ich liebte sie. Dort unten wartete meine Schwester auf mich, deren Kind ich zurückbrachte. Mein bester Freund ging neben mir. Was kann sich ein Mensch sonst noch wünschen?

Und wenn mich die Erinnerung an dunkle Giftbeerenaugen in irgendwelchen Alpträumen heimsuchen würde – am hellichten Tag würde ich frei von ihnen sein. Ich sah Miellyn an, nahm ihre schlanke, ungefesselte Hand und schritt lächelnd mit ihr durch das Stadttor. Erst jetzt, nach all den Jahren auf diesem Planeten, verstand ich das Verlangen und die uralte Sitte, eine Frau unter Verschluß halten zu wollen. Und während wir weitergingen, nahm ich mir vor, keine Zeit zu verlieren, den nächsten Juwelier aufzusuchen und ihn eine perfekte Eisenkette schmieden zu lassen, um die Hand meiner Geliebten auf ewig an mich zu binden.

ENDE

Sie kamen von den Sternen

SONDERMELDUNG des Nachrichtendienstes des Galaktischen Zentrums, empfangen auf Dvaneth:

Das Raumschiff *Nordwind*, das Kolonisten zu einer abgelegenen Sonne im Spiralarm transportierte, ist implodiert.

Die Kontrollstelle, deren empfindliche Instrumente auf die selbstvernichtenden Implosionsaggregate reagieren, die aus offensichtlichen Gründen in allen Raumschiffen installiert sind, hat heute bestätigt, daß das Implosionsaggregat der *Nordwind* seinen Betrieb eingestellt hat.

Die Unglücksursache ist unbekannt. Man nimmt an, daß die *Nordwind* überraschend angegriffen und von einem von den Rhu'inn beherrschten Schiff mit Gefangennahme bedroht wurde, woraufhin die Mannschaft die Implosion ausgelöst hat, um zu verhindern, daß Schiff und Passagiere in die Hände der Rhu'inn fielen.

Die genaue Position der *Nordwind zur* Zeit ihrer Vernichtung ist nicht bekannt.

Kein bewohnter Planet hat eine bemerkenswerte Massestörung auf seinen Energiedetektoren gemeldet. Wahrscheinlich ist die *Nordwind* bei dem Versuch, der Kaperung zu entgehen, beträchtlich von ihrem errechneten Kurs abgewichen und ins Gebiet der Gesperrten Planeten eingedrungen.

Wahrscheinlich hat es keine Überlebenden gegeben. Vor einer Implosion werden Rettungsboote nur dann ausgesetzt, wenn in ihrer Reichweite ein Planet entdeckt worden ist.

Der schnelle Tod durch die Implosion ist für mögliche Überlebende gnädiger als ein langes Dahinsiechen, bei dem man im interstellaren Leerraum treibt. In diesem Abschnitt des Spiralarmes gibt es nur relativ wenige Sterne, und nur ein Bruchteil davon weist bewohnbare

Planeten auf. Die Wahrscheinlichkeit, daß die Rettungsboote der *Nordwind* in der Nähe eines dieser Planeten ausgesetzt wurden, ist astronomisch gering.

Besatzung und Passagiere der *Nordwind* sind daher rechtlich für tot erklärt worden.

1. Kapitel

»Beeilt euch, beeilt euch«, rief Reidel, »die Sprengkörper gehen fast sofort nach der Landung hoch! Schnappt euch die Sachen und lauft, aber beeilt euch!«

Noch benommen von der langen Qual des Bremsmanövers nach dem interstellaren Flug stolperte die Handvoll Überlebender die Stufen des Rettungsbootes hinab, das wie das Mutterschiff einen Selbstvernichtungsmechanismus aufwies, der spätestens nach der Landung implodieren würde, falls ihn ein Mannschaftsmitglied nicht schon zuvor aktiviert hatte.

In diesem Augenblick, da sie in das grelle, gelbe Sonnenlicht und auf die stauberfüllte, windumtoste Ebene hinaustraten, konnten sie einander zum ersten Mal sehen. Sie verschwendeten keine Zeit, sich zu betrachten. Sie flohen über die sandige Einöde, die sich unter ihren tastenden Füßen zu heben und zu senken schien, und wurden verstreut wie Saatkörner, die eine unfühlbare Katastrophe versprengt hat. Hinter Reidel griff sich eine der Frauen an den Fuß, umklammerte den Knöchel und stürzte schwer in den Sand. Reidel half ihr nicht nur dringlich, sondern mit verzweifelter Hast hoch, und schob sie voran.

»Das ist weit genug«, rief Reidel. »Werft euch flach auf den Boden! Runter mit euch!« Er blickte über die Schulter zurück und sah das kleine Schiff, das von ihrem kurzen, versengenden Sturz durch die Atmosphäre noch rotglühend war, zum ersten und letzten Mal.

Der alte Mann brach eher zusammen, als daß er fiel, und Reidel beugte sich über ihn und schob eine Hand in den Halsausschnitt seines Hemdes. Als er die Hand wieder zurückzog, war sie gerötet.

Die große Frau fiel neben ihnen auf die Knie. »Ist er tot?« stammelte sie.

»Nicht ganz.«

Die anderen hatten sich flach in den Sand geworfen, und Reidel konnte hören, daß einer von ihnen noch immer in heftigen Krämpfen weinte. Einzig die große Frau stand nun wieder aufrecht, wie zur Statue erstarrt, und blickte zum roten Pulsieren des Schiffes hinüber. Als Reidel sich vom ohnmächtigen Körper des alten Mannes erhob, erfaßte ihn die heftige Angst in ihren Augen; auch er blickte fast wie in Trance zu dem glühenden, pulsierenden, rubinroten Schein hinüber.

Dann bäumte sich das purpurne Gebilde auf und hob sich mit langsamer, fast gemächlicher Anmut himmelwärts. Reidel stieß einen Warnruf aus, warf sich nach vorn und zerrte die Frau unsanft zu Boden. Der Explosionsknall und der donnernde Ansturm der gepeinigten Luft wirbelten über die Einöde, während die Selbstvernichtungsaggregate vibrierten, zerrissen, verdampften und atomisierten. Ein purpurnes Leuchten loderte auf, wo gerade noch das Schiff gewesen war; es flackerte, wurde verweht und war verschwunden.

Auf dem Sand der fremden Welt blieb nichts zurück – bis auf etwas schweren, dunkelroten Staub, den der Wind noch nicht zerstäubt hatte.

»Nun«, sagte Reidel mit ungewöhnlich tiefer Stimme, »soviel also endgültig *dazu.*«

Er ließ die Frau los, die verwirrt und wie benommen davontaumelte, stand auf und sah sich um.

Eine flache, sandige Einöde erstreckte sich bis zum Horizont aus niedrigen Hügeln, die mit ein paar dunklen, kleinen Sträuchern gesprenkelt waren. Im Sand in ihrer Nähe wuchsen hier und da ein paar trockene, spärliche Grasbüschel, die von der langen Trockenheit schon ganz verdorrt waren. Er sah auch ein paar Dornenbüsche und niedrige, blattlose Bäume, die verkümmert, verwachsen und geschwärzt waren. Reidel runzelte die Stirn angesichts der trostlosen Szene. Eine kleine, dornige Pflanze wuchs direkt neben ihm; er bückte sich, berührte sie mit einem neugierigen Finger, und auf der Kuppe erschien ein Blutstropfen. Das Blatt war scharf wie eine Nadel.

An einem Rand des Himmels ging eine gelbrote Sonne entweder auf oder unter. Im Durcheinander der automatischen Landung hatten sie keine Gelegenheit gehabt, die Rotationsperiode des Planeten zu ermitteln oder überhaupt irgend etwas, das über die Feststellung hinausging, daß sie auf dem Planeten überleben konnten. Hätten die automatischen Meßgeräte des Schiffes nicht eine Temperaturspanne und eine Atmosphärenzusammensetzung gemessen, die menschliches Leben ermöglichte, hätten die Instrumente die Selbstvernichtungsanlage noch vor der Landung aktiviert. Und dann wären sie einen sehr schnellen und gnädigen Tod gestorben, ohne überhaupt zu wissen, daß sie sterben mußten.

Aber lebensermöglichend? Das konnte alles mögliche bedeuten, von den Eiswüsten auf Rigel II bis zu den vor Feuchtigkeit dampfenden Urwäldern auf Vialles – aber auch alles dazwischen!

Es war kalt, oder es kam dem Dvanethianer zumindest so vor. Ein scharfer, geruchloser Wind, der kleine, körnige Staubpartikel mit sich trug, wehte rastlos um sie herum. Der Himmel war ein häßliches Bläulichbraun, das am Horizont in einen Staubschleier überging, und durch diesen Staub wirkte die Sonne wie ein blutunterlaufenes, entflammtes Auge.

Reidel sah sich wieder um und zählte automatisch die Überlebenden. Die meisten von ihnen waren Fremde. Die

Arbeit hatte ihn zu sehr beschäftigt, als daß er sich mit dem sozialen Leben der Passagiere hätte abgeben können. Aber er wußte ungefähr, wer sie waren.

Der alte Mann mit dem zerschmetterten Brustkorb war Kester; irgendein niedriger Offizier der Schiffsbesatzung. Sie hatten ihn gefunden, als er bewußtlos und blutend im Hangar des Rettungsbootes gelegen hatte, vom sich aufbäumenden Metall eines Risses im Gang, der Sekunden zuvor noch nicht dagewesen war, dorthin geschleudert.

Die dunkle, schlanke Frau, die noch auf dem Sand ausgestreckt lag, trug den Namen Cleta; Reidel wußte nur, daß sie der aristokratischen Telepathenkaste von Vialles angehörte, und selbst in der beengten Gemeinschaft eines Raumschiffes hielten sich die viallesischen Telepathen hochmütig von den anderen fern. Neben ihr schlug ein dunkler, stämmiger Junge, der gerade der Pubertät entwachsen war, halb benommen die Augen auf; den Kopf verbarg er noch in seinen Armen. Er war Arran, einer der Ingenieure zur Ausbildung im Randraum des Sternenschiffes.

Im Sand zusammengekauert hockte ein mißgebildeter Zwerg, das Gesicht in den Händen verborgen und blind für jeden anderen, bis auf seinen Schmerz. Er war Mathis – einer der zehn Telepathen, die man sorgfältig vor dem Kontakt mit dem geistigen Geschwätz der zusammengedrängten Menschen im Raumschiff abgeschirmt hatte. Wie alle seiner Art war er körperlich eine Ruine, entstellt und bucklig, und obwohl er noch jung an Jahren war, wies sein dunkles, fettiges Haar schon lange weiße Strähnen auf.

Zu seinen Füßen schirmte ein halbwüchsiges Albinomädchen, das sich auf die Knie erhoben hatte, ihre großen Augen vor dem starken Sonnenlicht ab. Dann kämpfte sie sich auf die Beine und warf einen einzigen

Blick auf die leere, verkohlte Stelle, wo das Raumschiff gestanden hatte.

Die siebente und letzte der Überlebenden, eine junge, hochschwangere Frau, war bewußtlos ins Gras geschleudert worden. Sie lag dort noch immer, benommen von der Schockwelle, ohne sich zu bewegen. Das Albinomädchen ging langsam zu ihr, bückte sich und half der Schwangeren mit sanften Händen hoch.

»Hier, Linnit«, sagte es mit leiser, dünner Stimme, »willst du dir nicht unser neues Zuhause ansehen?«

Dann wandte es sich um und musterte Reidel mit einem abschätzenden Blick. Es hatte ein kindliches Gesicht und den noch unreifen Körper eines Mädchens mit einer Kinderbluse; ihre großen Augen jedoch waren alles andere als kindlich. Sie waren viel zu weise, zu reif, zu traurig für ihre wenigen Jahre. Sie hatten die seltsame Färbung, die auf einen hyperempfindlichen Empathen hinwies, und Reidel schreckte vor der heftigen Weisheit und Leidenschaft dieser großen Augen zurück.

»Sie kenne ich doch«, sagte das Mädchen. »Sie sind Reidel. Sie haben sich um die Tiere gekümmert, nicht?«

Reidel nickte. Als ihm dann klar wurde, daß er sprechen oder an diesem närrischen Gelächter sterben mußte, das in ihm hochstieg – er hatte so viel Zeit und Mühe dafür aufgewandt, diese verdammten Tiere bei guter Gesundheit durch den interstellaren Raum zu transportieren –, sagte er: »Ich kenne dich natürlich, aber ich habe deinen Namen vergessen.«

»Dionie«, sagte das Kind. »Kennst du die anderen auch?«

Das schwangere Mädchen war jetzt auf den Beinen und versuchte wimmernd, sich die Dornen aus den Händen zu ziehen. Dionie nahm ihre geschundenen Finger in die ihren und zog die Stacheln vorsichtig heraus.

»Dies ist Linnit, Reidel, und das ist Cleta.«

Cleta setzte sich auf, warf ihr langes, aufgelöstes Haar zurück und zuckte zusammen, als sie die Hand bewegte. Arran stand auf und wandte sich Reidel zu.

»Wissen Sie, was passiert ist?«

Reidel schüttelte den Kopf. »Nein. Du etwa? Ich hatte Freiwache und schlief, und die Alarmglocken gingen los, und die Decke meiner Kabine war plötzlich zum Fußboden geworden, und ich kam zum Schluß, daß es höchste Zeit sei, dort rauszukommen. Das nächste, was ich weiß, ist, daß wir alle im Rettungsboot waren – und es sich losriß.«

»Ich weiß überhaupt nichts davon«, wiederholte Arran. »In allen Antriebsräumen wurden Doppelschichten gefahren, aber kein Ingenieur wollte mir den Grund sagen.«

»Das spielt jetzt wohl kaum noch eine Rolle«, sagte Reidel schließlich. »Wir sind hier. Ich glaube jedoch nicht, daß sich noch ein Rettungsboot abgesetzt hat. Weißt du, wo wir sind, Arran?«

»Irgendwo im Sektor der Gesperrten Planeten, nehme ich an.«

»Was genau hat das zu bedeuten?« fragte Cleta im arroganten Tonfall einer Frau, die es gewohnt ist, daß man ihr augenblicklich ehrerbietig antwortet.

Reidels Beherrschung war sowieso nicht die beste, und nun verlor er sie völlig.

»Ist das die Zeit für Fragen? Wenn Ihr Kopf so leer ist, daß er etwas braucht, um das er Aufsehen machen kann, könnten Sie damit anfangen, die Überlebenspakete einzusammeln oder nach diesem Mann zu sehen« – er deutete auf den blutenden Kester – »statt dumme Fragen über galaktische Politik zu stellen!«

»Ich dachte, es könnte nicht schaden, genau zu wissen,

was wir zu erwarten haben«, erwiderte Cleta, »und Sie scheinen ja das Kommando zu übernehmen!«

»Wenn Sie glauben, besser dazu geeignet zu sein, können Sie es gern versuchen! Die Sonne steht tiefer als noch vor kurzem; wenn sie weiterhin mit dieser Geschwindigkeit untergeht, wird es in ein paar Minuten dunkel sein. Wir müssen ein Feuer machen; wir können nicht abschätzen, wie kalt es hier wird, oder ...« Er hielt inne und kam zum Schluß, daß es keinen Sinn hatte, andere Gefahren zu erwähnen. »Ob diese Büsche wohl brennbar sind?«

»Ich glaube schon. Trocken genug sind sie.« Arran betrachtete die schwarzen, gebogenen Äste. »Autsch!« Er schüttelte die Hand und saugte daran. »Vorsicht, Dornen!«

»Alles, was wir gesehen haben, hat Dornen.« Reidel hoffte, daß sie nicht giftig waren, und entschied sich, auch diese Möglichkeit nicht zu erwähnen. Cleta trug steifbeinig die Überlebenspakete aus dem Rettungsboot zusammen. Sie kniete nieder, um eines zu öffnen, aber Reidels schwere Hand legte sich auf ihre Schulter.

»Belassen Sie es für den Augenblick dabei. Sie sind jung und unverletzt – kommen Sie, helfen Sie uns, Holz zu sammeln. Brennstoff brauchen wir jetzt am dringendsten.«

Cleta schüttelte seine Hand zwar ab, gehorchte jedoch. Reidel arbeitete mit gespannter Hast und schleppte schwere, abgestorbene Baumstämme in eine kleine Senke, um die sich ein Sandrand aufgehäuft hatte, der etwas Schutz vor dem schneidenden Wind gab. Dionie, die zu zerbrechlich war, um die Äste zu heben, scharrte die trockenen Steppenhexen zusammen, ohne auf deren spitze Dornen zu achten.

Die letzten Sonnenstrahlen wichen einem trüben Zwielicht. Reidel kniete nieder und versuchte, mit seinem

Taschenfeuerzeug ein Feuer zu entfachen. Das trockene Buschwerk schwelte einen Augenblick und ging wieder aus. Der fette Rauch stieg ihm in die Nase und er mußte husten. Fluchend kauerte er sich nieder und schirmte die Flammen beim zweiten Versuch mit den gewölbten Händen ab. Hinter dem aufgestapelten Buschwerk ertönte ein leises, wehleidiges Seufzen. Cleta biß sich auf die Lippe, um den Schmerz in ihrer verletzten Hand zu unterdrücken – bei der ersten Schockwelle, die das Passagierdeck in Schutt verwandelt hatte, war ihr ein Manikürwerkzeug durch den Handballen getrieben worden –, kroch um die Büsche herum und fand Linnit, die sich wie ein Häufchen Elend am Boden zusammengerollt hatte und leise vor sich hin schluchzte.

Es lag nicht in Cletas Natur, an andere als an sich selbst zu denken; und dies tat sie auch in diesem Moment nicht. Das Weinen zerrte an ihren sowieso schon stark beanspruchten Nerven; sie ließ sich zu Boden fallen und knurrte: »Hör auf damit! Was bringt uns das schon?«

Linnit schluchzte weiter: »Ich wünschte, ich wäre tot!«

»Das wünschte ich auch«, sagte Cleta roh. »Du bist uns keine Hilfe.« Der kalte Tonfall war besser als Mitgefühl; Linnit versuchte, ihr Schluchzen in den Griff zu bekommen, wand sich dann vor Schmerzen und schrie auf.

»Was ist los?« fragte Cleta mitleidslos. »Ich wußte nicht, daß du dich verletzt hast.« In ihrer Hand pochte der Schmerz wie Feuer, und sie massierte sie sanft, um sich Erleichterung zu verschaffen.

»Ich weiß nicht ... Oh, ich weiß nicht!« Linnit krümmte sich in unverständlicher Qual. Cleta versuchte sich aus dem erdrückenden Griff der dünnen Arme zu befreien, doch Linnit umklammerte sie mit wahnwitzigem Schrecken, und Cleta konnte sich nicht davonmachen, ohne sie zu verletzen.

Endlich züngelten die Flammen in die Dunkelheit hinauf. Reidel erhob sich und streckte die verkrampften, steifen Beine. »Wenn die Frauen jetzt die Überlebenspakete fertig haben ...« Sein Blick fiel auf Cleta, die noch immer neben Linnit kniete.

»Was ist los mit ihr?«

»Ich weiß es nicht, ich weiß es nicht!«

»Sie wollen es nicht wissen, was?« Mathis, der Telempath, schleppte seinen gekrümmten Körper aus dem Schatten. Sein schmales Lächeln beinhaltete eine genießerische Bosheit, so, als labe er sich durch und durch an ihrer Unkenntnis der Situation. »Sie stirbt nicht, und es ist auch kaum etwas nicht mit ihr in Ordnung.« Als er sah, daß Cleta noch immer nicht begriff, fügte er mit sarkastischem Nachdruck hinzu: »Das Baby kommt. Das ist alles.«

Reidel fluchte müde. »Als ob wir nicht schon genug Schwierigkeiten hätten!«

Aber die Worte versetzten Cleta in heillose Panik. »Was sollen wir *tun*?« flüsterte sie, ließ Linnit von ihrem Schoß rutschen und wich in erschrockener Ablehnung zurück.

Reidel kauerte sich nieder. Die unvertraute Dunkelheit, der faulige Rauch und die Fremden, die sich um ihn versammelt hatten, veranstalteten eine lärmende Verwirrung in seinem Gehirn. Obwohl er wußte, daß dieser Gedanke sinnlos war, wünschte er sich, Kester wäre nicht verletzt worden. Er, Reidel, fühlte sich nicht dazu imstande, das Denken für alle sieben zu übernehmen. Er wünschte, jemand anders würde das Wort ergreifen, aber niemand sagte etwas.

So ließ er seine Stimme rauh und absichtlich hart klingen.

»Was wir jetzt *tun*? Nun, wir können uns jetzt alle im Kreis hinsetzen und eine Klagezeremonie abhalten. Oder wir können uns beruhigen und etwas Sinnvolles tun. Wenn Frauen sich nicht grundlegend von anderen weiblichen Tieren unterscheiden« – er drückte es so grob aus, wie er konnte, um die Frauen mit dieser schockierenden Formulierung zur Ruhe zu zwingen –, »dann haben wir noch etwas Zeit, bevor wir uns Sorgen um Linnit machen müssen. Inzwischen können wir über andere Dinge von Belang nachdenken. Zum Beispiel – wer ist verletzt, und wie schlimm, und was ist in diesen sogenannten Überlebenspaketen? Vielleicht finden wir morgen früh heraus, daß wir auf einem Föderationsplaneten und damit in Sicherheit sind; vielleicht aber auch nicht. Aber diese Nacht sind wir auf uns allein angewiesen. Kommen wir also zu einer Entscheidung, ob wir leben oder sterben wollen.«

Es war die längste Rede, die er je in seinem Leben gehalten hatte.

Dionie schlitzte eins der Pakete mit dem Fingernagel auf. Sie schrie vor Überraschung leise auf, als ein sirrendes Geräusch erklang und eine Tonbandstimme auf Standard sagte:

»Achtung! Vergessen Sie nicht, jeden Gegenstand in diesen Überlebenspaketen zu vernichten, bevor Sie in Kontakt mit Völkern außerhalb der Dvaneth-Föderation treten, es sei denn, diese Gegenstände sind identisch mit jenen, die auch an Ort und Stelle hergestellt werden.

Achtung! Vergessen Sie nicht ...«

Dionie zog die Hand zurück, und die Stimme erstarb. Die anderen drängten sich um sie zusammen, um zu sehen, was hier vor sich ging.

Dionie holte kleine, versiegelte Päckchen heraus. Ein paar Essensrationen, ein paar sorgfältig verschweißte Behälter mit der Aufschrift *Wasser.* Zwischen diesen Päckchen befanden sich dünne Schichten eines Allzweck-

Synthetic-Materials, die sie jetzt herausholte – immer mehr Gewebeschichten, die zusammengepreßt waren, um den anderen Gegenständen als Schutz gegen harte Stöße zu dienen. Das Material war warm und undurchlässig und konnte ohne Nähen zu jeder gewünschten Kleidung geformt und verschweißt werden. Und ein kleiner Fetzen des Stoffes verschloß den Mund des Albinomädchens.

»Bedeutet diese Warnung etwa ... wenn man hier andere Kleidung trägt oder gar keine ... daß wir dann auch nackt gehen müssen?«

»Sie bedeutet genau das, was sie sagt.«

Das Mädchen senkte den Blick zu Boden. »Ich weiß«, murmelte es. »Ich dachte nur, es sei lustig.«

»Ich bin froh, daß überhaupt etwas lustig ist«, sagte Reidel ohne Zorn.

»Sie tragen Kleidung«, stieß Arran hervor. »Es ist kalt hier!«

Dionie durchforstete noch immer das Paket. »Ein Feuerspender. Den hättest du haben sollen, als du versuchtest, Feuer zu machen, Reidel. Ein Messer. Und ... Was ist das für ein Ding?«

Reidel drehte das Gerät herum. »Ein Wasserdetektor.« Er stöberte unter den Tuchfalten. »Sonst noch etwas?«

Arran hob einen letzten Gegenstand hoch. »Ein Schocker«, murmelte er.

Reidels Mund war grimmig. »Der ist für den Fall, daß wir auf bösartige, wilde Tiere stoßen – oder auf Schlimmeres.«

»Und das ist alles?« rief Linnit. »Das nennen sie Überlebenspakete? Keine ... keine Werkzeuge? Nichts?«

Reidel schüttelte den Kopf. »Es ist genau das, was es sein soll. Du brauchst die anderen Pakete nicht zu öffnen, Dionie, sie sind alle identisch. Sie reichen gerade aus, um uns in den ersten paar Tagen das Überleben zu ermöglichen. Danach müssen wir uns anpassen, ob es uns gefällt oder nicht. Es ist eine ...« Er suchte nach Worten, da er im Artikulieren abstrakter Gedanken nicht besonders geübt war, und Arran drückte es für ihn aus.

»Eine Rettungsleine in Form dvanethischer Kultur würde nur als Polster dienen – die Anpassung verzögern. Wir werden uns anpassen müssen, ob wir es wollen oder nicht. Das gehört zu den Bedingungen, die man Kolonisten auferlegt – sich allem anzupassen, was man findet –, und es trifft auch für uns zu. Die Notpakete sollen uns nur am Leben halten, bis die vom Unterbewußtsein gesteuerten Reflexe tätig werden und wir anfangen, uns anzupassen, uns verändern, um dem Planeten gerecht zu werden. Wenn man der Gnade einer neuen Welt ausgeliefert ist, ist man gezwungen, die Hoffnung auf fremde Hilfe aufzugeben. Man blickt nach vorn und paßt sich an, um zu überleben ...«

»Und wenn man schon sterben muß, wird das Leiden dadurch nicht verlängert«, beendete Mathis grausam.

Cleta prallte zurück.

»Reidel, besteht die Möglichkeit, daß dies ein Föderationsplanet ist?«

»Wohl kaum, fürchte ich. Im ganzen Spiralarm gibt es nur ein paar Dutzend Föderationsplaneten. Wir können allerhöchstens darauf hoffen, daß es sich um einen verzeichneten Planeten handelt, auf dem man einen Beobachter stationiert hat.«

»Wenn es einen Beobachter gibt – wie finden wir ihn?«

Reidel schüttelte den Kopf. Er war froh, daß sie in der Dunkelheit sein Gesicht nicht sehen konnten. »Das ist ein anderes Problem, das wir später lösen müssen«, wich er aus.

Arran schritt unruhig in der Dunkelheit auf und ab. »Das Rettungsboot muß Spuren in der Atmosphäre hinterlassen haben, und die Implosion – selbst primitive Völker haben Photonenumwandlungsdetektoren, oder nicht?«

Mathis lachte säuerlich, aber Reidel sagte nur: »Wollen wir es hoffen.« Er öffnete ein Nahrungspaket. »Wir sollten etwas essen und uns ausruhen.«

Das dünne, heisere Gelächter des Telempathen zerriß wieder die Stille. »Heute nacht wird wohl keiner von uns viel Ruhe bekommen, was, Linnit?«

Reidel seufzte. Er wünschte, Mathis würde die Klappe halten. Er wünschte, sie alle würden die Klappe halten und ihm die Möglichkeit geben, sich einen Überblick zu verschaffen. Kester, auf den sie hätten bauen können, war verletzt und lag wahrscheinlich im Sterben; Arran und Dionie hatten den Schock recht gut verkraftet, aber sie waren zu jung, um eine große Hilfe zu sein. Über Cleta ärgerte er sich schon, und Linnits Wimmern ging ihm, sosehr er das Mädchen bedauerte, an die Nerven. Und Mathis, der hätte helfen können, machte die Sache mit seinem Spott nur noch schlimmer. Vielleicht hätte er von Anfang an alles Mathis überlassen sollen. Aber er hatte mit Telempathen keine Erfahrung.

Die meisten der sogenannten menschlichen Rassen waren mehr oder weniger telepathisch veranlagt. Aber normalerweise empfingen – und sendeten – Telepathen nur in Worte gefaßte Gedanken. Daher war die Telepathie zwischen verschiedenen Sprachgruppen, ja sogar zwischen Wesen, deren Erziehung und Umwelt sie mit stark variierenden semantischen Wertsymbolen ausgestattet hat, nahezu unmöglich. Ein paar wenige waren wie Dionie – Empathen, versehen mit der Fähigkeit, die Gefühle und Wahrnehmungen ihrer Mitmenschen aufzufangen.

Der Telempath, die seltenste menschliche Mutation, war nicht nur imstande, die Gedanken und Gefühle aller Humanoiden und einiger Nonhumanoiden zu erkunden, sondern auch, diese fremden Vorstellungen in die Sprache und Begriffswelt jeder anderen Rasse zu übersetzen.

Sie waren ursprünglich gezüchtet worden, um mit den nonhumanoiden Rhu'inn zu arbeiten; aber das war schon lange her, zu jener Zeit noch, da die Föderation sich noch der Hoffnung hingegeben hatte, sie könne die Bedrohung durch die Rhu'inn friedlich lösen. Dieser Versuch war nicht gelungen, doch die Telempathen waren übriggeblieben. Einige wenige von ihnen wurden bei der Kontaktaufnahme mit den Bewohnern fremder Planeten und bei anderen Aufgaben eingesetzt. Ihre wichtigste Eigenschaft war ihre phantastische Anpassungsfähigkeit. Ihre Kräfte waren legendär.

Reidel hatte zuvor noch nie einen gesehen. Sie lebten in strengster Abgeschiedenheit. *Ich verstehe auch, warum,* dachte er abrupt. Mathis war sicher kein Typ, der einen Beliebtheitswettbewerb gewinnen würde.

Dionie und Arran versuchten, es Kester auf einem Stoffballen bequem zu machen. Reidel fragte sich, ob sie ihn anders hinlegen sollten, ließ dann aber voller Verzweiflung von diesem Gedankengang ab. Wenn er so schwer verletzt war, wie es den Anschein hatte, würden sie ihm weder helfen noch seinen Zustand verschlimmern.

»Nein, du kannst ihm nicht helfen«, sagte Mathis leise zu Reidel. »Er hat Gehirnblutungen. Er wird sterben.«

Reidel wandte sich ab und warf weitere Holzscheite auf das Feuer. Der beißend scharfe Rauch geriet ihm in die Augen, und er bedeckte sie mit den Händen, bemüht, einen würgenden Hustenreiz zu unterdrücken. Der Verlust des Schiffes, die vielen Toten, die lange, nervenzerreißende Anspannung während ihrer Flucht, all das war so betäubend wie ein Alptraum gewesen, und nun war ihm, als sei er erwacht und habe feststellen müssen, daß der Alptraum Wirklichkeit war.

Er bemerkte kaum, daß Dionie ihm etwas zu essen in die Hände drückte, obwohl er es annahm und ihr mit automatischer Höflichkeit dankte. Aber er führte es nicht an die Lippen, und nach ein paar Minuten, die er unentwegt ins Feuer gestarrt hatte, fühlte er, wie eine kleine Hand unter seinen Arm glitt. Verblüfft schaute er auf das bleiche, nach oben gerichtete Gesicht hinab.

»Bitte iß etwas, Reidel Du hast versucht, uns zur Vernunft zu bringen. Du mußt stark genug für uns alle sein.«

Reidel lächelte, aber es geriet nur zu einem Verzerren der Lippen. »Ich bin kein Heldentyp«, sagte er, aber er brach ein Stück der geschmacklosen Notration ab und zerkaute es.

Neben dem Feuer versuchte Cleta, die auf dem Rand des Tuches saß, der widerstrebenden Linnit einzureden, sie müsse ein paar Bissen zu sich nehmen. Ihr Gesicht zeigte eine gewisse geduldige Verbitterung, die Reidel belustigt hätte, hätte irgend etwas ihn jetzt belustigen können.

Ausgerechnet jetzt mußte Linnits Baby geboren werden! Reidel, der es gewohnt war, von Tieren umgeben zu sein, wußte ganz genau, daß solche Dinge nicht warteten, bis sie jedermann in den Kram paßten, aber es komplizierte ihre Situation. Er fragte sich, ob Cleta oder Dionie überhaupt die geringste Ahnung hatten, was sie für Linnit tun konnten.

Er hoffte lediglich, daß die Frauen instinktiv richtig handelten. Sie würden eben ihr Bestes geben müssen.

Der Anpassungsprozeß hatte noch nicht begonnen: Reidel dachte noch genau wie ein Mann von Dvaneth, und es kam ihm gar nicht in den Sinn, die Gebräuche seiner Heimatwelt in Frage zu stellen, die solche Dinge den Frauen überließen. Als er mit vollem Mund aufblickte, sah er in Mathis' unergründliche Augen und fragte sich, ob der Telempath seine Gedanken gelesen hatte; und falls ja, warum er nicht irgend etwas Hilfreiches vorschlug.

Er schluckte die letzten Nahrungskrümel hinunter, trank etwas Wasser, wandte sich dann um und blickte in die riesige Einöde hinaus. So weit das Auge sehen konnte, Leere; nichts außer Dunkelheit und Leere, schattigen Bäumen und seltsamem Geraschel und Gezirpe in der unvertrauten Nacht. Ein paar Sterne funkelten in unbekannten Konstellationen am dunklen Himmel. Ein trüber, nebligweißer Streifen, der Galaktische Arm, machte deutlich, wie weit sie von Dvaneth entfernt waren. Ihr Heimatplanet lag mitten im Zentrum des Spiralarms, und am Himmel von Dvaneth loderten Millionen Sonnen, die die Nacht heller als den Tag werden ließen. Das schwache, ferne Funkeln erzeugte in Reidel ein schreckliches Gefühl der Einsamkeit.

»Reidel ...?«

Er drehte sich um und bemerkte, daß er sich ein ganz schönes Stück vom Feuer entfernt hatte. »Ich bin hier, Arran«, sagte er. Aber er konnte noch nicht umkehren, um sich Linnits Wimmern und Mathis' Spott anzuhören und darüber nachzudenken, wie er Cletas scharfe Verachtung wegstecken konnte. Er brauchte einen Augenblick für sich allein, bevor er sich wieder all ihre Probleme auf die Schultern laden konnte. »Einer von uns sollte von jetzt an immer bei den Frauen bleiben.«

»Mathis wird auf sie aufpassen, besser, als ich es könnte. Laß mich mit dir gehen, Reidel.«

Reidel wußte plötzlich, was Arran glaubte. Er war erzürnt, daß es dem anderen, aber nun auch ihm selbst in den Sinn gekommen war. Der Ärger ließ seine Stimme frostig klingen.

»Ich werde euch nicht im Stich lassen. Ich will einen dieser kleinen Hügel ersteigen und sehen, ob ich am Horizont etwas ausmachen kann, das nach einem Licht aussieht – ein Leuchtturm, eine Stadt, irgendeinen Ort, an dem Menschen leben könnten.«

Arran klang beschämt. »Ich habe wirklich nicht geglaubt ...«

»Das weiß ich. Kehr jetzt um. Ich werde in ein paar Minuten zurück sein.«

»Willst du meine Taschenlampe?« Arran holte eine kleine Handlampe hervor, aber Reidel wies sie zurück. »Sie würde mich nur blenden.«

»Gut.« Arran ging zum Feuer zurück, und Reidel marschierte weiter, wobei sich seine Muskeln wieder an das Gefühl gewöhnten, festen Boden unter den Füßen zu haben und dem Zug der Schwerkraft des Planeten ausgesetzt zu sein. Einmal trat er auf irgendein kleines Lebewesen, das schnell ins Gras davonhuschte, und einmal zerkratzte er sich die Hand an einem Dorn. Abrupt verlor er seinen Schwung und prallte zurück, und die Luft wurde ihm aus den Lungen getrieben; er war in der Dunkelheit gegen etwas gelaufen.

Er gewann das Gleichgewicht zurück und streckte vorsichtig seine Hand aus. Ein Draht, etwa so dick wie die Fäden seiner Kleidung, war in Brusthöhe straff vor ihm gespannt.

Nachdem er nun mit einem greifbaren Nachweis intelligenten Lebens konfrontiert worden war – denn Drähte spannten sich nicht von allein über leere Felder –, wünschte er sich, er hätte Arrans Lampe mitgenommen. Ein impulsiverer Mensch hätte seine Gefährten herbeigerufen, doch Reidel entschloß sich zu weiteren Erkundigungen, bevor er Hoffnungen in ihnen weckte oder zerstörte.

Er folgte dem Draht, indem er sich mit der Hand an ihm entlangtastete. Es handelte sich um eine Art Stacheldraht ohne elektrische Ladung, und er war an Pfosten mit rauher Oberfläche angenagelt. Einmal fuhr er mit den Händen den Pfosten hinab. Insgesamt waren vier Drähte an ihm gespannt, die gerade so weit auseinander lagen, daß Reidel sich zwischen ihnen hätte hindurchzwingen können, wenn er es gewollt hätte. Er zögerte, denn er war sich keineswegs sicher, ob er es wollte.

Der Planet war offensichtlich bewohnt, aber von wem? Das Vorhandensein eines Zauns deutete auf Intelligenz und etwas hin, das inner- oder außerhalb einer bestimmten Fläche gehalten werden mußte. Er war der Meinung, daß das Nichtvorhandensein einer elektrischen Ladung auf einen niedrigen Zivilisationsstand hinwies. Er wünschte, er wäre einer jener Wissenschaftler, die aus einem einzigen Gegenstand treffsicher auf den Entwicklungsstand einer fremden Kultur schließen konnten.

Er faßte einen raschen Entschluß, bückte sich, steckte ein Bein durch den Zaun und zog den Rest seines Körpers nach. Hinter dem Zaun lag ein niedriger, wasserloser Graben; er durchquerte ihn und gelangte auf eine flache, harte Oberfläche. Überrascht über die Materialveränderung unter seinen Füßen bückte er sich und betastete den Boden. Irgendeine harte, nicht-metallene Substanz, zu glatt für natürlichen Stein – eine Straße? Er wollte schon zurückklettern und Arran zurufen, er solle die Lampe bringen, als plötzlich der Schein zwei ferner Lichter in seine Augen fiel.

Gelb und etwa zwei Armlängen voneinander entfernt, schwangen sie sich geräuschvoll über den Horizont, warfen einen Strahl fast vor Reidels Füße und rasten ihm mit unglaublicher Geschwindigkeit entgegen. Reidel sprang zurück und warf sich – in der Hoffnung, von der monströsen Maschine nicht bemerkt zu werden – flach in den Graben.

Im Lichtfächer machte er eine Metallhülle und vier summende Räder aus, dann blitzten die Lichter vorbei, und durch Glasscheiben sah Reidel zwei eindeutig humanoide Köpfe. Reidel blieb flach liegen, bis das letzte rubinrote Funkeln hinter einer Straßensteigung verschwand. Dann rappelte er sich bebend vor Anspannung auf. *Also eine humanoide Welt.* Und das Ding war weder ein Monstrum noch ein Roboter gewesen, sondern einfach irgendein Bodenfahrzeug.

Jemand rief seinen Namen. Reidel kletterte hastig durch den Zaun und eilte zum Feuer zurück. »Alles in Ordnung«, rief er. »Ich bin hier!«

Dionie warf sich ihm entgegen. »Oh, wir hörten dieses Donnern . . . Wir sahen die Lichter . . .« Ihre dünnen Arme griffen mit einer Stärke nach ihm, die nur die Angst erzeugen konnte. Er duldete, daß sie sich einen Augenblick an ihn klammerte, dann führte er sie Schritt um Schritt in die Dunkelheit.

»Aber, aber, Dionie. Es war nur irgendein Fahrzeug. Es saßen Menschen darin.«

»Oh . . .« Sich plötzlich ihrer Handlungsweise bewußt und wieder schüchtern, entzog sie sich ihm. Cleta und Arran deckten Reidel mit erwartungsvollen Fragen ein, und er berichtete von seinem Abenteuer.

»Sie haben mich nicht gesehen. Ich habe mich in einem Graben versteckt.«

»Warum haben Sie sie nicht angehalten? Sie hätten uns vielleicht helfen können.«

»Ich wußte nicht, wer – oder was – sie waren.«

»Wie überaus vorsichtig von Ihnen«, sagte Cleta mit

beißendem Sarkasmus und wandte sich ab. Reidel fiel auf, wie gezwungen sie sich bewegte, griff nach ihr und faßte sie am Arm. Sie versuchte, sich von seinem Griff freizumachen, aber er zog sie ins Licht des Feuers, drehte ihr mit starken Fingern das Handgelenk herum und zwang sie, die Finger zu öffnen. Der Handballen war mit getrocknetem Blut verkrustet.

»Warum haben Sie mir das nicht schon längst gezeigt?«

Cleta zitterte vor Wut. »Sie waren zu beschäftigt damit, uns herumzukommandieren.«

Reidel runzelte die Stirn. »Wie ist Ihnen das passiert?«

»Ein ... ein Manikürmesser ging durch meine Hand, als ... als der Alarm ertönte. Es ist nicht schlimm. Ich passe schon darauf auf.«

Reidel schenkte ihren Worten keine Beachtung und bedeutete Arran, mit der Taschenlampe zu leuchten. »Machen Sie sich nichts vor. Wenn eine Sehne durchtrennt ist, werden Sie Probleme kriegen.« Er untersuchte und betastete die Verletzung peinlich genau. Es war unter Cletas Würde, sich ihm zu widersetzen; sie schürzte die Lippen und sagte: »Sie scheinen ja eine Menge zu wissen. Für wen halten Sie sich eigentlich?«

»Tut das weh?« Er beugte einen ihrer Finger zurück. »Seit wir Dvaneth verlassen haben, hatte ich vierhundert ausgesucht kostbare Tiere in meiner Obhut. Wenn wir die Kolonie erreicht hätten, wäre ich für den Amtsarzt eingesprungen, wenn er zu beschäftigt gewesen wäre.« Er ärgerte sich über sich selbst, weil er dem Mädchen alles groß und breit erklärte. Cleta zuckte die Achseln und ließ seine Behandlung über sich ergehen, und als Reidel getan hatte was er konnte – was nicht sehr viel war –, bemerkte sie verächtlich: »Hoffentlich gibt es keine fremden Bakterien oder Pilze hier. Diese wichtigen Überlebenspakete beinhalten keine Medikamente.«

»Wie kurzsichtig, nicht wahr?« entgegnete Reidel müde.

»Nein, weitsichtig«, murmelte Mathis. »Nur die Starken überleben. Wer nicht stark genug ist, stirbt wenigstens schnell und fällt den anderen nicht mehr zur Last.«

Reidel fuhr herum. »Wenn Sie noch mehr solcher abstoßenden Vorstellungen haben, behalten Sie sie für sich, ja?« sagte er mit zusammengebissenen Zähnen.

Linnit gab ein ersticktes Stöhnen von sich; Cleta wollte sich ihr wieder zuwenden, aber Reidel hielt sie fest: »Werden Sie damit fertig?«

Cletas schmale Schultern hoben und senkten sich. »Ich werde es wohl müssen, es sei denn ... Sie sagen, dieser Planet sei von Menschen bewohnt. Kester liegt im Sterben, und Linnit ... braucht Hilfe. Wenn es hier Menschen gibt ...«

»Ich kann in der Dunkelheit nichts unternehmen.«

»Aber was sollen wir *tun*?« Cleta klang verzweifelt. »Wir können doch nicht einfach ... einfach hier herumsitzen und *warten*, oder?«

»Bis zum Tagesanbruch«, sagte Reidel und versuchte, autoritär zu klingen, »werden wir wohl genau das tun müssen.«

Arrans Stimme schlug plötzlich um. »Aber wir wissen doch nicht einmal, wie lang die Nächte hier sind! Wenn wir darauf warten, daß die Sonne wieder aufgeht, sitzen wir vielleicht bis in alle Ewigkeit hier herum! Alles ist besser als ... als einfach zu warten!«

Plötzlich redeten alle wütend auf ihn ein. »Wir werden hier sterben!« rief Cleta mit schriller Stimme. »Sie wollen ja nur, daß wir hier herumsitzen und sterben!«

Reidel trat einen Schritt auf das Mädchen zu und hob die Hand, um es zu schlagen, doch er bekam sich gerade noch in die Gewalt, bevor der Schlag traf, und umklammerte mit schweren Fingern ihren Arm. »Halten Sie die Klappe!« brüllte er sie an. »Wenn Sie hysterisch werden, erwürge ich Sie!«

Linnit fing wieder mit kindlichem Schluchzen an zu weinen, und Cleta zerrte heftig in Reidels Griff und versuchte, ihm das Gesicht zu zerkratzen. Arran sprang hinzu und umklammerte Reidels Brustkorb. Reidels Wut fand ein neues Ziel, und er fuhr herum und versetzte dem Jungen einen harten Schlag ins Gesicht. Arran sprang zur Seite, wich der größten Wucht des Schlages aus und stieß Reidel mit der flachen Hand gegen die Brust. Der Stoß ließ Reidel zurücktaumeln.

Reidel ballte die Fäuste und ging in Kampfstellung. Wenn sie es ausfechten mußten, dann hier und jetzt.

Plötzlich schrie Dionie auf und ließ sich auf die Knie fallen. »Mathis! Oh, was ist los?« rief sie flehend. »Seht doch, was ihr angerichtet habt, ihr Narren!«

Der Telempath war neben dem Feuer zusammengebrochen und lag ausgestreckt, mit geschlossenen Augen, auf dem Boden. »Ihr brutalen Idioten!« weinte Dionie. »Was meint ihr, weshalb man Telempathen in Isolation hält? Ihr habt ihn mit eurem Geschrei und eurer Prügelei einen Schock versetzt! Vielleicht habt ihr ihn sogar umgebracht! Steht nicht da herum und gafft, holt mir lieber etwas Wasser!«

Vom Schock ernüchtert, tat Arran wie geheißen. Der Zusammenbruch des Zwerges hatte Reidels Zorn wie eine Eisflut abgekühlt. Cleta ging schweigend zu der Stelle in der Dunkelheit hinüber, wo Linnit lag; ihr großer, straffer Körper zitterte heftig. Reidel wollte ihr folgen, doch die Frau wirbelte mit leidenschaftlichem Trotz herum.

»Haben Sie wenigstens den Anstand, sich von ihr fernzuhalten!«

»Ich habe nicht gemerkt ...« Reidel wandte den Blick von Linnit ab. »Kann ich irgendwie helfen?«

»Ihr Männer geht besser zur anderen Seite des Feuers hinüber«, ordnete Cleta an. Reidel zögerte, obwohl Arran schon den halb bewußtlosen Mathis hochgehoben hatte und ihn zu einer geschützten Stelle trug. »Cleta ...«

»Gehen Sie endlich?« fuhr sie ihn schrill an, und Reidel ging.

Die Nacht wurde kühl. Fröstelnd warteten die Männer. Nach einer Weile vertiefte sich Linnits leises Wimmern zu einem stetigen Stöhnen. Später kam Dionie um das Feuer herum; sie war bleicher als damals, als das Rettungsboot explodiert war. Sie kauerte sich wie ein Häufchen Elend zu Boden und stützte das Gesicht auf die Hände.

»Ich tauge nichts, ich bin ein feiger Versager ...« stieß sie auf Reidels besorgte Frage hervor. »Und Cleta weiß es ... Sie weiß, daß ich ...« Sie verbarg das Gesicht in den Händen und weinte leise und mitleiderregend vor sich hin. Arran hob die Augenbrauen, und Reidel sagte knapp: »Empath. Sie hat alles gefühlt, was Linnit gefühlt hat.«

Arran pfiff vor Bestürzung.

Das Feuer qualmte und schlug sprühende Funken; schwere Rauchwolken sammelten sich und löschten die trüben Sterne aus. Dionie war mittlerweile wirklich eingeschlafen; sie war bleich, und ihre Glieder zuckten unablässig. Nach langer Zeit stieß Linnit einen Schrei aus, und Reidel fuhr hoch, fand sich auf den Beinen und lief, ohne es eigentlich vorgehabt zu haben, ums Feuer.

Cleta wies ihn erzürnt zurück. Obwohl sich Reidel über ihre Stumpfsinnigkeit ärgerte, versuchte er, in aller Freundlichkeit mit ihr zu sprechen.

»Laß mich helfen, Cleta. Wahrscheinlich weiß ich mehr ...«

»Über Tiere!« warf sie ihm mit beißender Verachtung entgegen.

»Eine Frau ist ein Tier«, sagte er sanft, bemüht, sein Temperament im Zaum zu halten. »Cleta, übliche Verhaltensregeln müssen bei einem Notfall nicht mehr eingehalten werden.«

»Die Regeln des Anstandes ...«

»... Anstand!« Reidels Fluch kam direkt aus der Gosse, und Cleta hielt schockiert inne. Sie trat gehorsam beiseite und ließ Reidel ihren Platz einnehmen.

Das Feuer brannte zu schwelender Holzkohle herab. Linnit wimmerte dann und wann, schrie aber nicht mehr; nur Reidels Stimme hob sich, leise und trostspendend, in großen Abständen. Mathis kauerte abseits von den anderen; seine Augen hatten sich in heftiger Ablehnung fest geschlossen, und er versuchte, sich vor dem zu verschließen, was für ihn schlimmer als für alle anderen war: die ganze Bandbreite der nackten Gefühle, vor denen er sein Leben lang behütet worden war. Er war wie ein Mann, den man in pechschwarzer Dunkelheit erzogen und plötzlich hinaus in das gleißende Licht des blendenden Mittags gezerrt hatte. Auf der anderen Seite des Feuers legte Reidel ein Tuch über Linnits Körper und streichelte ihr übers Haar – jene geistesabwesende, gewohnheitsmäßige Geste, mit der er jedes gequälte Tier zu beruhigen versucht hätte. Er schaute zu Cleta hinüber und lächelte. Sie schlug unbeholfen das Baby in ein Tuch, wie eine Frau, die noch nie eins versorgt hat. Sie steckte es neben Linnit, die schon vor Erschöpfung eingeschlafen war, unter die Decke, und erhob sich auf die Füße.

»Ich weiß nicht genau, was ich sagen soll, Reidel, nur ... daß ich mich töricht benommen habe.«

»Schon gut. Ich glaube, keiner von uns hat genau gewußt, was er tat.«

Dann tat Reidel etwas, das sich später als der schlimmste Fehler seines Lebens erweisen sollte. Cleta wirkte so zerbrechlich und sanft, so liebenswürdig in ihrer momentanen Bescheidenheit, daß er dem Drang nicht widerstehen konnte, die Arme um sie zu legen und sie an seinen Körper zu ziehen. Die Frau schwankte, verlor vor Überraschung das Gleichgewicht und gab ihm einen Augenblick lang nach, aber als sein Gesicht das ihre berührte, schnappte sie nach Luft und hob schnell die Hände, um ihn zurückzuweisen.

Er ließ sie sofort los, aber der Zorn hielt sie noch gepackt, und sie schlug ihm hart über den Mund. »Sie müssen verrückt sein!« sagte sie zitternd. »Lassen Sie mich in Ruhe!«

Als er ihre funkelnden Augen sah, wußte Reidel, daß alles, was er sagen würde – vor allem jedoch eine Entschuldigung –, die von ihm begangene Beleidigung nur verdoppeln konnte. Er wandte sich ab wie ein Sklave, den man ausgepeitscht hat, und er schmeckte das Blut, das aus seiner aufgeplatzten Lippe quoll. Sein Puls hämmerte wild, und es dauerte einige Minuten, bevor er seine Atmung beruhigen konnte.

Er legte Feuerholz nach. Kesters Körper war ein langer, starrer Strich in der Dunkelheit, und als Reidel sich über ihn beugte, war er nicht überrascht zu entdecken, daß der flatternd gehende Atem des alten Mannes endlich erstorben war.

Einer tot und einer geboren. Sie waren immer noch sieben ...

Er legte sich nieder, nahe genug am Feuer, so daß er merken würde, wenn es erlosch, und schloß die Augen.

SUCHE NACH UNIDENTIFIZIERTEM FEURIGEM OBJEKT ABGEBROCHEN

Levelland, Texas. Die Texas Rangers haben heute die Suche nach den Trümmern eines Flugzeuges abgebrochen, das Meldungen zufolge gestern abend über der Millionen Morgen umfassenden Branzell-Ranch abgestürzt sein soll. Die erfolglose Suche wurde in den frühen Morgenstunden abgebrochen, als die Rangers von der U. S. Air Force die formelle Bestätigung erhielten, im gesamten Gebiet sei kein Handels-, Militär- oder Privatflugzeug als verspätet oder vermißt gemeldet worden.

Edward Marcus (23), ein Student der Technischen Universität von Texas, hatte gestern abend ein brennendes Objekt gesichtet und es der Polizei von Hockley County gemeldet; seine Schwester, Silvia Marcus (19), und Steve Branzell, ein einheimischer Viehzüchter und Geschäftsmann, bestätigten die Sichtung.

Die Rangers berichteten, daß sie weder die Spuren von Trümmern noch die eines Brandes gefunden hätten. Die Luftwaffenbasis in Lubbock ließ inoffiziell verlauten, das unidentifizierte Objekt könne ein außergewöhnlich großer Meteor gewesen sein. Zu diesem Zeitpunkt gab die Basis keinen weiteren Kommentar ab.

Miß Marcus, eine Nichte Branzells, die das flammende Objekt als ›einen großen roten Feuerstrom‹ beschrieb, hat weiterhin gesagt: »Es muß eine fliegende Untertasse gewesen sein.«

2. Kapitel

Das Licht ging dem Aufstieg der rötlichen Sonne voran. Zuerst erloschen die Sterne, und der Himmel erhellte sich von Schwarz zu Blau; dann kam bleiches Sonnenlicht, und Reidel, der schon seit einiger Zeit wach lag, stand auf und sah nach Linnit.

Die junge Mutter schlief tief; ihr lockiges Haar umhüllte das hübsche, wenn auch angeschwollene Gesicht. Das Baby war nur ein roter, runzliger Fleck zwischen den alles einhüllenden Tüchern. Als Reidel die beiden wieder zudeckte, fragte Arran leise: »Was ist es?«

»Ein Mädchen, und beide sind wohlauf. Zum Glück.«

»Ach ja?« fragte Mathis, ohne sich zu rühren.

Kurz über lang, dachte Reidel, wird er mich mit seinem Spott noch dazu bringen, daß ich ihm den Mund stopfe. Er drehte dem Telempath den Rücken zu.

»Cleta, wecken Sie Linnit. Wir müssen reden und Pläne schmieden.«

»Lassen Sie sie doch wenigstens schlafen«, protestierte Cleta. »Sie kann doch nicht ...«

»Wir müssen uns alle daran gewöhnen, Dinge zu tun, die wir nicht können.« Reidels Stimme war grimmig, doch seine Hände waren sanft, als er dem kranken Mädchen aufhalf. »Bei Tageslicht könnte jemand kommen und uns hier finden, und wir sollten auf alle Eventualitäten vorbereitet sein.«

Linnit sah sich voller Panik nach ihrem Baby um, entspannte sich dann und lehnte sich vertrauensvoll an Reidels Schulter. Die anderen rückten näher an sie heran. Reidel berichtete ihnen kurz von Kesters Tod; Dionie schluchzte ein wenig, aber sonst ließ sich niemand etwas anmerken. Sie alle hatten vor zu kurzer Zeit zu viel verloren, um an noch einen Toten, einen weiteren Fremden, Trauer zu verschwenden.

»Ich schwinge nicht gern große Reden«, sagte Reidel knapp. »Hat jemand einen Vorschlag zur Sache?«

»Der Wagen, den Sie letzte Nacht gesehen haben«, setzte Cleta an. »Wir können nicht weit von der Zivilisation entfernt sein. Vielleicht ist das hier sogar ein Föderationsplanet.«

»Schon möglich, nehme ich an«, sagte Reidel. »In diesem Fall haben sie das Rettungsboot natürlich geortet, und es werden schon Suchtrupps unterwegs sein. Und sobald man uns gefunden hat, wird man uns ins erste Schiff nach Hause setzen. Aber versteift euch nicht darauf«, bat er. »Die Chance ist sehr gering.«

»Andererseits«, sagte Mathis, »wenn dieser Planet bewohnt ist, dann ist er sicher auch in den Karten verzeichnet ...«

»Nun, dann ist ja alles ganz einfach«, sagte Cleta mit triumphierendem Blick. »Wir suchen nach einem Zivilisationszentrum und fragen nach dem Botschafter der Föderation.«

»Und wenn es keinen gibt?«

»Dann erklären wir natürlich, wer wir sind und was geschehen ist, und bitten um ihre Unterstützung und Gastfreundschaft.«

»So einfach ist das nicht!« Reidels Kiefer furchte sich vor plötzlichem Zorn. »Da sind ein paar Dinge, die ihr nicht begreift. Wir befinden uns außerhalb der Dvaneth-Föderation und wahrscheinlich auf einem Gesperrten Planeten. Und einige ... nein, in Wahrheit die meisten Gesperrten Planeten stehen unter der Herrschaft oder Überwachung der *Rhu'inn*!«

Er hielt inne und zögerte fortzufahren, da Cleta fahlbleich geworden war und selbst Arran verängstigt wirkte.

»Das bedeutet, daß es kein Galaktiker auf diesem Planeten wagen wird, die Aufmerksamkeit auf sich zu ziehen. Wahrscheinlich gibt es hier einen Beobachter, aber er wird sich sehr gut getarnt haben. Wir werden vielleicht sehr lange brauchen, bis wir ihn gefunden haben!«

»Das heißt, wir sind auf uns allein gestellt«, warf Arran ein.

Reidel nickte. »Wir müssen akzeptieren, was wir hier finden, und irgendwie überleben. Wir werden uns anpassen. Wir können nicht anders; wir sind darauf konditioniert. Wir werden keine Probleme mit der Sprache haben – die haben Dvanethianer nie –, aber sonst fangen wir wirklich mit nichts an. In gewisser Hinsicht hat Linnits Baby von uns allen das meiste Glück gehabt.«

»Glück!« Linnit brach in ein wildes Gelächter aus, und Reidel starrte sie an und fragte sich, ob die Nacht voller Geburtswehen ihren Verstand zerrüttet hatte. Er ignorierte sie; etwas anderes konnte er nicht tun.

»Ja, wir alle haben Glück gehabt. Das Rettungsboot hätte in einen Ozean stürzen können. Oder an einem der Pole landen können, wo wir in der Nacht schon erfroren wären.«

»Wären wir es doch nur!« platzte Linnit heraus. »Warum habt ihr mich nicht sterben lassen?« Zitternd vor Hysterie riß sie sich von Reidel los. Der Mann fühlte sich elend vor Mitleid, aber er sah, wie Mathis schon zuckte, und wußte genau, daß er auf keinen Fall zulassen durfte, daß Linnit sie alle wieder in Aufregung versetzte. Mit einer so harten und plötzlichen Bewegung, daß Dionie scharf die Luft einsog, zog Reidel das rasierklingenscharfe Messer hervor, das er bei sich trug, und reichte es, mit dem Griff zuerst, Linnit.

»Na los«, sagte er rauh. »Schneid dir die Kehle durch. Ein hilfloses Geschöpf weniger, um das ich mir Sorgen machen muß. Wir begraben das Baby mit dir; wenn du tot bist, wird es auch nicht überleben. Na los, Linnit, worauf wartest du noch? – Aber ja, aber ja«, beruhigte er sie, als sie hilflos schluchzend zusammenbrach. Er zog sie an sich und ließ sie weinend an seiner Schulter ruhen. »Es tut mir leid, daß ich das tun mußte. Es ist jetzt alles in Ordnung. Es ist alles in Ordnung.«

Endlich erschöpft und beruhigt, schmiegte sie sich in seine Armbeuge. Cleta hatte die Augen vor Schrecken weit aufgerissen, doch Mathis nickte anerkennend, und Reidel wußte, daß er die einzige ernstzunehmende Herausforderung seines Führungsanspruchs aus dem Weg geräumt hatte. Er fragte sich, warum er soviel darum gab.

Die Sonne war jetzt aufgegangen, und es war schon fürchterlich heiß. »Wir alle sind als Kolonisten akzeptiert worden«, sagte Reidel ruhig. »Das heißt, wir wurden in Hinsicht auf Anpassungsfähigkeit ausgewählt und ausgebildet. Es gibt – auf jeder Welt – immer einen Platz für einen Menschen, der sich anpassen kann. Wir werden es schon schaffen.«

»Sitzen wir einfach hier herum und warten darauf, daß sie uns finden?« fragte Arran.

»Bevor wir nicht ganz sicher wissen, auf welchem Planetentyp wir uns befinden, können wir es nicht wagen, irgendwelche Aufmerksamkeit auf uns zu lenken. Hier ist mein Plan: Mathis und ich werden losmarschieren und feststellen, ob diese Straße irgendwohin führt. Arran wird bleiben und auf die Frauen achten. Mathis ist körperlich nicht in der Lage, allein zu gehen, aber ich kenne die Sprache nicht und wäre dadurch zu sehr im Nachteil. Wir werden zurückkommen und berichten, was wir gefunden haben ...«

»Ich bin nicht der Meinung, daß wir uns trennen sollten«, wandte Linnit ein. »Angenommen, ihr könnt nicht zurückkommen?«

»Es muß ein paar Telepathen auf dieser Welt geben«, sagte Cleta. »Können Sie sie erreichen, Mathis?«

Der Telempath schüttelte den Kopf. »Nicht einfach so aus dem Stand. Wenn ich hier von einer Menschenmenge umgeben wäre, könnte ich die Telepathen herausfinden – und sogar Kontakt mit denen aufnehmen, die keine sind. Aber nicht auf diese Entfernung, nicht ohne jede Vorbereitung.«

Reidel, der selbst kein Telepath war und nur wenig über sie wußte, verlor das Interesse an der Diskussion. Er ging zu der Stelle hinüber, an der das Rettungsboot implodiert war. Es schien unmöglich, daß nichts bis auf diese kleine Stelle verkohlten Grases übriggeblieben sein sollte. Während die anderen redeten, schlug er – schweigend und ohne Aufmerksamkeit auf sich zu ziehen – Kesters schon starre Leiche in eine Tuchbahn ein. Er hob den zerbrechlichen alten Mann mit bedächtigem Respekt hoch und trug ihn zu einem Dornendickicht.

Dort blieb er einen Augenblick lang stehen, sah zu Boden und wünschte, ihm würde eine angemessene Möglichkeit einfallen, der Leiche die Ehre zu erweisen oder die Riten auszuführen, die er auf dieser fremden Welt nicht einmal ansatzweise einleiten konnte. Kester war weit von zu Hause entfernt gestorben. Er beugte den Kopf. Um ihn herum schien plötzlich eine seltsame, eine schmerzhafte Stille zu herrschen, und Reidel fühlte plötzlich eine ungewöhnliche Anspannung. Er hatte schon oft die Gegenwart des Todes wahrgenommen, aber noch nie so wie jetzt. Sein ganzer Körper kribbelte, und er stand da, wie mit dem Boden verwachsen.

Plötzlich hörte er, daß Dionie mit schriller Stimme »Reidel!« rief, und die Anspannung zerriß. Trotz der Kälte schwitzend stellte er fest, daß er sich bewegen, ja sogar wieder laufen konnte, und er lief zu den anderen zurück.

Sie waren wie zum Schutz eng aneinander gerückt; hinter dem Zaun, gegen den Reidel letzte Nacht gelaufen war, hatte ein langgezogenes, niedriges Fahrzeug gehalten, und ein Mann kam über das Feld auf sie zu.

»Darum müssen Sie sich kümmern, Mathis«, sagte er und schob den Telempathen vorwärts.

Nur Mathis verstand die Worte, die der Fremde rief.

»Hallo, Sie da! Haben Sie Schwierigkeiten?«

Ein sofortiges Suchen im Verstand des Fremden nach Gefühlsvorstellungen. Die sofortige Übersetzung in Wortsymbole – und nach einem Augenblick antwortete Mathis dem Fremden in seiner eigenen Sprache.

Die anderen hörten zu, aber nur Cleta verstand die Worte.

Der Fremde war ein Mann in Reidels Alter, ein stämmiger junger Bursche, der Kleidung aus gewebtem braunem Stoff trug. Sein Gesicht war sonnenverbrannt, und seine Haut schälte sich ein wenig; die Züge drückten jedoch deutlich Skepsis und Überraschung aus.

Nachdem Mathis mit dem Fremden gesprochen hatte, sagte er leise im Dialekt von Dvaneth: »Er glaubt mir nicht. Aber er wird uns – nur Reidel und mich – zu einer Stadt in der Nähe bringen. Wartet hier auf uns.«

Reidel runzelte die Stirn. »Was haben Sie ihm gesagt?«

»Ich habe ihm gesagt, daß wir mit ihm gehen würden. Sie müssen mir vertrauen, Reidel, oder ich lehne jede Verantwortung ab!« Mathis' Worte beinhalteten die Spur einer Drohung. Der Telempath berührte Reidels Handgelenk, und Reidel hörte, wie eine Stimme in seinem Gehirn ganz deutlich den Befehl gab: *Holen Sie einen Schocker. Halten Sie ihn verborgen. Finden Sie einen Weg, ihn mir zuzustecken.*

Reidel tat so, als wolle er sich übers Feuer beugen, und kam Mathis' Befehl nach. Der Fremde hatte sich, ein wenig ungeduldig, zu seinem Wagen umgewandt. Als sie ihm folgten, hielt er ihnen die Tür auf. Mathis kletterte unbeholfen hinein. Reidel machte es sich neben Mathis bequem, unwillig zwar, aber noch nicht bereit, dem einzigen Menschen seiner eigenen Rasse, der allein auf dieser seltsamen Welt zurechtkommen konnte, den Gehorsam zu verweigern.

Er glaubt ... ich kann es mir nicht ganz erklären ... daß wir ihm aus irgendeinem komplizierten Grund etwas vormachen ...

Reidel drehte sich um, weil er einen Blick auf die anderen zurückwerfen wollte, aber sie waren schon außer Sichtweite.

Er hatte keine Ahnung, was Mathis beabsichtigte. Es war ihm auch ziemlich egal. Er war unglaublich müde, und er hatte durchgehalten, wo von den anderen jeder bis zu einem gewissen Ausmaß zerbrochen war. Er verspürte den überwältigenden Drang, sich auf den bequemen Polstern des Fahrzeugs auszustrecken und zu schlafen, zu schlafen ... Die gelbe Sonne blendete ihn, aber er riß sich zusammen und hielt sich aufrecht, weil er wußte, daß er irgendwie wach bleiben und darauf achten mußte, was Mathis vorhatte.

Mathis rührte sich; der Fremde sah sie an, und aus der Frage in seinem Blick wurde Furcht – denn Mathis hielt den Schocker in der Hand und hielt ihn ihm an die Schläfe. Der Fahrer fuhr in seinem Sitz herum, als wolle er sie anspringen, doch der Telempath drückte auf den

Abzug, und der Mann brach über dem Lenkrad zusammen. Schlingernd kam der Wagen zum Stehen.

Reidel sah Mathis an, als habe sich der Zwerg plötzlich in ein tödliches Reptil verwandelt.

»Was haben Sie getan?«

»Sie verdammter Narr!« sagte Mathis voller Abscheu. Und dann: »Entschuldigen Sie, ich vergesse immer wieder ... Ihr kopfblinden Nichttelepathen macht immer einen furchtbaren Aufstand, wenn schnelle Notmaßnahmen ergriffen werden müssen. Er hat nicht geglaubt, was ich ihm erzählt habe.«

»Und doch wollten Sie, daß wir ihn begleiten!«

»Wenn ich den Schocker dort benutzt hätte, wäre jemand vorbeigekommen und hätte den Wagen gesehen. Es mußte hier geschehen, denn hinter der Biegung dort – ich habe seine Gedanken gelesen, als er daran dachte – führt der Weg zu einer großen Schnellstraße, und dort hätte starker Verkehr geherrscht. Wir hätten ihn dort niemals betäuben und dann fliehen können.«

»Sie haben ihn nicht getötet?«

»Zum Teufel, nein. Halten Sie einen Moment den Mund, ja?« Er beugte sich über den Fremden und richtete sich dann wieder auf, das Gesicht weiß vor Anstrengung. »Ich bin bis tief in sein Unterbewußtsein vorgedrungen«, sagte er schwach und atmete lang und tief ein. »Der Schocker wird für eine gewisse Zeit eine Amnesie hinterlassen, doch selbst dann, wenn er über uns spricht, wird ihm niemand glauben. Sofern ich es richtig verstanden habe, wird auf diesem Planeten die Vorstellung, auf anderen Welten könnten Menschen leben, für eine Art Geisteskrankheit gehalten.« Er hielt einen Moment inne. »Es ist nur komisch, daß er mir nicht geglaubt hat«, fügte er dann nachdenklich hinzu. »Ich hatte den Eindruck, daß er ein Telepath war.«

Aber Reidel hörte gar nicht zu. *Die Vorstellung, daß Menschen auf anderen Planeten leben, ist eine Art Geisteskrankheit.* So war es also. Es war ein Gesperrter Planet, und es bestand keine Hoffnung auf Rettung. Seltsamerweise tat diese Erkenntnis gar nicht weh. Die Hoffnung hatte ihnen Schmerzen bereitet, auch die Anstrengung, sie auf einer vernünftigen Ebene niedrigzuhalten. Nun konnten sie ihre Hoffnung begraben und realistische Pläne machen.

»Es liegt an unserer Kleidung«, stieß Mathis hervor. »Nonkonformismus ist hier gefährlich.«

Das kam Reidel, der an über hundert planetare Kulturen gewöhnt war, komisch vor. Dennoch erhob er Einwände, als Mathis nach einem Moment der Konzentration auf den Rücksitz kletterte, einen Koffer hervorholte und ihn Reidel zuschob. »Darin sind Kleidungsstücke.«

»Wir sind keine Diebe!«

»Wir sind sicherer, wenn er glaubt, wir hätten ihn nur berauben wollen.«

»Sie haben ihn ganz bestimmt nicht getötet?«

»Nein, nein, nein. Dieser Schocker hat nicht mal eine tödliche Ladung! Reidel, wenn wir in Sicherheit sind, diskutiere ich die ganze Nacht mit Ihnen über Ethik; im Augenblick geht es aber ums *Überleben,* selbst wenn dies bedeutet, daß wir ihn töten müssen, und wenn wir hier herumhängen, bis er erwacht, müssen wir vielleicht genau das tun. Steigen Sie in diese Kleidung, Sie Narr! Was wird aus den anderen, wenn jemand vorbeikommt und wir noch hier sind?«

Überzeugt, aber immer noch unwillig, zog sich Reidel ein Hemd und Hosen an, die er in dem Koffer gefunden hatte. Sie paßten ganz gut. Mathis wirkte in dem anderen – viel zu großen – Anzug einfach grotesk. Der Zwerg schob seine Finger in die Taschen des Mannes und zog mehrere kleine Gegenstände heraus, aber Reidel schlug sie ihm aus der Hand.

»Hier ziehe ich die Grenze!«

Ohne mit Reidel zu streiten, hob Mathis die Gegenstände wieder auf. »*Überleben*«, sagte er grimmig und durchforstete eine Brieftasche aus rauhem Leder. »Hier benutzt man Wertmarken, keine Krediteinheiten.« Mit ruhiger Entschlossenheit suchte er eine Reihe von Scheinen aus – nicht alle –, ohne auf ihren Nennwert zu achten. Dann steckte er die Brieftasche zurück. »Sehen Sie ihn sich an«, sagte er. »Er sieht gut ernährt aus. Er hat mehr Kleidung, als er am Leib trägt. Er besitzt diesen Wagen, oder kann ihn zumindest benutzen. Wir bringen ihn nicht ernsthaft in Gefahr. Reidel, ich habe gesagt, ich würde später über Ethik diskutieren. Verschwinden wir von hier.«

Reidel sah schuldbewußt zum Wagen zurück. »Wie lange wird er bewußtlos sein?«

»Nicht halb so lang, wie es eigentlich gut für uns wäre«, grämte sich Mathis. »Bis die Amnesie nachläßt und er sich erinnert, wo er uns gefunden hat – nun, bis dahin sollten wir lieber schon irgendwo anders sein.«

Sie trotteten lange Zeit über die Straße zurück, einher zwischen gepflügten Feldern, auf denen lange Reihen von bräunlichen Stauden gepflanzt waren, von denen flauschige weiße Stoffbälle herabhingen. Der Anblick ermutigte Reidel. »Wenn sie Landwirtschaft betreiben, sind wir nicht rettungslos verloren«, sagte er. Der Wüstenstreifen, auf dem sie gelandet waren, hatte ihn mehr verängstigt, als er es sich eingestand. Einmal grinste er vor unverhüllter Freude, und Mathis, der mit gesenktem Kopf neben ihm herhinkte, hob seine blutunterlaufenen Augen, die mit Staub und Schweiß verklebt waren. »Worüber sind Sie so glücklich?«

»Ich habe eine Kuh gesehen.«

Mathis runzelte verächtlich die Stirn, aber Reidel war zufrieden; wo es Kühe gab, gab es auch andere Tiere, und wo es Tiere gab, würde er auch einen Platz für sich selbst finden.

Bislang hatten sie jedoch noch nichts gesehen, das eine menschliche Ansiedlung hätte sein können. Reidel fragte sich schon, ob es nicht klüger gewesen wäre, ihr Glück mit dem Fremden in einer Stadt oder einem Dorf zu versuchen, als Mathis plötzlich erstarrte, weil ein ratterndes Donnern hinter ihnen erklang: ein großer Lastwagen kam zum Stehen, und aus der Führerkabine rief ihnen jemand etwas zu.

Der Telempath lauschte konzentriert; es war unheimlich, wie er in den Verstand des anderen eindrang. Dann antwortete er in einer Sprache, die in Reidels aufmerksamen Ohren noch fremder als die andere klang. »Wir können getrost mit diesen Leuten fahren«, sagte er nach einem kurzen Wortwechsel zu Reidel, der zwar nichts verstanden hatte, Mathis jedoch vertraute. Er schwang sich über einen Lattenaufbau auf die Ladefläche des Fahrzeugs.

Er fand sich von Leuten und ihren mannigfachen Besitztümern umgeben, die ihm im Augenblick allerdings wie der letzte Schrott vorkamen. Da waren mehrere Kinder, ein großes Mädchen und ein alter Mann. In der Fahrerkabine teilten sich ein Mann und eine Frau, die beide nicht mehr jung waren, die Sitze mit zwei sehr kleinen Kindern.

Ohne einen Grund zu wissen, fühlte sich Reidel plötzlich besser. Die Menschen waren alle dunkelhaarig und dunkeläugig, und ihre Haut wies – wie auch die Reidels – einen Farbton zwischen Bronze und Hellbraun auf. Sie trugen lockere, grobe Kleidung, und Jungen wie

Mädchen trugen verblichene, blaue Hosen. Sie sahen die Neuankömmlinge zurückhaltend an, als sich das Fahrzeug ratternd wieder in Bewegung setzte; der alte Mann sagte höflich etwas zu Mathis, und Mathis antwortete in einer guten Nachahmung seiner Sprache. Reidel, der dem Gespräch nicht folgen konnte, hörte zu und kam sich hilflos vor.

Ziemlich abrupt bog der Wagen um eine Kurve, und sie waren da. Mathis schlug auf das Dach der Kabine, und das Fahrzeug hielt; sie stiegen ab, und zu Reidels Überraschung stiegen auch der Mann und die Frau aus.

Linnit lag noch immer im unzureichenden Schatten der dünnen Bäume. Reidel sah, daß Arran verstohlen nach einer Waffe griff. Dionie lief ihnen entgegen. »Oh, ihr wart so lange fort«, rief sie, »ich habe euch kaum in diesen Kleidern erkannt . . .«

Reidel gebot ihr nachdrücklich zu schweigen. Auf diese kurze Entfernung, und in der Gegenwart von Mathis und der telepathischen Cleta, konnten alle Dvanethianer außer Linnit – die zu schwach und erschöpft war, um den Kopf zu heben, geschweige denn zu lauschen – klar und deutlich dem Gespräch zwischen Mathis und dem Mann aus dem Lastwagen folgen. »Ihr Wagen hat also gebrannt, wie ich sehe?« sagte er.

Mathis las die geistigen Bilder des Mannes, übersetzte die Begriffe in Sprache und antwortete ruhig: »Si. Ayer por la noche.«

»Sua familia?«

Die Vorstellung einer Familie war Mathis fremd, aber man hatte ihn auf eine fast übermenschliche Anpassungsfähigkeit konditioniert. Er antwortete augenblicklich und gab die Bestätigung, die der andere erwartete.

Er wußte, was der Mann dachte: daß sie zu seinem eigenen Volk gehörten, daß sie mexikanische Gastarbeiter waren, die illegal die Grenze überschritten hatten, um auf den Baumwollfeldern zu arbeiten. Die Mexikaner hatten eine sehr genaue geistige Vorstellung von Mathis' vermeintlich mißlicher Lage. Und die Telempathen waren so anpassungsfähig, daß Mathis sie ihm im Gegenzug bildlich beschrieb – der Zusammenstoß, der ihn und seine große Familie hier hatte stranden lassen, mit einem ausgebrannten Wagen, einer kranken Frau, einem neugeborenen Kind.

Es spielte für Mathis oder seine Zuhörer kaum eine Rolle, daß er die Worte, die er benutzte, wie von einem unsichtbaren Aufzeichnungsgerät direkt aus dem jeweiligen Bewußtsein seiner Zuhörer holte. Er überzeugte sie. Als er geendet hatte, glaubte er die Geschichte beinahe selbst. Da er auch in enger telepathischer Beziehung mit den anderen stand, sprach er, als er geendet hatte, ein mexikanisches Spanisch mit einem Akzent, der sich nicht von dem des Fahrers unterscheiden ließ, und zumindest Cleta und Dionie konnten sich mit Leichtigkeit in der neuen Sprache verständigen.

»Wohin wir gehen, braucht man immer neue Hände, die kräftig zupacken können«, bot der Mann an, »und dort nimmt man es auch nicht so genau mit den Aufenthaltsgenehmigungen. Dort ist Platz genug für alle; deine Familie kann bei uns bleiben. Kommt mit uns. Wenn euch die Polizei hier findet, wird sie euch über die Grenze zurückschicken.« Er fügte hinzu, was Mathis schon wußte.

»Mein Name ist Vincente Arriagos.«

Seine Frau – sie wußten nun, daß sie seine Frau war – ging zu Linnit hinüber und kniete nieder, um das winzige, in das Tuch gehüllte Gesicht zu betrachten. »Pobrecita«, flüsterte sie und hob das Baby mit geschickten, mütterlichen Armen auf.

Cleta wollte protestieren, doch Dionie legte ihr mäßigend die Hand auf den Arm. Ein tiefgründiges Wissen, das auf der Empfänglichkeit des Empathen für Gefühle beruhte, verriet ihr, daß sie jetzt in Sicherheit waren.

Schnell hatte man Linnit auf den Lastwagen gehoben und aus den aufgestapelten Haushaltsgütern eine Matratze geholt, auf die man sie bettete. Sie drängten sich aneinander, bis alle irgendwie Platz gefunden hatten, und der Pritschenwagen fuhr davon. Nur Reidel blickte zurück, als sie sich immer weiter von dem Ort entfernten, wo das dvanethianische Rettungsboot auf die weiten, trockenen Ebenen von Texas abgestürzt war.

WELTRAUMBANDITEN LÖSEN SCHNITZELJAGD AUS

Lubbock, Texas: Die Suche der Autobahnpolizei nach zwei ›Weltraumbanditen‹, die – so ihr Opfer – ›mit irgendwelchen Strahlenpistolen‹ bewaffnet sind, ist ergebnislos verlaufen.

Edwards Marcus (23) gab eine zusammenhanglose Geschichte von sich, laut der er am Rande der gewaltigen Branzell-Ranch von zwei Männern angehalten wurde, die ›fließende weiße Roben trugen, wie die Araber‹. Er war auf eine Gruppe von etwa ›acht bis zehn‹ ähnlich gekleidete Männer und Frauen gestoßen, die gebrochenes Englisch sprachen und behaupteten, mit einem ›Raumschiff‹ abgestürzt zu sein. Sie griffen Marcus mit einer unbekannten Waffe an, die ihn bewegungsunfähig machte. Marcus beschrieb sie als ›irgendeine rote Pistole mit einer hellen gelben Flamme‹. Seinen Angaben zufolge war er zum reglosen Zuhören verdammt, während die Männer, die er als dunkelhäutig und dunkelhaarig beschrieb, seinen Wagen durchsuchten und sich in einer unbekannten Sprache unterhielten. Sie stahlen lediglich ein paar Kleidungsstücke aus einem Koffer und etwa achtzig Dollar Bargeld.

Jerry Willett, Deputy Sheriff von Whiteface, Texas, entdeckte den jungen Mann bewußtlos in seinem Fahrzeug am Rande einer Privatstraße, die zu der eine Million Morgen umfassenden Branzell-Ranch führt. Willett fuhr ihn in ein Krankenhaus in Lubbock, wo er auf seinen Schockzustand und einen Hitzschlag behandelt wurde.

Sheriff Willett berichtete, daß Marcus' Wagen zwar keine Zeichen eines Kampfes aufgewiesen habe, aber ein Koffer mit ganz normaler Wäsche durchwühlt worden sei. Marcus' Brieftasche, die auf dem Boden des Wagens lag, enthielt noch über einhundert Dollar Bargeld und mehrere Kreditkarten, die nicht angerührt wurden. Bei Routinenachforschungen wurde an der Straße lediglich ein Lagerfeuer entdeckt, das wahrscheinlich von Durchreisenden errichtet wurde.

Das Krankenhauspersonal sagte aus, keine Waffe zu kennen, die Marcus' Symptome – einen Schock, eine partielle Lähmung und milde Aphasie und Amnesie – auslösen könne. Auf die Frage, ob Marcus sich in einem berauschten Zustand befunden habe, verweigerte der Krankenhaussprecher jeden Kommentar.

3. Kapitel

Der Mann, der sich Clint Landon nannte, legte die Zeitung nieder, runzelte die Stirn und sagte ein einziges Wort.

»Dvanethianer!«

An ihrem Schreibtisch am anderen Ende des Raums hob Elizabeth Curran den Kopf. »Was haben Sie gesagt, Mr. Landon?«

»Liz, haben Sie die Zeitung gelesen – diese Story über die Weltraumbanditen in Texas?«

Liz kicherte. »Da unten verkauft man starken Schwarzgebrannten.«

»Nein, im Ernst. Was halten Sie davon?«

Liz Currans Augen wurden ernst. Sie war eine große junge Frau, keine Riesenschönheit, aber bemerkenswert gutaussehend, mit glattem dunklem Haar und lächelnden Augen. »Der übliche Mist über Fliegende Untertassen, mit einem neuen Aufhänger«, meinte sie. »Man sollte doch meinen, nach den Sputniks und all den anderen Satelliten wäre damit Schluß, aber solche Berichte tauchen immer wieder mal auf. Erst einen Tag zuvor hat man eine Untertasse in Texas gesichtet ...« Sie hielt inne und runzelte die Stirn. »Es war ganz da in der Nähe. Ich wußte doch, daß der Name bei mir was zum Klingeln bringt.« Sie schnippte mit den Fingern und drehte ein paar Zeitungen auf ihrem Schreibtisch um. »Mist! Ich wußte, ich hatte etwas vergessen, und das muß es sein. Ich habe es für Ihre Kartei herausgeschnitten.« Sie fand den Zeitungsausschnitt und gab ihn Landon. »Es tut mir leid; ich habe den Bericht über den Vertrag mit Weber Electronics erstellt, diese Sache mit den Fließbändern, und es ganz vergessen. Ja, ich habe es mir gedacht«, fügte sie hinzu. »Es ist der gleiche Name – Marcus. Ich wette, er war betrunken.«

»Die Wette könnten Sie verlieren«, sagte Landon, aber nicht unbedingt zu dem Mädchen. Er musterte die Zeitungsausschnitte, die er nebeneinandergelegt hatte, und Liz schwang ihren Stuhl herum.

»Verraten Sie mir mal etwas, ja, Mr. Landon? Aber jetzt im Ernst.«

Landon lachte. »Schießen Sie los. Vielleicht antworte ich nicht, aber fragen können Sie ruhig.«

Liz Curran musterte ihren Arbeitgeber eine Minute, ohne ihre Frage zu formulieren. Oberflächlich gesehen unterschied er sich in nichts von den anderen Geschäftsleuten im Gebäude, in der Straße, in der Stadt; doch sein Gesicht war Zug um Zug auffallend, mit starken, stolzen Knochen und einer unbestimmbaren Würde. Er war ein hochgewachsener Mann, noch nicht ganz in mittlerem Alter, mit dunklem Haar, das an den Schläfen gerade zu ergrauen begann, und er sah aus wie der kompetente und wohlhabende Mann, der er auch war, wie ein Mann, der irgendwann früher schwere körperliche Arbeit geleistet hatte.

An ihm war nichts Geheimnisvolles – oberflächlich gesehen.

Schließlich stellte sie die Frage. »Was haben Sie davon, Mr. Landon, wenn Sie all diesen schrecklichen Lügenmärchen über Fliegende Untertassen nachspüren? Sie sind ein überaus angesehener Berater für Fragen der Produktherstellung. Sie haben mehr Verträge, als Sie bewältigen können, aber ich wette – ich wette um einen Wochenlohn –, daß Sie morgen in einem Flugzeug nach Texas sitzen, um diesem Unsinn über die Weltraumbanditen nachzugehen!«

»Die Wette haben Sie verloren«, sagte Landon. »Ich fliege nicht morgen, sondern noch diese Nacht.« Dann wurde sein Gesicht hart.

»Liz, kennen Sie die Geschichte von dem jungen Schafhirten, der ›Wolf!‹ rief? Es gibt so viele Sauregurkenzeit-Storys und Falschmeldungen über Fliegende Untertassen aus dem All, daß ihnen niemand mehr Beachtung schenkt. Wenn unter all diesen Halluzinationen und Täuschungen eine wahre Geschichte steckt, könnte sie ganz leicht übersehen werden. Sagen wir es so – wenn es diese eine wahre Story gibt, will ich es wissen.«

»Ich verstehe«, sagte Liz und rief sich in Erinnerung zurück, was sie gelesen hatte. »Die Branzell-Ranch . Branzell ... ich kenne diesen Namen.«

»Es ist eine der größten Ranches in Texas«, sagte Landon, »und ihm gehört eine Zeitung. Lebt jetzt im Ruhestand, aber als er die Zeitung noch selbst herausgab, hat er ... lassen Sie mich nachdenken. Ja, ich habe eine seiner Sauregurkenzeit-Storys überprüft. Habe ihn nie kennengelernt, aber er wird sich wahrscheinlich noch an meinen Namen erinnern.«

Liz musterte ihn und konnte sich nicht entscheiden, ob sie lächeln oder die Stirn runzeln sollte.

»Ich rieche einen Werbegag. Und der Vertrag mit Apperson Electronics ist auch noch nicht im trockenen. Sie wollen doch wohl nicht nach Texas jagen, bevor Sie den unter Dach und Fach haben, oder?«

Landon trommelte schwankend mit den Fingerkuppen auf dem Schreibtisch. »Melden Sie ein Ferngespräch an«, sagte er schließlich. »Versuchen Sie, ob Sie mir Branzell ans Telefon holen können. Ich werde zuerst mit ihm reden.«

Liz nickte und nahm den Hörer ab.

Dies war nichts Neues für sie. Landon war freiberuflicher Herstellungs-Analytiker, der auf den Gebieten Produktionssteigerung bis hin zur Sonderanfertigung von Fließbändern arbeitete. Er hatte einen ausgezeichneten Ruf, war nur für beachtliche Honorare zu haben und verfaßte zwischen den einzelnen Aufträgen technische Artikel, für die bei den Fachzeitschriften eine beträchtliche Nachfrage bestand.

Doch im Gegensatz zum Geschäftsmann Landon schien der Schriftsteller Landon eine Jekyll-und-Hyde-Mentalität aufzuweisen. Unter verschiedenen Pseudonymen schrieb er gelegentlich äußerst farbige Science Fiction; und in den letzten Jahren hatte er es sich zum Hobby gemacht, Berichte über die sogenannten Fliegenden Untertassen zu verfolgen und auf ihren Wahrheitsgehalt zu überprüfen.

Liz hatte Branzell am Telefon.

»Hallo, Steve? Hier ist Clint Landon. Vielleicht erinnern Sie sich nicht mehr an mich, aber ich habe vor ungefähr vier Jahren diesen Humbug über die Fliegenden Untertassen von Canajoharie für Sie überprüft. Klingelt bei Ihnen etwas?«

»Kann man wohl sagen«, antwortete die tiefe, freundliche Stimme am anderen Ende der Leitung. »Sie haben die Burschen gefunden, die das Ding aus Altmetall zusammengenagelt hatten, und mir eine Menge Ärger erspart – gar nicht davon zu reden, daß Sie unseren Chef vom Dienst davor bewahrt haben, sich zu einem verdammten Narren zu machen. Kann ich Ihnen nun einen Gefallen erweisen?«

»Könnte schon sein. Ich habe festgestellt, daß Sie sich schon wieder in die Zeitungen gebracht haben.«

Die angenehme Stimme war plötzlich gar nicht mehr so angenehm. »Clint, diese Sichtung – sie war echt. Die Jungs von der Air Force haben sie auf den Radarschirmen gehabt; einen Meteor, sagten sie später. Wie es schon in der Zeitung zu lesen war, ich hielt es für einen Flugzeugabsturz. Ganz in der Nähe liegt ein Ausbildungsstützpunkt der Air Force, und wir dachten, ein Jet sei abgeschmiert. Es ist nur ...«

»Das meine ich nicht«, unterbrach Landon. »Ich meine die Sache mit dem Weltraumbanditen.«

Branzell fluchte so schrecklich, daß Liz am Nebenanschluß fürchtete, das Fernamt würde die Verbindung unterbrechen. »Der Junge hat etwas gesehen, Clint. Er ist immer noch im Krankenhaus. Hat ein paar ziemlich seltsame Verbrennungen.«

Landons Gesicht veränderte sich, als habe ihm jemand einen schweren Schlag in den Magen versetzt.

»Verbrennungen? Sie sagten ... Verbrennungen? Könnten das nicht Schießpulververbrennungen sein?«

»Nein, das sind ganz bestimmt keine Pulververbrennungen. Die Leute im Krankenhaus haben ihnen nicht viel Beachtung geschenkt, aber für mich sahen sie aus wie Schwefel- oder Magnesium-Verbrennungen. Verdammt seltsam.«

»Allerdings. Hören Sie, Steve, ich frage mich ...«

»Ich weiß, was Sie sagen wollen. Ich wollte auch gerade fragen, ob Sie sich noch damit befassen, solchen Dingen berufsmäßig nachzugehen.«

»Ich komme mit der Abendmaschine«, sagte Landon grimmig. »Aber ich warne Sie, Steve. Wenn das ein Publicity-Gag sein sollte, verraten Sie es mir lieber gleich. Wenn ich es als Werbegag enthülle und herausfinde, daß Sie mich hereingelegt haben, können Sie sich darauf verlassen, daß ich Ihre Sonntagsausgabe zerreiße und sie Ihnen Seite für Seite in den Mund stopfe.«

»Wenn man Sie hereingelegt hat, dann mich genauso«, sagte Branzell hitzig, »und wenn Sie herausfinden, daß einer meiner Redakteure einen Narren aus mir macht, dann findet er sich auf der Straße wieder. So oder so komme ich für Ihre Unkosten auf – das ist es mir wert, auch wenn sich nur herausstellen sollte, daß alles ein schlechter Scherz war.«

»Wir sehen uns heute nachmittag«, sagte Landon und hing auf. Liz legte ihren Nebenapparat ebenfalls auf und sah ihren Arbeitgeber bestürzt an. »Was ist mit dem Apperson-Vertrag?«

Landon sah besorgt aus. »Ich kann nichts daran ändern. Hören Sie, Liz – ich kenne Branzell, und ich glaube nicht, daß er sich einen Scherz erlaubt. Es kann natürlich sein, daß ihm jemand einen Bären aufbindet, aber das Risiko müssen wir eben eingehen. Reservieren Sie mir einen Flug auf der Nachmittagsmaschine. Ich gehe packen.«

Liz Curran legte die Hände auf die Hüften. Ihre dunklen Augen sprühten Funken.

»Und Sie jagen bis nach Texas«, platzte sie schließlich heraus, »nur um ein paar Spinner zu entlarven? Na ja, ich hoffe nur, daß Sie diese Lügengeschichte ein für allemal klären.«

»Glauben Sie mir«, sagte Landon mit tief empfundenem Nachdruck, »das hoffe ich auch.«

Sie starrte ihn mit offenem Mund an. »Das ... *hoffen* Sie auch?«

»Ja«, sagte Landon hart. »Denken Sie doch nur mal eine Minute über die Alternative nach.«

Er ging hinaus, und sie sah ihm sprachlos nach.

Landon stieg zwei Treppenfluchten zu seiner Wohnung hinauf, wo er sein ruhiges, berufsmäßiges Gehabe wie Hut und Mantel ablegte. Nun wirkte er verkrampft und grimmig. Er schloß die Tür sorgfältig ab und legte eine schwere Sicherheitskette vor. Eine antike Uhr schwang auf einem Zapfen herum und enthüllte ein dünnes Blatt aus einer glasartigen Substanz, das ein Spiegel hätte sein können, aber nichts außer der eigenen komplexen kristallenen Struktur reflektierte.

Einschließlich des Telempathen Mathis, der momentan in einer schrottreifen Klapperkiste durch Nordtexas fuhr, hätten auf diesem Planeten genau fünf Leute den Apparat als das erkannt, was er war. Landon stand davor, eine Statue aus angespannter Konzentration, bis tief im Schirm eine winzige Nadelspitze aus Licht aufleuchtete.

Der Mann, der die Nachricht empfing, hatte Landon seit dreißig Jahren nicht mehr gesehen – und er würde ihn auch nie wiedersehen. Physisch befand er sich irgendwo in Nordindien. Übersetzt hätte ihr Gespräch etwa folgendermaßen gelautet, hätte man es in Worte gefaßt:

– Vialmir hier.

– Clannon/Landon berichtet. Einige Freunde von zu Haus (er bedachte die Worte mit dem gesamten telepathischen Symbolwert, den sie eben noch verkraften konnten) *sind möglicherweise in dieser Hemisphäre gelandet. Ich habe gerade einen Bericht erhalten, der darauf schließen läßt, daß jemand mit einem kleinkalibrigen Schocker angegriffen wurde.*

– Von Rechts her dürfen sich keine Schiffe in diesem Zeitsektor aufhalten.

– Erinnern Sie sich an den Meteor letzte Nacht? Ich hatte einen Ausschlag auf dem Photonenumwandlungsband. Nur ein Zittern, ein Tänzeln, aber auf diesem Planeten findet keine natürliche Photonenumwandlung statt. Es muß eine Implosion gewesen sein.

– Das würde eine illegale Landung bedeuten; dieser Planet ist gesperrt.

– Ja, oder es könnte ein abgestürztes Rettungsboot gewesen sein. Auf jeden Fall muß ich der Sache nachgehen. Bleiben Sie in Bereitschaft – und wünschen Sie mir Glück.

– Sie werden es brauchen, Clannon.

Clannon, oder Landon, grinste bitter. Er schloß das Zifferblatt der Uhr wieder und fing an zu packen.

Liz hatte mit den Reservierungen Glück gehabt. Um drei Uhr Nachmittags war Landon in Lubbock und wurde vorbei an Redaktionsbüros, in denen sich die Menschen drängelten, und großen Räumen, in denen die Druckmaschinen donnerten, zu einem ruhigen Konferenzraum geführt. Als er eintrat, erhob sich ein großer, unglaublich dünner Mann mit einem blonden, ungebändigten, noch nicht ergrauten Haarschopf, und reichte ihm die Hand. »Landon? Nett, Sie kennenzulernen.«

Als sie sich setzten, musterte Landon den Mann knapp. »Ich dachte, nach dieser Canajoharie-Sache wären Sie sauer auf mich, Steve. Ich habe Ihnen eine gute Story für die Titelseite verdorben.«

»Nur eine wahre Story ist auch eine gute Story«, sagte Branzell und fixierte Landon. Sein scharfer, durchdringender Blick hielt dem des anderen Mannes stand. »Das wollen wir von vornherein klarstellen. Wenn eine Story getürkt ist, will ich es wissen, bevor sie gedruckt wird, und nicht hinterher.«

Landon nickte zufrieden. Er merkte es normalerweise, wenn man ihn anlog. »Gut. Haben die Zeitungen Sie also richtig zitiert oder haben die Reporter etwas falsch verstanden? Haben Sie es wirklich gesehen?«

»Ich sah eine Feuerspur, die alles mögliche hätte sein können. Ned – der junge Marcus – fuhr hinaus und wollte der Sache nachjagen, aber zum Teufel, mir gehören über eine Million Morgen, und überall wachsen Mesquitebüsche und Strauchkiefer.«

»Und Meteore brennen aus, bevor sie den Boden erreichen, falls es ein Meteor war. Aber diese Sache mit dem Weltraumbanditen?«

Branzell beugte sich vor und ballte die Fäuste. »Landon, *irgendwas* ist diesem Jungen zugestoßen. Er war auch nicht betrunken. Ich habe nie erlebt, daß er mehr als eine Dose Bier getrunken hat.«

»Er wohnt bei Ihnen?«

»Nicht die ganze Zeit über«, sagte Branzell. »Diesen Sommer. Irgendwer kam auf die Idee, daß es auf der Ranch Uranvorkommen geben könnte, und mir gefiel die Vorstellung nicht, ein geologisches Gutachten in Auftrag zu geben. Aber Ned – mein Neffe – war gerade mit der Ingenieurschule fertig, und so machte ich ihm einen Vorschlag. Er sollte mit einem Geigerzähler über das Land gehen und die Bodenformationen untersuchen – oder was auch immer man da tut. Hätte er etwas gefunden, hätte ich ihm einen fetten Bonus gegeben.« Er lachte geringschätzig. »Ich fürchte, keiner von uns hat es ganz ernst genommen.«

»Wurde er schlimm verletzt?«

»Er war hauptsächlich benommen. Schien mich kaum zu erkennen, als ich ihn im Krankenhaus besuchte.«

Das stimmte mit dem überein, was Landon über Schocker wußte. Aber über kurz oder lang mußte er sich den Jungen einmal persönlich ansehen; ein Blick auf die geheimnisvollen ›Verbrennungen‹, und seine Theorie würde sich als richtig oder falsch erweisen.

Branzell erzählte ihm, Marcus sei heute morgen aus dem Krankenhaus entlassen worden. »Sie können natürlich mit mir zur Ranch zurückfahren. Ich leihe Ihnen einen Wagen, und Sie können die Nachforschungen von dort aus betreiben.«

Als sie unterwegs waren, sagte Landon: »Steve, ich

frage es nicht gern. Aber – würde der Junge Ihnen einen Streich spielen? Nur einen dummen Jungenstreich vielleicht, der gar keinen Schaden anrichten soll?«

Branzell hielt die Augen auf die Straße gerichtet. »Aus dem Stegreif würde ich es nicht für möglich halten«, antwortete er langsam, aber Landon spürte, daß er etwas verschwieg.

»Hören Sie, Steve, ich will Sie nicht beleidigen, aber da ist etwas, das Sie mir nicht sagen.«

Branzell sah ihn immer noch nicht an. Seine Hände zitterten obwohl er das Lenkrad gepackt hielt. »Es klingt einfach verrückt.«

Landon hielt seine Stimme ganz nüchtern. »Was es auch ist, Steve, ich habe schon Verrückteres gehört.«

»Ja«, sagte der ältere Mann unsicher und schluckte. »Sie begegnen ja vielen Irren. Na gut, glauben Sie mir oder glauben Sie mir nicht. Sylvia – meine Nichte –, Sylvia hat den verdammten Meteor, oder was immer es war, *vorausgesagt.* Zwanzig Minuten, bevor er aufschlug, schickte sie uns hinaus, damit wie auch ja auf ihn achteten. Am nächsten Morgen schickte sie Ned los und ließ ihn die Privatstraße abfahren, genau die, an der diese .. diese Leute ihn aufgehalten haben.«

Landon enthielt sich einer Antwort. Er hatte keine. Entweder sagte Branzell die Wahrheit, oder er war ein ausgezeichneter Schauspieler. Auf jeden Fall zog Landon es vor, vorerst noch kein Urteil zu fällen.

Branzell bog in eine Privatstraße ein, deutete auf den Punkt, wo der Sheriff Marcus in dessen Wagen gefunden hatte, fuhr dann noch ein paar Meilen, lenkte den Wagen an den Straßenrand und hielt an.

»Das ist die Stelle, wo er sie gefunden hat. Der Sheriff sagt, jemand habe hier kampiert. Ich stelle BETRETEN VERBOTEN-Schilder auf, aber die lassen sich einfach nicht ...« Branzell drückte plötzlich die Wagentür auf und stieg aus.

»Was ist in Sie da drüben gefahren?« rief er. »He, Sie da, sehen Sie nicht, daß dieses Gelände eingezäunt ist?«

Es raschelte, und ein junger Mann kam aus einem Mesquitedickicht. Er trug Jeans und Fallschirmspringerstiefel, und an seiner Hüfte baumelte ein kastenförmiger Apparat. Branzell zog die Augenbrauen hoch, als er ihn sah, und Landon verkrampfte sich vor Anspannung, als er das Gerät erkannte; es war ein kostspieliger Geigerzähler.

»Es ist Marcus«, sagte Branzell, und dann, an den Jungen gewandt: »Großer Gott, Ned, ich habe dir doch gesagt, daß du es ein paar Tage ruhig angehen lassen sollst.«

Marcus antwortete nicht. Schwankend machte er einen Schritt und dann noch einen, und plötzlich stieß Landon die Tür an seiner Wagenseite auf, duckte sich mit einem Satz unter den Zaun hinweg und lief auf den Jungen zu.

»Er ist krank, irgendwas stimmt hier nicht«, sagte er eindringlich. Branzell tauchte unter dem Drahtzaun hinweg und lief auf sie zu.

»Was ist los mit dir, Ned?« fragte er.

Ned Marcus stützte sich mit den Händen auf dem Zaunpfahl ab und lehnte sich schwer darauf. Sein Gesicht wies eine ungesunde, schmutzigweiße Farbe auf. Er japste nach Luft, schluckte schwer und brachte endlich ein paar Worte hervor.

»Steve, ich ... ich schätze, du holst den Sheriff lieber nochmal. Da drüben liegt ein Toter im Unterholz!«

4. Kapitel

Am Nachmittag des nächsten Tages holte Landon Liz Curran am Flughafen ab; und auf dem Rückweg zur Branzell-Ranch erläuterte er ihr die Ereignisse, die der Entdeckung der Leiche gefolgt waren.

Branzell war zum Sheriff gefahren; Landon und Marcus waren an der Fundstelle zurückgeblieben und hatten einander eine lange halbe Stunde angestarrt, bis der Rancher mit der Polizei zurückgekommen war. Nach einiger Zeit erlaubten ihnen die dazugekommenen Ranger, näherzutreten und einen Blick auf die Leiche zu werfen, und Landon hatte den Schock seines Lebens bekommen.

Ein Blick, und seine Zweifel waren verschwunden.

Er hatte den Toten natürlich nicht persönlich gekannt. Aber der starke rassische Einschlag, dem seinen nicht unähnlich, das schwach schimmernde Tuch, in das man die Leiche eingehüllt hatte, die Art, wie das tote Gesicht verhüllt war – dieser Mensch war nicht auf der Erde geboren worden.

Benommen und starr stand er daneben, während sie die Leiche untersuchten. »Mexikaner, schätze ich. Sehen Sie, seine Brust ist eingedrückt.«

»Was wird jetzt geschehen?« fragte Landon.

»Der Leichenbeschauer wird eine Autopsie durchführen«, sagte der Sheriff dickfellig. »Wir werden ihn aber kaum identifizieren können. Noch ein illegaler Einwanderer. Irgendein Name auf dem Totenschein, bei Ankunft verschieden, und der Staat muß schon wieder für ein Begräbnis aufkommen.«

Landon empfand eine seltsame Erschütterung, als er auf den Alten hinabsah. Ob er nun, wie Landon annahm, ein gelehrter und gebildeter Mensch einer Zivilisation war, die jedwedes Verständnis des Sheriffs bei weitem überstieg, oder ob er nur war, wofür die anderen ihn hielten – ein alter Landstreicher, ausgestoßen und verlassen –: er hatte die Würde des Alters und des Todes, und Landon protestierte impulsiv.

»Verschaffen Sie ihm ein anständiges Begräbnis. Ich komme für die Unkosten auf.«

Branzell und Marcus starrten ihn an, als hätte er den Verstand verloren. Dann runzelte auch der Polizeibeamte die Stirn, musterte ihn und klappte den Mund auf.

»In den letzten drei Tagen bin ich dreimal hier draußen gewesen«, sagte er, »und diesmal wäre ich, zum Teufel, beinahe gar nicht gekommen, weil ich dachte, es wäre schon wieder ein ...« Sein Ausdruck war nicht druckreif. »Hören Sie, hier geht es nicht um einen Unfall mit Fahrerflucht. Jemand hat ihn bis auf die Haut ausgezogen und in ein Bettlaken gehüllt – verdammt gute Qualität übrigens –, und ihn dann in dem Busch da versteckt. Also, nur der Form halber, wer von Ihnen hat ihn überfahren? Und warum haben Sie diese verrückte Weltraumbanditen-Story aufgezogen? Das ist fahrlässige Tötung, und ich werde der Sache auf den Grund gehen.«

Als er durch den sonnenhellen Nachmittag fuhr, Liz' erwartungsvolles Profil ihm zugewandt, wünschte sich Landon, er könne sich ihr anvertrauen. Aber er konnte nur sagen: »Natürlich war es kein Problem für mich zu beweisen, daß ich in New York war, als der alte Mann starb. Aber Branzell hatte es nicht so leicht.« Trotz seiner Besorgnis mußte er lächeln, als er daran dachte; Branzell war es nicht gewohnt, Rechenschaft darüber abzulegen, wo er sich aufgehalten hatte, und es hatte ihm ganz und gar nicht gefallen, als man ihn danach gefragt hatte.

Dann wurde er wieder ernst.

»Ich mag ihn, Liz. Und vielleicht steckt er wirklich in Schwierigkeiten.«

»Dann glauben Sie, daß die Leute, die Marcus gesehen hat, vielleicht die wahren Mörder sind?«

»Ich glaube nicht, daß es überhaupt einen Mord gegeben hat«, sagte Landon und verfiel in ein dumpfes Schweigen.

Er kam sich für seine Aufgabe überwältigend schlecht gerüstet vor. Seit er auf der Erde stationiert war, waren seine Pflichten fast lediglich nominell gewesen: Er mußte die Augen offenhalten und dann und wann einen Bericht abfassen. Die Bedrohung durch die Rhu'inn war in diesem Teil der Galaxis zu akut, um durch häufige Kommunikation die Aufmerksamkeit auf einen bestimmten Planeten lenken zu dürfen. Es gab Tausende von Möglichkeiten wie diese, für die er keine genauen Instruktionen hatte. Er konnte nach eigenem Gutdünken verfahren, vorausgesetzt, er gab die Geheimhaltung nicht auf oder vernachlässigte seine eigentliche Aufgabe auf der Erde.

»Liz«, sagte er, »ich möchte, daß Sie sich jede Zeitung vornehmen, die in Texas erscheint. Tägliche Stadtzeitungen, aber auch die wöchentlich erscheinenden Kleinstadtblätter. Durchkämmen Sie sie auf alles Ungewöhnliche – alles, was Sie irgendwie stutzig macht.«

»Fliegende Untertassen?«

»Oder alles andere.«

»Und was werden Sie nun tun?«

»Ich würde es Ihnen nur zu gern sagen, wenn ich es wüßte, Liz«, meinte Landon und verfiel erneut in grimmiges Schweigen.

Denn wenn ich es Ihnen sagen könnte, hieße das, ich wüßte, was jetzt zu tun ist.

Aber er wußte nur eins – eine erschütternde Tatsache. Ein Rettungsboot der Dvaneth-Föderation war gelandet und implodiert. Es hatte Überlebende und einen Toten gegeben. Aber wohin waren sie gegangen? Was konnten sie tun?

Eigentlich konnten sie nur eins tun; in den Planeten eintauchen und warten, bis sich die Wellen über ihren Köpfen nicht mehr kräuselten, wie er es auch getan hatte. Je länger er die Suche nach ihnen noch hinausschob, desto unwahrscheinlicher wurde es, daß er sie jemals fand. Es würde immer schwieriger werden, sie von den Erdenmenschen zu unterscheiden, wenn sie sich dieser Welt anpaßten.

Aber gerade am Anfang unterliefen ihnen vielleicht ein paar Fehler, und die würden ihn auf ihre Spur bringen.

Er setzte Liz ab und fuhr zu einem großen Elektrowaren-Handel. Dann überlegte er es sich besser und fuhr zu einem großen Versandhandel weiter, wo er einen taschengroßen Geigerzähler, Fabrikat ›Snooper‹ der Firma Geiger-Muller, kaufte. Das Gerät war nicht besonders empfindlich, würde jedoch messen, wonach er suchte – falls es etwas zu messen gab.

Er fuhr allein die Straße zur Ranch entlang, stellte den Wagen ab, schlüpfte durch den Zaun und suchte nach den Feuerspuren. Ja, jemand hatte hier kampiert. Zentimeter um Zentimeter suchte er den Boden ab, und schon nach kurzer Zeit wurde seine Sorgfalt von einem zerknüllten Etwas aus einem Material belohnt, das für Papier zu dick und für Plastik zu dünn war. Landon rieb es mit den Fingern glatt. Es ertönte ein surrendes Geräusch, und eine Stimme sprach mehrere dvanethianische Silben. Offensichtlich war dieser Fetzen der Tonbandhülle der Vernichtung entgangen, die das dvanethianische Recht für alle Gegenstände auf nicht der Föderation angehörigen Planeten verlangte, oder aber, die geheimnisvollen Überlebenden hatten das Gesetz einfach ignoriert. Landon steckte den Fetzen ein, um ihn später zu verbrennen; er konnte nur von Glück reden, daß der Sheriff ihn nicht gefunden hatte.

Er suchte weiter, fand aber nichts mehr. Der Geigerzähler tickte leise vor sich hin; er gab das Hintergrundrauschen wieder, aber nicht mehr, und Landons Frustration wuchs. Der Implosionsort konnte nicht weit entfernt sein; zumindest der Mann mit dem zerschmetterten Brustkorb konnte nicht sehr weit gekommen sein.

Wenn er Glück hatte, konnte die Reststrahlung ihn noch zum Implosionsort führen. Er konnte kaum acht oder zehn Quadratmeilen Büffelgrasland zu Fuß abschreiten. Eigentlich hätte er ein hochempfindliches Meßgerät benötigt, doch das konnte man nicht in der Jackentasche mit sich führen.

Ein Geräusch im Unterholz ließ ihn innehalten und den Geigerzähler in die Manteltasche stecken. Aus den Mesquitebüschen kam Ned Marcus.

»He, das ist ja eine Überraschung«, sagte Marcus. Aber er klang nicht gerade erfreut.

»Jagen Sie Ihre Weltraumbanditen?«

»Die Polizei ließ mich gehen, als das Krankenhaus meine Geschichte bestätigte. Ich kam zurück, um zu sehen, was ich hier finden kann. Steve Branzell sitzt im Gefängnis. Oder haben Sie das nicht gewußt?«

»Doch, ich weiß es. Ich glaube, wir beide suchen nach der gleichen Sache«, sagte Landon ziemlich grimmig. Er hatte gerade festgestellt, daß er Ned Marcus' Gedanken nicht lesen konnte.

Landon war kein guter natürlicher Telepath. Doch wie alle Dvanethianer hatte er eine gewisse Erfahrung; normalerweise konnte er mit einiger Anstrengung die Gedanken eines nichtsahnenden Gegenübers lesen.

Aber Ned Marcus hatte, wie viele andere Menschen

auf diesem übervölkerten Planeten, auf dem sich Stadt an Stadt reihte, ausgezeichnete Schutzmaßnahmen gegen unterbewußtes Gedankenlesen von Passanten entwickelt. Menschen, die die Existenz der Telepathie nicht offiziell anerkannten, wiesen oftmals die besten natürlichen Verteidigungsmaßnahmen gegen sie auf, wie Landon herausgefunden hatte. Und in seltenen Fällen hatten einzelne Menschen wie Marcus eine perfekte natürliche innere Barriere.

Landon nannte es Wechseldenken – man richtete seine Gedanken schnell auf stets neue, zusammenhängende Themenkreise, so daß ein gewöhnlicher Telepath, der keine Spezialausrüstung verwendete, keinem einzigen dieser Gedanken folgen konnte, ohne sich zu verraten. Da Landon nicht willens war, sich zu verraten, gab er den Versuch auf.

Marcus hatte den Geigerzähler vor der Brust hängen. Es war ein kostspieliges Gerät mit empfindlichen Meßstäben und einer besonderen Vorrichtung für das Messen im Erdreich, genau die Art Instrument, die Landon gewollt, aber nicht zu mieten oder kaufen gewagt hatte; die Einzelhandelsgeschäfte führten normalerweise genau Buch über den Verkauf solcher empfindlichen, kostspieligen Geräte, und scheinbar hatte Landon keinen wirklichen Grund, sich solch ein Gerät zuzulegen.

»Sie glauben nicht an Fliegende Untertassen, oder?« fragte Marcus feindselig.

»Ich glaube, was ich sehe«, wich Landon aus.

»Und Sie meinen, wenn Sie sich hier lange genug umschauen, werden Sie eine sehen?«

»Hören Sie doch mit dem Unsinn auf«, sagte Landon. »Ich bin aus dem gleichen Grund wie Sie hergekommen – denke ich mir jedenfalls. Ich will sehen, was ich herausfinden kann, um Ihre Weltraumbanditen-Story zu bekräftigen, oder ob Sie nur über einen gewöhnlichen Mord gestolpert sind, oder was hier geschehen ist. Spüren wir der Sache doch gemeinsam nach.«

»Für den Moment kaufe ich Ihnen das ab«, sagte Marcus. »Mein Wagen steht da drüben, und ich habe ein paar Dosen Bier in einer Kühltasche. Gehen wir zurück und trinken etwas.«

Landon folgte ihm. Er war sich des unterdrückten Klickens seines kleinen Geigerzählers genau bewußt. Obwohl das Geräusch durch den Mantelstoff gedämpft wurde, klang es wie das ziemlich laute Zirpen einer Grille. Doch Marcus schien es nicht zu bemerken. Sie erreichten den abgestellten Wagen, und Marcus griff über den Sitz, um eine tragbare Kühltasche herauszuholen, während Landon herumschlenderte, um über das schier unermeßlich weite Land zu schauen, das er von dem kleinen Erdhügel überblicken konnte.

Klick. Klick. Klick-klick-klick ...

Das plötzliche Rasen des versteckten Geräts klang in Landons Ohren wie eine Kesselpauke, doch Marcus schien es nicht zu hören; er stöberte im Handschuhfach, fand einen Öffner, stieß ein Loch in die Bierdose und reichte sie Landon. Weißer Schaum sprudelte hervor. Dann öffnete er noch eine.

»Danke.« Landon hob die Dose und trank, aber Marcus tippte sich an den Kopf und lauschte.

Klick-klick-klick-klickklick.

»Was, zum Teufel ...« Landon taumelte zurück, als ihm die Dose aus der Hand geschlagen wurde; mit einem heftigen Ruck stieß Marcus eine Hand in seine Manteltasche und riß den Geigerzähler heraus. »Hab ich's mir doch gedacht!« Er schleuderte das Gerät zu Boden, wo es leise vor sich hin klickte. »Klugscheißer!«

»Ich kann es erklären . .«

»Sie sind gut, wenn es ums Erklären geht!« Marcus warf ihm einen wütenden Blick zu. »Die Frage ist nur, ob ich Ihnen glaube! Gehören Sie zu einer der großen Förder- oder Verarbeitungsgesellschaften? Das allein würde Sinn ergeben. Sie versuchen, die Schürfrechte zu kaufen, bevor Branzell erfährt, was eine Lizenz wert ist! Und Sie haben diesen Unsinn mit der Fliegenden Untertasse aufgezogen, um ernsthafte Investoren abzuschrecken!«

Landon lachte.

»Wenn Sie sich das Ding ansehen, werden Sie feststellen, daß ich damit kaum auf Erzsuche gehen kann. Es ist nur ein Spielzeug.« Er bückte sich, um es aufzuheben, doch Marcus trat es mit einem heftigen Stoß außer Reichweite. Es hörte auf zu klicken.

Landon hielt den Jungen wachsam im Auge und fragte sich, ob er sich mit ihm schlagen mußte. »Das klingt, als hätten Sie einen Fund gemacht – und Angst davor, daß auch ich die Hand aufhalte. Reden wir offen miteinander. Sie arbeiten für Branzell, ich nicht. Sie würden bezahlt, wenn sich hier etwas findet, ich nicht. Aber es gibt kein Gramm Uran hier.«

Marcus blickte ihn nur finster an. »Sie hätten gern, daß ich Ihnen das glaube, was? Ich frage mich, ob das FBI nicht interessiert sein könnte.«

Landon dachte schneller, als er in all seinen Jahren auf der Erde je gedacht hatte. Er *mußte* eine wissenschaftliche Untersuchung dieses Gebietes verhindern. Ein Junge, frisch von der Schule, mit einem Geigerzähler: das war eine Sache; eine Gruppe Profis, die die Gegend durchkämmten, war eine ganz andere.

Marcus kam drohend auf ihn zu.

»Ich weiß noch nicht, was Sie vorhaben, Landon – aber, zum Teufel, es gefällt mir nicht. Fliegende Untertassen – da lachen ja die Hühner!«

Allmählich stellte sich bei Landon der Eindruck ein, daß er den Jungen sogar unterschätzt hatte. Körperlich war er Marcus nicht gewachsen, sollte es zu einem Kampf kommen, und auf keinen Fall durfte er Ärger riskieren. Seine ganze sorgfältig aufgebaute Identität als Clint Landon beruhte auf der Annahme, daß man nahezu allen geheimen Unternehmungen und Studien nachgehen konnte, solange man sich um seine eigenen Angelegenheiten kümmerte, die Steuern bezahlte, sich von Kriminellen fernhielt und keinem Verbrechen zum Opfer fiel. Aber sein Lebenslauf würde keiner genauen Nachforschung standhalten, und der geringste Hauch von Publizität wäre im Moment eine Katastrophe.

Der Tote war kein schlüssiger Beweis, daß die Überlebenden harmlose, gestrandete Dvanethianer waren. Rhu'inn hätten einen unglücklichen Gefangenen oder ein Unfallopfer benutzen können – sie setzten ihre menschlichen Opfer skrupellos ein –, um einen Beobachter von der Spur abzubringen. Koste es, was es wolle, er mußte sich seine Bewegungsfreiheit erhalten. Und das bedeutete, daß er ein geradezu verzweifeltes Risiko eingehen mußte.

»Ich weiß, was Sie gefunden haben«, sagte er. »Diesen angeschwärzten Fleck dort drüben.«

Marcus wandte den Kopf ein Stück und musterte Landon mit düsterem Mißtrauen. »Ich habe ihn gesehen.«

»Haben Sie eine Bodenprobe entnommen? Sie wissen, daß mein kleiner Tick-Tack dazu nicht imstande ist. Ich kann Ihnen genau sagen, was Sie finden werden.«

»Weil Sie es selbst dort versteckt haben?«

»Seit der Erfindung des Geigerzählers bin ich nicht mehr in Texas gewesen«, sagte Landon müde, »und das kann ich beweisen.«

Marcus zögerte, und Landon nutzte seinen Vorteil aus.

»Ich weiß, wodurch diese Stelle entstanden ist. Sie werden einen kleinen Kreis aus verkohltem Gras finden, umringt von radioaktivem Kohlenstoff. Innerhalb des Kreises werden Sie ein paar Unzen schweren, rötlichen Staub finden. Er wird Ihren Geigerzähler wie wild zum Ticken bringen, aber Sie können sich etwa fünf Minuten mit ihm abgeben, ohne sich die Finger zu verbrennen; danach wird Ihre Haut Blasen schlagen. Der Wind kann den Staub nicht verstreuen; er ist superschwer. Und wenn Sie ihn zu Fachleuten bringen«, – er legte eine Pause ein – »wird man Ihnen sagen, daß es ihn gar nicht gegeben hat, und das ganze Gebiet wird unter militärische Überwachung gestellt.«

»Ich verstehe nicht ...«

»Und ich werde es Ihnen jetzt nicht erklären, weil Sie mir nicht glauben würden.« Landon wog seine Chancen ab. Wenn sein Plan nicht aufging, mußte er Marcus vielleicht töten – und verschwinden. Er mußte ein Leben gegen das von Millionen abwägen, die sterben mußten, wenn die Rhu'inn auf einen Planeten dieser Größe losgelassen wurden. Marcus spielte keine Rolle, und er, Landon, auch nicht. Aber er durfte nicht zuviel verlangen. »Mein Gerät funktioniert nicht mehr, dafür haben Sie ja gesorgt. Dafür schulden Sie mir übrigens dreißig Dollar. Also werden Sie es finden.«

Marcus blickte auf ihn hinab, und Landon hätte zehn Jahre seines Lebens gegeben, um an seinem Wechseldenken vorbeizukommen. Schließlich schwang der Junge den Geigerzähler über die Schulter.

»Sie haben gewonnen. Aber wenn ich es finde – *falls* ich es finde –, sollten Sie lieber eine Story parat haben, die ich Ihnen glauben kann, oder ich lasse innerhalb einer Stunde das FBI aufmarschieren.«

5. KAPITEL

Die Sonne blendete Reidel; er bewegte sich langsam die Reihe entlang, schleifte den schweren Baumwollsack hinter sich her und pflückte jede Pflanze mit automatischen Bewegungen.

Er war jetzt dunkelhäutiger, gebräunt von der ungewohnten Sonne. Obwohl die Arbeit mühsam war, machte sie ihm nichts aus. Der Anpassungsprozeß hatte bei Reidel am schnellsten gearbeitet; er war zwar nicht dumm, hatte aber kaum Phantasie. Er war damit zufrieden, die Probleme von morgen auch morgen zu lösen, und er begrüßte die körperliche Härte der Arbeit, die einem keine Zeit ließ, seinen Gedanken nachzuhängen, Bedauern zu empfinden oder Hoffnungen zu heben, die man momentan besser zur Seite stellte.

Die Sonne war fast untergegangen. Einer nach dem anderen kamen die Pflücker auf dem Feld nun die langen Reihen hinauf, und Reidel ging zu Mathis, um ihm zu helfen, die schweren Säcke zu wiegen. Zuerst war er außer sich gewesen, als Foster, der Besitzer, der sie kaum eines Blickes gewürdigt hatte, als sie mit Vincente bei ihm aufgetaucht waren, Mathis als Wiegemeister eingestellt hatte. Aber es ergab Sinn – eine körperlich nicht so schwere Aufgabe, die jedoch Vertrauenswürdigkeit und Intelligenz erforderte.

Reidel wußte, daß Mathis mit seinen einschmeichelnden telempathischen Fähigkeiten einen Eindruck von Vertrauenswürdigkeit hervorrief. Unter dieser Voraussetzung war es nur natürlich gewesen, daß Foster ihm den Posten anbot, und Mathis hätte sicher Verdacht erregt, hätte er abgelehnt, statt zu akzeptieren.

Dionie kam zum Lastwagen, und Reidel runzelte besorgt die Stirn. Ihr Gesicht war wieder gerötet. Nach dem ersten Tag auf den Feldern war sie sehr krank gewesen und hatte mit Fieber niedergelegen. Ihre Haut schälte sich immer noch in großen Flocken. Reidel hatte natürlich noch nie einen akuten Sonnenbrand gesehen, er wußte nicht, woran sie litt.

Cleta hob als letzte in der Reihe der Pflücker einen Sack hoch, der viel zu schwer für sie war. Sie zog die groben Baumwollhandschuhe aus, die alle Pflücker trugen, faltete sie, strich sie glatt und steckte sie in die Tasche ihrer groben, verschossenen Männerjacke. Ihre schlanken Finger waren aufgesprungen, ihr wunderschöner Teint durch Wind und Sonne gebräunt, und ihr Haar, das ehemals wie gesponnene Seide ausgesehen hatte, war mit bräunlichen Streifen durchsetzt, aber sie stand mit der gleichen selbstbewußten Würde da, die sie auch auf einem Ball des Planetaren Rates an den Tag gelegt hätte.

Reidel ging zu ihr. »Cleta, Sie übertreiben es«, sagte er. »Morgen bleiben Sie besser im Haus und sehen nach Linnit.«

Ihre dunklen, ernsten Augen sahen an ihm vorbei. »Linnit braucht mich nicht, und ich will nicht verhätschelt werden. Kümmern Sie sich um Ihre eigenen Angelegenheiten.«

Er fuhr auf dem Absatz herum und ging. Er hätte sie erwürgen können. Hätte sie sich jemals vor einer Aufgabe gedrückt oder sich beschwert – das hätte er ertragen können.

Foster fuhr davon; der Lastwagen mit der Baumwolle rumpelte und schwankte. Die Pflücker, die in den Hütten wohnten, kletterten auf Vincentes Klapperkiste von Kleinlaster.

Die beiden kahlen Hüttenräume, die man ihnen zugewiesen hatte, kamen ihnen nun trotz des Schmutzes vertraut und heimisch vor – die wackligen Betten, die mit fadenscheinigen, abgenutzten Laken bedeckt waren, die gebrauchten Möbel aus dem Trödelladen. Linnits Baby lag – mit einer schmutzigen Windel bekleidet – vor sich hin glucksend in seinem Spankorb, der mit einem weichen, rosafarbenen Tuch ausgeschlagen war – der einzige neue Gegenstand im Raum. Linnit, deren dunkles, strähniges Haar die Blässe ihres knochigen Gesichtes betonte, lächelte und stellte angeschlagene Schüsseln auf den Tisch. Im Raum lag der warme, verlockende Geruch von heißem Essen. Reidel krempelte sich die Ärmel hoch und ging zum Wasserhahn, um sich zu waschen. Mit nassen Händen tastete er nach einem Handtuch, das Cleta genommen hatte. Er drehte sich um und sah, wie sie dastand, so weit entfernt, als befände sie sich auf einem anderen Planeten. Sie hatte das verblichene, sackähnliche Kleid ausgezogen und stand nur in einem sauberen Baumwollunterrock da. Sie war sich seiner Anwesenheit völlig und eiskalt unbewußt.

Reidel hatte sich an den Mangel an Privatsphäre hier gewöhnt; Linnit und Dionie waren kaum mehr als Kinder und störten ihn nicht im geringsten. Doch nun schnauzte er sie an, als hätte sie ihn an einer verwundbaren Stelle getroffen: »Zieh dir etwas an, du ...« Er schleuderte ihr ein Wort aus den Rinnsteinen der Raumhäfen entgegen. Das Mädchen konnte nur die Verwerflichkeit des Wortes verstanden haben, doch niemand, der auch nur ansatzweise telepathisch begabt war, konnte seine Bedeutung mißverstanden haben.

Cleta erbleichte. Erstarrt stand sie da, als sähe sie Reidel zum ersten Mal, den Kopf zurückgeworfen, und in ihren Augen erwachte etwas zum Leben, das sich noch nie zuvor dort gerührt hatte.

Dann riß sie keuchend das feuchte Handtuch an sich, hielt es sich krampfhaft vor die nackten Brüste und floh in das andere Zimmer.

Langsam stieß Reidel den Atem aus. Ob er wollte oder nicht, er war über ihre und seine Reaktion verwundert. War dies ein Echo der Konditionierung, an das sich niemand von ihnen je erinnern würde? Dieser Drang, dieses biologische Bewußtsein, außerhalb eines jeden vernünftigen Zusammenhangs in Zeit und Raum? Er mochte Cleta nicht; die Gefühle, die sie in ihm erweckte, trieben ihn – wenn auch vielleicht grundlos – in eine törichte Wut. Überlebenswille hin und her, es war ein verdammtes Ärgernis. O ja, Cleta war eine hübsche Frau. Eine begehrenswerte. Aber er wollte *verdammt* sein, wenn er sich von irgendeinem konditionierten oder nicht konditionierten Reflex herumstoßen ließ!

Er ging ins Nebenzimmer und setzte sich. »Wo ist Arran?«

Cleta verzog ihren hübschen Mund. »Du glaubst, du müßtest jede Minute auf uns aufpassen, nicht wahr?«

Reidel stieß den Stuhl zurück. Ein schriller Schrei kam aus dem Korb, und Linnit griff nach ihrem Kind. »Sie war gerade eingeschlafen!« sagte sie vorwurfsvoll.

Reidel stellte den Stuhl mit übertriebener Ruhe auf die Füße zurück, aber hinter ihm quietschte die Tür auf protestierenden Scharnieren.

Es war mittlerweile dunkel, doch Reidel konnte die vertrauten Umrisse des Rückens eines jungen Mannes ausmachen, die sich vor einer halboffenen Tür abzeichneten und mit einer anderen Silhouette verschmolzen; ein voller Baumwollrock und lange Locken schlüpften in die Dunkelheit davon, als Reidels Fuß über Kies scharrte. Der Lichtspalt schlug zu.

»Arran?«

Der Junge wirbelte herum, und seine Stimme vibrierte vor Zorn. »Halt dich bitte aus meinem Leben heraus, ja?«

»Arran, sei vernünftig. Du bist imstande und verstrickst dich tiefer, als du bemerkst, wenn du dich mit ihren Frauen abgibst«, warnte Reidel. »Mathis hat uns von den sozialen Tabus hier berichtet ...«

Arrans Mund war eine gespannte, häßliche Linie. »Du gönnst mir nicht das kleinste Vergnügen, aber du und Cleta ...«

»Du Narr, sie behandelt mich wie ein Möbelstück.« Plötzlich bemerkte Reidel, daß er in dem unterdrückten Drang zitterte, Arran mit der Faust ins Gesicht zu schlagen und vor Gewalttätigkeit zu explodieren. »Ich hasse das verdammte Mädchen!« rief er.

Als sie zurückkamen, hatten die anderen ihr Mahl beendet. Das Essen war kalt, eine erstarrte Masse, aber Reidel aß, ohne etwas zu schmecken. Dionie warf sich eine Jacke über die Schultern. »Ich gehe zum Laden, um für morgen einzukaufen«, sagte sie.

»Hast du genug Geld?« fragte Reidel und gab ihr einen Schein aus seiner Jackentasche, wobei er kurz über die Verhaltensweise nachgrübelte, die zwischen den Gruppenmitgliedern erwachsen war.

Familiengefühle als solche waren den Dvanethianern fremd, und er fragte sich, ob dies ein Merkmal ihrer Anpassung war. Dionie ging, und Cleta setzte das Baby auf Linnits Schoß und sammelte das schmutzige Geschirr ein. Arran stand auf, um ihr zu helfen. »Wir passen uns in der Tat allmählich an!« sagte er mit einem sauren Lächeln.

Cleta ließ aufgrund seines Tonfalles beinahe einen Teller fallen, doch Arran fuhr – nur unwesentlich gedämpfter – fort: »Sklaverei und Schmutz! Was haben wir uns für einen Planeten ausgesucht!«

»Wir hatten keine große Wahl«, sagte Cleta kühl, »und wir werden nicht ewig hier sein.«

Arran wollte mit rot angelaufenem Gesicht antworten, doch ein Klopfen an der Tür unterbrach ihn, und Reidel öffnete, um Nick Foster draußen stehen zu sehen.

»Wollen Sie nicht hereinkommen?« fragte er trotz seiner Überraschung.

Fosters Gesicht erstarrte; Reidel sah es und war seinerseits verärgert. »Nein, danke«, sagte Foster barsch. »Ist hier ein Mädchen namens Cleta?«

»Was wollen Sie von ihr?«

Foster war kein Narr und hörte den Argwohn in Arrans Stimme. »Nichts. Meine Frau bat mich, ein Mädchen zu suchen, das ihr im Haus helfen kann. Sie sieht sauber und geschickt aus, und wir würden ihr mehr bezahlen, als sie auf dem Feld verdienen kann.«

Reidel wünschte sich, er wäre ein Telepath; ein wunderschönes Mädchen war auf jedem Planeten ein verkäuflicher Gebrauchsartikel, und er hielt diesen hier für keine Ausnahme. Er zögerte, bis Cleta herauskam, um Seifenlauge aus einem Tuch zu wringen.

»Laß sie gehen, wenn sie will, Reidel«, sagte Mathis barsch, und als Foster aus Hörweite war, fuhr der Telempath voller Verachtung fort: »Foster ist kein guter Mensch, aber er gibt nicht viel um Frauen, nicht mal um seine eigene. Cleta wird hart arbeiten müssen, aber sie wird nicht mehr den ganzen Tag in der Sonne sein. Und wir können dabei noch erfahren, wie andere Menschen auf dieser Welt leben.«

»Ich dachte nur, wir sollten zusammenbleiben«, wandte Reidel ein, doch Cleta schob sich wütend an ihm vorbei. »Ich habe dich nicht gefragt«, sagte sie und fing an, heftig mit dem Geschirr zu klappern.

Plötzlich fuhr ein schriller Schrei durch die Hütten, ein

hoher Schreckensschrei. Cleta ließ eine Tasse fallen, die auf dem Boden zersprang. Mathis krümmte sich plötzlich und streckte abwehrend eine zitternde Hand aus. »Nein, *nein*«, sagte er heiser, »*Dionie*«, und brach zusammen. Arran fing den bewußtlosen Körper auf, doch Reidel war schon aus der Tür heraus.

Arran ließ den leblosen Mathis zu Boden gleiten und lief ebenfalls hinaus, Cleta auf seinen Fersen. Die Nacht war voller Schritte, Geräusche und verwirrter Fragen, doch Cleta lief unbeirrbar auf einen kleinen Durchgang zu, der zu einer Reihe verlassener Gebäude führte. Als Reidel den Durchgang erreicht hatte, schrie Dionie erneut auf, und jemand schob sich an ihm vorbei, wobei er ihn fast von den Füßen riß, und verschwand in der Dunkelheit.

Im Durchgang lag Dionie auf dem Boden; ihre dünne Bluse war bis zur Taille aufgerissen. Reidel schob Cleta beiseite und hob das schluchzende Kind hoch. Sein Gesicht war finster und grimmig, als er sie zurück zu ihren Räumen trug, ihr Gesicht gegen sein Hemd gedrückt, und sie vor den Blicken der Neugierigen abschirmte, die aus sämtlichen Türen huschten.

Arran kam keuchend vor Anstrengung über den Kies zurückgelaufen. »Ich hätte das ... diese unaussprechliche Kreatur fast gehabt«, sagte er zwischen schweren Atemzügen, »aber er hat sich losgerissen, zum Glück für ihn ... Ich hätte ihn umgebracht!«

Cleta legte die Hand auf Reidels Arm. »Reidel«, flüsterte sie. »Dionie ist nicht verletzt, nur verängstigt. Er lief fort, als sie schrie.«

Linnit kniete neben Mathis, als Reidel Dionie in den Raum trug, und schaute bestürzt auf. Cleta kam herbei, um Dionie in die Arme zu nehmen, und über dem zerzausten Kopf traf ihr Blick den Reidels mit unversöhnlichem Haß. »Dieser *verdammte* Planet! Warum haben Sie uns hierher gebracht?«

Reidel konnte nicht antworten. Nun, da er wußte, daß Dionie nicht ernsthaft verletzt war, wich sein Zorn erschütterter Verwirrung: Welch wahnsinnige, unglaubliche Welt war dies, auf der ein Mädchen in Dionies Alter nicht sicher war? Die ungewöhnliche Hautfarbe einer hypersensitiven Empathin hätte sie sogar in den brodelnden Höllen der Elendsviertel von Capella geschützt!

Mathis zitterte noch immer im traumatischen Schock des Erlebnisses.

Zweifellos hatte er den ganzen Schrecken Dionies gespürt. Arran beobachtete sie mit grimmigem, unerforschlichem Gesicht. Dionies Schluchzen wurde allmählich leiser, und sie flüsterte: »Er hat eigentlich nichts getan, nur mein Kleid zerrissen, aber ich ... ich fühlte alles, was er ... er ... Oh, es war schrecklich, schrecklich!« Sie schauderte und verbarg das Gesicht wieder in den Händen.

Sie alle waren näher getreten; Reidel hielt das Mädchen noch fest, Cleta kniete an seiner Seite, die Arme um Dionie gelegt; Arran und Linnit sahen ängstlich zu, und selbst Mathis, der sich normalerweise streng für sich hielt, um dem Sog ihrer Gefühle zu entgehen, legte eine zitternde Hand auf Dionies Schulter.

Reidel wagte buchstäblich nicht aufzublicken. Cletas Augen waren wie ein Magnet; er schien sie durch die Decke seines gebeugten Schädels zu spüren. Irgend etwas in ihm erwachte zu neuem Leben; es hatte geschlafen, betäubt durch den Schock und die unbekannte Umgebung, bis es zu dieser Auseinandersetzung gekommen war. Mit neuen, haßerfüllten Augen blickte er sich im Raum um. Plötzlich empfand er die nervöse Angst, die telepathische Cleta könne es spüren, wie sie auch gespürt hatte, daß Dionie in Gefahr und wieder in Sicherheit war.

Cleta legte erneut die Hand auf seinen Arm. »Reidel, hör mich an«, sagte sie, aber dies ließ ihn endgültig die Beherrschung verlieren. Mit einer plötzlichen, gequälten Heftigkeit sprang er auf die Beine, stieß Dionie zurück, wirbelte auf den Fersen herum und preschte hinaus.

6. Kapitel

»Aber was, zum Teufel, ist das?« Ned Marcus ging in die Hocke; seine Skepsis war verschwunden, als er den seltsamen dunkelroten Staub vorsichtig mit der Fingerspitze berührte.

»Wir nennen den Prozeß Implosion, aber das ist eine laienhafte und nicht ganz korrekte Bezeichnung«, sagte Landon langsam. »Es ist eine Art Molekulardesintegration. Materie selbst kann natürlich nicht vernichtet werden, aber die Implosion zerstört die atomare Orientierung der Partikel. Das Raumgefüge bricht zusammen, und jedes Element spaltet sich in freien Wasserstoff, freie Neutronen und radioaktiven Kohlenstoff. Das heißt, jedes Element bis auf diesen roten Staub, der ein allomorphes Präzipitat der radioaktiven Bromzusammensetzung ist, die im Treibstoff benutzt wird.«

»Treibstoff wofür? Für Ihre Fliegenden Untertassen?«

»Nein. Schaufeln Sie den Staub in eine Bierdose oder einen anderen Behälter, bevor ein kluger Kopf mit einem Geigerzähler vorbeikommt. Ich kann es euch ebensogut allen zugleich erklären. Es hat keinen Sinn, die Sache immer und immer wieder durchzukauen.«

Als sie in die Auffahrt vor dem Ranchgebäude der Branzells einbogen, bemerkte Landon den Jeep mit dem BR-Monogramm der Branzell-Ranch auf den Türen, der an der Einfahrt abgestellt war. »Branzell ist zurück, also kann ich es ihm auch erzählen. Suchen Sie ein Einmachglas oder etwas Ähnliches – aus Glas oder Emaille –, und geben Sie den Bromrückstand hinein, ja? In einem Metallbehälter kann man ihn nicht lange aufbewahren.«

Steve Branzell war mit Liz in dem großen, schattigen

Wohnzimmer; als sie hereinkamen, stand das Mädchen schnell auf. Landon sah Branzell ein wenig müde an.

»Ich habe gefunden, wonach ich suchte, Steve. Ich entschuldige mich dafür, angenommen zu haben, es könnte ein Scherz sein.«

Branzells scharfe blaue Augen schauten wachsam und nicht allzu erfreut drein. »Wenn ich einen Schwindel abziehen wollte, würde ich ihn kaum so arrangieren, daß ich wegen eines Verdachts auf fahrlässige Tötung belangt werde«, sagte er trocken. »Das würde den Publicity-Gag doch zu weit treiben. Meine Anwälte haben mich herausgeholt. Die Polizei hat anscheinend nicht genug in der Hand, um mich festzuhalten.« Er wandte sich um, und Landon sah, daß noch eine Frau im Zimmer war, oder besser ein Mädchen: ein schlankes, hellhaariges Mädchen mit kindhaftem Gesicht und großen blauen Augen.

Marcus folgte Landons Blick. »Meine Schwester Sylvia, Mr. Landon«, sagte er knapp und bedachte das blonde Mädchen mit einem harten Blick. »Nein, Schwester, laß das lieber.«

»Sie ist diejenige ...« setzte Landon an, hielt aber inne, da Sylvia ihn mit einem eigentümlichen, starren Blick musterte.

»Soll ich das Personal ein paar Drinks bringen lassen?« fragte Branzell, doch Landon bedeutete ihm zu schweigen.

Er spürte die tastende Berührung ganz genau. Erstaunt begriff er, daß Sylvia Marcus eine Telepathin war, und zwar eine außergewöhnlich feinnervige. Und Landon, der nie mit einer solchen Begegnung gerechnet hätte, hatte keinen Gedankenschutz errichtet.

Das Mädchen starrte ihn erblassend an und fuhr sich mit einer kleinen rosa Zunge über die Lippen. »Meine Eltern hätten mich Kassandra nennen sollen«, sagte es schwach. »Wer würde mir schon glauben?« Es wandte sich um und verließ fast fluchtartig den Raum.

»Ihre Gedanken scheinen ihr nicht gefallen zu haben, Mr. Landon«, sagte Liz schnippisch, doch Landon saß nur da, blickte wie betäubt zur Tür, durch die Sylvia verschwunden war, und fragte sich, was er verraten hatte. Er war verwirrter denn je zuvor. Wie konnte ein Telepath von Sylvias Empfindsamkeit in der gleichen Familie mit einem Wechseldenker wie Marcus leben und dabei geistig gesund bleiben? Und Branzell wußte von ihren Kräften.

Marcus unterbrach seine Gedanken mit einem feindseligen: »Nun, wie steht es mit diesen Erklärungen?«, und stellte das radioaktive Brom auf den Tisch.

Landon seufzte. »Ich fange von vorn an«, sagte er. »Es ist eine lange Geschichte.«

Eine Stunde später wandte er ihnen das Gesicht zu und kam zum Schluß. »Das ist wirklich alles, was ich zu berichten habe. Danach hat's mich dorthin verschlagen, wo ich jetzt bin. Arbeitete in einer Fabrik, ging auf die Ingenieurschule, befaßte mich mit Produktionsanalyse. Das Schreiben fing ich als Sprachübung an, und weil ich schrieb, konnte ich seltsame Ereignisse überprüfen, ohne zuviel Aufmerksamkeit zu erregen.«

Sylvia war in das Zimmer zurückgekehrt und betrachtete ihn voller Interesse. Sie war die einzige, die nicht einmal einen flüchtigen Zweifel hatte.

Branzell runzelte die Stirn. »Clint, ich habe schon eine Menge phantastischer Geschichten gehört, aber die hier übertrifft alle. Hätte ein anderer sie mir erzählt, ich würde ihn hochkant hinausschmeißen.«

»Es gibt keinen Zweifel daran«, sagte Sylvia nüchtern.

Ihre Hand ruhte auf Branzells Schulter. Landon wurde sich der engen Beziehung zwischen ihnen bewußt, er konnte den genauen Augenblick nennen, in dem Branzells Zweifel zerbröckelten – und warum.

Zweifellos war Branzell einst selbst Telepath gewesen, und zwar ein bei weitem empfindsamerer als Landon. Und er mußte deshalb verspottet worden sein; auf seiner Suche nach Verständnis war er zahllosen Scharlatanen und Betrügern begegnet und jenen über den Weg gelaufen, die mit verlogenen Tricks echte Gedankenlesekunst simuliert hatten. Branzell hatte eine perfekte Verteidigung entwickelt – den zynischen Glauben, seine eigene telepathische Empfindsamkeit sei eine angenehme Halluzination eine Form des Wunschdenkens. Und doch glaubte er Sylvia, und die Verwirrung war schmerzhaft.

Sylvia blickte zu Landons Augen hoch. »Beurteilen Sie uns nicht so hart, Clannon«, sagte sie ruhig. »Diese Welt spielt Andersartigen übel mit, und es gibt kein Verständnis. Nur Furcht.«

»Das erklärt eine Menge«, sagte Liz unbehaglich. »Aber ... sind Sie wirklich ein Mensch?«

In dieser Hinsicht konnte er sie augenblicklich beruhigen. »Großer Gott, ja! Glauben Sie, ich wäre ein Monster, das in die Haut eines Menschen gekrochen ist?«

»Wie könnten wir das herausfinden?« fragte Marcus trocken.

Die Frage ließ Landon schaudern. Er war ein Mensch, jawohl, von den Zehen bis zu den Haarwurzeln. Aber eine Rasse in der Galaxis – die Rhu'inn, der amöbenhafte, vielgestaltige Schrecken einer Million Welten – war dazu imstande. Landon hatte ihnen alles andere erzählt, aber davon würde er nicht sprechen – von dem Schrecken, der in die Gestalt eines Menschen kriechen und ihn gegen sein eigenes Volk einsetzen konnte.

Er tat so, als hätte er die Frage falsch verstanden. »Die Subrasse, der ich angehöre, hätte ein wenig besser nach Peru oder Mexiko gepaßt, aber ich habe mir Nordamerika ausgesucht, weil mir die Möglichkeiten für eine technische Ausbildung gefielen.«

»Wie schmeichelhaft«, versetzte Branzell trocken.

»Was sind die Fliegenden Untertassen wirklich?« fragte Liz.

»Ich habe nicht die leiseste Ahnung. Aber die anhaltenden Berichte über Sichtungen sind ein Grund, weshalb ich hier stationiert bin.«

Marcus kam zum eigentlichen Problem zurück. »Und Sie vermuten, ein Schiff von Draußen ist hier gelandet?«

»Ich vermute es nicht, ich weiß es. Es gibt nichts im Universum, das den Implosionsresten von radioaktivem Bromtreibstoff auch nur im entferntesten ähnelt.«

»Aber warum wollen Sie Ihre eigene Tarnung aufs Spiel setzen, nur um diese Leute zu verfolgen?« fragte Marcus.

Liz starrte Marcus an. »Hören Sie, er muß Sie suchen! Stellen Sie sich vor, wie verängstigt und einsam sie sich vorkommen müssen!«

»Die beiden, die mir begegnet sind, kamen mir nicht sehr verängstigt oder einsam vor«, stieß Marcus hervor.

Landon wünschte, er hätte einen Blick durch sein Wechseldenken werfen können. »Ich bin bevollmächtigt, Ihre Verluste auszugleichen. Wir respektieren Eigentumsrechte in der Dvaneth-Föderation, aber der Umstand, den wir als ›verzweifelte Not in bezug auf den Verlust des Lebens oder die Gefahr des Verhungerns‹ bezeichnen, schafft selbst in der Rechtsprechung das elementare Recht auf ein offensichtliches Übermaß. Sie haben sicher bemerkt, daß sie nicht all ihre Kleider oder Ihr gesamtes Geld genommen haben.«

»Das klingt wie eine Haarspalterei«, murmelte Branzell, »und ein wenig utopisch.«

»Mich interessiert am meisten«, warf Marcus rüde ein, »wieso sie überhaupt Englisch sprachen!«

»Es muß ein Telempath bei ihnen gewesen sein«, sagte Landon, und da fiel ihm plötzlich eine Ungereimtheit auf. Wenn sie Marcus' Gedanken lesen konnten, wieso war er, Landon, dazu nicht imstande? War es möglich, daß Marcus dieses Wechseldenken willentlich ein- und ausschalten konnte? Das wäre etwas Neues.

»Und was wird geschehen, wenn Sie sie finden?« wollte Branzell wissen. »Können Sie Ihrer Heimatwelt signalisieren, daß Sie ein paar Herumirrende aufgegriffen haben?«

Landon schüttelte den Kopf und erklärte den Tatbestand. Dvanethianer, die auf Gesperrten Planeten Schiffbruch erlitten hatten, mußten sich selbst überlassen werden. Rettungsmaßnahmen, die auf anderen Welten schon gefährlich und kostspielig genug waren, stellten auf Gesperrten Planeten ein unmögliches Risiko dar.

Er hoffte, daß Sylvia nicht versuchen würde, seine Gedanken zu lesen. Sosehr er sich auch bemühte, er konnte nicht verhindern, daß der unheilvolle Gedanke an die Rhu'inn aus irgendeiner fernen Ecke des Gehirns in seine Gedanken schlich. Wahrscheinlich handelte es sich um harmlose Überlebende eines zerstörten Handels- oder Kolonistenschiffes. Es bestand jedoch die geringe Möglichkeit, daß es sich um ein illegales Betreten handelte; aber jeder, der die gewaltige Strafandrohung der Föderationsgesetze auf sich nahm, indem er auf einem Gesperrten Planeten landete, jeder Flüchtige, der sich vor dem dvanethianischen Recht auf einer Welt verbarg, von der er wußte, daß kein Außenstehender ihm dorthin folgen konnte, wäre klug genug gewesen, unterzutauchen und die Implosionsreste zu verbergen, die den Beobachter unweigerlich auf seine Spur gebracht hätte.

Er erhob sich. »Marcus, ich brauche die beste Beschreibung, die Sie mir von ihnen geben können. Ja, sie werden sich anpassen, aber ich hätte sie gern vorher gefunden. Und es wird nicht leicht für sie sein. Es war nicht leicht für mich, und ich kam in den Tagen hierher, da ein Mann noch ohne Geburtsurkunde und ohne Truppenausweis zurechtkommen konnte.«

Branzell schritt auf und ab. »Was für ein verdammtes Pech« sagte er heftig. »Sie landen direkt auf meiner Ranch und lösen sich dann wieder in Luft auf. Wohin könnten sie gegangen sein? Verdammt, Clint, wohin können sie nur gegangen sein?« Er fuhr herum. »Es lebt keine Menschenseele hier, bis auf meine Rancharbeiter und ein paar Mexikaner, die auf den Baumwollfarmen im Brazos Valley arbeiten ...«

Er hielt inne; Liz und Sylvia sahen ihn mit offenem Mund an. »Und Sie sehen wie ein Mexikaner aus, Landon. Dazu braucht man keine Gedanken lesen zu können.«

Landon ließ sich in den Sessel fallen. »Aber wie viele Arbeitssiedlungen für Mexikaner gibt es dort? Und würde jemand sie aufnehmen? Müssen sie nicht eine Bescheinigung der mexikanischen Regierung oder so etwas vorlegen?«

Der Rancher nickte. »Ja, bevor man *Braceros* einstellen kann, muß man für jeden Mann, jede Frau und jedes Kind auf seinem Grund und Boden eine Arbeitskarte vorlegen«, erklärte er. »Natürlich sind einige illegal ins Land gekommen. Ich kann vielleicht ein paar Verbindungen spielen lassen und herausfinden, welche Rancher in der Nähe es mit den Einwanderungsbestimmungen nicht so genau nehmen. Inzwischen können Sie die Ranch oder die Zeitungsbüros gern als Einsatzzentrum benutzen, Landon. Vielleicht können meine Angestellten Miß Curran bei ihrer Suche nach ungewöhnlichen Ereignissen in den Zeitungen helfen ...«

Landon erhob sofort Widerspruch; je weniger davon wußten, desto besser.

Branzell fügte sich dem Einwand, wenn auch nur murrend. »Ich würde gern den ganzen Zeitungsstab darauf ansetzen. Clint, ich möchte Sie nur um eins bitten. Wenn Sie es jemals publik machen, geben Sie mir als erstem die Gelegenheit für ein Interview, ja? Und ob wir es drucken können oder nicht – wenn Sie sie finden, will ich mit ihnen reden!«

Soviel konnte Landon mit reinem Gewissen versprechen.

7. Kapitel

Nicht weit von den Hütten, ganz in der Nähe des Nebengleises, wo die Baumwolle verladen und transportiert wurde, befanden sich Pferche für das Vieh, und die Abendfrachtzüge hielten oft, um Rinder, Kälber oder Schafe ein- oder auszuladen.

Reidel hatte es sich angewöhnt, jeden Abend die Hütten zu verlassen und hinüberzuschlendern, um die Tiere zu beobachten und das Geschick – oder besser den Mangel an Geschick, mit dem man mit ihnen umging. Eines Abends hielt ihn Cleta mit einem leisen »Reidel, warte ...« auf.

Er antwortete nur mit einem unfreundlichen Schnauben. Seit dem Abend, da er sie einfach hatte stehenlassen, versuchte er ihr aus dem Weg zu gehen. Dies wurde durch den Umstand erleichtert, daß sie nicht mehr auf die Felder ging. Nun wurde er sich zum erstenmal einer erstaunlichen Veränderung bei ihr bewußt. Ihre rauh gewordenen Hände trugen noch immer die Zeichen harter Arbeit, sahen aber gut gepflegt aus; das Haar hatte sie in glatten Ringellocken ausgekämmt, und ihre grobe, zerschlissene Kleidung war geschickt umgenäht, so daß sie nun hübsch und weiblich wirkte. Plötzlich war ihm gar nicht mehr soviel daran gelegen, sich von ihr fernzuhalten.

»Wohin gehst du jeden Abend, Reidel?«

»Hinaus zu den Viehgattern.«

»Wir haben es dir nicht zu leicht gemacht, nicht wahr?« sagte sie entschuldigend. »Du und ich, wir beide scheinen den größten Teil unserer Zeit damit zu verbringen, aufeinander herumzuhacken und uns dann zu entschuldigen.«

»Mir fallen schlimmere Möglichkeiten ein, meine Zeit zu verbringen.« Reidel fühlte sich erstaunlich leicht ums Herz. »Hacken wir noch ein wenig aufeinander herum.«

Cleta kicherte, und er fuhr fort: »Oder ... warum kommst du nicht mit mir und siehst zu?«

Sie zögerte gerade lange genug, daß sich seine Verbitterung wieder einstellte. »Oder ziemt es sich nicht für dich, mit einem Rauhbein wie mir gesehen zu werden?«

»Natürlich komme ich mit!« sagte sie warmherzig. »Ich wollte es dir gerade vorschlagen. Mrs. Foster hat erwähnt, daß ihr Mann mit dem Abendzug einen Preisbullen kommen läßt. So etwas interessiert dich doch, oder?«

Reidel war gerührt, daß sie sich daran erinnerte und es erwähnte.

Cleta errötete. »Wenn man im Haus der Fosters arbeitet und sieht, wie manche Leute hier leben – dann will man dagegen ankämpfen!« Sie deutete um sich. »Dionie bekommt diese schmutzigen Kinder zu sehen, die barfuß herumlaufen. Linnit sitzt dort mit diesen Kühen von Frauen, und das Baby spielt völlig zufrieden im Dreck. Das ist so schrecklich daran, Reidel – sie sind auch noch glücklich dabei!«

Reidel wandte sich um und legte die Hände auf ihre Schulter. »Haßt du es wirklich so sehr, jemanden glücklich zu sehen?«

»Nein, nein, so grausam bin ich nicht, es ist nur ... Oh, Reidel, es greift schon langsam nach mir, es ist wie eine unsichtbare Flut, die mich in ihren Sog zwingt ...«

»Cleta, Mädchen!« Seine Finger schlossen sich, und sie ließ sich hilflos schluchzend gegen ihn fallen.

Er wartete, bis sie sich ein wenig beruhigt hatte. »Du mußt Geduld haben«, sagte er dann leise. »Was glaubst du wohl, weshalb komme ich hierher? Aus dem gleichen

Grund, denke ich, aus dem du Fosters Frau und Tochter beobachtest – und dieses Beobachten hat dich schon verändert.

Cleta ...« Reidel zog sie in die Schatten zurück, so daß sie von einem Zaunpfosten vor neugierigen Blicken abgeschirmt waren. Er wußte kaum, was er sagen wollte, bis er ihren Namen aussprach; und dann sagte er es nicht. Er zog sie nur eng an sich und küßte sie mit hungriger, hilfloser Heftigkeit.

Sie war überrascht und rührte sich einen Augenblick lang nicht, dann legte sie ihm die Arme um die Schultern. »Das wird überhaupt nichts lösen«, sagte sie, aber ihre Stimme war weicher als je zuvor.

Mit einem Nachdruck, der jedes vernunftbestimmte Urteil aus seiner Stimme verbannte, sagte Reidel: »Cleta, ich ... ich habe Angst um dich. Ich will dich beschützen. Ich weiß nicht einmal, was genau ich will. Nicht nur das Vereinigungsprivileg, das wir auf Dvaneth geben oder gewähren. Ich will das Recht, dich ...« – er kämpfte mit unbekannten Worten, ja sogar unbekannten Gedanken – »dich davon abzuhalten, zu schwer zu arbeiten. Dich etwas weniger unglücklich zu machen. Ich wünschte, es ... könnte so sein wie bei uns zu Hause, Cleta. Aber ... Willst du mich heiraten?«

Sie legte ihre gespreizten Finger zwischen die seinen, blickte aber nicht zu ihm auf. »Ich könnte es nicht ... nicht so, wie es hier wäre, ein Mann und eine Frau, und eine feste Bindung, die vielleicht das ganze Leben lang andauert. Ich habe mich einfach noch nicht soweit angepaßt. Und angenommen, wir hätten Kinder? Ich wäre wie Linnit – hätte Angst um sie, gäbe aber nichts mehr um irgend etwas anderes.«

»Aber Linnit ist glücklich«, erinnerte Reidel sie sehr behutsam.

Eine elektrische Lampe erhellte das Viehgatter. Reidel blinzelte in ihrem Schein. Er sah, daß Cletas Augen feucht waren.

»Der Zug muß kommen, ich höre sein Pfeifen, und dort ist Mathis.«

»Was tust du hier?« fragte Reidel, als Mathis näher kam. »Stimmt irgendwas nicht?«

»Es ist alles in Ordnung. Ich wollte nur sehen, welch geheimnisvolle Faszination dieser Ort ausübt – da er nicht nur dich, sondern auch Cleta anzieht.«

Sie schenkten ihm keine Aufmerksamkeit; Reidel, weil er sich angewöhnt hatte, den Sarkasmus des Zwerges zu ignorieren, und Cleta, weil sie telepathisch festgestellt hatte, daß hinter seinen Worten keine echte Boshaftigkeit steckte. Als der Zug heranrollte, machten sie ihm Platz, so daß er neben sie treten konnte.

Ein Mann von der örtlichen Zeitung war mit einer Kamera gekommen und machte Blitzlichtaufnahmen von dem Preisbullen. Foster und zwei seiner Vormänner schlichen sich vorsichtig an das Tier heran; Reidel ging am Zaun entlang, bis er zusehen konnte, ohne im Weg zu sein.

Der Bulle schnaubte, hob drohend den Kopf und scharrte im Stroh. Reidel studierte ihn mit fachmännischen Blicken. *Gute Zuchteigenschaften, aber bösartig; man hätte ihn besser als Kalb kastriert.* Seine Verachtung für Foster wuchs, als er sah, wie unbeholfen der Mann das Ausladen leitete. Hätte Reidel tun können wie es ihm beliebte, hätte er alle Leute beiseite gehoben und gesagt: »Hier, ihr Dummköpfe, laßt mich das machen.«

Mathis runzelte die Stirn. »Foster wird wütend«, murmelte er. »Weiß er nicht, daß der Bulle es wittert?«

»Es wird ihn aufstacheln . . .« Reidel umklammerte den Zaun. Und da geschah es: der Bulle machte einen Satz, donnerte durch die Holzbretter, die vor die Güterwagentür genagelt waren, und jagte, eine Tonne schiere Kraft, direkt auf Foster zu. Die Männer sprangen auf den Zaun. Der Bulle prallte gegen das Geländer, und der Aufprall schleuderte Foster innerhalb des Viehgatters zu Boden.

Reidel war mit einem Satz über den Zaun. Er lief nur ein paar Schritte, aber sie kamen ihm endlos vor. Auf Dvaneth hatte er bei Laufwettbewerben zweimal ein Grünes Band gewonnen. *Einmal gewonnene Fähigkeiten verkümmern, wenn man sie nicht einsetzt,* dachte er wie rasend. *Schaffe ich es noch?*

Dann hatte er den Bullen erreicht und dessen Ansturm zum Stehen gebracht. Das Tier blieb mitten im Sprung stehen, aber nur kurz; es sah einen neuen Peiniger und ließ von Foster ab. Der Vormann schleppte den Benommenen hinter den Zaun in Sicherheit, während Reidel einen Arm um den Hals des Bullen geschlungen hatte, sich mit dem Fuß an seiner Flanke abstützte und sich festhielt. Er machte die wütenden Sätze des Tieres mit und schickte Mathis einen wortlosen Schrei. Der Bulle warf den Kopf herum und machte wieder einen Satz, um seine Last in den Staub zu schleudern und darauf eintrampeln zu können.

Dann blieb der Bulle stehen und knickte mit den Vorderbeinen ein. Reidel ließ sich zitternd zu Boden gleiten. Mathis humpelte heran und streichelte den geschwollenen Hals des Tieres, und Reidel lehnte sich schwer atmend an dessen schweißnasse Seite.

Mit Sicherheit hatte Mathis ihrer beider Leben gerettet. Es war nicht schwer, sich an einem Bullen festzuklammern, wenn man wußte, wie es gemacht wird, aber hätte Mathis keine empathische Verbindung mit dem Bullen aufgenommen, wäre Reidel früher oder später abgeworfen und zu Tode getrampelt worden. Nur ein Telempath konnte ein wirklich wütendes Tier besänftigen, und Reidel hatte noch nie ein wütenderes gesehen.

Foster hatte sich bei dem Sturz einen Knochen verstaucht. Vorsichtig humpelte er ein paar Schritte zurück und starrte den Bullen an.

»Mann, Sie müßten auf dem Rodeo reiten! Ich dachte schon, es hätte mich endgültig erwischt! He, wohnt ihr beiden nicht in meinen Hütten? Was sind Sie – ein Stierkämpfer?«

Reidel schüttelte den Kopf. Er keuchte noch immer vor Anstrengung und bemerkte kaum das Blitzlicht, das hell in seinen Augen aufflammte. »Nein, aber ich kann mit Stieren umgehen. Mathis hat ihn hypnotisiert, so daß Sie in den nächsten paar Stunden keine Probleme mit ihm haben werden, aber Sie brauchen einen Empathen, um mit einem so bösartigen Biest fertig zu werden.«

»Hypnotisiert?« Foster prustete vor Lachen. »Ja, das hat er wohl. Das Vieh scheint jetzt in Ordnung zu sein.« Seine Hand fuhr zur Hosentasche, doch Reidel machte eine Geste stolzer Ablehnung.

»Behalten Sie Ihr Geld!«

Foster sah, wie die Wut in den dunklen Augen funkelte. Er steckte das Geld schnell in die Brieftasche zurück. »Ich will Sie nicht beleidigen, aber ein Mann, der so mit einem Bullen umgehen kann, ist auf den Baumwollfeldern fehl am Platz. Reidel, kommen Sie morgen in mein Büro. Vielleicht kann ich etwas Besseres für Sie finden.«

»Jetzt hast du es endgültig geschafft!« Mathis' Stimme schnitt sich ätzend scharf durch Reidels Müdigkeit.

»Was hätte ich sonst tun können?« fragte Reidel müde.

»Sollte ich zusehen, wie ein Mann vor meinen Augen zu Tode getrampelt wird?«

»Mußtest du den ganzen Unsinn über Hypnose und Empathie schwatzen?« schnaubte Mathis. Reidel fühlte Cletas sanfte Berührung auf seinem Arm. »Natürlich blieb dir nichts anderes übrig«, sagte sie. »Aber jetzt können wir es nicht mehr ändern; wir müssen von hier fortgehen.«

Reidel schritt auf und ab, ohne zu antworten. Er war müde und zitterte vor Erschöpfung, fühlte sein altes Ich aber mehr als je zuvor.

»In Ordnung«, sagte er schließlich. »Wir werden gehen, wann immer du es sagst.«

BEKANNTER RANCHER BEINAHE VON WILDEM PREISBULLEN ZU TODE GETRAMPELT

BRACERO SPIELT TOREADOR!

Clearwater, Texas: Nicholas Foster, Baumwollfarmer und Besitzer einer der besten Milchviehherden von Texas, ist gestern knapp dem Tod unter den Hufen von Westwoods Champion III entkommen, einem preisgekrönten Guernseybullen mit einem geschätzten Wert von 30 000 Dollar. Der Bulle wurde an der Clearwater-Bahnstation entladen, als er Amok lief und angriff. Die Tragödie wurde nur verhindert, weil zwei mexikanische Staatsangehörige in Fosters Diensten ins Gehege sprangen und die Aufmerksamkeit des Bullen ablenkte.

Oben abgebildet sind die beiden Männer, deren Namen Foster mit Roy Reydel und Mathis Reydel angab. Der jüngere Mann ergriff den Bullen wie beim Rodeo bei den Hörnern und warf ihn nieder, während der ältere das Tier angeblich beruhigte, indem er ihm in die Augen sah und es hypnotisierte.

8. Kapitel

»Clint, würden Sie sich das bitte ansehen?« Liz Curran reichte ihm den Zeitungsausschnitt. »Hat Marcus nicht gesagt ...«

Ned Marcus kam hinter ihnen heran und beugte sich über Liz' Schulter. Er nahm den Ausschnitt, ohne darum zu bitten, las ihn durch und runzelte angesichts des Bildes die Stirn. »Das könnte er sein«, sagte der, »der Bucklige. Der andere ... an ihm ist nichts ungewöhnlich, bis auf die Art, wie er gekleidet ist. In Hemd und Hosen würde er wie jeder andere aussehen.«

Clint Landon las den Ausschnitt noch einmal und zog die Brauen hoch.

»Einen Bullen zu hypnotisieren klingt gar nicht nach einem gewöhnlichen Rodeo. Ich würde den dvanethianischen Namen Reidel nicht Reydel buchstabieren, aber jemand, der an spanische Namen gewöhnt ist, könnte ihn durchaus so schreiben.«

»Wir könnten herausfinden, ob dieser Foster zu der Art von Ranchern gehört, die unidentifizierte Mexikaner einstellen«, sagte Liz.

Landon nickte. »Das könnten wir. Ich bin bereit, nach fast jedem Strohhalm zu greifen. Ich kann es mir nicht leisten, noch viel länger ›auf Urlaub‹ zu sein – nicht, daß ich das Geld so dringend bräuchte, aber ich habe in meiner Branche einen gewissen Ruf und kann nicht einfach auf geheimnisvolle Weise verschwinden. Warum sprechen wir also nicht mit diesem Foster?«

»Haben Sie etwas dagegen, daß ich es Branzell sagte?«

Landon schüttelte den Kopf, und Marcus ging hinaus.

Liz folgte ihm mit ihren Blicken. »Ich wünschte, Sie

hätten ihn nicht eingeweiht«, sagte sie schließlich. »Ich weiß nicht genau, ob ich ihn mag.«

»Liz, ich hatte keine Wahl. Er war von Anfang an dabei. Aber Sie können genausogut schon packen. Wenn diese Spur wieder zu nichts führt, werde ich nach New York zurückfliegen und versuchen, mir eine neue Lösung einfallen zu lassen. Wenn wir sie nicht innerhalb einer Woche oder so gefunden haben, werden wir sie niemals finden.«

»Gut, aber müssen wir Marcus mitnehmen?«

Landon stand da, die Hände hinter dem Rücken verschränkt. »Nicht unbedingt, aber vielleicht kommt er hier auf die Idee, allein auf Jagd zu gehen. Ich bin nervös.«

»Aus einem besonderen Grund? Oder lesen Sie wieder mal Gedanken?«

Landon lachte säuerlich; er hätte eine Menge dafür gegeben, Marcus' Gedanken lesen zu können. »Nein, aber ich habe manchmal Vorahnungen. Im Augenblick rät mir eine Ahnung, Marcus schnell loszuwerden, aber eine andere sagt mir, ein Auge auf ihn zu halten. Und er kann mir weniger Ärger bereiten, wenn ich ihn unter Kontrolle habe.« Er lächelte das Mädchen an. »Manchmal glaube ich, Sie sind der einzige geistig gesunde Mensch hier. Ich könnte nicht ohne sie leben.«

Ihr Lächeln zur Antwort war schief. »Sie bezahlen mich gut.«

Er wandte sich um, und seine Stimme wurde heiser. »Liz, nicht! Ich bin ... Selbst nach dreißig Jahren hier bin ich nicht ganz frei. Sie wissen ich bin eine Art ... Soldat ...«

»Und die Dienstbestimmungen schreiben vor, daß man sich nicht mit den Einheimischen verbrüdern darf?«

»Liz!« Er faßte sie an den Schultern. »Das ist nicht fair!«

»Ich stelle fest, daß Sie nicht gesagt haben, es sei nicht

wahr.« Sie zwang seine Hände nachdrücklich und beinahe mit Gewalt von ihren Armen. »Und wenn wir Marcus schon nicht loswerden, dann müssen wir los und ihn mitnehmen.«

Clearwater lag fast dreihundert Meilen von der Branzell-Ranch entfernt, eine Kleinstadt in der Nähe von San Angelo, mit einer einzigen kleinen Straße und dem unvermeidlichen Wasserturm, der sich hoch über die Dächer der Stadt erhob. Sie erkundigten sich nach der Foster Cotton Company, und Landon ließ Liz und Marcus im Wagen, um allein mit Foster zu sprechen.

Er verdrehte die Wahrheit ein wenig. »Ich las in der Zeitung von Ihrem Bullen. Ich dachte, es ergäbe vielleicht eine gute Story – und auch gute Reklame für Ihre Herde.«

Fosters Augen waren nicht freundlich, doch er war einigermaßen höflich. »Danke, aber je weniger Reklame dieser Art, desto besser. Sobald es sich herumspricht, daß ein Zuchttier bösartig ist, sinkt sein Wert.«

»Der Bursche, der den Bullen aufhielt – war er einer Ihrer festangestellten Rinderhirten?«

Foster schüttelte den Kopf. »Nein, nur ein Greenhorn. War erst zwei, drei Wochen hier.« Landon hielt sein Gesicht ausdrucklos, aber der Zeitfaktor stimmte. »Bis zu diesem Abend ist er mir überhaupt nicht aufgefallen. Ein ziemlich langweiliger Bursche, würde ich sagen. Nach dem Zwischenfall behauptete er, der andere, wohl sein Bruder, habe den Bullen hypnotisiert. Wir haben schon ein paar Spinner hier.«

»Sie glauben nicht, daß er ihn wirklich hypnotisiert hat?«

Zu Landons Überraschung zögerte Foster. »Das ist so eine Sache«, sagte er dann. »Dieser Bruder ist ein ziemlich komischer Vogel. Ein Buckliger. Ich gab ihm einen Job an der Waage, und wenn ich es mir so überlege, ist es ungewöhnlich. Normalerweise lasse ich an der Waage nur jemanden arbeiten, den ich wirklich gut kenne. Da kann man zu leicht betrügen. Aber ich hatte den Eindruck, daß er völlig ehrlich war.« Er schaute auf; fast hätte er gelacht, tat es dann aber doch nicht. »Glauben Sie etwa, daß er *mich* hypnotisiert hat?

Und was die Sache mit dem Bullen betrifft«, fügte er hinzu, »da kann ich Ihnen gar nichts sagen. Ich lag auf dem Bauch, das Gesicht im Staub, und rechnete jeden Moment damit, daß der Bulle auf mir herumtrampelte. Die anderen sagen aber alle, daß es ein tolles Bravourstück war.«

Landon versuchte, seine nächste Frage beiläufig klingen zu lassen. Er rief sich streng ins Gedächtnis zurück, daß sich dieser Reidel einfach als junger Mexikaner mit einem Talent für Amateur-Rodeos erweisen könnte; aber er war innerlich überzeugt, daß die lange Jagd zu Ende war.

»Wo könnte ich den jungen Reydel finden?«

»Nun ja«, sagte Foster langsam. »Ich habe nicht die geringste Ahnung. Heute morgen sind die beiden nicht mit den anderen Pflückern aufs Feld gekommen. Und mein Vormann, Vincente, sagte mir, daß Reydel und seine Familie ihre Sachen zusammengepackt haben und verschwunden sind.«

Einen Moment lang war Landons Enttäuschung so groß, daß er seine desinteressierte Haltung beinahe aufgegeben hätte.

»Warum?«

»Wie, zum Teufel, soll ich das wissen?« fragte Foster verständlicherweise, und Landon murmelte verlegen ein paar unverfängliche Gemeinplätze und ging. Aber auf dem Weg zum Wagen fühlte er sich, als habe man ihm einen Tiefschlag versetzt.

Nun war er sich in bezug auf die Identität der angeblichen Reydels völlig sicher. Ihr Verhalten entsprach genau dem Vorgehen, zu dem die dvanethianische Konditionierung, nichts über ihre Vergangenheit verlauten zu lassen, sie zwingen würde.

Er kehrte zum Wagen zurück und setzte sich verzagt hinters Steuer. Schließlich beugte sich Liz, durch sein Schweigen beunruhigt, hinüber und legte ihm tröstend eine Hand auf den Arm.

»Waren sie es nicht?«

»Ich weiß es nicht. Ich werde es wahrscheinlich niemals erfahren.« Er berichtete mit ein paar Worten die Geschichte und schloß: »Wir sind erledigt. Ich könnte sie in den nächsten zehn Jahren durch ganz Texas jagen.«

»Ich könnte der Autobahnpolizei ihre Beschreibungen geben und sie wegen Raubes verhaften lassen«, schlug Ned Marcus vor. »Wenn wir überall ihre Beschreibung verbreiten lassen ...«

»Großer Gott, nein!« warf Landon nachdrücklich ein. »Was sollen wir sagen, wenn die Polizei sie festnimmt? Und sie haben keine Ausweise. Wenn ich nicht alles erkläre, und das kann ich nicht, wären sie nur illegale Einwanderer, und die Behörden würden sie einfach ausweisen. Wenigstens kann ich sie in Texas als Staatsbürger jagen. In Mexiko hätte ich keine Entschuldigung für meine Detektivarbeit.« Er blickte auf seine Uhr. »Na ja, wenn ich wie der Teufel fahre, kann ich gerade noch die Abendmaschine nach New York erreichen.«

»Sie geben auf?«

»Noch nicht«, sagte Landon, »aber es gibt ein paar Dinge in New York, um die ich mich kümmern muß.« Vialmir, dachte er, würde schon ungeduldig auf einen

Bericht warten. »Liz, könnten Sie dieser Spur noch ein paar Tage nachgehen?«

»Gilt das auch für mich?« fragte Marcus.

Landon zögerte. Er hatte wirklich nichts gegen den Jungen – bis auf einen verschwommenen Verdacht und das ärgerliche Wechseldenken, das Liz aber nicht stören würde. »Das hängt von Miß Curran ab«, sagte er schließlich.

Liz musterte Landons Gesicht, fand dort aber keinen Hinweis.

»Er würde Mathis und Reidel erkennen«, sagte sie schließlich. »Ja, er kann mitkommen.«

»In Ordnung.« Marcus lauschte den wenigen Einzelheiten, die Landon von Foster erfahren hatte – daß der flüchtige Reydel Vincentes Klapperkiste von Lastwagen gekauft und man gesehen hatte, wie sie auf der Autobahn nach San Angelo davongefahren waren.

»Wo ist das nächste Telefon? Ich will Steve sagen, was ich unternehme und wo ich zu finden bin.«

Landon war schon in der Luft über Cleveland, als ihm einfiel, daß Ned Marcus kein Wort mehr über die radioaktiven Bromreste verloren hatte.

8. Kapitel

Ruhelos schüttete Cleta den Inhalt der Kartons aus, die die wenigen Gegenstände enthielten, die sie beim Auszug aus der Hütte mitgenommen hatten.

Sie hörte, wie sich im Nebenzimmer der ruhigen Ferienwohnung der Streit immer noch im Kreis drehte, genau wie es der Fall gewesen war, als Cleta das Zimmer verlassen hatte. Gerade erklang Reidels sture Stimme: »Bei den Fosters erwartete man von uns, daß wir uns wie Ausländer benehmen. Hier wissen wir nicht, was man von uns erwartet!«

Arrans Stimme erhob sich wütend über alle anderen. »Vielleicht mußtest du die Führung übernehmen, als wir gerade gelandet waren, aber mußt du auch bis an unser Lebensende alle Entscheidungen für uns treffen?« Eine Tür schlug zu, und Arran kam in den Raum. »Was machst du da, Cleta?«

»Die Gegenstände aus dem Rettungsboot müssen vernichtet werden. Ich dachte, ihr hättet das schon erledigt. So verlangt es das dvanethianische Gesetz!«

»Das dvanethianische Gesetz!« Arran gab ein spöttisches Geräusch von sich. »Die Föderation verschwendet keinen Gedanken an uns. Was sie betrifft, sind wir tot. Welches Recht hat sie, uns Vorschriften zu machen?«

»Willst du nicht wenigstens die Schocker zerstören?«

»Gerade die Schocker will ich behalten.« Arran steckte einen in die Tasche. »Nicht, daß ich keinen in zwei oder drei Stunden herstellen könnte, wenn ich die richtigen Materialien hätte. Die einfachste Sache der Welt!«

Er näherte sich ihr, faßte sie am Arm und zog sie an sich; seine Augen loderten vor Gier. »Cleta, dieser Planet ... Zum Teufel, er könnte mir gehören! Diese rückständigen Barbaren – sie haben noch Verbrennungsmotoren! Sie sind gerade einen Schritt über die Erfindung des Rades hinaus! Ich könnte einen davon mit verbundenen Augen auseinandernehmen! Und das ist typisch für diesen Ort. Hör zu ...« Er musterte sie eindringlich. »Reidel rät immer zur Vorsicht, aber ich kann dir die Art Leben bieten, die du wirklich verdienst, und es wird auch nicht lange dauern. Sag, daß du mit mir kommst!«

Das Mädchen starrte ihn halbwegs amüsiert an, aber als seine starken jungen Arme sie herumrissen und umarmten, wurde ihr klar, daß dies kein Scherz war.

»Bitte, Arran ...«

»Ist es das, was du willst, Cleta?« fragte Reidel von der Schwelle her. Rasiert und ordentlich mit einem neuen grauen Arbeitshemd und Jeans bekleidet, sah er weniger wie ein Rauhbein und eher wie der strebsame Mann aus, der er gewesen war; doch nun schaute er müde und grimmig drein. Cleta suchte nach ein paar Worten der Entschuldigung; aber die Sprache ließ Telepathen im Griff starker Gefühle stets im Stich, und so schluchzte sie nur, elend vor Scham, und unfähig, Arran zurückzustoßen. Reidel ignorierte sie und versuchte, seine flammende Eifersucht unter Kontrolle zu bringen. War er ein zivilisierter Mensch oder ein verdammter Barbar? »Foster hatte einen Vorschlag für mich«, sagte er ruhig. »Er wollte, daß ich als Zureiter zu einem Rodeo gehe – das ist eine Pferdeschau. Ich habe es niemals ernsthaft in Erwägung gezogen, da ihr anderen es ja für wichtig hieltet, erst einmal unterzutauchen. Und mir war es wichtig, daß wir zusammenblieben.«

Cleta fand ihre Stimme wieder. »Ich weiß, daß wir zusammenbleiben müssen«, sagte sie schließlich. »Es tut mir leid, Reidel, so leid.«

»Dir muß nichts leid tun.« Er drängte sich an ihr vorbei und trank mit durstiger Hast ein Glas Wasser, als wäre nichts anderes wichtig. Das telepathische Mädchen fing einen seiner Gedanken auf: *Sie gehört mir nicht.*

»Ich bin kein Diktator. Du bist meinem Weg gefolgt, Arran; jetzt bin ich bereit, deinen einzuschlagen.«

»Es ist nicht mein Weg«, sagte der Junge verärgert. »Es wäre nur am besten für uns alle.«

»Egal.« Reidel nahm mit gebeugtem Kopf Platz. »Du hast das Kommando.«

Der erste Schritt von Arrans Plan war es, Vincentes Lastwagen loszuwerden; man konnte ihn zu leicht ausfindig machen, und er war sowieso kaum mehr als ein Schrotthaufen. Aber als sie sich in den unsteten Verkehr einfädelten, fuhr Reidel schweigend, mit hochgezogenen Schultern.

»Wir hätten Mathis mitnehmen sollen«, sagte er.

»Benutz deinen Verstand!« schnappte Arran. »Sein Bild war in der Zeitung, und man kann ihn ganz leicht identifizieren. Glaubst du, wir haben einen Telempathen nötig, um die Barbaren auf dieser rückständigen Welt zu überlisten?«

Reidel kam sich verzweifelt unsicher vor. Arran unterschätzte die Welt, auf der sie gelandet waren. »Ihre Technik ist vielleicht nicht so hochentwickelt wie die unsere«, protestierte er, »obwohl wir wirklich noch nicht genug von ihr gesehen haben, um es wirklich zu wissen. Aber selbst so bedeutet es nicht, daß es ihnen an Intelligenz mangelt.«

Arran erwiderte nichts darauf, und Reidel gab es auf. Er konnte nur hoffen, daß sie nicht auf unangenehme Art und Weise herausfinden mußten, wie recht er hatte.

Sie hatten einen Gebrauchtwagenhandel gefunden, der geduckt unter einer Brückenauffahrt beheimatet war. Arran fuhr durch das Tor unter dem Schild mit den Leuchtbuchstaben, die die Worte WIR KAUFEN UND VERKAUFEN bildeten. Sie stiegen aus, und ein Verkäufer kam auf sie zu.

»Kann ich Ihnen helfen?«

Reidel hörte kaum zu und sah sich in den Reihen mit den Gebrauchtwagen um, während Arran mit dem Mann sprach. Er hatte den Führungsanspruch aufgegeben, sagte er sich; er würde sich nicht einmischen.

Arran hatte die Zulassung und den Fahrzeugbrief hervorgeholt. Er war vorsichtig genug gewesen, Vincente um die nötigen Besitzurkunden zu bitten. Der Verkäufer warf einen Blick auf sie.

»Arran Reydel, eh? Sie sehen ein bißchen jung aus, und ich sehe auch nicht die Gegenzeichnung eines Elternteils auf den Papieren. Sind Sie überhaupt schon geschäftsfähig?«

Arran verstand nicht ganz den Sinn seiner Worte, versuchte aber, die Unkenntnis mit Verärgerung zu übertünchen. »Natürlich«, sagte er und hoffte, daß es auch stimmte; aber er hatte nicht die geringste Vorstellung, wie hoch das geschäftsfähige Alter auf diesem Planeten war. Der Mann gab ihm die Papiere zurück. »Vielleicht kommen wir ins Geschäft, aber ich muß erst telefonieren. Warten Sie hier.« Er deutete auf eine Holzbank, ging ins Büro und schloß die Tür. Arran setzte sich, doch Reidel blieb stehen.

»Wir stecken in Schwierigkeiten, Arran. Du hast auch keinen Führerschein. Siehst du nicht ein, wie wenig wir wirklich über diesen Planeten wissen, wenn eine einfache Sache wie ein Verkauf uns schon vor Probleme stellt, die wir ohne Mathis' Telepathie und Übersetzung nicht lösen können?« Ein rudimentärer Instinkt warnte Reidel, schnell von hier verschwinden; doch Arran, der weniger sensitiv war als er (wie alle Tierexperten war Reidel ein partieller Empath), begriff nicht, daß der Ältere den vollen Schwall des Argwohns des Verkäufers gespürt hatte.

»Mit einem Bluff kommen wir überall weiter. Entspanne dich, Reidel. Laß dir von diesen Leuten keine Angst einjagen.« Er grinste und streckte die langen Beine aus. »Und wenn wir nicht bluffen können ...« Er tätschelte seine Tasche. Reidel sah ihn bestürzt an; er wußte nicht, was er meinte, spürte aber die Drohung in seinen Gedanken. Ein Schauer lief ihm über den Rücken. Unruhig wandte er sich um und sah, wie ein schwarz-weißer Wagen in die Einfahrt bog und zwei uniformierte Männer ausstiegen. Der eine kam ruhig, aber zielbewußt auf Arran und Reidel zu; der andere bückte sich, um das Nummernschild von Vincentes klapprigem Lastwagen zu begutachten.

»Das ist er«, sagte er ruhig.

Der zweite Polizist sprach Reidel an. »Come se Llama? A dónde vive? Dónde han ustedes trabajado?«

Zu lügen lag nicht in Reidels Naturell, und da Mathis nicht zur Hand war, platzte er mit der Wahrheit heraus. »Wir haben für Nick Foster gearbeitet, in Clearwater.«

»Das paßt«, sagte der zweite Mann. »Wir haben gerade illegale Einwanderer bei diesem Foster festgenommen. – Tun Sie mir den Gefallen und zeigen Sie mir bitte mal Ihre Arbeitskarte«, sagte er auf spanisch.

Reidel stand stumm da. Er wußte, daß sie keine der nötigen Papiere hatten.

»Es tut mir leid«, sagte der Polizist ruhig, »aber Sie müssen mit mir kommen.«

Arran warf wilde Blicke um sich und ballte die Hände

zu Fäusten. »Reidel! Läßt du zu, daß dieser ... dieser ...« Es fehlte ihm an Worten. Seine Hand glitt in die Tasche und kam um den Schocker geklammert wieder zum Vorschein. Ein reiner konditionierter Reflex ließ Reidel in Arrans Arm fallen und ihn niederzwingen. Mit einem kurzen Schlag ins Genick lähmte er Arrans Armmuskel, nahm ihm den Schocker aus der plötzlich tauben Hand, brach ihn mit einer schnellen Bewegung auf und zertrat den wesentlichen Bauteil unter der Ferse.

Dann befanden sie sich beide in harten, ihnen die Bewegungsfreiheit nehmenden Griffen. »Was war das?« fragte Arrans Häscher und fuhr hart und wirksam mit den Händen auf der Suche nach weiteren Waffen über den Körper des Jungen. Aufs Geratewohl brachte Reidel eine Ausrede vor. »Ein ... ein Spielzeug ... er dachte, er könnte Sie damit erschrecken ...«

Der Polizist warf einen Blick auf das zerbrochene Plastikding in Reidels Hand und zuckte die Achseln. »Dann lassen Sie es mal fallen. Und Sie« – er gab Arran einen Stoß – »unterlassen diese Scherze. Wenn Sie es auf die harte Tour wollen, können wir Sie auch in Handschellen legen.«

Im Polizeiwagen saß Reidel stumm und mit eingefallenen Schultern da. Er wußte, daß Arran ihm vorwarf – und immer vorwerfen würde –, er habe ihre Flucht mit dem Schocker verhindert, aber er war zu wütend, um auch nur einen Gedanken an Arran zu verschwenden. Was würde mit den Frauen geschehen? Von Vincente wußte er, daß jeder, der die Grenze ohne Erlaubnis überschritt, kurzerhand deportiert wurde. Aber wohin? Und wie weit war dieser Ort entfernt?

Auf der Polizeistation wurden sie gründlicher durchsucht, und Reidels Messer wurde konfisziert. Dann wurden sie in eine Zelle abgeführt.

»Reidel«, sagte Arran, als die Stahltür zuschlug, und sprach in seinem Schrecken Dvanethianisch, »wir haben doch kein Verbrechen begangen, oder?«

Reidel kämpfte seine eigene Hysterie nieder. »Ich dachte, ich könnte die Frauen erwähnen – dann würden wir wenigstens zusammen deportiert, und was sind Länder und Grenzen hier schon für uns? Aber wir können nicht zulassen, daß sie an *einen solchen* Ort gebracht werden!« Auf Dvaneth, wo kleinere Vergehen mit Hausarrest geahndet und Kriminelle in Regulierungszentren und Krankenhäuser eingewiesen wurden, war das Stigma eines Ortes der tatsächlichen Haft schrecklich und lebenslang; es bedeutete einen Platz für hartgesottene, brutale Unbelehrbare, jenseits aller Wiedergutmachung.

Arran warf Reidel eine Obszönität aus der Gosse an den Kopf. »Warum hast du mich nicht den Schocker benutzen lassen, du ...«

Reidel hielt seine Stimme so ruhig wie möglich. »Wir hätten sie nicht alle loswerden können. Und wenn sie erst einmal herausgefunden hätten, daß die Waffe nicht auf dieser Welt gebaut wurde, wären wir in Schwierigkeiten geraten.«

»Sind wir jetzt etwa nicht in Schwierigkeiten?« Arran verbarg das Gesicht in den Händen, und bestürzt und voller Mitleid begriff Reidel, daß der sonst rotzfreche Junge gegen ein kindliches Schluchzen ankämpfte. Reidel legte ihm die Hand auf die Schulter und versuchte, ihn wie auch sich selbst zu beruhigen. »Mathis wird nach den Frauen sehen. Und je weniger Ärger wir inzwischen machen, desto weniger werden wir auch bekommen. Warum versuchst du nicht, ein paar Stunden zu schlafen?«

Und schließlich schlief Arran, der noch jung war, ein. Reidel machte in dieser Nacht jedoch kein Auge zu.

10. Kapitel

In Landons Wohnung in New York wurde das Zifferblatt der Uhr zur Seite geschwungen, und Landon, der sich vor das Ding beugte, das ein Spiegel hätte sein können, hätte seine Krawatte geraderücken können.

– *Clannon.*

– *Vialmir hier. Berichten Sie.*

– *Ich fand die üblichen Implosionsreste. Ein dvanethianisches Rettungsboot.*

– *Nicht von Rhu'inn beherrscht? Sind Sie sicher, Clannon?*

– *Wie kann ich sicher sein ?* Mit Gedanken, die schneller waren als Worte, umriß der Mann, der sich Landon nannte, seine Suche. Vialmir antwortete sofort.

– *Sie müssen die Überlebenden finden. Es könnte ein Rhu'inn-Sensitiver unter ihnen sein. Clannon, selbst die Benutzung des Augmentators, wie Sie sie in diesem Moment handhaben, wäre gefährlich, sollten sich Rhu'inn auf diesem Planeten aufhalten. Es könnte ihre Aufmerksamkeit erregen.*

Landon fühlte, wie sich die feinen kurzen Härchen auf seinem Hals in atavistischem Schrecken sträubten. Die Rhu'inn. Das Rätsel des Universums. Sie wiesen keine Sinne auf, die den allgemein üblichen ähnelten. Der Großteil ihrer Wahrnehmungen schien in einem Vibrationsbereich zu liegen, der außerhalb der sich mit menschlichen Sinnen wahrnehmbaren Wellenlängen befand. In bezug auf die materielle Welt waren sie blind, taub und unsichtbar. Sie schienen keine Vorstellung von Sehen oder Hören, Berühren oder Riechen zu haben.

Ihre Technik – wenn Technik das richtige Wort für etwas so Substanzloses war – war hauptsächlich extrasensorisch. Sie hatten nur eine Gemeinsamkeit mit den

Menschen – die beiden Sinne der Telepathie und Empathie. Dort begegneten die Menschen den Rhu'inn unter ziemlich gleichen Bedingungen – mit einer Ausnahme. Alles, was ein menschlicher Telepath mit den von der Föderation sorgfältig entwickelten Hilfsmitteln – Augmentatoren, telepathischen Dämpfern – bewerkstelligen konnte, konnten die Rhu'inn besser ohne sie vollbringen.

– *Könnten Rhu'inn hier leben, ohne sich zu verraten?*

– *Ich muß Sie nicht daran erinnern, daß Rhu'inn menschliche Gastkörper benutzen können.* Vialmirs Gedanke war grimmig.

– *Wenn es einen Telempathen unter den Überlebenden gäbe, besteht irgendeine Chance, ihn geistig aufzuspüren, ohne ihn körperlich ausfindig zu machen, Vialmir?*

– *Es ist nicht unmöglich.* Landon stellte sich geistig die hohe, fast unzugängliche Felsspitze in Tibet vor, auf der Vialmir lebte. Auf dem Meeresspiegel dieses Planeten hätte er in der dichten Sauerstoffatmosphäre nur kurze Zeit überleben können.

– *Einige meiner Leute hier sind gute Telepathen; schließlich sind sie seit Jahrhunderten unsere Kontaktpersonen auf der Erde. Sie nennen die Rhu'inn Teufel, und das nur überaus berechtigt. Ich könnte sie alle für eine Suche in den Augmentator holen. Es wäre gefährlich, aber dies ist ein Gesperrter Planet, und wir sind alle austauschbar.*

– *Wir könnten dies als letzte Möglichkeit versuchen, nehme ich an ...* Plötzlich kreischte der empfindliche mechanische Telepath stumm in nacktem Schrecken auf.

RHU'INN! HELFT UNS!

Der Schock war so heftig, daß Landon körperlich wankte, während der Schmerz in jedem Nerv seines Körpers und Gehirns stocherte. Dann wurde alles dunkel und blind – und verschwand.

Als die Sicht zurückkehrte, fand Landon sich bäuchlings auf dem Teppich liegend wieder. Ein Bild hatte sich in sein Gehirn gebrannt; er konnte es nur im Gedächtnis untersuchen, denn Vialmir war wie eine ausgeblasene Flamme verschwunden, und Landon konnte den Augmentator nicht mehr einschalten. Vielleicht war Vialmir sogar tot oder von diesem gewaltigen Schock um den Verstand gebracht worden.

Das Bild war das eines großen Raumes, der irgendwie kahl und überfüllt wirkte. In seinem Zentrum war ein Lodern, das ein Feuer, aber auch ein das Gehirn blendender Mentalenergiefokus sein konnte. Es war nichts Ungreifbares an der Telepathie. Sie war genauso fühlbar wie elektrischer Strom, und einige Frequenzen waren tödlich; sie konnten ihre Harmonik in das Magnetfeld eines ganzen Planeten vibrieren.

Irgendwer – ein ausgebildeter Telepath oder Telempath, denn kein ungeschulter Verstand konnte eine so kraftvolle Ausstrahlung erwirken – hatte geistig um Hilfe gerufen; und dieser Ruf hatte sich auf dem Augmentator gezeigt wie ein Düsenflugzeug auf einem Radarschirm. Und dann endlich fiel Landon ein, das all dies Ned Marcus' Gesicht wie eine Doppelbelichtung überlagert hatte.

Zehn Minuten später hatte Landon den Augmentator in seine Einzelteile zerlegt und die Bauteile in Kisten mit Radio- und Elektronikzubehör verstaut. Dann war er auch schon – bis auf seinen Hut ohne Gepäck – unterwegs zum Flughafen.

»Ihr müßt es akzeptieren«, sagte Mathis schließlich. »Sie kommen nicht zurück.«

Die Sonne schickte am dritten Morgen grelles Licht durch die Jalousien der Ferienwohnung; selbst Dionie hatte es aufgegeben, weiterhin Optimismus vorzutäuschen.

»Aber was kann nur geschehen sein?«

»Vielleicht haben sie irgendein Gesetz gebrochen, ohne es zu wissen. Vielleicht sind sie verletzt worden.« Er verfluchte seine doppelte Empfindsamkeit; die Gefühle der Frauen zerrten an ihm und ließen seine Worte härter werden als beabsichtigt. »Oder sie haben uns im Stich gelassen.«

Cletas herzförmiges Gesicht erbleichte vor Schreck. »Das würden sie niemals tun!«

»Arran wollte uns am ersten Abend verlassen, um sich auf eigene Faust durchzuschlagen«, sagte Mathis müde. »Reidel hat es ihm ausgeredet – damals.«

»Ich kann nicht glauben, daß Reidel uns im Stich läßt«, wiederholte Cleta.

»Es ist deine Schuld!« Dionie fuhr wie ein kleiner, wilder Wirbel auf Cleta zu. »Du hast ihn immer heruntergemacht, dich mit ihm gestritten! Er hat dich gehaßt!« Ihre Stimme war hoch und hysterisch; plötzlich verfiel sie in ein heftiges Schluchzen und floh ins Nebenzimmer. Cleta erhob sich schockiert, um ihr zu widersprechen, und folgte ihr zwei oder drei Schritte; doch Mathis bewegte sich ungewohnt schnell, faßte sie am Arm und hielt sie zurück.

»Du würdest es nur noch schlimmer machen.« Mit einem befehlenden Nicken bedeutete er Linnit, der schluchzenden Dionie zu folgen. Als Linnit das Baby aufnahm und gehorchte, fügte Mathis hinzu: »Außerdem will ich mit dir reden.«

Aber als sie allein waren, sprach er lange Zeit nicht und musterte Cleta still; und schließlich war es Cleta, die das Schweigen brach. »Mathis, was ist die äußerste Reichweite einer telempathischen Wahrnehmung?«

Der Zwerg zögerte und zuckte dann die Achseln. »Ich habe nie versucht, es herauszufinden, obwohl ich es vielleicht muß, bevor diese Sache vorbei ist. Sowohl Reidel als auch Arran verfügen nur über rudimentäre Psi-Fähigkeiten; aber wenn einer sie so gut kennt wie ich, müßte er imstande sein, auf vernünftige Entfernung mit ihnen Kontakt aufzunehmen. Ich habe es versucht. Soweit ich es sagen kann, befinden sie sich nicht in einer überschaubaren Reichweite.« Er zögerte. »Welche telepathische Ausbildung hast du gehabt, Cleta?«

»Keine große. Warum?« Aber sie konnte seinen unausgesprochenen Gedanken lesen.

Wenn Reidel und Arran nicht desertiert sind, sondern von einem Unglück aufgehalten wurden, könnte es hier eine große Gefahr geben, eine Gefahr, von der wir besser wissen sollten.

Laut sagte er: »Vielleicht könnten wir beide zusammen andere Telepathen auf diesem Planeten erreichen. Ich habe es versucht – mehr oder weniger zufällig –, bislang aber nur zwei gefunden. Einer war verrückt. Der andere war ein Kind, das gerade laufen lernte und einen Gehirnschaden hatte. Die Zahl der Telepathen im Vergleich mit der Gesamtbevölkerung muß auf dieser Welt astronomisch gering sein. Es gibt viele Empathen, aber ohne Spezialausbildung können sie keine in Worte gefaßten Gedanken empfangen.« Er sah sie geradewegs an. »Das ist natürlich Dionies Problem«, fügte er hinzu.

Cleta wollte nicht daran denken. »Warum willst du, daß wir andere Telepathen suchen?«

»Weil sie uns glauben würden, Cleta. Kein anderer würde uns glauben. Und noch etwas – in einer Welt mit einer verhältnismäßig so geringen Zahl an Telepathen ist es möglich, daß die Intelligenteren, Angepaßteren unter ihnen sich zusammengeschlossen haben – wahrscheinlich in Form irgendeiner Geheimgesellschaft. Durch den hiesigen Beobachter stehen sie vielleicht sogar in irgendeinem Kontakt mit der Föderation. Aber die Hauptsache ist – sie würden uns glauben, und sie würden uns helfen, ihn zu finden.«

Cleta nickte. Es klang vernünftig. Sie nahm eine geistige Verbindung mit Mathis auf; dann erweiterten sie langsam, vorsichtig und Faden um Faden das Kontaktnetz und schickten fragende Gedankenfühler aus.

Es war ein Alptraum. Cleta war so wenig daran gewöhnt, ihren Geist offenzuhalten, daß sie binnen Minuten ein Bündel roher, kreischender Nerven war. Von überall her strömten irrelevante Gedankenfetzen ein, aber kein einziges Mal errichtete sie einen Kontakt in dem vertrauen Fließen und Ewidern der gegenseitigen Telepathie. Einmal berührte sie einen Wechseldenker, und der Kontakt war so schmerzhaft, daß sie laut aufkeuchte und ihren Verbund zerschmetterte; es war, als streiche ein verbrannter Finger über Schmirgelpapier.

Mathis legte beruhigend eine Hand auf ihre Schulter. »Wie nahe?«

»Keine Ahnung!« Cleta schreckte vor diesem Kontakt zurück und Mathis musterte sie unbehaglich.

»Du bist ausgebrannt. Wir versuchen es später noch einmal.«

»Mathis, dieses zufällige Herumtasten bringt überhaupt nichts. Es wäre sinnvoller, wenn wir herauszufinden versuchten, wie Arran und Reidel die Stadt verlassen haben – Züge, Busbahnhöfe und so weiter. Du könntest überprüfen, ob sie dort jemand gesehen hat.«

»Busbahnhöfe«, wiederholte Mathis und sah Cleta mit solcher Intensität an, daß sie zurückschreckte. »Vielleicht hast du da etwas aufgeschnappt, Cleta; ich bin auch immer wieder darauf gestoßen.« Er erhob sich. »Hol dir einen Mantel, es ist kalt.«

Der Busbahnhof war groß und finster, und Cleta verharrte an der Tür, seltsam unwillig, ihn zu betreten. Mathis schaute ungeduldig zurück, und sie besiegte ihr Unbehagen und folgte der kleinen, mißgebildeten Gestalt durch die Menschenmenge.

Fast augenblicklich stieß sie auf die Ursache ihres Unbehagens. Neben einer Reihe von Gepäckschließfächern stand eine große, dunkelhaarige junge Frau – und der junge Mann, der sie am Morgen nach dem Absturz auf dem Feld entdeckt hatte.

Der Mann hob den Kopf, und seine Augen ruhten nachdenklich auf Mathis. Cleta spürte eine plötzliche, grobe geistige Berührung, holte zu einem telepathischen Schlag aus und stieß auf eine perfekte, dichte Verteidigung.

Voller Panik faßte sie Mathis am Arm. »Mathis, da drüben ... ist das nicht der gleiche Mann, der ... Vorsicht, er ist ein Wechseldenker!« Sie hatte laut geflüstert. Leise Sprache war unverständlich, es sei denn, man befand sich in Hörweite, während telepathischer Kontakt so offen war wie ein lauter Schrei, hielt sich ein weiterer Telepath zufällig im Wahrnehmungsbereich auf.

Mathis schaute auf. »Es ist nicht der gleiche Mann!« sagte er barsch. »*Nicht* der gleiche! Es kann noch nicht einmal ein ...«

Er hielt inne. Und dann ...

Dann wurde sich Cleta einer plötzlichen, gewaltigen Anspannung bewußt; wie ein grelles Licht, ein erschreckender Griff, eine Art geistiger Geruch. Furcht zerrte unter ihren Rippen.

Rhu'inn!

Rhu'inn! Das Wort vibrierte wie toll in ihrem Gehirn, und dann strömten plötzlich Worte in einer erschreckenden, vertrauten Sprache auf sie ein.

– *Wo seid ihr? Wo seid ihr? Wir können euch nicht helfen, wenn wir nicht wissen ...*

Immer neue Worte hämmerten auf ihren Verstand ein, unmöglich verstärkt, nicht in ihrem dvanethianischen Dialekt, sondern in der Standardsprache, die jeder Föderationsbürger erlernte. Sie hielt sich mit einer Anstrengung aufrecht, die ihr Herz stoßen und stampfen ließ, aber ein Mahlstrom verwirrender Bilder floß wirbelnd in ihren Verstand – die Silhouette hoher Gebäude, eine Linie von Gebirgsgipfeln, dazu Kesters eingedrückte Brust und sein totes Gesicht, die dunkelhaarige junge Frau neben den Schließfächern, die glatte Oberfläche eines Augmentators, den man nur unter den Besitztümern gut ausgebildeter Telepathen finden würde.

Die schrecklichen Bilder strömten davon, wie eine Welle bei Ebbe. Cleta wußte nicht, wie lange sie bewußtlos und blind dort gestanden hatte. Das Mädchen und der vertraute-fremde Mann waren fort. Mathis war auf eine Holzbank gesunken und atmete schmerzerfüllt. »Verschließe dich«, murmelte er mit einer Anstrengung, die ihm den Schweiß auf die Stirn trieb. »Weit offen ... Wir sind nur davongekommen, weil sie es nicht wagten, Aufmerksamkeit zu erregen ...«

Draußen auf der Straße ertönte das hohe Schrillen einer Sirene, die leiser werdend verhallte, und Mathis zuckte vor Schrecken zusammen.

»Sieh nach, was passiert ist!«

Cleta war bei dem Gedanken, sich diesem Grauen wieder zu öffnen, krank vor Furcht, doch als sie kurz versuchte, mit jemandem in Kontakt zu kommen, senkte sich die gesegnete Normalität wie ein Tuch über sie. Eine nervöse Mutter beruhigte ein weinendes Kind; ein Mann in Uniform döste, den Kopf auf einen Rucksack gebettet, auf einer Bank, eine alte Dame in einem langärmeligen schwarzen Kleid starrte mit offener Entrüstung auf Cletas nackte Arme. Cleta war angesichts der ruhigen Normalität der Gedanken zu erleichtert, um sich darüber zu ärgern.

»Eine Frau ist auf dem Bürgersteig zusammengebrochen; man bringt sie ins Krankenhaus.«

Mathis entspannte sich. »Das überrascht mich nicht. Wenn sich bei *diesem* Spektakel ein latenter Empath im Umkreis von einer Meile befand ...« Sein Gesicht war noch immer totenblaß. Sie setzte sich neben ihn auf die Bank und schirmte ihn mit ihrem Körper und ihrem Geist ab.

»Was ist passiert?«

»Ich bin mir nicht sicher.« Cleta erkannte seine Erschöpfung schon daran, daß er Dvanethianisch sprach. »Plötzlich ist auf diesem Planeten die Hölle los, Cleta. Jemand hat versucht, uns beide zu töten – jemand, der ein paar Rhu'inn-Tricks kennt. Und jemand anders hat versucht, mit einem Augmentator zu uns durchzukommen.«

Cleta hielt den Atem an. »Das heißt, daß es hier einen Beobachter gibt!«

»Ja«, sagte Mathis mit drängendem Unterton, »und wir müssen ihn finden. Das ist jetzt wichtiger als Leben oder Tod für uns. *Es sind Rhu'inn auf diesem Planeten.*«

Die nachdrückliche Erinnerung bewirkte, daß Cleta sich wieder ganz elend fühlte. Sie hüllte sich in ihren dünnen Mantel und betrachtete den gekrümmten Körper des Telempathen. Sie dachte nicht mehr an Mathis' fast übermenschliche Kräfte, nur noch an seine gequälte Schwäche und Zerbrechlichkeit. Ihre Augen weiteten sich wegen der Nachwirkungen des Schocks.

»Mathis«, sagte sie, »welchen Sinn hat es, wenn wir den Beobachter jetzt noch finden? Es gibt keine Verteidigung gegen die Rhu'inn – keine. Es ist jetzt nur noch eine Frage der Zeit.«

»Was bist du doch für eine Närrin, Cleta!« Mathis setzte sich auf, und seine dunklen Augen funkelten wild und unauslöschbar in seinem weißen Gesicht. »Glaubst du wirklich, daß ich mich durch ... diese Hölle quälen würde, wenn alles hoffnungslos wäre? Götter der Galaxis, warum, glaubst du, hat man zehn Telempathen in diesem Sternenschiff losgeschickt? Wir wollten eine neue Kolonie direkt am Rand der Gesperrten Planeten gründen, weißt du das nicht mehr? Hast du noch nie etwas von dem Negationsfeld gehört?«

»Noch nie«, sagte Cleta.

»Wir stehen erst am Anfang, etwas über die Rhu'inn zu lernen. Die Rhu'inn glauben nicht, daß der Mensch einen Verstand hat, der es wert ist, von ihnen ergründet zu werden. Genau wie ... Nun, einige Insekten haben eine bessere Sehfähigkeit als wir, aber deshalb ziehen wir doch nicht das Gehirn eines Käfers in Betracht. Telepathisch sind die Rhu'inn den Menschen so weit voraus wie ein Telepath dem Käfer, von dem ich gesprochen habe. Aber wir haben die Theorie entwickelt, daß sie die Menschen manchmal für nützlich halten, weil unsere Sinne sich in Dimensionen erstrecken, über die die Rhu'inn keine direkte Kontrolle oder Wahrnehmung haben.« Er hielt inne und fragte sich, wie er es ihr verdeutlichen sollte.

»Sie können physisch und geistig ganze Völker übernehmen, wenn sie wollen. Sie scheinen nicht zu verstehen, warum die Menschen etwas dagegen haben könnten. Zum Glück geben sie sich nicht oft damit ab.«

Er schwieg wieder, und Cleta erzitterte.

»Es ist ein Geheimnis«, sagte er schließlich, »sogar auf Dvaneth, aber es gibt einen Schutz. Das Negationsfeld. Ich könnte es nicht erklären, selbst wenn ich es verstanden hätte – was ich nicht habe. Aber es ist schon auf den meisten Föderationsplaneten in Betrieb und wird auf jeder neuen Kolonie errichtet. Kurz gesagt, wenn es im Magnetfeld eines Planeten errichtet wird, zwingt es die Rhu'inn in ihre Dimensionen zurück.«

Mathis lachte freudlos und rasselnd auf. »Soweit wir wissen, verletzt es sie nicht einmal – es zwingt sie einfach nur aus unserer Sektion des Raumzeit-Universums. Wie ein elektrischer Zaun um ein Viehgatter.«

»Und du weißt, worum es bei dem Negationsfeld geht?«

Mathis zögerte. »Ich könnte es nicht konstruieren«, stellte er dann klar, »aber mir sind die Grundlagen geläufig, und wenn ich den Beobachter finden könnte, wäre er vielleicht imstande, eins zu bauen, wenn ihm die nötigen Rohmaterialien zur Verfügung stehen. Vielleicht. Es klingt hoffnungslos, nicht wahr? Besonders, wenn man sich überlegt, daß das Negationsfeld eine sehr neue Erfindung und der Beobachter schon sehr lange auf diesem Gesperrten Planeten stationiert ist. Wahrscheinlich ist er schon lange, bevor jemand auch nur von dem Feld gehört hat, hierher gekommen. Aber dieses Risiko müssen wir eben eingehen.«

»Aber wie finden wir ihn?« fragte Cleta. Mathis schloß müde die Augen.

»Genau das ist das Problem.«

11. Kapitel

»Zum Glück hatte Miß Curran meine Adresse in ihrer Geldbörse«, sagte Steve Branzell.

Landon musterte ihn in dem düsteren weißen Krankenhausgang. »Aber was ist passiert?« fragte er.

»Ich weiß nicht mehr als Sie. Ich bekam einen Anruf, der besagte, daß eine Miß Curran hier im Krankenhaus sei. Ich wollte Sie in Ihrer Wohnung in New York erreichen. Dort hob jedoch niemand ab, und so fuhr ich hierher. Als ich hier angekommen war, rief Sylvia an, um mir zu sagen, daß Sie schon in San Angelo seien, und ich mußte nur in Ihrem Hotel anrufen. Sind Sie ein Hellseher?«

Landon antwortete nicht, denn eine Schwester winkte ihn zu der geschlossenen Tür.

Liz Currans hübsches Gesicht wirkte gegen das weiße Krankenhausnachthemd seltsam jung; Landon nahm ihre Hand, als fürchte er, sie zu zerbrechen. »Was ist passiert, meine Liebe?«

»Ich weiß es nicht.« Liz sah verängstigt aus. »Ich kann mich kaum an etwas erinnern. Man hat mir gesagt, ich sei auf der Straße ohnmächtig geworden.« Ihre dunklen Brauen zogen sich wie unter Schmerzen zusammen.

»Ich werde es mir niemals verzeihen, Sie allein gelassen zu haben!« Fast hätte Landon *allein mit Marcus* gesagt, doch er hielt sich zurück. Es konnte schließlich Ned Marcus gewesen sein, der dieses geistige SOS hinausgeschrien hatte.

Liz kämpfte darum, ihre Augenlider am Zufallen zu hindern, doch Landon zögerte, sie mit Fragen zu behelligen. Ein munterer junger Internist befreite ihn mit ein paar Worten von seinen dunklen Ahnungen. »Eine leichte Gehirnerschütterung und eine schlimme Quetschung am Hals, aber nichts gebrochen. Morgen ist sie schon wieder in Ordnung.«

»Keine Verbrennungen?« fragte Landon, und der Internist musterte ihn, als sei er ein gefährlicher Irrer. »Nein«, sagte er, »keine Verbrennungen.«

Draußen übernahm Branzell das Kommando und faßte Landon am Arm. »Kommen Sie. Wir werden etwas essen. Sie sehen aus, als wäre Ihnen der Leibhaftige persönlich über den Weg gelaufen.« Sie fanden ein ausgezeichnetes Restaurant, und während sie auf die Steaks warteten, stellte Landon die Frage, die ihn am meisten beschäftigte.

»Wo war Ned Marcus, als diese Sache passierte?«

»Das würde ich verdammt gern selbst wissen.« Branzell klang verärgert und besorgt. »Er hat sich nicht mehr bei mir gemeldet – und bei Sylvia auch nicht.«

Landon erinnerte sich noch ganz genau an den Kontaktschock; er war in seinem Gedächtnis gespeichert wie eine Fotografie, die er jetzt hervorholte und von jeder Seite untersuchte, um auch nicht das kleinste Detail zu übersehen.

Erstens: Ein unbekannter Telepath hatte seinen Kontakt mit Vialmir unterbrochen. Ein unter Anspannung stehender Telempath konnte sogar in einen gestrafften Augmentator-Strahl eindringen, und auf einem ›kopfblinden‹ Planeten benutzten er und Vialmir die lockerstmögliche Zusammenschaltung.

Zweitens: Liz erlitt eine Gehirnerschütterung und Amnesie.

Drittens: Marcus war verschwunden.

Viertens: Der unbekannte Telempath hatte in der Tat die Anwesenheit von Rhu'inn wahrgenommen, was aber nicht bedeutete, daß ein Rhu'inn körperlich präsent gewesen sein mußte. Der Ausdruck ›körperlich‹ war sowieso fast bedeutungslos, wenn man von Rhu'inn sprach, da ihre Raumwahrnehmungen nicht menschlich waren.

»Landon«, fragte Branzell mit jener beunruhigenden Fähigkeit, einer Gedankenkette folgen zu können. »Landon, Sie haben unsere Welt als einen Gesperrten Planeten bezeichnet. Was hat das zu bedeuten?«

»Daß er auf Dauer von der Föderation abgeschnitten ist. Niemand kann ihn verlassen; jeder, der ihn betritt, muß ihn als Exil auf ewig akzeptieren.«

Die Erde war – bislang zumindest – kein Verbotener Stern, von dem man wußte, daß es dort Rhu'inn gab. Sie war ein Gesperrter Planet, da sie einst mit den Rhu'inn in Berührung gekommen war.

Niemand wußte warum. Niemand wußte, welche obskuren Gründe die Rhu'inn aus ihrem unbekannten transmateriellen Universum in die normale dreidimensionale Welt lockten. Niemand wußte, ob sie ganze Kulturen aus reiner Eroberungslust absorbierten oder aus der wissenschaftlichen Neugier des Naturkundlers, der sich ein Wolfsfell überstreift, um das Rudel zu studieren.

Aber sie kamen. Und so zogen Raumschiffe die Selbstvernichtung vor, um den Rhu'inn nicht in die Hände zu fallen. Und Planeten, die eine Invasion erlebt hatten, blieben für immer gesperrt. Wenn man den Rhu'inn unter rein körperlichen Bedingungen gegenübertrat, zum Beispiel, wenn sie in einen menschlichen Gastkörper eingekapselt waren, war man in Sicherheit, solange man den Gastkörper kannte. Doch wenn man ihnen auf einer geistigen Ebene gegenübertrat, konnte man nur noch Selbstmord begehen oder sie zwingen, einen zu töten – und zwar schnell, damit sie einen nicht gegen die eigene Rasse benutzen konnten.

Landon fluchte. Er war Beobachter, und das war alles, was er tun konnte. Er konnte beobachten.

Für die Föderation – das hieß, für die Wunschdenker von Dvaneth – waren er und Vialmir hier, um auf eine mögliche Invasion der Rhu'inn zu achten. Aber ein oder zwei Mann konnten im Falle einer solchen Invasion ohne ein kleines Wunder überhaupt nichts tun. Solange er und Vialmir lebten, ging man auf Dvaneth davon aus, daß alles in Ordnung war. Meldeten sie sich nicht mehr, waren sie wahrscheinlich tot, und man schickte Ersatz. Verschwanden auch die Ersatzleute zu häufig, würde man die Erde von der Liste der Gesperrten Planeten auf die der Verbotenen Sterne setzen.

Wie selbstzufrieden hatte er seinen Posten als Wetterballon doch akzeptiert!

Wieder fluchte er heftig. »Ich lebe seit dreißig Jahren hier, ohne begriffen zu haben, daß ich nur ein Zugeständnis an die Politik bin!«

Er berichtete Branzell soviel, wie er konnte, ohne die Rhu'inn zu erwähnen.

Branzell hatte sein Steak kalt werden lassen, während er zuhörte. »Großer Gott«, murmelte er schließlich. »Das erklärt all die Legenden! Landon, wir müssen sie finden! Ich habe ein halbes Dutzend neuer Spuren. Einer von ihnen ist Telepath, sagen Sie? Sylvia ist Hellseherin, ich hole sie hierher, und wir sehen, ob sie Kontakt mit ihnen aufnehmen kann. Ich überprüfe jede Tankstelle und jeden Gebrauchtwagenhändler persönlich, und auch jedes Hotel, jede Pension oder Motel, in dem sie sich verstecken könnten.« Seine Augen strahlten Landon an, und er schwor: »Ich werde sie finden, und wenn ich San Angelo Haus für Haus durchsuchen muß!«

Am nächsten Morgen wurde Liz aus dem Krankenhaus entlassen. Landon hatte während einer schlaflosen Nacht entschieden, daß er sie bei dieser Jagd keinen Schritt weiter mitschleppen würde. Die Sache war schon zu brenzlig geworden.

Ein anderer Gedanke schlich sich immer wieder in seinen Geist: Liz oder Marcus – oder beide – könnten freiwillig oder gezwungenermaßen Werkzeuge, Gastkörper oder Opfer der Rhu'inn sein. Hinter Marcus' Wechselgedanken konnte alles mögliche stecken. Und während Liz ehrlich schien, hatte Landon in einer harten Schule gelernt, nicht einmal den eigenen Gefühlen zu trauen.

»Ich stecke fest«, gestand er Liz ein und sank in den bequemen Sessel des Hotelzimmers. »Das ist das Ende der Fährte. Ich gebe auf. Ich muß nach New York zurück und dort retten, was noch zu retten ist. Branzell steht kurz davor, die Öffentlichkeit zu informieren – er wird keine falsche Story drucken, aber er glaubt an diese. Ned Marcus ist verschwunden, und er hat den radioaktiven Bromrest. Wenn er auf eigene Faust versucht, ein paar Spuren zu verfolgen, oder das FBI ihm auf die Schliche kommt – und das kommt es vielleicht –, werde ich einiges zu erklären haben. Und in meiner Wohnung in New York befinden sich unter anderem Teile eines Augmentators und eines Telepathiedämpfers.«

Und obwohl er nichts davon sagte, mußte er sich auch überzeugen, ob Vialmir noch lebte. Wenn nicht – und wenn er den unbekannten Telempathen nicht finden konnte –, nun, dann mußte er irgendwie Meldung machen, daß die Rhu'inn wieder hier waren.

»Clint, Sie können die Überlebenden jetzt nicht im Stich lassen!«

Einem Drang gehorchend, der so unwiderstehlich wie der Augenblick selbst war, griff Landon nach Liz. Doch bevor er sie umarmen konnte, strömte wie Eiswasser die Wirklichkeit und das Gefühl schrecklicher Einsamkeit über ihn hinweg. Er unterdrückte den Drang und hielt sich mit aller Gewalt im Zaum. »Liz«, sagte er heiser, »Sie ... Sie sind wunderbar. Gott sei mit Ihnen. Aber ich muß zurück. Machen Sie sich nicht zuviel Sorgen um sie. Sie werden sich anpassen. Ich habe mich auch angepaßt.«

»Ach ja?« Er las Mißbilligung in ihren dunklen Augen. Sie wandte sich um, ohne ihn noch einmal anzusehen.

»Wenn Sie es ernst meinen, gehe ich los und reserviere die Flüge.«

Sie war lange genug fort, daß Landon sich allmählich schon wieder Sorgen machte; aber gerade als seine Angst Oberhand gewann, kehrte sie mit Steve Branzell im Schlepptau zurück. Branzell sah frohlockend drein, und Landon verspürte plötzlich den Wunsch, seinem Enthusiasmus ein paar Nadelstiche zu versetzen.

»Haben Sie mir einen Flug reserviert, Liz?«

»Noch nicht«, gab Brazell für sie zurück. »Ich möchte, daß Sie hier auf einen Anruf warten. Und bevor Sie wütend auf mich werden, weil ich mich eingemischt habe ...«

Landon ging auf Branzell zu, und seine Augen waren schrecklich. Nackte Furcht hatte jede Vorsicht verdrängt.

»Ich schwöre, wenn Sie mich verraten haben ... *Was haben Sie getan*?«

»Ich habe getan, was wir schon vor Wochen hätten tun sollen ... na ja, zumindest vor Tagen«, knurrte Branzell, »statt wie ein interplanetarer Sherlock Holmes herumzuschnüffeln. Ich ging von der Annahme aus, daß Sie ein angesehener Geschäftsmann sind und kein Space Ranger oder Hochwohlgeboren vom Mars ...«

Landon starrte ihn an; er spürte, daß seine Knie nachgaben, und setzte sich. *»Sie meinen, Sie glauben mir nicht ...«*

»Doch, zum Teufel«, sagte Branzell. »Ich rede davon, was Sie die Leute glauben machen wollen. Ich kenne Leute in ganz Texas. Ich ging zum Polizeichef, gab ihm Ihre Karte, zeigte ihm das Bild in der Zeitung und sagte, daß Sie versuchen, ein paar entfernte Verwandte auszumachen, die vielleicht illegal eingewandert sind und sich in San Angelo aufhalten könnten. Er führte vier Telefongespräche auf Kosten des Steuerzahlers und sagte dann, daß Ray Reydel und Arran Reydel an der Grenze festgehalten werden und auf ihre Ausweisung warten.«

Er hob die Hand und brachte Landons kurzen Ausruf zum Verstummen.

»Er hat vorgeschlagen, daß Sie sie anrufen, und wenn sie sich als Ihre lange verlorenen Enkelkinder, Vettern oder was auch immer herausstellen, können Sie sie dort abholen und legal ins Land bringen.« Branzell hob die Achseln. »Ich kann an zwei oder drei Fäden ziehen; Sie werden keine Schwierigkeit mit den Einreisegenehmigungen haben.«

Landon fühlte sich benommen; so einfach war das alles. »Glauben Sie, ich sollte es tun?«

»*Sollte*, zum Teufel«, sagte Branzell. »Ich habe es schon getan. Sie überlegen sich besser, was Sie sagen, wenn sich dieser Reydel als ganz normaler Mexikaner mit einem Talent zum Stierkampf erweist.«

12. Kapitel

Laredo lag heiß, trocken und verlassen im Glanz des Mittags, und Arran blickte sich im Wartesaal des Flughafens mißtrauisch um. »Glaubst du nicht, daß es eine Falle sein könnte?«

Reidel war über sich selbst verwirrt, weil er Arrans Unruhe teilte. »Nein. Ich habe gestern selbst mit ihm gesprochen, und er hat Dvanethianisch mit mir geredet. Er ...« Reidel hielt inne, denn ein Mann und eine große, dunkelhaarige Frau kamen ihnen durch den Raum entgegen. Einen Augenblick dachte Reidel, sein Herz würde zu schlagen aufhören, denn die Frau sah aus wie Cleta. Dann jedoch sah er das unbekannte Gesicht unter dem dunklen Haar und atmete – elend vor Enttäuschung – tief ein.

Schließlich fand er Stimme und Fassung wieder. »Sie sind ... Landon?« sagte er zu Clannon.

»Reidel!« Selbst ein weniger empfindsamer Fremder hätte die Wärme in Landons Händedruck gespürt. »Schön, Sie endlich kennenzulernen. Sie haben mir ja eine tolle Jagd bereitet!«

»Wie haben Sie uns gefunden, Beobachter?« fragte Arron auf Dvanethianisch.

»Es ist eine lange Geschichte, und wenn Sie nichts dagegen haben, sprechen wir Englisch – Spanisch, wenn es Ihnen lieber ist. Es wäre ebenfalls klug, die Formalitäten schnell hinter uns zu bringen.«

Da Branzell seinen Einfluß hatte spielen lassen, gab es derer nur wenige. Man trug den beiden auf, ihre Adresse beim Einwohnermeldeamt eintragen zu lassen, sollten sie länger als sechs Monate im Land bleiben; da sie keine neueren Impfbescheinigungen aufbringen konnten, wurden sie einem örtlichen Arzt überstellt. Reidel unterzog sich der Prozedur mit amüsierter Neugier, Arran mit flammender Ablehnung. Wären sie allein gewesen, hätte Reidel ihm einen fröhlichen Klaps auf den Rücken versetzt.

Schließlich konnte Landon ihnen an Bord der gen Norden fliegenden Maschine und in der verhältnismäßigen Abgeschiedenheit der hinteren Sitzreihen Schritt für Schritt von der Suche berichten. Nun, da die Spannung von ihm abgefallen war und die Entwürdigung der Haft hinter ihm lag, kehrte Reidels Denkweise wieder zu den Grundmustern zurück, die seit dem Absturz des Rettungsbootes von vorherrschender Bedeutung gewesen waren.

»Es ist mir noch nicht in den Sinn gekommen, Sie zu fragen, wohin wir fliegen, Clan ...« Er unterbrach und berichtigte sich.

»Landon. Aber sollten wir nicht versuchen, die anderen zu finden?«

»Es tut mir leid«, sagte Landon zögernd. »Meine Freunde versuchen, sie ausfindig zu machen. Im Augenblick halte ich es für das klügste, Sie mit nach New York zu nehmen. Aber sobald die Sicherheit gewährleistet ist und sich eine Gelegenheit ergibt, stehen Ihnen alle meine Mittel für Ihre Suche zur Verfügung.«

»Wenn es soweit ist«, stieß Arran hervor, »werden sie sich so gut abgeschirmt haben, daß sie nicht einmal ein Telempath mit einem Planetensucher finden würde.«

Landon runzelte angesichts der übersetzten dvanethianischen Begriffe die Stirn.

»Sie bitten uns nicht darum«, sagte Reidel barsch. »Es ist ein Befehl, nicht wahr?«

Landon fühlte sich unbehaglich. »Ich würde es nicht so

ausdrücken. Ich bin älter und ich habe hier mehr Erfahrung ...«

»Und Hilfsmittel«, stieß Arran hervor.

»Sie werden es wohl am besten wissen«, sagte Reidel schließlich. »Aber bei den anderen sind Frauen. Junge Frauen. Ich mache mir Sorgen um sie.«

»Reidel, dieser Streit ist doch sinnlos«, sagte Arran. »Wir sind seiner Gnade ausgeliefert.«

Landon versuchte gar nicht erst, darauf zu antworten; er wußte, daß nichts, was er sagte oder tat, Arrans dumpfe Entschlossenheit beseitigen konnte, dagegenzureden. Er fragte sich nach dem Grund.

Auch Reidel war innerlich rebellisch, versuchte aber zumindest, vernünftig zu sein.

Landons Wohnung wies die eigentümliche Stille von Räumen auf, in denen seit Tagen niemand mehr gelebt hat, doch als er sie betrat, runzelte er die Stirn. Es war nicht einmal für einen rudimentären Telepathen schwierig festzustellen, ob sich jemand mit seinen Sachen beschäftigt hatte.

Es konnte die Putzfrau gewesen sein, aber Landon vermutete das Schlimmste. In letzter Zeit hatte er sich zum Pessimisten entwickelt.

Er zeigte seinen Gästen das zweite Schlafzimmer und runzelte angesichts des großen Poststapels die Stirn. Schließlich kamen Reidel und Arran zu ihm, gewaschen, gekämmt und frisch eingekleidet, und Landon deutete auf den Stapel. »Ich arbeite gerade die Post auf, die sich während meiner Abwesenheit angesammelt hat.«

»Was tun Sie eigentlich – wenn Sie keinen Schiffbrüchigen nachjagen, meine ich?«

Landon kicherte. »So oft kommt das nun auch nicht

vor. Ich bin Produktionsanalytiker. Ich entwerfe Fabrikeinrichtungen, Fließbänder und so weiter.« Er erklärte es im Detail, und Arran hörte fasziniert zu. Landon fiel ein, daß der Junge es schon bis zum Randraum eines Raumschiffs gebracht hatte. »Vielleicht können Sie hier auf eine Ingenieurschule gehen«, schlug er vor. »Da würden Sie den nötigen Hintergrund erlangen, das technische Vokabular ...«

»*Hier* eine Ingenieurschule?« Arran gab die dvanethianischen Worte wie eine Obszönität von sich. »Alles, was ich hier gesehen habe, kannte ich schon, bevor ich allein mit dem Löffel essen konnte. Hier benutzt man noch Verbrennungsmaschinen! Auf eine hiesige Schule soll ich gehen?«

Landon bedeutete ihm zu schweigen. Dies war der richtige Moment, eine Auseinandersetzung zu erzwingen. »Wie Sie wollen. Aber ich muß Sie um etwas bitten oder als Ihr Vorgesetzter unter dvanethianischem Gesetz darauf bestehen ...«

Arrans Gesicht zuckte spöttisch. »Wir befinden uns ein gutes Stück von der Gesetzbarkeit entfernt, Beobachter.«

»Dann nennen Sie es einen persönlichen Gefallen. Aber sprechen Sie Englisch – oder Spanisch, wenn Ihnen das lieber ist – und zwar immer. Selbst, wenn Sie glauben, wir wären allein. Dies ist das einzige, worum ich Sie bitte, und zwar zu meinem eigenen Schutz. Und mein hiesiger Name ist Landon.«

Sein Tonfall brachte Arran augenblicklich zum Schweigen. Landon stöberte in der Wohnung herum und sammelte die versteckten Schachteln mit den Einzelteilen. »Machen Sie es sich bequem. Ich muß einen Bericht abliefern.«

Arran trat neben ihn und schaute zu, als er die Einzelteile auf dem Tisch ausbreitete. Er hatte ein völlig gleichgültiges Gesicht aufgesetzt, aber Landon spürte deutlich sein Interesse.

»Wenn ich verreise, nehme ich den Augmentator immer auseinander.«

»Haben Sie ...« Arran hielt inne. »Ich kenne die englischen Ausdrücke nicht!« sagte er dann trotzig.

»Ich kann sie Ihnen nennen«, entgegnete Landon, bereit, Nutzen aus seiner gegenwärtigen Zugänglichkeit zu schlagen.

»Inzwischen könnte ich den Augmentator zusammensetzen. Ich habe es schon unzählige Male gemacht. Bei meiner Lehrlingsprüfung mußte ich mit verbundenen Augen einen Matrixdämpfer auseinandernehmen und wieder zusammensetzen.«

»Dann machen Sie weiter.« Landon trat zur Seite und sah zu, wie die jungen, geschickten Hände die Einzelteile zusammensetzten und den Schrott, den er zur Täuschung hinzugegeben hatte, aussortierten. Arran würde keine Schwierigkeiten haben, es hier auf der Erde zu etwas zu bringen, wenn er die Grundlagen des technischen Vokabulars erlernt und die arrogante Anmaßung, den Erdenmenschen überlegen zu sein, aufgegeben hatte. Landon, der die Technik von zwei Planeten in- und auswendig kannte, hatte einen grundlegenden Respekt für die der Erde.

Sie beendeten ihre Arbeit, und er aktivierte den Augmentator.

Der Ruf bekam keine Antwort.

Landon runzelte die Stirn, öffnete das Gerät wieder und überprüfte Arrans Arbeit – überflüssigerweise, denn sie war perfekt. Erneut stellte er das Gerät genau ein, und wieder erhielt er keine Antwort.

Er wartete, und sein Mut sank auf den Nullpunkt. Schließlich ließ er sich schwerfällig auf einen Stuhl fallen.

Es hatte nichts zu bedeuten. Vielleicht war Vialmirs Augmentator außer Funktion. Oder Vialmir war sonstwie beschäftigt – oder krank. Oder die atmosphärischen Bedingungen waren unbefriedigend. Aber die Antwort, die er am meisten fürchtete, erschien ihm als die wahrscheinlichste: Vialmir war getötet worden oder aufgrund des Schocks zumindest nicht mehr handlungsfähig.

Dann mußte, auch um das Risiko der Geheimhaltung, um das Risiko ihrer aller Leben, *Mathis gefunden werden*!

Der zerbrechliche Krüppel war vielleicht das einzige Bollwerk dieser Welt gegen eine unvorstellbare Gefahr. Als Telepath und Empath, als Mißbildung der menschlichen Rasse, war Mathis ihre einzige Verteidigung.

Und keiner wußte, wo Mathis war.

13. Kapitel

Er überlegte, ob er Steve Branzell anrufen und der neuen, schrecklichen Bedeutung der Suche Nachdruck verleihen sollte, als auf dem Gang Schritte ertönten und jemand an die Tür klopfte. Er schwang das Zifferblatt der Uhr zurück, bedeutete Reidel, die Tür zu öffnen, und stellte sich hinter ihn.

Er sah zwei Männer im Gang: beide in korrekten grauen Geschäftsanzügen, beide mit starrem Gesicht und einander ähnlich, obwohl der eine groß war und ein schmales Gesicht hatte, und der andere rundlich war und schon einen Glatzenansatz aufwies. Der Rundliche hob ein Lederetui.

»Sonderermittler Platt, und das ist Jorgenson«, sagte er knapp. Landon blickte auf ihre Marken und bat sie mit unerschütterlicher Höflichkeit herein.

»Sie wissen, warum wir hier sind, Landon?«

»Ich habe nicht die geringste Ahnung.«

Platt, der Mann mit dem rundlichen Gesicht, hatte das Reden übernommen. »Sie haben kürzlich eine Reise nach Texas unternommen? In die Nähe der dortigen Raketenbasen?«

»Wenn ich einer Raketenbasis auch nur hundert Meilen nahe gekommen bin, habe ich es jedenfalls nicht gewußt«, sagte Landon und sprach die absolute Wahrheit. Die Raketen dieser Welt waren viel zu unwirksam, um ihn zu interessieren.

Platt blätterte ein Notizbuch auf. »Sie sind einen Monat geblieben und haben sich ein paar sehr gute geschäftliche Angebote entgehen lassen. Haben Sie eine Erklärung dafür?«

Landon lehnte sich gegen den Kaminsims. »Ich verstehe nicht, warum ich eine Erklärung dafür haben sollte. Verstößt es gegen das Gesetz, meine Geschäfte zu vernachlässigen?«

Um Platts Mund blitzte die Spur eines Lächelns auf. »Nicht, wenn Sie nicht bankrott gehen. Aber nur für die Unterlagen ... was haben Sie in Texas *gemacht?*«

»Freunde besucht. Ich habe ein paar mexikanische Verwandte ausfindig gemacht, denen es schlechtging, und ich habe sie dann hierher geholt.«

»Ich verstehe.« Platt klappte sein Notizbuch zu. »Was ist mit dem radioaktiven Brom?« fragte er mit betäubender Plötzlichkeit.

Landon war wie vor den Kopf geschlagen.

Seine Gedanken rasten wild, aber seine Antwort verriet lediglich höfliches Interesse.

»Nun ja, was ist damit?«

»Sie machen besser keine Witze darüber. Zuerst einmal ...« Platt durchquerte den Raum, schwang das Zifferblatt der Uhr zurück und berührte die Oberfläche des Augmentators. »Was ist das für ein Gerät? Wir haben diese Wohnung nach einem Anruf des FBI überprüft und überall elektronische Einzelteile gefunden.«

»Meine Herren«, murmelte Landon, »die Elektronik ist mein Beruf.«

»Ja. Dann haben wir in einem Wagen, den Sie gefahren haben, einen Behälter mit angeblichen Treibstoffrückständen gefunden ...«

Ned Marcus. Als Platt fortfuhr, blitzte der Name wie eine rote Ampel auf. »Wir haben einigen Grund zu der Vermutung, daß Sie mit ... sagen wir, einem illegalen Bestimmungsort in Kontakt stehen und kommunizieren. Haben Sie etwas dagegen, wenn wir die Wohnung nach einem Funkgerät durchsuchen?«

Der Gedanke war so absurd, daß Landon fast gelacht hätte. »Einen Sender dieser Stärke? In einer Wohnung dieser Größe? Sicher, suchen Sie. Verstecken Sie ein Kernkraftwerk in Ihrer Tasche?«

Der hagere Jorgenson kicherte, verstummte dann abeı unter Platts Stirnrunzeln.

»Wenn Sie etwas finden, das einem Radio ähnelt – abgesehen von dem Kurzwellenempfänger im Schlafzimmer, auf dem ich mir Nachrichtensendungen und Konzerte anhöre –, dann verspeise ich es vor Ihren Augen. Und was den Augmentator betrifft, wenn Sie wollen, rufen Sie einen Funkexperten her, der ihn sich ansieht.«

»Nicht nötig«, sagte Jorgenson grimmig. »Ich war im letzten Krieg Funker.« Vorsichtig näherte er sich dem Augmentator. »Wie haben Sie dieses Ding genannt?«

»Einen Telepathie-Augmentator.«

»Einen Telewas?«

Landon buchstabierte mit steinernem Gesicht.

»Hm«, sagte Jorgenson ohne Modulation in der Stimme. »Sieht aus wie der Alptraum eines Amateurradiobastlers. Ich fange mir doch keinen elektrischen Schlag ein, oder?«

»Keine Leitungsschnur, keine Batterien.« Landon öffnete den Verschluß der flachen Metalloberfläche und legte den Mechanismus offen. Der Beamte kniete nieder und untersuchte die Spulen und Röhren mit peinlich genauer Sorgfalt.

»Inspektor, was soll ich überhaupt angestellt haben? Ich mache kein großes Aufsehen um diese Sache und verlange auch keinen Hausdurchsuchungsbefehl, weil ich zufällig nichts zu verbergen habe. Aber was soll ich angestellt haben?«

»Es steht mir nicht zu …« Platt überlegte einen Moment. »Soviel kann ich sagen. Vor einem Monat erfaßte die Zivilverteidigung etwas auf den Radarschirmen, das ein großer Meteor oder ein kleines Flugzeug gewesen sein könnte. Sie sind zum Einschlagort gereist, und dort hat man einen Toten gefunden. Egal, was die örtlichen Polizeibehörden sagen, bei dem Opfer handelt es sich nicht um einen mexikanischen Einwanderer. Die Analyse seines Mageninhalts beweist, daß er seine letzte Mahlzeit nicht in diesem Land gekauft hat. Dann haben Sie angebliche Treibstoffreste geborgen und wieder versteckt ...«

Landon sah den Beamten an. Platt war der Wahrheit so nahe gekommen und dennoch so fürchterlich weit von ihr entfernt, daß er versucht war, ihm die ganze Geschichte zu erzählen.

»Benutzt irgend jemand auf der Erde allomorphisches Brom als Raketentreibstoff?« fragte er mit verzweifelter Ernsthaftigkeit.

»Man benutzt es jetzt«, sagte Platt lakonisch. »Wenn Sie soviel wissen, was geschah dann mit den Trümmern?«

»Es gab keine«, sagte Landon müde. »Der Selbstvernichtungsmechanismus hat das Schiff nach der Landung zerstört. Es implodierte und wurde umgewandelt in freie Neutronen, Wasserstoff und radioaktiven Kohlenstoff – und wenn Sie behaupten, es gäbe irgendeine Nation auf der Erde, die Russen eingeschlossen, die *diesen* Prozeß beherrscht, dann sind Sie ein Narr oder ein Lügner.«

Jorgenson gab ein nicht druckfähiges Wort von sich, stand auf und wischte sich den Staub von den Knien. »Radio! Dieses Ding würde nicht mal eine Radiowelle bis nach Flatbush schicken! Es sind nur nachgemachte Röhren – Glas- und Fluorkalziumkristalle – eine hübsche Imitation. Natürlich«, fügte er langsam hinzu, »könnte ich nicht sagen, ob es überhaupt etwas tut. Aus dem Stegreif würde ich es verneinen, aber ich würde nicht mein Jahresgehalt darauf verwetten. Ich kann nur sagen, daß es kein Funkgerät ist.«

»Das ist alles, was ich wissen will.« Platt wandte sich zur Tür. »Sie hören von uns, Landon.«

»Jetzt laufen Sie also zu Ihrem Hauptquartier zurück«, sagte Landon verbittert, »und wenn die Wissenschaftler die kristalline Struktur des radioaktiven Broms analysiert haben und der Amtsschimmel ordentlich zum Zug gekommen ist, kommen Sie zu dem Schluß, daß dieses Brom nicht auf der Erde entstand. Und dann lassen Sie den Amtsschimmel wieder ordentlich wiehern und fragen mich, was ich weiß, und dann ...« – seine Stimme war jetzt wütend – »... berufen Sie eine Psychiatertagung ein, um zu entscheiden, ob Sie mir glauben oder nicht. Aber dann wird es zu spät sein.«

»Sie hören von uns«, widerholte Platt nur.

Als sie gegangen waren, sank Landon auf einen Stuhl und vergrub das Gesicht in den Händen. Reidel kam zu ihm; er sah völlig verstört aus. »Es würde mir leid tun, wenn wir Sie in Schwierigkeiten gebracht haben.«

Landon seufzte. »Es ist nicht Ihre Schuld. Selbst wenn Sie alle beim Absturz umgekommen wären, hatte ich die Implosionsreste ausfindig machen müssen. Aber Sie verstehen, was das bedeutet – wenn die Erde jetzt radioaktives Brom benutzt?«

»Na ja«, wollte Arran wissen, »was sonst kann man benutzen?«

»Genau das ist des Pudels Kern. Es hat hier bislang noch keine echte Raumfahrt gegeben, weil man mit den falschen Treibstoffen gearbeitet hat – unwirksamem und unglaublich teurem Zeug. Aber wenn sie das allotropische Brom entdeckt haben, dann sind sie dabei – oder eigentlich draußen, im All. Keine interplanetaren

Reisen – interstellare! Vielleicht verzögert sich die Sache noch ein wenig, aber allerhöchstens um ein, zwei Jahre.«

Nun mußte er irgendwie – unter unglaublichen Schwierigkeiten, wenn Vialmir wirklich tot war – eine Meldung losschicken. Dieser spezielle Gesperrte Planet war nicht mehr länger durch die Unfähigkeit isoliert, über seinen toten Mond hinaus ins All vorzustoßen. Aber bevor er sich anschicken konnte, diesen Tatbestand zu erklären, klopfte es wieder an der Tür.

»Wer kann das denn sein?« fragte Landon, versucht, gar nicht zu öffnen. Dann kam ihm jedoch der Gedanke, daß es vielleicht Liz Curran sein könnte, und er ging doch zur Tür.

Ned Marcus stand auf dem Gang.

»Zum Teufel«, sagte Landon voller Abscheu. »Sie?« Er wollte die Tür zuschlagen, doch Marcus schob den Fuß dazwischen.

»Warten Sie! Ich schätze, ich schulde Ihnen eine Erklärung. Hören Sie, ich mußte meinen eigenen Hals retten. Das FBI wollte mich wegen dieses Mordes verhören, und die Beamten fanden das radioaktive Zeug auf dem Rücksitz meines Wagens. So habe ich gesagt, es gehöre Ihnen. Was hätte ich sonst tun können? Sie redeten von einem abgestürzten russischen Testflugzeug und von Treibstoff, den man in Cape Canaveral gestohlen habe.«

Landon musterte ihn und wurde sich plötzlich bewußt, daß sie noch immer auf der Schwelle standen. »Kommen Sie also herein. Ich will nicht hier draußen im Korridor mit Ihnen darüber streiten.«

Marcus trat ein und sah Reidel mit einem Blick des gegenseitigen Erkennens an. »Weshalb sind Sie sauer auf mich, Landon? Sie haben sie doch trotzdem gefunden, wie ich sehe.«

Und Landons Gedanken prallten wieder glattweg von der Oberfläche des Wechseldenkens ab.

Er war sicher, daß Marcus seine Gedanken bewußt verschleierte. Der gewöhnliche Nichttelepath war jedem Telepathen ausgeliefert, der seine Sprache beherrschte und den richtigen geistigen Hebel drückte. Marcus jedoch widerstand dem härtesten geistigen Angriff, den Landon wagte, einem Angriff, der einem Mord nahekam.

Marcus schien nichts von dem brutalen geistigen Anschlag bemerkt zu haben. Er unterhielt sich beiläufig mit Reidel und Arran über die Suche. »Ist Miß Curran in Ordnung? Sie brach auf der Straße zusammen, und ich brachte sie in ein Krankenhaus; dort nahm mich das FBI noch einmal vor. Hören Sie, können Sie die ganze Sache nicht beweisen, indem Sie dem FBI die Formel für diesen Treibstoff geben?«

Landon starrte ihn an und lachte schließlich.

»Ich bin Industrieberater, kein Raumfahrer. Wahrscheinlich weiß ich weniger über Raumschiffe und Treibstoffe als Sie! Aber selbst, wenn ich die Formel kennen würde, wäre es mir nicht erlaubt, mich in die inneren Angelegenheiten dieses Planeten zu mischen. Wenn man irgendeiner Nation einen technischen Fortschritt über eine andere verschafft . . .«

»Selbst wenn diese Nation den Weltfrieden aufrechterhält?«

Landon zuckte die Achseln. »Schwenken Sie Ihre Fahne doch woanders.«

»Aber ich kenne die Formel für den Treibstoff, Clannon!« warf Arran ein. »Könnten Sie nicht . . .«

Landon wandte seinen Blick von Marcus ab; eine tödliche Drohung lag in seinen Augen.

»Nein! Nicht einmal, um mein oder euer Leben zu retten! Die Gesetze von Dvaneth verbieten es unter allen

Umständen, einem Gesperrten Planeten ein solches Wissen zur Verfügung zu stellen.«

»Sie bekommen die Formel sowieso, wenn sie die Überreste analysieren«, platzte Arran heraus. »Und dieser Polizist sagte, daß sie sie gerade von sich aus entdecken!«

Landon sah besorgt aus, denn Arran hatte völlig recht. »Wenn ich mit Vialmir Kontakt bekäme und die Genehmigung erhielte ...«

»Können Sie eigentlich nichts aus eigener Verantwortung tun?« fragte Arran mit einem Anflug von Verachtung.

»Nein«, antwortete Landon schließlich knapp.

Marcus musterte Reidel und Arran nachdenklich. »Wenn es sonst nichts mehr zu tun gibt, könnte ich den beiden helfen, sich mit der Stadt vertraut zu machen«, sagte er. Und dann, mit einem kurzen Seitenblick auf Arran, fügte er hinzu, was Landons mögliche Einwände von Grund auf unterdrücken sollte. »Oder wollen Sie sie nicht allein ausgehen lassen?«

Als er es so ausdrückte, konnte Landon nichts darauf erwidern. Seine Gäste waren alt genug, um auf sich selbst aufzupassen, und sie waren Gäste, keine Gefangenen. Er mußte Marcus' Worte für bare Münze nehmen oder Farbe bekennen.

Irgendwie war es eine Erleichterung, die drei jungen Männer gehen zu sehen.

14. Kapitel

Die Vorlesungshalle war zu dieser Stunde verlassen, ein leerer, grauer Raum mit Tischen, die von Hunderten von Bleistiften geistesabwesender Studenten verschmiert waren.

Ned Marcus kritzelte hastig Zahlen dahin und warf Arran einen Blick zu. Der Junge nahm den Bleistift und drehte das Blatt um, um schnell eine Zeichnung aufs Papier zu bringen. »Ich kenne Ihre Terminologie nicht. Aber man muß die ... die Spule mit der speziellen Dämpfungskomponente umhüllen, oder die Reaktion fällt einem auf die Hand zurück und lähmt sie ...«

Reidel runzelte die Stirn und schlug mit der Faust auf den Tisch. »Das gefällt mir nicht!«

»Was können wir sonst tun?« fragte Arran. »Clannon tastet wie ein blinder Wurm herum; er begreift einfach nicht, daß für seine Vorgehensweise keine Zeit bleibt. Ich kann einen Schocker entwerfen und bauen. Seine Regierung kann uns nicht als Verrückte abstempeln, wenn wir etwas vorzuweisen haben.«

»Die inneren Angelegenheiten dieses Planeten ...«

»Ein für allemal«, rief Arran, »wir befinden uns außerhalb der Gerichtsbarkeit von Dvaneth! Landon meint es gut, aber er ist auf eine hoffnungslos unwirksame Handlungsweise konditioniert, und es ist an der Zeit, daß ihn jemand wachrüttelt!«

»Ich habe einen Freund hier in der Fakultät«, fügte Marcus hinzu. »Es ist ein Chemie- und kein Elektronik-Labor, aber es erschien mir wegen der Atomgewichtstabelle günstiger.«

Arran erhob sich und musterte die Tabelle. »Die Symbole sind anders, und die Zeichnungen natürlich auch«, sagte er, »aber es ist das gleiche alte Periodensystem der Elemente.« Er kam zurück, um die Werkzeuge zu überprüfen, die auf dem Versuchstisch aufgestapelt lagen.

»Bunsenbrenner, Klammern und Zangen, Draht. Kupferdraht reicht nicht aus, wenn wir einen Schocker mit tödlicher Aufladung konstruieren wollen. Wir könnten ein Demonstrationsmodell mit Kupfer zusammenschustern, aber wir sollten ...« Er trat zur Karte zurück, fuhr mit dem Finger über die Atomgewichtsangaben der Metalle, und Marcus übersetzte die Begriffe, auf denen seine Fingerspitze verharrte.

»Iridium, Wolfram, Silber – es könnte Silberdrähte in der medizinischen Fakultät geben, man benutzt sie bei Operationen. Was noch?«

»Siliziumpulver oder -papier, Quarzkristalle und eine Vorrichtung, um sie zu spalten. Die bekommen wir nebenan.«

Reidel gab vor, schläfriger zu sein, als er war. Er legte die Arme auf den Tisch, bettete den Kopf darauf und hörte, wie ihre Schritte erstarben.

Er hob den Kopf und blickte sich um. Es würde sie nicht lange aufhalten, wenn er ihre Geräte zerstörte oder falsch einstellte; auf jeden Fall gehörten sie Marcus nicht, und er nahm nicht an, daß sich die Gesetze gegen Vandalismus von Planet zu Planet großartig unterschieden. Arrans Rißzeichnung des Schockers lag auf der Werkbank. Reidel nahm sie und musterte sie; er konnte sich nicht den geringsten Reim auf sie machen. Er zerknüllte sie, steckte sie in die Tasche und ging. Wenn er die beiden anderen richtig eingeschätzt hatte, würden sie seiner Abwesenheit nicht mehr Aufmerksamkeit schenken als seiner Anwesenheit.

Wie eine schwarze Gewitterwolke betrat er Landons

Wohnung und drückte ihm das Blatt Papier in die Hand. Landon strich es glatt und stieß einen leisen Pfiff der Bestürzung aus.

»Und sie haben ihn auf tödliche Wirkung eingestellt! Die verdammten Narren!« Zornig zerknüllte er das Blatt. »Wir müssen sie aufhalten!« Er ging durch den Raum, öffnete eine Schublade und holte eine automatische Pistole hervor. Er überprüfte sie und steckte sie in die Tasche.

»Sie erfahren besser vorab«, sagte er, während er ein paar Zeilen auf eine Karte kritzelte, »daß ich die beiden auch töten werde, bevor ich das zulasse. Bringen Sie das zu Steve Branzell, wenn ich selbst getötet oder verhaftet werde. Es erklärt, wie man den Augmentator benutzen muß. Finden Sie Mathis, wenn Sie können; wenn nicht, erzählen Sie Branzell, was Sie wissen, und lassen Sie ihn entscheiden.«

Er wandte sich zur Tür. »Ich komme mit«, sagte Reidel grimmig. »Ich bin für Arran verantwortlich.«

Der Vorlesungsraum war nun verschlossen; kein Licht drang unter der geschlossenen Tür durch. Landon bückte sich und berührte das Schloß mit einem Finger; nach einer Minute hörte Reidel, wie das Schloß aufschnappte, und die Tür schwang auf. Landon atmete schwerer als üblich.

»Ich wußte nicht, ob ich es noch beherrsche. Aber sie sind fort. Sie haben nicht gehört, was sie vorhatten?«

»Nein.« Reidel fluchte. »Ich hätte bleiben sollen ...«

»Nein, sobald Sie einmal Ihre Einwände vorgebracht hatten, hätten die beiden in Ihrer Anwesenheit nicht darüber gesprochen. Ich wette, Marcus ist hinter diesem Wechseldenken ein Telepath. Aber verschwinden wir von hier, bevor man uns wegen Einbruchs oder Hausfriedensbruchs festnimmt.«

Schweigend schritten sie über den verlassenen College-Campus. »Ich hätte Arrans Gedanken lesen sollen, als er mit mir zu streiten anfing«, murmelte Landon. »Ich würde Marcus gern unter den Augmentator bringen, aber das Risiko ist zu groß ...«

»Clint ...« setzte Reidel an.

»Wenn Sie irgendwelche Fragen haben, Reidel, sparen Sie sie sich. Ich habe im Augenblick selbst genug unbeantwortete Fragen. Aber wenn Sie irgendeine kluge Idee haben, dann verraten Sie sie mir, um Gottes willen!«

»Wohin genau gehen wir eigentlich?«

Landon blieb abrupt stehen. Er erreichte überhaupt nichts damit, indem er um Mitternacht mit einer geladenen Pistole in der Tasche durch Brooklyn wanderte.

»Da unten ist ein Automatenrestaurant. Besprechen wir es dort.«

Das Automatenrestaurant war die erste wirklich vertraute Einrichtung, die Reidel auf diesem Planeten sah. Sie zogen sich Kaffee und formlos aussehende Kuchenstücke und trugen sie zu einem Tisch.

Reidel schaute zweifelhaft drein. »Können wir hier reden?«

»Wenn man über vertrauliche Geschäfte spricht, dann am besten an einem öffentlichen Ort. Je mehr Menschen, desto besser«, sagte Landon und führte damit die Regel Nummer eins für ein Leben in erfolgreicher Tarnung auf. Reidel stach mit der Gabel in seinen Kuchen, während Landon sich endlich zwang, sich mit der Möglichkeit vertraut zu machen, der er bislang ausgewichen war: daß Liz, oder Marcus, oder beide, mit den Rhu'inn zusammenarbeiteten. Er wollte es Reidel erklären, doch es führte zu nichts.

»Ich dachte, die Rhu'inn wären nicht menschlich!«

»Ich meine, einen von ihnen als Parasiten zu tragen.«

»Aber warum? Man tut sich doch nicht einfach mit Nichtmenschen gegen die Menschheit zusammen.«

Landon starrte auf die Tischoberfläche und dachte darüber nach. Was konnte einen Menschen nur dazu bewegen, sich mit dem ältesten Feind der Menschheit zusammenzutun? Er sah, daß Reidel die Gabel umklammerte, bis seine Knöchel weiß hervortraten.

»Glauben Sie ... glauben Sie, *Arran* könnte ...«

»Zum Teufel, nein«, erwiderte Landon tonlos. »Wenigstens noch nicht. Ihr Freund Mathis hätte nicht Wochen, ja nicht einmal ein paar Stunden mit ihm unter dem gleichen Dach leben können, ohne daß einer vor ihnen Verdacht geschöpft und den anderen getötet hätte.«

Reidel seufzte vor Erleichterung, und Landon fuhr nachdenklich fort. »Natürlich lassen sich die Rhu'inn nicht mit menschlichen Maßstäben messen. Marcus – falls es Marcus ist – wäre davon überzeugt, daß seine Motive rein altruistisch sind. Er ist ein leidenschaftlicher Patriot, wenn auch auf verdrehte Art. Vielleicht hat er sein ganzes Leben insgeheim gedacht, die Welt wäre besser dran, wenn sie von einer intelligenten Herrscherkaste übernommen würde. Seine Ausbildung war einseitig – technisch, ohne den kompensierenden Ausgleich der humanistischen Wissensgebiete.« Plötzlich wollte er nicht mehr darüber sprechen. »Los, gehen wir.«

Reidel hielt seine Fragen zurück, aber er war nicht überrascht, als sie an einer Tür klingelten und Liz Curran auf den Flur der kleinen Wohnung hinaustrat. Ihre Augen weiteten sich, als sie sie sah.

»Großer Gott, wissen Sie nicht daß es schon nach Mitternacht ist? Kommen Sie herein, aber seien Sie leise. Die alten Glucken hier würden nur allzu gern darüber tratschen, daß ich zu dieser Stunde Herrenbesuch empfange. Was ist passiert?«

Sie schloß die Tür hinter ihnen. Ein dunkler, kleidsamer Bademantel war bis zu ihrem Hals hochgeschlagen, und ohne Lippenstift wirkte ihr Gesicht bleich und angespannt. »Ich ziehe mir eben etwas an, Clint, kochen Sie derweil Kaffee. Wenn Sie keinen brauchen – ich schon.«

»Ich muß etwas tun, das ich besser getan hätte, als diese Sache anfing«, sagte Landon. »Ich möchte, daß ihr beide euch einer grundlegenden telepathischen Untersuchung unterzieht. Reidel, Sie zuerst.«

Er hatte einen guten Grund dafür: Reidel war von Dvaneth her an solche Prozeduren gewöhnt; seine nüchterne Einstellung würde Liz die Sache weniger bizarr erscheinen lassen.

»Jederzeit«, sagte Reidel, aber seine Knöchel traten hervor, und er klammerte sich an der Stuhllehne fest.

»Entspannen Sie sich«, sagte Landon laut, »es ist normal, an alles zu denken, was Sie gern verbergen würden, jeder denkt daran. Aber ich bin nicht an Ihrem Privatleben interessiert.« Dennoch glitt seine Hand in die Tasche mit der Pistole. Aber nach einem Augenblick legte sich der brausende Druck.

»Sauber. Liz?«

Davor schreckte er natürlich zurück. Er hatte Reidel nur ihretwegen untersucht, doch nun kamen nur noch Liz oder Marcus in Betracht, und es war nicht fair oder ungefährlich, davon auszugehen, Marcus sei derjenige. Liz war zusammengebrochen; und jeder größere telepathische Schock, eingeschlossen der Kontakt mit Rhu'inn, würde zu solch einen zeitlich befristeten Orientierungslosigkeit führen.

Liz Currans Gesicht zeigte keine Spur von Farbe mehr.

»Nein«, flüsterte sie. »Ich bin keine ... keine außerirdische Monstrosität, aber ich werde nicht ...« Sie wandte sich um und stürzte schluchzend davon. Die Männer sahen einander an, Reidel in stummer Qual, Landon voller schmerzhaftem Argwohn und Elend.

Er griff nach der Pistole in der Tasche.

Dann tauchte Liz zitternd und mit verweinten Augen wieder auf. »In Ordnung, Clint. Danach verschwinden Sie verdammt noch mal aus meiner Wohnung und aus meinem Leben.«

»Liz, ich hasse es, Ihnen dies anzutun ...«

»Das sagt sich so leicht, nicht wahr?« Ihre Schultern bebten mit der Gewalt ihres unterdrückten Schluchzens. Auch Reidel zitterte unter dem Rückprall transferierter Gefühle, bis Landon schließlich sein hageres Gesicht hob.

»Sie sind sauber, Liz. Es tut mir so leid.«

Die Lippen der Frau bewegten sich kaum. »Zufrieden?«

»Liz ... oh, mein Schatz, mein Schatz ...«

Sie schlug seine Arme nieder. »Ich bin nicht Ihr Schatz«, sagte sie, doch ihre Selbstbeherrschung wurde von einem heftigen Zittern erschüttert. »Sie ... Sie können mir nicht auch noch das antun ...«

Landon umklammerte sie. »Ich hatte niemals den Mut, es dir zu sagen«, krächzte er heiser. »Ich bin kein ...« Seine Worte wurden zusammenhanglos: Sie schluchzte heftig auf, dann preßte sie ihr Gesicht an sein Hemd. Landon schob sanft die Hand unter ihr Kinn, hob ihr Gesicht und küßte sie.

Reidel erhob sich hilflos. »Ich gehe in die Küche und brühe den Kaffee auf«, sagte er. Aber die beiden bemerkten nicht, daß er ging. Um drei Uhr morgens klingelte das Telefon. Liz kuschelte sich, mittlerweile wieder sehr gefaßt, in Landons Armbeuge und griff nach dem Hörer.

»Hallo?« sagte sie, und noch einmal erschrocken: »Hallo? Herrje, wissen Sie, wie spät es ist? Ja, allerdings, er und Reidel sind hier.« Dann bedeckte sie die Sprechmuschel mit der Hand.

»Es ist Branzell. Er sagt, er habe die ganze Nacht jede Stunde in Ihrem Büro angeklingelt und mich dann als letzten Ausweg angerufen. Er hat Mathis und die anderen gefunden; sie besteigen gerade ein Flugzeug nach New York ...«

Landon riß ihr den Hörer aus der Hand.

»Steve? Sie haben sie gefunden? – Ja, ja, dafür haben wir keine Zeit mehr. Ist Sylvia bei Ihnen?« Reidel hörte verwirrte Geräusche aus dem Telefon, und Landon fluchte. »Mir ist es völlig egal, ob Sie das Flugzeug aufhalten müssen. Steve, das ist nicht die geeignete Zeit für Scherze! Leben oder Tod? Ich wünschte, es wäre halb so einfach wie Leben oder Tod! Holen Sie Sylvia an den Apparat, und zwar verdammt schnell!«

Liz sah ihn erschrocken an, denn Landon schrie, und sein Gesicht war bleich und verstört. Aber nach einem Moment sprach er wieder ruhiger ins Telefon. »Sylvia? Denken Sie genau nach, mein Kind. Sind Sie jemals imstande gewesen, die Gedanken Ihres Bruders zu lesen?«

Schweigen. Liz und Reidel tauschten verblüffte Blicke aus.

»Bis ... vor kurzem?« Landons Stimme schnappte über; er mußte tatsächlich zweimal zwischen den Wörtern einatmen. »Sylvia, hören Sie zu, wann ... ja, ich weiß, wir nennen es Wechselgedanken, aber wann fing es an?«

Langsam stahl sich Entsetzen auf sein Gesicht. »An dem Tag, als *ich* zum erstenmal mit ihm ins Haus kam? Ja, ich erinnere mich, er sagte: ›Nein, Schwester, laß das lieber ...‹« Er mußte innehalten und wieder durchatmen.

»In Ordnung, Sylvia, fahren Sie los und steigen Sie ins nächste Flugzeug. Aber was immer Sie auch tun – wenn Sie Ihren Bruder Ned am Flughafen treffen, halten Sie sich von ihm fern. Lassen Sie sich irgendeine Entschuldigung einfallen! Ich erkläre Ihnen alles, wenn Sie hier angekommen sind.« Er hängte ein, und Reidel sagte: »Er hat sie gefunden? Cleta gefunden?«

»Und alle anderen«, gab Landon mit einer Stimme zurück, die Reidel vor Grauen zurückschrecken ließ. »Aber es wäre mir beinahe lieber, er hätte sie nicht gefunden.«

Das Taxi schien durch die verstopften Straßen zu kriechen. Landon hielt Liz Currans Hand. Er teilte die kurze Zeit mit ihr, die ihm verblieb, bevor ihn die Ankunft der anderen wieder zwang, seinen Pflichten nachzugehen, und Reidel, der ihn beobachtete, verstand ihn sehr gut.

Für Landon waren die anderen Fremde. Landon war bereit, seine Pflicht zu tun, hatte sich sogar vorgenommen, sie zu mögen und als Freunde aus der Heimat willkommen zu heißen; aber sie waren Fremde, während zwischen ihm und Reidel trotz des anfänglichen Zögerns, sich eine Verpflichtung aufzuladen, schon ein unzertrennliches Band bestand. Auf dem Flughafen herrschte Hochbetrieb, ein geordnetes Durcheinander, das Reidel mit nostalgischer Kraft an Dvaneth erinnerte. Männer in Uniform schritten weitausholend auf und ab; Reidel sah Cleta in der Flugzeugtür, und seine Aufregung entflammte. Er wollte ihr laut zurufen. Linnit sah müde und verkühlt aus; das Baby war ein schlafendes Bündel in ihren Armen. Dionies Blicke suchten und fanden Reidel in der großen Menschenmenge; ein Fremder hatte seine Hand auf Mathis Schulter gelegt.

Reidel ging auf sie zu, als ein plötzlicher, schriller Schrei den Lärm der Menge durchschnitt und so etwas wie eine Panik auslöste. Dionie warf sich, noch immer schreiend, auf Mathis. Sie schlang ihre dünnen Arme um den Hals des Zwerges und riß ihn zu Boden.

Reidel kämpfte sich, fluchend und die Ellbogen einsetzend, durch die Menge. Irgendwie hatte er sich den Weg zu ihnen erzwungen, als Ned Marcus plötzlich hinter dem Gepäckschlepper hervorsprang. Er riß die Hand hoch; sie enthielt eine lange Röhre, aus der eine Blume aus orangenen Flammen erblühte. Sie verfehlte Mathis, der im Gewirr von Dionies Armen und Beinen gestürzt war, nur knapp, und Steve Branzell krümmte sich mit einem Schrei zusammen und stürzte die Stufen hinab. Es schien ganz langsam zu geschehen, doch in Sekundenschnelle hatte Marcus die Röhre zu einem weiteren Schuß gespannt, und Reidel, der sich über Branzells gekrümmten Körper beugte, sprang ihn an.

Er schlug den Lauf des Schockers hoch, und die orangefarbene Flamme verpuffte harmlos in der Luft. Sie prallten zusammen, und als er mit Marcus um den Schocker rang, fühlte er, wie Arrans Faust ihm in die Rippen fuhr.

Jemand ergriff ihn und trennte ihn von den beiden. Dann erhob sich eine barsche, befehlsgewohnte Stimme.

»Schluß damit! Meine Damen und Herren, bitte treten Sie langsam zurück, damit niemand verletzt wird! Keiner bewegt sich!«

Ein seltsames Schweigen senkte sich über die zurücktretende Menge der Menschen, die den sich widersprechenden Befehlen nachzukommen versuchten. Landon sah, daß die befehlsgewohnte Stimme dem rundlichen FBI-Mann Platt gehörte; überall waren blaue Uniformen. Handschellen schlossen sich um Ned Marcus' Handgelenke; keuchend und ein wenig benommen ließ Arran zu, daß man ihn mit Ned Marcus zusammenkettete. Platt bückte sich nach dem zu Boden gefallenen Schocker, wirbelte dann herum und rief: »Schnappt ihn! Haltet ihn!«

Marcus hatte trotz der Handschellen einen Ausbruchsversuch unternommen und Arran mitgezerrt. Die Menge wogte zurück. »Haltet ihn auf! Schießt gezielt!« rief Platt.

»Nein! Tötet ihn nicht«, bellte Mathis, »nicht in einer solchen Menschenmenge, sonst müssen wir alle sterben! Begreifen Sie denn nicht, daß er Sie genau dazu verleiten will?«

Platt rief einen Befehl; die Pistolen verschwanden, und Marcus ging in einem Wirrwarr von blauen Uniformen unter; Arran zog er mit sich. Er kämpfte blindlings. Es bedurfte eines Dutzends Männer, ihn zu überwältigen, und einer gerufenen Bitte von Mathis, dessen Hysterie überhand zu nehmen drohte, Arran von Marcus' Handgelenk zu befreien.

Arran bereitete ihnen keine Schwierigkeiten mehr. Er stürzte zwischen den Polizisten auf die Knie. Schließlich überwältigte man auch Marcus; fast bewußtlos hing er zwischen seinen Häschern. Er hatte so wild gekämpft, daß man gezwungen worden war, Gewalt anzuwenden, und sein Gesicht war mit Prellungen und Abschürfungen gezeichnet. Sylvia schrie auf, als sie ihn sah, und selbst Landon wurde es angesichts der Prügel, die der Junge bezogen hatte, übel. Er mußte sich in Erinnerung rufen, daß Marcus nicht einfach ein zusammengeschlagener junger Mann war.

»Schwester«, murmelte Marcus zwischen geschwollenen Lippen.

Der FBI-Mann winkte sie heran. Sylvia lief ihm entgegen, blieb dann stehen, stolperte zurück, und ein Schreckensschrei entrang sich ihrer Kehle. Mit rasender

Wut warf sie sich auf Landon. »Oh, nehmen Sie es weg, nehmen Sie es weg«, schrie sie, »es ist nicht Ned, es ist nicht Ned, es ist nicht einmal ein Mensch, lassen Sie nicht zu, daß es mich bekommt, lassen Sie nicht zu ...«

Die Polizei hatte das Flugfeld mittlerweile geräumt. Platt legte Landon eine Hand auf die Schulter.

»Wir haben genug Zeit verschwendet. Sie sind alle verhaftet.«

Wie um seine Worte zu unterstreichen, wurden Liz und Cleta höflich, aber bestimmt zu einem wartenden Polizeiwagen geführt, während eine stämmige Matrone in Polizeiuniform die hysterische Sylvia zu beruhigen versuchte und die Fahrer eines eilends herbeigerufenen Krankenwagens Steve Branzell auf eine Bahre legten.

»Wir sind alle verhaftet? Aus welchem Grund? Sie wollen doch nicht auch die Frauen und Kinder ins Gefängnis werfen, oder?«

»Suchen Sie sich einen Grund aus. Angriff mit einer tödlichen Waffe. Unerwünschte illegale Einreise. Ruhestörung, wenn sonst nichts hinhaut. Und wir bringen keinen von Ihnen ins Gefängnis«, sagte Platt. »Sie alle, Landon – oder Clannon, wenn Sie das vorziehen – werden den Fluß hinauf nach Albany gebracht. Und wenn Sie Ihre Raumschiffgeschichte noch einmal erzählen wollen, werden wir diesmal versuchen, den Amtsschimmel etwas fester im Zaum zu halten.«

15. Kapitel

Spät am nächsten Tag stand Landon in einem langgezogenen Raum voller unbekannter Gesichter und stellte zögernd den Mechanismus des Augmentators ein. Seine Handflächen waren feucht, und er fragte sich halb im Ernst, ob er die Meßskala eine halbe Stufe höher justieren sollte, um die siedenden Ängste und Spannungen zu kompensieren, die eine fast hörbare Schwingung im Raum darstellten.

Durch das Fenster konnte er vor den niedrigen Hügeln der Helderberge die Baracken des Women's Army Corps sehen, in denen man die Frauen vor neugierigen Blicken verborgen hielt. Bislang war kaum etwas an die Presse durchgesickert. Der Aufruhr am Flughafen war auf eine Nachricht auf den hinteren Seiten zusammengestutzt worden. Die Army wollte keine phantastischen Gerüchte über außerirdische Waffen oder Invasoren – und niemand sonst wußte, daß sich Steve Branzell teilweise gelähmt, aber lebendig im Krankenhaus dieses Stützpunktes erholte.

Ned Marcus – und für den Moment auch Arran – waren in Sicherheitszellen untergebracht. Mathis hatte Arran nach einer gründlichen Überprüfung als sauber bezeichnet, aber es waren nicht alle davon überzeugt.

»Verstehen Sie nicht«, sagte Mathis irgendwo hinter Landon. »Solange Marcus lebt, ist er – soweit wir wissen – ihre einzige körperliche Verlängerung in diese Dimension. Wenn wir ihn isolieren, aber am Leben lassen, gibt es kaum eine Möglichkeit zum Transfer. Sollte er jedoch getötet werden, bevor wir das Negationsfeld errichtet haben, könnte er zu einem Gastkörper überwechseln, den wir vielleicht nicht identifizieren können, und sein ganzes Streben darauf ausrichten, uns daran zu hindern, das Feld zu vollenden.«

»Ich würde gern wissen«, sagte ein Uniformierter, »woher Marcus diesen ... Parasiten hat.«

»Von Kester, glaube ich«, entgegnete Mathis langsam. »Wir fanden ihn bewußtlos im Hangar der Rettungsboote. Die schlimmste Gefahr des instellaren Raumfluges liegt darin, daß der Wechsel vom Überraum zum Normalraum durch das Kontinuum erfolgt, das wir die Rhu'inn-Dimension nennen.«

»Und Marcus hat Kesters Leiche gefunden«, sagte Landon, ohne sich umzuwenden.

»Aber warum Marcus?« fragte Reidel. »Warum nicht einer von uns?«

»Da kann ich nur mit einer Theorie dienen«, sagte Mathis. »Aber vielleicht hatte meine Anwesenheit etwas damit zu tun, obwohl ich krank, benommen und gar nicht auf dem Posten war. Vielleicht ... hat der Rhu'inn es nicht gewagt, in meinem Beisein auf einen anderen Gastkörper zu wechseln. Wir werden es wohl niemals erfahren.«

Aber Reidel erinnerte sich mit bleichem Gesicht an den Moment, an dem er schreckenerfüllt, erstarrt und taub neben Kesters Leiche gestanden hatte. *Wenn ich es nur gewußt hätte ...*

Landon bat um Ruhe, denn das Bildfeld des Augmentators klärte sich, und ein Gesicht, vom Wetter gegerbt und gebräunt, sah unter einer seltsamen Kappe vom Schirm hinab.

– Clannon, sind Sie es?

Landon fühlte, wie eine große Besorgnis von ihm abfiel. »*Benutzen Sie die Stimmbänder, Vialmir.*« Er schaltete eine Hilfsfunktion ein, die die Lautübertragung besorgen würde. Vialmir hatte, wie auch Landon und Mathis - denn Landon hatte den Augmentatorstrahl dahingehend eingestellt, daß er ihn und auch Cleta erfaßte –, keinerlei Schwierigkeiten, sich in jeder Sprache auszudrücken, die ihnen geläufig war.

Landon wandte sich zu einem Mann mittleren Alters mit Sternen an den Schultern um. »Wollen Sie mit Vialmir sprechen, General? Sie müssen nicht unbedingt laut sprechen; es wäre jedoch besser. Sie sind kein Telepath, und es hilft Ihnen, Ihre Gedanken zu fokussieren.«

Zögernd, fast argwöhnisch trat der General in das Augmentatorfeld, und Vialmir sagte vom Bildschirm herab in einem klar verständlichen Englisch, das den Akzent des Generals nachahmte: »Sie haben das Werkzeug der Rhu'inn gefangengenommen? Und Sie wollen das neue Gerät, den Negationsgenerator, installieren?«

»Wenn es uns möglich ist, ja.«

»Dann sollten Sie etwas wissen«, sagte Vialmir. »Sie haben mich nicht erreichen können, Clannon, da ich sofort nach der Berührung mit den Rhu'inn in eine telepathische Trance verfiel, um über das Notrelais mit der Galaktischen Zentrale Kontakt aufzunehmen. Ich habe Anweisungen für Sie, Clannon. Es befindet sich ein Schiff im Sektor, die *Verwandlung* von Vialles, und es bekam die Genehmigung, vom Kurs abzuweichen, da ...«

Landon unterbrach ihn mit einem wortlosen Befehl, der unter der Wahrnehmungsschwelle der anderen lag.

– Nein, erzählen Sie ihnen das nicht!

Welchen Sinn würde es haben, ihnen zu verraten, daß man die Erde auf der Liste der Verbotenen Sterne setzen würde, falls sie das Negationsfeld nicht errichten konnten? Eine gemiedene, ständig unter Bewachung stehende Welt – selbst dem Beobachter würde es dann nicht mehr gestattet sein, mit der Föderation zu kommunizieren.

Welchen Sinn hätte es, ihnen zu sagen, daß in diesem Fall jedes Raumschiff, das die Erde verließ, vernichtet werden würde und die Menschheit nicht einmal zu ihrem eigenen Mond vorstoßen durfte?

»Natürlich dürfte die *Verwandlung* normalerweise nicht auf einem Gesperrten Planeten landen«, sagte Vialmir. »Sie würde nie wieder starten dürfen. Aber wenn das Negationsfeld rechtzeitig errichtet werden kann, bekommt das Schiff die Genehmigung zur Notlandung. Möchten Sie mit dem Kommandanten sprechen? Ich kann einen Funkkontakt herstellen.«

Landon verspürte eine gelinde Überraschung. Es war natürlich kein Zufall; obwohl die Erde gesperrt war, lag sie an den regulären Handelsrouten und war früher sogar ein regulärer Knotenpunkt der Raumlinien gewesen. Nicht zuletzt aus diesen Gründen mußte verhindert werden, daß sie auf den Status einen Verbotenen Sterns zurückfiel! Wenn dieses Sonnensystem völlig isoliert wurde, mußte man neue, kostspielige Computerauswertungen über alle Sternenrouten in diesem Sektor erstellen.

»Der Kommandant ist vielleicht kein Telepath«, fügte er erklärend hinzu, »und deshalb spricht er mit Worten statt telepathisch zu Ihnen . . .«

»Vialles ist meine Heimatwelt«, sagte Cleta heiser. »Lassen Sie mich übersetzen.«

Allmählich veränderte sich das Bild auf dem Augmentator. Vialmirs Gesichtszüge blieben als dünnes, verschwommenes Muster bestehen, doch über und zwischen ihnen nahm ein anderes Bild Gestalt an. Eine Kabine, die mit Maschinen gefüllt war, die den General sich vorbeugen und tief Luft holen ließen. Vialmir übertrug mittels einer hochentwickelten kinetischen Telepathie ein Bild und eine Stimme, die es mit seinem viel komplizierteren Zwischenraumempfänger im Himalaja-Gebirge aufnahm.

Als Cleta in die geistige Verbindung eindrang, traten der Randraum der *Verwandlung* und das Gesicht eines älteren Mannes mit strengen, scharfen Zügen und einer Adlernase scharf in den Brennpunkt.

– Kommandant Rivan. Wer kommuniziert?

Cleta sagte schnell ein paar Worte in ihrer Sprache, und Landon, der der geistigen Verbindung nicht so konzentriert wie die anderen beiwohnen mußte, übersetzte das über drei Relais kommende Gespräch. Cleta identifizierte die *Nordwind* von Dvaneth, benannte und identifizierte die sieben Überlebenden und beendete schließlich den Kontakt mit der Frage: »Wie schnell kann der Negationsfeldgenerator errichtet werden?«

Sie besprachen das Problem in aller Eile. »In etwa drei Tagen dieser Planetenzeit«, sagte Mathis schließlich, und Cleta rechnete die Angabe in Sterneneinheiten um. Das Bild flackerte, wurde unscharf und wieder scharf, und schließlich sagte Kommandant Rivan: »Die *Verwandlung* ist bereits hinter dem Plan zurück. Aber angesichts der bevorstehenden Veränderung im Status dieses Gesperrten Planeten auf die eine oder andere Weise ...« Wieder folgte eine Pause, bei der das Bild heller und dann dunkler wurde. »*Falls* das Feld erzeugt werden kann, werden wir uns in das Magnetfeld des Planeten begeben und ein kleines Beiboot landen ...« Er sprach eine Minute mit jemandem, der nicht im Blickfeld war, und fügte schließlich hinzu: »Vorausgesetzt natürlich, daß die örtlichen Behörden einen angemessen abgesicherten Landeplatz garantieren werden.« Cleta übersetzte.

»Ja, natürlich«, sagte der General schnell. »Alles, was sie verlangen.«

»Ich versuche die Behörden zu bewegen«, fuhr Rivan

fort, »einen oder zwei Freiwillige auf der Erde zurückzulassen, bis eine offizielle Kontaktmannschaft eintrifft und den Planeten öffnet. Und wir können die Überlebenden der *Nordwind* aufnehmen, wenn sie bereit sind, auf Vialles zu landen.«

Cletas Augen füllten sich mit Tränen. *Endlich nach Hause!* Während sie die Details der Landevereinbarung übersetzte, beobachtete Reidel sie, und sein Herz erstarrte zu Eis. Nach Hause – angesichts dieser Entwicklung waren all seine Träume bedeutungslos geworden. Denn was ihn betraf, so würde er wieder nach Dvaneth gehen, dann wieder in den Weltraum aufbrechen, und eines Tages, wenn er alt war, würde vielleicht jemand fragen, was er damals erlebt hatte, als er auf einem Gesperrten Planeten verschollen gewesen war. Und dann würde alles nur noch eine Abenteuergeschichte und Cleta nur noch eine Erinnerung sein.

Er wartete nicht ab, bis die Konferenz beendet war.

An diesem Abend traten Landon und Mathis in geistige Verbindung miteinander, um die technischen Daten des Negationsfeldes in adäquate irdische Begriffe zu übertragen und sie in eine brauchbare Rißzeichnung umzusetzen. Als sie anfingen, war nur der General anwesend, doch schon nach ein paar Stunden erinnerte der Ort an ein Filialbüro von General Electric, mit Diagrammen, Stromschaltkreisen, abgelehnten Komponenten und einer Menge Energie-, Kommunikations- und Elektronikexperten. Einige Gegenstände waren identisch und konnten ersatzweise verwendet werden. Eine Vakuumröhre ist eine Vakuumröhre, und ein Elektronenstrom ist ein Elektronenstrom, und es spielt keine Rolle, wie man ihn mißt oder überträgt. Einige Teile konnten aus bereits vorhandenen improvisiert werden. Andere waren so fremd, daß die Spezialisten den Kopf schüttelten oder, schlimmer noch, höhnisch lachten.

»Wenn Sie es schon nicht verstehen, wie, zum Teufel, sollen wir es dann begreifen?« fragte einer der jungen Armeeangehörigen, was verständlich war.

Der General deutete auf den Augmentator. »Ich verstehe dieses Dingsda zwar nicht, aber ich habe gesehen, wie es funktioniert. Ich verstehe das andere auch nicht, Mr. Briney, aber ich werde sehen, wie es gebaut wird. Und Sie werden es bauen, mein Herr.«

Am Ende sah ihre Beschaffungsliste aus wie der dreibändige Katalog eines Elektronik-Großhandels. Landon stand mit dem General auf den Stufen und sah zu, wie der junge Briney mit ihm davonfuhr.

»Die ganze Sache hört sich einfach albern an, Landon. Wird dieser Raumschiffkommandant wirklich auf der Erde landen?«

»Auf jeden Fall, wenn wir dieses Feld in der von ihm geforderten Zeit fertigstellen.«

»Ich verstehe nur nicht«, sagte der General gereizt, »warum er uns ein Zeitlimit setzt.«

»Schon in ein paar Tagen haben sich die Planetenpositionen an seinem Zielort so sehr verschoben, daß er eine Menge Treibstoff verschwenden wird. Eine Verzögerung von einem Monat würde seinen Kurs so durcheinanderbringen, daß eine echte Kollisionsgefahr mit einem Planeten oder Stern besteht. Sein Kurs müßte vom Computer neu bestimmt werden, ein Vorgang, der enorm viel Zeit und Geld kostet. Und er steht nicht in den Diensten der Föderation, er ist einfach ein Geschäftsmann, ein Händler. Er könnte bei der Versicherung einen Antrag auf Schadenersatz stellen, aber die Föderation ist eine Bürokratie wie jede andere auch, nur größer. Der Amtsschimmel würde jahrelang wiehern, bevor er sein Geld bekommt, wenn überhaupt.«

»Gott behüte!«

Der General zog die Brauen hoch. »Bürokratie! Geschäftsreisen zwischen den Sternen!«

Schließlich kam er zu weltlicheren Dingen zurück. »An den Toren stehen die Anwälte schon Schlange mit Gerichtserlassen wegen des Marcus-Burschen. Wir können einen Zivilisten nicht unbeschränkt gefangenhalten – und wie, zum Teufel, soll die Anklage gegen ihn lauten?«

Landon fluchte. »Sie könnten ihn doch festhalten, wenn er eine ansteckende Krankheit hätte, oder? Bleiben Sie hart – selbst wenn Sie erklären müssen, er sei verstorben.« Er überlegte, daß er damit die Tatsachen nur ein wenig vorwegnehmen würde. Der Gastkörper eines Rhu'inn starb, wenn der Rhu'inn sich zurückzog. Das Negationsfeld war Marcus' Todesurteil. Aber andererseits war schon lange das Todesurteil über ihn gesprochen worden. Landon war zu müde, um zu schlafen. Mathis stand unter Beruhigungsmitteln und schlief im Krankenhaus des Stützpunktes. In einem anderen Raum fand er Steve Branzell halb angekleidet auf dem Bettrand sitzen. Landon fand keine tröstenden Worte für ihn. Wenn ein auf tödliche Wirkung eingestellter Schocker ein lebenswichtiges Organ verfehlte, konnte er auf Dauer lähmen. »Steve, ich bin zu müde, um mich schlafen zu legen. Ich gehe rüber und spreche mit den anderen. Wollen Sie nicht mitkommen?«

Als Branzell und Landon den ordentlichen, sauberen Raum betraten, waren die Frauen gerade mit dem Frühstück fertig. Cleta erhob sich und kam ihnen steif entgegen. »Wir hatten noch keine Gelegenheit, Ihnen für alles zu danken, was Sie getan haben, Beobachter ...«

»Landon«, korrigierte er sie sanft. »Schon in Ordnung, das ist meine Aufgabe. Es tut mir leid, daß Sie wie Gefangene behandelt werden müssen, aber es geschieht zu Ihrem eigenen Schutz.«

Linnit kicherte. »Ich weiß. Sogar die weiblichen Soldaten starren uns an und bemühen sich krampfhaft, uns keine Fragen zu stellen!«

»Ich komme mir genauso vor«, sagte Branzell mit seinem warmen Lachen. »Sind sie nicht wunderbar, Landon? Mann, es sind noch Kinder, kaum ihren Windeln entwachsen, und sie haben schon die Galaxis durchquert!«

Dionie legte eine leichte Hand auf Landons Arm. »Kehren Reidel und Arran mit der *Verwandlung* zurück?«

Es wäre Landon niemals in den Sinn gekommen, daß sie nicht zurückkehren würden. Genauso hatte er noch nie daran gedacht, daß auch er nach Hause gehen konnte, wenn er wollte. Niemand der einen Gesperrten Planeten betreten hatte, konnte zurückkehren, um eine Galaxis anzustecken, die stets wachsam auf Übergriffe der Rhu'inn achtete. Aber wenn man die Erde öffnete und das Negationsfeld des Planeten so sauber wie eine Föderationswelt waschen würde, konnte auch er aus dem Exil zurückkehren, das er als ein ewiges akzeptiert hatte!

»Können wir Arran und Reidel sehen?« fragte Linnit.

»Es tut mir leid. Arran im Augenblick nicht. Reidel ...«

»Reidel könnte kommen, wenn er wollte«, warf Cleta ein. »Anscheinend ist er jetzt, da wir in Sicherheit sind, zu dem Schluß gekommen, daß wir nicht mehr sein Problem sind!«

Landon war verblüfft; er erinnerte sich daran, wie Reidel sich gesorgt hatte, bevor man Cleta gefunden hatte.

Plötzlich überwältigte ihn die Ermüdung. Liz erkannte es an seinem Gesicht. Sie kam zu ihm, während Branzell mit den Frauen sprach.

»Ruh dich aus, solange du noch Gelegenheit dazu hast, Clint«, bat sie, und Landon zog sie an sich und küßte sie mit hungriger Gewalt.

»Es wird bald vorüber sein, Schatz. So oder so.«

»Ich habe Angst, Clint«, flüsterte sie. »Mir wird schwindlig, wenn ich an all das denke. Ich muß mich einfach daran erinnern, daß ich ... daß ich dich liebe, und alles andere vergessen.«

Es war nicht die richtige Zeit für den Vorschlag, die Erde zu verlassen. Er schlenderte davon; auf einmal wurde er sich bewußt, daß die Gruppe nicht vollzählig war. »Wo ist Sylvia?« fragte er, und als niemand antwortete, setzte er grob hinzu: »Jemand soll sie gefälligst suchen. Wir bewachen euch Mädchen nicht aus Spaß an der Freud! Sylvia ist die Verletzlichste. Es würde mir nicht gefallen, sie einsperren zu müssen ...«

»Das wird nicht nötig sein«, sagte Dionie, ohne sich zu bewegen. Cleta hob leicht den Kopf, und als Landon lauschte, hörte er Sylvia, die jämmerlich schluchzte. Er begegnete Branzells vorwurfsvollem Blick mit einem stummen Kopfschütteln; er war sich bewußt, daß sie litt, und er konnte nichts daran ändern. Auch Branzells Zuversicht war plötzlich gedämpft. Sie hatten Marcus verloren – an etwas, das schlimmer war als der Tod.

Aber für Sylvia war es am schlimmsten. Sie hatte nicht die Ausbildung genossen, die das Leben für jemanden wie Dionie erst erträglich machte. Die Situation wäre für jede hingebungsvolle Schwester schrecklich gewesen. Für eine überempfindliche Empathin war sie die reine Hölle. Dionie folgte Landon, als er ging, und er blieb auf der Treppe stehen. Sie sah jetzt nicht mehr wie ein Kind aus. Er schätzte, daß sie nach irdischen Maßstäben etwa fünfzehn Jahre alt war, aber in den letzten paar Tagen hatte sie ihre Kindlichkeit völlig verloren.

»Muß ich nach Dvaneth zurückkehren, Mr. Landon?«

»Ich habe nicht die Befugnisse, dich zu zwingen«, sagte er ernst.

»Niemand würde mich dort vermissen, und es gibt nichts, was ich hier nicht haben könnte, und ... oh«, bat sie, »Sie wissen es doch, oder?«

Landon nickte. Er wußte es. Ein geistiges Dreieck, das aus zwei Telepathen und einer Empathin bestand, war für niemanden angenehm. Er fragte sich, warum Reidel nicht nach Aldebaran V ging, wo er sie beide haben konnte, und unterdrückte diesen Gedanken schnell, froh, daß Dionie eine Empathin und keine Telepathin war.

»Dionie, du kannst mir einen Gefallen tun«, sagte er. »Sylvia hat deine Ausbildung nicht gehabt. Hilf ihr einfach über die nächsten paar Tage hinweg. Wie sich die Dinge auch entwickeln werden, es wird sehr schwer für sie.«

Er berührte die weißen, seidigen Locken mit den Fingern und ging dann, ohne auf Antwort zu warten. Er hatte gesehen, daß das Ausmaß an Elend in Dionies großen, viel zu weisen Augen schon geringer geworden war.

16. Kapitel

Er schlief und erwachte wieder, und das Wissen um die Dringlichkeit des Termins trieb ihn in den Konferenzraum zurück. Das Durcheinander aus komplizierten Einzelteilen und Anweisungen mußte irgendwie zu einem Gerät geordnet werden, das einen Planeten schützen konnte. Es mußte nicht perfekt sein. Es mußte nur funktionieren und eine Weile durchhalten. Auf der *Verwandlung* würde es Spezialisten geben, die dafür sorgen würden, daß das Gerät auf Dauer arbeitete. Aber wenn sie es nicht eine Zeitlang in Betrieb hatten, konnte Rivan nicht einmal landen.

»Wenn wir dieses Ding bauen wollen«, sagte Landon, »überprüfen und verzeichnen wir lieber all dieses Zeug.« Er griff sich eine Liste und fing an.

Der Abend kam; Mitternacht. Morgen. Die Einzelteile hatten sich irgendwie in ordentliche Arbeitseinheiten gefügt. Landon suchte jedes Einzelteil heraus, Briney testete es, um sicherzugehen, daß es seinen Zweck erfüllen würde, und Mathis überprüfte das Ergebnis anhand seiner geistigen Rißzeichnung. Es gab allerdings sehr viele Ablehnungen.

Einmal berührte eine vor Müdigkeit zitternde Hand ein unverkleidetes Kabel, und Landon wurde durch den halben Raum geschleudert. Danach ordnete er eine Pause an und ließ alle Anwesenden Nahrung, Kaffee und Benzedrintabletten zu sich nehmen. Landon und Reidel stolperten hinaus und setzten sich auf die Treppe, um ihren Kaffee zu trinken. Die Sonne ging gerade auf, und auf dem Erdboden lag Frost.

»Glauben Sie daß wir es schaffen?«

»Ich weiß es nicht.« Landon ließ die Schultern hängen. »Wenn Briney nur nicht so verdammt hochmütig wäre! Wenn ich nur mehr über dieses Resonatorfeld wüßte! Wenn sie nur Kondensatoren hätten, die diese Wechselpulsvibrationen verkraften würden!«

»Ich bin keine große Hilfe«, sagte Reidel. »Wenn ich Arran wäre ... Er hat im Randraum eines Raumschiffes gearbeitet. Wenn einer etwas davon versteht, dann er.«

Landon kehrte in den Konferenzraum zurück, als warte dort das Fegefeuer auf ihn, und Briney hielt mit seiner Betrachtung zweier nahezu identischer Kondensatoren inne. »Wir schaffen es nicht in achtundvierzig Stunden, Landon. Sie verlangen unmögliche Spannungsstärken, wenn Sie nicht gerade ein ganzes Hochspannungssystem hier einbauen!«

Landon reckte sich und fluchte. »Schicken Sie Arran hierher!«

»Sie können alle Männer haben, die Sie wollen«, wandte der General ein, »alle Materialien, alle Nachschlagewerke ...«

»Verdammt, wir haben schon zu viele davon! Mathis hat keine technische Ausbildung, und meine war abgeschlossen, bevor das Negationsfeld entwickelt wurde. Arran ist im Randraum eines Raumschiffes ausgebildet worden, und wenn er diese Dinge nicht versteht, wird sie keiner begreifen, und wir können genausogut aufgeben. Wir haben keine Wahl! Wir *brauchen* ihn!«

Am Ende führte ein furchtsamer GI Reidel durch einen Stahlkorridor und schloß eine Tür auf. Arran blickte verbittert von einem unbequemen Metallbett auf.

»Sperren sie dich auch ein?«

»Nein, ich bin gekommen, um dich herauszuholen. Landon braucht deine Hilfe.«

»Er kann meinetwegen zur Hölle fahren!«

»Ohne dich wird er es auch. Was weißt du vom Negationsfeld?«

Arran keuchte auf, als hätte man ihm die Luft aus den Lungen gepreßt, und Reidel fiel plötzlich ein, daß er überhaupt nichts wußte, nicht einmal etwas von der Gefahr, die Marcus darstellte. Man hatte ihm nichts gesagt, ihn einfach eingesperrt. Er erklärte ihm schnell alles in ihrer Sprache, und Arran sah ganz elend drein.

»Auf Raumschiffen hat man keine Negationsfelder, sie funktionieren nur im Magnetfeld eines Planeten. Ich habe von ihnen gehört, weiß aber auch nichts Genaues. Zum Glück! Wo ich so lange mit Marcus zusammen war ...« Sein Gesicht war so weiß, daß Reidel dachte, er würde zusammenbrechen. Er stützte den Jungen mit dem Arm.

»Ich bin in Ordnung. Es ist nur ... Ist er sicher eingesperrt?«

Reidel versicherte es ihm, und Arran entspannte sich ein wenig. »Deshalb dürfen natürlich nur Telempathen die Einzelheiten wissen – außer, man arbeitet persönlich an den Geräten. Aber wenn man hier ein Negationsfeld errichtet, heißt das, daß der Planet nicht mehr gesperrt ist, daß er ...« Er hielt inne.

»Früher, als du glaubst, Arran. Es ist ein Schiff im Orbit, und wenn wir das Feld errichten können, wird es landen und alle an Bord nehmen, die nach Hause wollen.«

Arran schluckte. »Das nenne ich einen Anreiz!«

Landons Überzeugung hatte ihn nicht getrogen. Obwohl Arran nicht mit dem Negationsfeldgenerator vertraut war, kannte er sich mit den Resonatoren aus, die sie vor solche Probleme gestellt hatten, und auch mit anderen Geräten, die erst nach Abschluß von Reidels Ausbildung entwickelt worden waren.

Aber es war immer noch eine herzzerreißende Aufgabe, ein Rennen gegen die wachsende Überzeugung, daß das Gerät niemals vollendet werden würde.

Erneut kam der Abend und die Nacht, und Landon ordnete eine Pause an, als Mathis eine komplizierte Röhre fallen ließ – die einzige dieser Art im ganzen Staat –, und nur ein Wunder verhinderte, daß sie beim Aufschlag nicht zerbrach.

Er ging wieder auf die Treppe hinaus und ließ sich den Nachtwind ins Gesicht wehen; er zwang sich eine weitere Benzedrintablette und eine Tasse schwarzen Kaffees hinein. »Glauben Sie, daß wir es schaffen?« fragte Arran hinter ihm.

»Zum Teufel mit der Frist.« Landon hätte sich gern zu einem Nickerchen ausgestreckt, aber er wußte, daß er eine Woche lang schlafen würde, sollte er die Augen schließen. »Wenn Rivan nicht warten will, soll er doch verschwinden.«

»Nein!« In Arrans Stimme schwang Heftigkeit mit. »Welchen Sinn hat es, wenn das Schiff nicht landen kann?«

Landon fluchte. »Wenn der Planet offen ist, wird es andere Schiffe geben. Wenn er geschlossen bleibt, kommen Sie niemals nach Hause.«

Mathis' Schritte waren so leise, daß keiner der beiden Männer gehört hatte, daß er auf die Veranda hinausgetreten war. »Falls die *Verwandlung* nicht landen kann, wirst du hier leben müssen, also sei nicht so launisch. Wichtig ist nur, das Feld zu errichten, bevor Marcus etwas unternimmt, um uns aufzubalten. Gehen wir wieder hinein. Wir verkabeln alles und hoffen das Beste.«

Der Morgen erhellte sich zum Mittag. Dann drehte Landon ohne ein besonderes Glücksgefühl die letzte Schraube fest und trat zurück. Die behelfsmäßige Konstruktion bedeckte die ganze Wand.

»... glaube, das war es.«

»Das verdammteste Durcheinander, das ich je gesehen habe.« Briney schlief beinahe im Stehen. »Wird nie einen Preis für Formschönheit gewinnen, soviel ist sicher.«

Sie musterten, die Augen trüb vor Erschöpfung, das wahnwitzige Gewirr aus Drähten, Meßinstrumenten, Knöpfen und Notbehelfen, die in der irdischen Wissenschaft keine Namen oder vergleichbare Funktionen hatten. »Wird es *funktionieren?«* fragte Arran und gähnte, daß sich sein Gesicht verzog.

Mathis seufzte. »Die Energiequellen funktionieren alle, aber ich muß einen letzten Test mit den Telepathiebändern machen.«

»Sie ruhen sich lieber erst aus.«

»Später. Ich könnte mich sowieso nicht entspannen. Haben wir die Frist eingehalten?«

Landon sah auf die Uhr. Sie hatte die Macht, ihn zu quälen, verloren. Nun war sie wieder nur eine Uhr. Er rieb sich die Augen, um sicherzugehen, daß sie ihn nicht trogen, und sah erneut hin.

»Wir sind vier Stunden vor der Zeit.«

Mathis stand vor ihm, geistesabwesend und konzentriert. »Legen Sie nacheinander die einzelnen Hebel um, aber schalten Sie das Hauptfeld nicht ein, bis ich jeden Schaltkreis einzeln auf die kompensierenden Resonanzen der Telepathiefrequenzen justiert habe, oder die sonaren Erregerstromkreise werden das ganze Ding in die Luft jagen, und wir müssen von vorn anfangen.«

»Sagen Sie doch *so etwas* nicht«, ächzte Briney.

Jetzt war die Arbeit wirklich nervenzerfetzend. Jeder

Bereich summte kurz mit einer kreischenden Vibration auf. Unterschalltöne ließen sie aus unerfindlichem Schmerz ächzen. Landon unterlief ein kleiner Schnitzer, und der Telempath, der nun unter doppelter Anspannung stand – die körperliche Erschöpfung und die qualvolle telepathische Aufgabe, die er bewältigen mußte –, schrie ihn an. »Verdammt, raus hier, verschwindet!« Sein gequältes Gesicht war weiß. »Wie kann ich das Gerät einstellen, wenn ihr mich alle anschreit?«

»Ich habe kein Wort gesagt«, protestierte Briney unkluger weise, und Mathis fuhr ihn wutentbrannt an: »Sie sind ein kopfblinder Schwachsinniger, der nicht einmal weiß, daß er seine eigene Unkenntnis zur Schau stellt! Raus hier! Raus hier! Ich kann eure Dummheit allein nicht ausgleichen! Verschwindet und laßt mich allein!« Mathis schrie jetzt, und sein kleiner, gekrümmter Körper zuckte. Sein Gesicht war verzerrt und totenbleich. Briney wich schreckerfüllt zurück. Landon drehte sich um und schob die anderen vor sich her. »Nein, er ist nicht verrückt«, sagte er im Korridor zu Briney. »Sie können sich nicht vorstellen, unter welcher Anspannung er steht.«

»Doch, ich glaube, ein wenig kann ich es mir vorstellen. Gegen Ende konnte ich euch alle denken hören.« So müde er auch war, war Briney doch Wissenschaftler genug, um Landon mit verwundertem Argwohn anzusehen.

Landon legte ihm eine Hand auf die Schulter. »Ich habe miterlebt, wie ein Chirurgenteam rudimentäre Telepathie einsetzte, ohne es zu wissen. Alle guten Teamarbeiter tun das. Sie sind ein verdammt guter latenter Telepath, junger Mann, und wenn diese Sache funktioniert, werden Sie eine anständige Ausbildung bekommen.« Er schob Briney sanft voran. »Und jetzt ab in die Falle, wir sind fertig.«

Arran kam fluchend herangewankt. »Wenn mir jemand gesagt hätte, daß man in drei Tagen einen Negationsfeld-Generator bauen kann, hätte ich ihn einen notorischen Lügner genannt. Verdammt, mir gefällt es nicht, den alten Mathis allein weitermachen zu lassen, er schläft ja bald ein. Ich gehe zurück ...«

Reidel fuhr aus seiner schlafwandlerischen Benommenheit. »Ich werde gehen.«

»Wenn du mir nicht vertraust ...« setzte Arran wütend an.

Landon wußte, es war an der Zeit, Vertrauen in Arran zu setzen oder ihn für immer zu verlieren. Gerade jetzt war er wieder einer von ihnen. »Du gehst, Arran. Mathis würde mich oder Reidel erwürgen. Gegen dich hat er im Augenblick nichts.«

Arran kehrte um, sah Mathis, zögerte. Mathis hatte gesagt, er wolle allein sein. Er hatte sie hinausgeworfen. Warum sollte er eine Zurückweisung riskieren?

Beinahe hätte er sich umgedreht.

Da ...

Niemand sollte je erfahren, wie es sich ereignet hatte. Eine Wache würde vors Kriegsgericht gestellt werden und etwas von Hypnose murmeln, aber das erklärte nicht, wie menschliches Fleisch und Blut stählerne Gitter überwinden konnte. Arran sah nur die schwere Armeepistole, die auf den gekrümmten, nichtsahnenden Rücken des Telempathen gerichtet war. Benommen vor Müdigkeit erkannte er nicht einmal Ned Marcus. Er warf sich einfach dem Pistolenarm entgegen und riß ihn herunter.

Er wußte nichts über Pistolen. Wenn er überhaupt an eine Waffe dachte, dann an einen Schocker, und der Knall und der Schlag, der ihn tief unten in die Brust traf, warf ihn nur für einen Augenblick zurück. Es stellte sich noch kein Schmerz ein, und er klammerte sich verbissen fest, die Hände um Marcus' Hals geschlossen. Selbst am Rand der Erschöpfung hatte Arran noch eine letzte Kraftreserve aufzuweisen.

Er fühlte, wie der andere nachgab. Die Pistole fiel zu Boden. Er hörte nicht Mathis' Rufe; er hörte nicht, wie die Vibrationen erstarben und durch absolute Stille ersetzt wurden, noch fühlte er den winzigen Stich, als das Negationsfeld in die Räume zwischen den Atomen vordrang und Resonanzen erzeugte, die durch die gesamte Erde und ihre Atmosphäre zurückstrahlen würden. Er hörte nur ein Rauschen in seinen Ohren, stürzte und wurde ohnmächtig.

Landon war der erste, der die Schüsse hörte, doch als er durch den Korridor zurückgelaufen war, beugte sich Mathis schon über die beiden jungen Körper, die so eng nebeneinander lagen. Marcos regte sich noch ein wenig. Er öffnete schmerzerfüllte, sterbende Augen.

»Negationsfeld ein ... Narren ... letzte Chance für die Erde ... wirklicher Ruhm ... verloren«, keuchte er, und seine Augen rollten zurück und fixierten etwas zwischen den Atomen dieser Welt.

Nun ertönten überall Rufe und Schritte, schnell sammelte sich eine Menschenmenge an, doch es dauerte noch eine oder zwei Minuten, bis sie erkannten, daß Arran noch lebte.

»Jemand soll einen Arzt holen!« rief Landon und kniete neben dem Jungen nieder.

»Zu spät, Clannon«, sagte Mathis mit sanfter Endgültigkeit. »Zu nah am Herzen.«

Arran war jetzt bei Bewußtsein, aber nur eben. Er murmelte etwas über den Lärm am Rand, dann klärte sich sein Blick. »Reidel«, sagte er mit heiserer, gequälter Stimme.

Reidel stützte den Kopf des Jungen mit der Hand, und sein Gesicht war grau vor Trauer und Schuld. »Ich hätte mit dir gehen sollen ...«

»Macht sich ... immer Sorgen über uns.« Arrans Kopf ruhte nun auf Reidels Knien. »Wollte noch sagen«, sagte er durch blutigen Speichel, »Cleta hat keinen Dreck um mich gegeben ... Ich war ...«

»Sprich jetzt nicht«, flüsterte Reidel und hielt seine Hand. »Es ist alles in Ordnung, mein Sohn.«

»Warum nennst du mich ... Sohn?« Arran atmete plötzlich nicht mehr. Er hustete; es war ein gewaltiges Husten, das seinen Brustkorb auseinanderzureißen schien und ihn in seinem eigenen Blut ertränkte. Er starb.

Reidel stolperte tränenblind zurück, und Landon nahm ihn am Arm und führte ihn in ein kleines Privatbüro. Er schob ihn auf einen Stuhl, und Reidel verbarg, von einem Schluchzen geschüttelt, das Gesicht in den Händen. Landon wußte, es war mehr als der Tod eines Freundes; es war der Zusammenbruch, der über ihm geschwebt hatte, seit die *Nordwind* im All explodierte und Reidel sich seiner Verantwortung für die sechs Fremden bewußt geworden war. Landon stand da; er fühlte und litt mit Reidel, ohne ihm helfen zu können. Dann war Cleta zur Stelle, und sie weinte in Reidels Armen, und Landon schlich auf Zehenspitzen hinaus und ließ sie allein.

»Er war der einzige von uns, der nach Hause wollte«, weinte Cleta, »und nun wird er niemals gehen.«

Erst nach einiger Zeit wurde Reidel klar, was sie gesagt hatte: Sie hatte niemals vorgehabt, ihn zu verlassen. Aber sie brauchten keine Worte, um zu wissen, daß sie die Welt nie wieder verlassen würden, auf der sie einander gefunden hatten.

Landon trug schwerer als alle anderen an dem schrecklichen Tod der beiden jungen Männer. Er dachte an Branzell, an Sylvia. Natürlich war kein Opfer zu groß, um die Rhu'inn aufzuhalten; aber das war nur ein kleiner Trost.

»Wenn sie doch nur nicht so verdammt jung gewesen wären!«

Als er neben den beiden leblosen Körpern niederkniete, sagte er, was Cleta gesagt hatte. »Armer Teufel, er wollte nach Hause, und nun wird er niemals gehen.«

Mathis drehte sich um, und sein verzerrtes Gesicht war plötzlich sanft. »Aber wir haben das Negationsfeld«, sagte er, »und der Planet ist offen. Arran hat diese Welt gehaßt, und er hat keinen von uns geliebt. Aber er war derjenige, der sie uns gegeben hat. Sehen Sie einmal aus dem Fenster, Beobachter.«

Landon schaute hinaus. Er sah die leichten, sanft schwebenden Kristalle des ersten Schnees dieses Winters. Zum ersten Mal seit zwanzigtausend Jahren umkreiste ein silbernes Schiff von den Sternen diese Welt und setzte sanft zur Landung auf einem Planeten an, der nicht mehr gesperrt war.

ENDE

Für den vorliegenden Roman aus dem Jahre 1978 erhielt die Autorin damals sowohl den HUGO wie den NEBULA. Erzählt wird die Geschichte einer Heilerin, die auf der Suche nach ihren verlorengegangenen Kräften eine abenteuerliche Odyssee in einer farbenprächtigen Welt bestehen muß. Wie immer geht es der Autorin auch hier letztendlich um die Suche nach mehr Menschlichkeit.

Vonda McIntyre hat soeben den NEBULA gewonnen für den Roman AM HOFE DES SONNEKÖNIGS (Band 20 352; Bester Roman des Jahres 1997). Der Roman wurde ebenfalls von PUBLISHER'S WEEKLEY unter die zehn besten Romane des Jahres '97 gewählt.

ISBN 3-404-24263-7

BASTEI LÜBBE

Genauso ungewöhnlich wie ihre SF-Romane ist auch dieser historische Fantasy-Roman von Vonda McIntyre, der eine Geschichte erzählt, wie sie sich tatsächlich zugetragen haben könnte:

Versailles zwischen Alchemie und moderner Wissenschaft. Ludwig XIV, auf der Suche nach dem Geheimnis der Unsterblichkeit, beauftragt den Jesuiten Yves de la Croix, ihm eines jener legendären ›Seemonster‹ zu fangen, die die Meere unsicher machen. Tatsächlich ist die Expedition erfolgreich: Yves bringt ein geheimnisvolles, bis dahin nie gesehenes Tier an den Hof des Sonnenkönigs. Yves Schwester Marie, die mit der Pflege beauftragt wird, stellt bald fest, daß sie es mit einem denkende, fühlenden Wesen zu tun hat, und so stellt sie sich gegen Bruder, König und alle Sitten der damaligen Zeit, um das Meereswesen zu retten ...

ISBN 3-404-20352-6

BASTEI LÜBBE

Greg Mandel, Ex-Mitglied des MINDSTAR-Batallions, verdient sich sein Geld inzwischen als Privatdetektiv mit einer ausgefallenen Eigenschaft: Er kann Gedanken lesen. In einer High-Tech-Zeit, in der Verbrechen über Computernetze verübt werden, in einer Zeit künstlicher Intelligenz ist Greg Mandel derjenige, der gerufen wird, wenn es hart auf hart kommt. So auch, als ein Saboteur die mächtige Organisation EVENT HORIZON bedroht. Doch diesmal ist das Netz der Intrigen, in das Mandel verstrickt wird, besonders dicht. Wertvolle wissenschaftliche Entdeckungen stehen auf dem Spiel – und sogar die Zukunft der Erde . . .

Lange mußte die SF auf einen Autor wie Hamilton warten: Bei ihm verbindet sich auf geniale Weise die Tradition der Space Opera mit den modernsten Entwicklungen in der SF. Somit führt Hamilton das Genre einen Schritt weiter in die Zukunft, und das völlig unaufdringlich in einem erstklassigen Krimi!

ISBN 3-404-23202-X

BASTEI LÜBBE

Endlich alleine! Stets hat man Ofelia, der ältesten Siedlerin von Sims Bancorp, gesagt, was sie tun und lassen soll. Nun weigert sie sich, mit den anderen menschlichen Siedlern den Planeten zu verlassen. Sie sei zu alt und hätte keine Lust mehr, umherzuwandern. Also bleibt sie alleine auf Bancorp zurück: die letzte Siedlerin – bis unerwartet neue Kolonisten auftauchen, sehr zum Leidwesen Ofelias. Aus ihrem Versteck heraus muß sie jedoch beobachten, wie die neuen Kolonisten von einheimischen, intelligenten Wesen vernichtet werden, von denen bisher niemand etwas ahnte. Und nun ist es an Ofelia, diese Einheimischen vor dem Zorn der Erde zuretten ...

ISBN 3-404-24242-4

BASTEI
LÜBBE